臺灣與世界文學的匯流

At the Crossroad of Taiwan and World Literature

廖炳惠／著
By Ping-hui Liao

當代觀典 017

目次

Part Ⅲ：當代文學鳥瞰

【自序】四種現代性的交織

一九八八年秋天開始，我爲漢聲電臺的「文藝之旅」節目撰寫由古典到當代的中西文學作品導讀，兩年下來累積了許多稿件，在這兩年內，節目的主持人與導播也獲得金鐘獎。我則將文章改寫，投到報刊去發表。本書的第二部分有不少是當初的著作，迄今重新閱讀，仍覺得國內在這一方面較缺有系統而又全盤的回顧與詮釋，希望這些文章能激起一些迴響。

也許由於「文藝之旅」的因緣，九〇年之後我不斷接到出版社的書評稿約，報刊的編輯也往往將他們認定的好書寄給我，基本上是寓樂於解讀、評論之中，其實是個相當愉悅的經驗，朋友常笑說我的業餘樂趣（看好書、吃美食）與我的研究領域打成一片，乃是人生最快樂的事。

同一個時間，我也接了一些國科會計畫，也一直出席國內、外研討會，發表各種論文。幾年之間已出了六本專書，但有的論文則仍是「流離」狀態，因此也一併收入，稱之爲「臺灣與世界文學的交會」。

從一九九二年之後，我的國科會研究計畫大致上是以後殖民研究作爲一個切入點，〈後殖民研究的問題及前景：幾個亞太地區的啓示〉這篇文章可說是總結了我的許多看法。一九九七年之後的發展，基本上是以修正後殖民和比較社會、文化的方式，探討臺灣在接受不同階段的殖民經驗之後，如何與現代性產生多元的交錯，至少產生出四種現代性的過程。後來，我對於臺灣的許多文本，乃至於通俗文化，從王文興的《背海的人》到臺灣的哈日現象，基本上都是以這樣的方式，作一些提綱挈領的分析。我自一九九七年到二〇〇一年的研究成果，主要結集於二〇〇一年出版的《另類現代情》一書，我對四種現代情境的觀點，可見於〈異國記憶與另類現代性：試探吳濁流的《南京雜感》〉一文。

在臺灣的許多文學作品中，我們依稀可見「四種現代性的情境」（four modes of modernity）。這四種模式分別爲「另類現代性」（alternative modernity），也就是作家們在領受臺灣的被殖民的經驗，以及嚮往祖國的經驗，搖擺於這兩極之間，他們發現到非中、非日的臺灣現代另類經驗。第二種是作家們心目中夢想的祖國所重新組構出來的「單一現代性」(singular modernity)。「單一現代性」試圖回到大傳統中，將現代性定位爲附屬於主流或者是某一個都會文化傳承下的啓蒙活動。第三種是臺灣漂泊在另一個文化社會中，透過失土或在異地的這種經驗，激發出所謂的抗衡傳統，以及多元文化論述底下的資源，也就是所謂的「多元現代性」(multiple modernity)。第四種是國家機器對於其異議分子所採取的「壓抑性的現代性」(repressive modernity)，透過官檢以及種種蔑視人權的方式壓抑其國民，以種族隔離或政治迫害，讓其他的族群無法以比較公平的方式去發展倖存之道(art of survival)。

如果我們不把這四個現代性及其背後的政治和文化涵義，透過理論性的方式加以處理、釐清脈絡，目前臺灣的族群文化和後殖民論述，大概無法設定一個在思考框架上較爲明確的切入點。臺灣的四種現代性同時存在，可以說明臺灣的另類現代性。在其他社會之中，例如南非，大致也有類似的經驗，但是和臺灣不同的是，這些地方沒有像吳濁流那麼複雜的非中又非日的「另類現代性」認同情結；但在另一方面，南非經過荷蘭、德國、英國種種的殖民經驗也累積了多重而又彼此糾結(entangled)的「壓抑性的現代性」。這些地方的現代性和臺灣四種現代性同時並存的「另類現代性」，其實彼此可以闡發。透過旅行文學所展現出來的四種現代性在臺灣同時並存的現象，以及這四種現代性彼此交織，形成一種難分難解的族群和殖民文化的問題，我們可以一方面討論臺灣的「另類現代性」，同時也可邁向比較社會、文化的後殖民研究，提升臺灣在後殖民研究中之學術參照地位，而且在審視臺灣殖民與現代過程中，首先便難免觸及歷史材料之取得及其蒐集、分類問題，勢必與知識機制、文化記憶形成關聯。

按照殖民與現代研究者的說法，臺灣在日據時代的殖民過程，至少經歷了四個階段。第一個階段是「同化主義」，第二個階段是「內地延長主義」，第三個階段是「強制手段」，第四個階段則是「發動聖戰」，以「聖戰」的方式挪用臺灣原住民的愛國情結，產生了所謂的「皇民化」階段。在這四個不同的階段裡，不同的殖民經驗和本土知識分子之間的互動，隨著歷史和物質實踐的種種變化，產生非常複雜的情境，絕對不是用「挪用」、「交織」或「混雜」這些辭彙就能夠加以描述。

收在第一部分的論文主要針對這四種現代性及殖民現代之遺緒去發展，這些論文配合第二、三部分的文藝導讀、當代作品鳥瞰，應可開展出不同之研究視野，不只是落入「主體性」或「環球與本土」辯證之陷阱。

許多文章都是由朋友多年來所催生，「文藝之旅」得感謝周純一教授，另外還有不少一起爲臺灣與世界接軌的學術社群、夥伴，在此也一併要對他們致意。

——廖炳惠　於新竹

Part I 臺灣的殖民現代

打開帝國藏書

——文化記憶、殖民現代、感性知識

蒐藏是實用記憶的一種形式，在「近便」的所有世俗印記之中，是最具約束力的。

（Benjamin *Arcades H1a, 2; 205*）

不自主之記憶的典律，一如蒐藏者的記憶，是一種有生產力的無序。

（Benjamin *Arcades H5, 1; 211*）

本文擬以臺灣大學的前身，臺北帝國大學「田中文庫」的收藏過程，作為一個引子來探討藏書[1]、圖書館體制以及個人的收藏行為在殖民現代過程之中，如何建立私密而又公共的感性知識，如何構成倫理政治並與後殖民反省文化認同產生種種糾葛。本文同時討論在目前處理文獻、歷史描述的計畫之中，如何面對「感性學術」（sensual scholarship）的問題，也就是記憶如何與特別的人物、殖民者所扮演的各種混淆角色，在感覺認知上產生複雜的軌跡，以及這個軌跡如何整理、歸納，在種種批判的論述實踐之中，產生含混交織、糾纏不清的面向，進而在知識以及認同心理結構上，形成一個後殖民需要去注意的問題。這個問題就是收藏之舉背後的殖民文化及其所形成的「不自主的記憶」（involuntary memory）以及「自主的記憶」（voluntary memory），如何透過疏離、事後回憶及客觀研究的方式，重新加以編號、整理。在「田中文庫」目前重新整理、編目、上架的保存過程中，我們再來重新回味收藏所產生的記憶，及收藏者本身所扮演的角色和帝國體制產生的關連。

據卞雅明（Walter Benjamin, 1892-1940）的說法，在編號、歸類之後，被收藏的對象，往往就整個消失在一個號碼或圖書館目錄的背後，而親密經驗、感性知識則被一個檔案處理的文件所壓抑、替代。因此，卞雅明提出，「託喻諸物」（allegorical props）四散各地，以及有創意的混亂、無序，這兩種關係是我們在討論收藏之舉時必須加以探討的。以下我們不妨以這種觀點，來探討昭和年間，收藏家如何在臺灣形成一種知識體制，而與本土的記憶產生特殊關聯。除以「田中文庫」作為起點外，本文還會探討分別以「本土風景紀念收藏者」及「臺灣藝術工作教育者」兩種不同身分來臺兩次的石川欽一郎，以及來臺短暫從事觀光、收藏、描述的兩位文人——池上秀畝及佐藤春夫。他們來臺灣殖民地的旅行觀光過程中，對當地文化、人情的收集及描述的論述成就，目前在臺灣文化、皇民文學、藝術史的研究中，常形成兩極的評價方式（顏；張）。本文希望透過記憶、感性知識的建立，來重新釐清這些評價問題，藉此提供一個另類的角度切入。

目前，「田中文庫」被當成重要的文獻檔案，在臺灣大學重新整理、編目、上架的過程中，更是凸顯記憶的親切、反諷以及歷史的落差。如何去面對處理這些檔案背後的涵義，如何以目前已經制度化的知識體系及各種學術機構，如臺灣文學研究所、臺史所等，甚至於期刊、文物展示、民間雜誌、研討會等，來形成各式的評估體制，將「田中文庫」上架的整個過程，與現在知識體制在各種學術單位裡逐漸形成的狀況，加以並置。在一片散亂無序與新秩序的形成這兩個活動之間，如何形成關係，並就這種關係加以探討，應不致於毫無意義。準此，本文假設知識一定和身體、記憶產生關聯，此一見解主要依據保羅・史拖勒（**Paul Stoller**）在人類學的領域中所提及的，在人類走向現代化的過程中，一旦接觸外來文化時，會使得原來的記憶的體制，也就是透過感官的嗅覺、視覺、觸覺來領受外界的感知體系所形成的記憶傳統，產生巨大的變化，因而出現各種失調、落差，這就是殖民和後殖民應該去深入討論的面向。

有關藏書、記憶及個人（或社會）史的面向，卞雅明及巴巴（**Homi K. Bhabha, 1949-**）這兩位知識分子都曾經以自己的藏書作過一些省思，這些不是非常有系統的散文探索，其實有助於我們思考藏書如何從一個親密的私人收藏之舉，到系統性地形成殖民帝國的大業。也就是說在個人、國家以及跨國研究逐漸形成特殊學門之時，來重新檢討幾個案例，討論從個人收藏到區域研究的整體計畫逐漸成形，乃至於目前成為某一形式的顯學之過程。在許多面向上，臺灣研究受惠於當初來臺殖民的知識分子們，這些意外、莫名其妙的機遇，在系統性的回顧之下，或許會讓我們對這個學科本身有些不同的觀點。

在卞雅明著名的文章〈打開我的藏書〉（"Unpacking My Library"）這篇演講稿裡，提到他的書已從箱子裡拿出，正在上架，但是還未真正上架，還未真正碰到秩序這個「尚可忍受的無聊」（mild boredom of order），還未真正形成順序，在有點混亂的情況下，卻能顯現出一位真正的收藏家之預期（anticipation）及對其蒐藏過程（collecting）之零星回憶。在此種方式下，卞雅明展開了自己的收藏經歷，從目錄到拍賣時的手法，甚至於認為藏書基本上是一種賭博行為，背後有某種親密關係，也就是拋開藏書的有用性，將之視為場景、劇場以及它們的命運。藏書有著私密的魔魅（enchantment）、神奇的刺激和吸引，使得收藏家在取得一本書的過程中，得到新的生命和溫新（renewal），也使得書從市場裡解放出來，在個人手中得到新的生命和自由。在這背後有著記憶和收藏家的親密感情，收藏家從擁有書這個極端親密的關係中，能夠讓書和自己形成互動的關係，並能夠在書裡面重新得到生命。

以類似的方式，巴巴也曾提到在他搬家的過程中，將以前已讀過或尚未讀過的書從箱子裡拿出來時，勾起了他許多的記憶，讓他和殖民及殖民後出入於第一世界與第三世界學院之間的記憶有相當親切、隱密的關係，而這種隱密的關係又能讓他重新回味在整個殖民過程中往往被壓抑、遺忘的部分，重新回味從早期選擇圖書，獲得啟蒙，將此種經驗變為第二本能，到逐漸將之視為理所當然的論述習慣之過程。而打開這些過往的藏書，在殖民和後殖民階段遺忘和記憶的空間裡，許多親密的過去及物件的知識社會史又可以重見天日。卞雅明以收藏家能在書裡重新得到生命的這種親密關係的看法，來發展人和物的意義，而巴巴從書的上架過程中，發現殖民與後殖民被遺忘、記憶、重新回味的種種場景，兩者皆提供一種觀點，讓我們研究臺北帝國大學的「田中文庫」、「伊能文庫」，以及來臺從事教育工作、普及學術研究的早期臺灣研究先鋒們，以這種親密而又回憶、回味的論述角度，去探究「體制」（符碼化、檔案化之客觀知識）。

田中長三郎，明治十八年（1885）十一月生於神戶，卒於一九七六年六月，是日本昭和時代非常出名的果樹園藝學者。田中教授於明治四十年（1907）入東京帝國大學農學部就讀，專攻柑橘研究。在一九二九年到一九三四年間，他成為臺北帝國大學附屬圖書館第一任館長，任內許多重要文庫如「伊能文庫」、「烏石山房文庫」、「上田文庫」、「桃木文庫」、「Huart文庫」、「長澤文庫」等一一蒐藏。不過，目前大家紀念他是以「田中文庫」為主。「田中文庫」共計有中、日文圖書一百六十三種，一百九十冊，其他十幾種歐洲語文的圖書，則有一八一九種，二五七一冊。這些植物、園藝相關研究的文獻，包括許多十八世紀的重要文庫，甚至十五世紀的期刊文本。

田中教授在一九三〇年，以他父親田中太七郎的遺產十萬美金，在義大利購得由德國植物學家Otto Penzig所蒐藏的這一套珍本文庫，當時是以田中教授父親所開辦的神戶銀行名義而競標購得。田中教授以非常私密的方式，透過收藏圖書的方式去取得個人的研究專業所需的材料，並在他擔任圖書館館長的任內，將這些植物學方面的重要善本書，加以分類編目，這些圖書的語文種類繁多，所以到目前為止，臺大雖然相當器重這些材料，但尚未能完成編目的工作（田中教授這套藏書目前進行的整個狀況詳見《國立臺灣大學圖書館田中文庫藏書目錄整編計畫》）。而我比較感興趣的是田中教授的助理，也就是目前園藝系名譽教授黃永傳先生，他對於這套藏書如何被收藏以及遺忘的記憶。在〈田中文庫藏書〉的前言，也就是〈田中長三郎老師與Penzig文庫〉一文裡，他說：「在植物學分類的草創時期，親手繪製植物形態的能力是植物分類學家必須具備的重要條件。據說在裝訂個人花費長年時刻繪製完成的圖及資料時，甚至還有使用自己或是親人的皮作為封面，以資留念的。猶記得Penzig文庫中有尺寸類同於A_3的這種書本，當然事隔近六十年了，這只不過是模糊的一些記憶罷了，果真如此，現代人將會以何等驚異的眼光來評價」(17)。

黃教授將「田中文庫」分成四點來討論，其一是日治時代的大學記憶。他認為那時日本的大學令明訂大學是探究學問奧祕之處，因此日本帝國興建大學是為了使之成為世界頂尖的科學殿堂，而且帝國大學乃是日本大學之最，政府給予學者的待遇相當優厚。特別是奉調來臺的日本人，即當時所稱的「內地人」，多領了六成的外地加俸，比起當時師範出身的小學老師，可說是優厚太多了。教授因為受到國家的禮遇，他們在經費、讀書、儀器各方面，都可說是相當的充裕。昭和十六年年底，黃教授及其同班同學，因大東亞戰爭的爆發而提前畢業，他在昭和十九年擔任臺北帝國大學的助手工作，後因為個人罹患惡性瘧疾的關係，在昭和二十年六月離職休養。因此，他只有在昭和十四年春到昭和二十年夏之間，在田中教授的園藝學教室裡求學、任職。光復後的轉變，使他有將近四年的時間不在臺大，光復後接收的狀況，他因而並不清楚，而日本人的財產處置，特別是置放在臺灣大學裡日本人的圖書，由於熟悉內情的幾位老先生都已經過世，這些塵封了五十年的往事，恐怕是再也無法釐清。黃教授唯一的記憶就是在傅斯年校長之後的錢思亮校長時代，田中長三郎教授曾為了自己的柑橘手稿及Penzig文庫資料，再度回到臺大，希望能將這些資料取回。但是田中教授來臺之後，才聞知他的手稿早已被後來居住在他宿舍裡人家的小孩，當作塗鴉的材料而分割用掉，Penzig文庫也已被臺灣大學接收。在眼見爭論無效之後，田中教授便十分遺憾地離開臺灣回到日本，不久就過世了。

在許多面向上，田中教授的收藏以及發展出的植物學製圖，尤其是柑橘方面，對臺灣的植物學研究有相當大的貢獻，但是他本身的定位及這些研究在殖民之後的光復期間，如何歸屬、收納，乃至於後來透過片面記憶再加以重新整編的方式，凸顯出許多歷史檔案及文化記憶的問題。相較之下，伊能嘉矩從事比較先驅性的研究，以田野調查、實驗科學這種人類學研究的觀點，從臺灣原住民的本土材料之中，歸納出各族概述的民族誌調查。他透過時間的構架，以事件、風俗、政策、設施來作器物的整理和呈現，將族群分類、歸納而形成特殊的物質文化觀，對於本土的人類學、考古學有重大的貢獻，他甚至在南進的文化人類學裡也有一定的地位。另一方面，柳田國男隨興觀察的小說式日記，以及後來發展出的比較民俗文化學，也形成很奇特的關係。這些是目前我們在逐漸整理時，所發現之無法釐清的意義多樣性，以及記憶裡缺失的、需要補白的部分；也提供了我們在歸納、上架的過程中，很多需要重新思索的問題。另外就是本身評價相當錯亂，而他本人又在來臺兩次裡，對臺評價有相當差異的石川欽一郎。目前對石川欽一郎的研究，以中研院史語所的顏娟英教授最為系統和深入。在研究的過程裡，顏教授對石川欽一郎評價，從早期較正面的藝術教育啟蒙者，到晚近透過石川欽一郎的風景流派說看法，針對他在第二次來臺時，認為臺灣的山川不如日本的富士山等各種負面的評價作為，有相當多的剖析，利用此種方式顯現出殖民者的想像，這和顏教授以前透過教育體制的方式，對石川所作的評析和評價，有很不一樣的看法。

其實，透過觀察石川欽一郎（1871-1945）的旅行論述，我們可看出：在藝術活動的過程中，創作者既置身另一個環境與文化背景，又同時遭逢殖民過程的衝擊，必然會產生許多內心感覺結構的糾纏、折衝與轉變。而在這些變化裡面，臺灣又是個非常奇特的地方，因為在世界上很少有地方像臺灣這樣，跟中國大陸有著如此複雜且梳理不清的關係（一方面是祖國，另一方面彼岸又常常對我們屢多威脅），而且又跟日本等其他東亞地區的問題牽連在一起。

由於臺灣是日本第一個殖民地，因此相較於韓國、滿州國、南京，臺灣是日本殖民政權的試驗場，同時也是其南向發展的據點，從早期的武官總督到中期的文官，到晚期因為中日戰爭的壓力又改施高壓，臺灣在日治時期各階段，其實均與跨國的政經文化活動息息相關。由樺山資紀、兒玉源太郎開始，來臺的日本軍政人物大多在其國內政壇上有所影響，一九一九年田健次郎擔任第一任駐臺的文官總督，正好是原敬的「內地延長主義」（1898-1923）時期，臺灣的現代化中學教育與反殖民文化活動（如《新民報》、文化協會等）也分頭展開，造成不少日本的美術教育者來臺，帶進法國的藝術風氣。臺灣的田健次郎與當時的韓國總督齋藤實所施行的文化政策，相較於早期由後藤新平與伊藤博文主導的殖民控制，可以看出相當大的變化；不過，在臺灣與韓國的反應卻迥異，而且由於各種內、外因素，兩個日本殖民地發展出完全不同的後遺症：兩國均受惠於日本的帝國主義模式（如軍事防禦、經濟改革、強大政府及現代工業），但韓國卻拚命揚棄日本殖民文化，而臺灣則持較含混的態度（cf. Choi; Cumings）。

石川欽一郎的東京－臺北行可說是另一個切入點，透過殖民史的旅行脈絡，彰顯出大環境的變化。在此，我們不藉用抽象的「概念」、「概念隱喻」（concept metaphors，如民主、資本、現代性等）為焦點，去談後殖民情境的殖民應變、挪用、翻譯或協商，而是以具體大、小人物在隨緣的歷史時空中，進行跨國的錯綜且無以預期的活動，受制於同時也開發了種種道德、政治、文化動媒機制（agencies），藉此掌握到某些被後殖民學者忽視的「小符號事件」，也就是石川欽一郎兩次來臺的不同歷史經驗變化。石川是臺灣現代美術史最重要的日籍老師之一，他早期學習英國自然田園風格的水彩畫，一九〇七年十月到臺北，擔任臺灣總督府陸軍翻譯官，任臺北中學與國語學校美術老師，至一九一六年辭職返日。第一次來臺期間，正值殖民初期，軍人主政，石川是官方的通譯，並負責文化政治宣傳，作品的題材常是「日軍大舉殲滅臺灣民兵」或表揚日軍治臺功績。他雖然足跡遍及全島，留下許多記錄臺灣自然風光的作品，但是基本上不失其殖民者的田野蒐集立場。一九一四年二月，他協同好友三宅克己（1874-1954）在臺北舉行個展，倒是為臺灣的洋畫展覽開了先例，不但吸引了日本政要（如佐久間總督）到場參觀，也種下了在地美展因緣。

一九二三年九月，東京發生大地震，石川的家園受損嚴重，繼母喪生。臺北師範學校校長志保田得知此噩耗，便特別禮聘石川，於一九二四年春重返臺北專任美術教師。當時，石川從歐洲（尤其法國）旅遊才回日本不久，旅行改變了他對畫室（studio）的看法，他開始重視戶外的互動，尤其是人面對自然的千變萬化所起的色彩、光線、感觸。到了臺北，他盡其全力培養美術人才，課餘更領導學生到戶外寫生，組織同好及學生，創立臺灣水彩畫會（1927）、洋畫研究所（1929）及臺灣繪畫研究會等。受他指導的學生如藍蔭鼎（1903-1979）、洪瑞麟（1912-1997）都是後來佔了一席之地的傑出畫家，而且風氣所及，感召了不少學子以美術、文化為其生命目標。在第二次來臺的期間，石川經常在《臺灣教育》撰文簡介西洋美術史及美學欣賞，更是到處參加美術教育講習及評審州級美術展，出版其《課外習畫帖》（1932），供臺灣的公小學及中等學校低年級生課外用，可說與臺灣美術界十分親和，而且具啟發性和領導力，為臺灣美術別開生面。

這種跨國的美術教育，正好風雲際會，遇上日本內閣的大轉變，明治二十八年（1895），原敬和田健次郎分別代表外務省和遞信省，參加臺灣事務局，到了一九一八年，原敬當上總理，他便將當年自己所主張而被伊藤博文壓下來的內地延長主義開始實行。一九一九年發生三一運動，正好使他就勢大刀闊斧改變殖民統治政策，於是聘請田健次郎出任臺灣總督，為臺灣文官總督之肇始。這個政策變化影響了日本對臺的殖民方式，間接地也促使了石川欽一郎這種日本籍教師的文化教育及在地化作用。實際上，正是因為這些細微而不能預期的變化，殖民者及被殖民者往往不是以固定權力關係或飄忽無以決定的概念隱喻去締建其主體。以紐澳、西印度群島的英國帝國主義者愛爾（Edward Eyre, 1815-1901）為例，霍爾（Catherine Hall）指出愛爾於十九世紀中葉在英國與紐澳、加勒比海之間，不斷因為內、外因素而變化其殖民政策，時而溫和，時而嚴苛，並因結識殖民地總督，發表民族誌異的言論，而形成當地新的殖民政策。在幾年內，愛爾的想法、影響力及其跨國的航海經歷彼此牽扯，這乃是具體人物在族群、膚色、性別、文化認同問題上的種種演變，並非「含混」或「交織」等概念隱喻所能含糊帶過。

然而，有趣的是石川欽一郎在這兩次分別為九年的旅居臺灣過程中，從殖民官員轉化成美術教育家的身分，他的藝術創作及風景論卻呈現出矛盾而又錯綜的心理認同結構，他以跨國旅行兼殖民者身處異地的方式，一方面大部進行收藏、調查、修訂或啟蒙他者的計畫，另一方面則將臺灣山水與日本的風景加以類比，但往往卻又以排斥異地景觀，採用懷舊的觀點，顯出文化優越感。如在一九〇八年一月二十三、二十四日，他在《臺日報》上發表的〈水彩畫與臺灣風光〉這篇文章裡說道：

領臺十餘年後的今天，日本還有很多人一直不知道臺灣，我希望至少讓這些不幸福的人們知道日本第一的臺灣風景。或許也有人覺得我說臺灣是日本第一風景太過分了些，可是我卻深信不疑，並且相信東京的畫家友人看了也一定會這麼想。僅拿臺北與日本相比較，首先讓人覺得有些與京都彷彿相似。淡水河可比鴨川（又稱加茂川）。媲美比叡愛宕的大屯、觀音等群山圍繞著城市。吉田白河就以圓山一帶來比擬，和尚洲（河上洲，蘆洲）附近好比嵯峨野，臺北南區的古亭庄相當於京都南端的伏見。也不必要勉強在此一一類比，兩地大體的山容水色相當近似，臺北的色彩看起來還更加地美。紅簷黃壁搭配綠竹林效果十分強烈，相思樹的綠呈現日本內地所未曾見的沉著莊嚴感，在湛藍青空搭配下更爲美妙。（顏上30）

但是十幾年後，他卻在《臺灣時報》上表示不同的看法：「臺灣的自然多半都是一眼望盡，餘韻不足……美麗的臺灣風光變化不夠細膩」（一九二六年三月，顏上34），因此他雖被「雄偉的景觀所感動」，「然而不知為什麼我總是有些不滿足的感覺。仔細推敲，原來是缺少了神祕感」（顏上34）。又如在〈麗島餘錄〉裡說：

臺灣的山岳卻無論如何也沒有日本的淒涼壯烈感，我想這是因爲臺灣島亮麗的光線以及色彩鮮豔的緣故，日本阿爾卑斯山一帶鼠灰的顏色總令人覺得可怕，但這裡（臺灣）連山都

> 是可愛嬌美的。因此，和日本山脈那種崇高的感覺或神靈之氣相較，感覺相當不一樣。然而這麼熱鬧的話，天狗也不會喜歡住在那裡罷，即使六根清淨也無法達到本心的境地，你以爲如何？（顏上41）

也就是他在臺灣旅居日久，反而對玉山、淡水、臺灣廟寺、山水加以貶低、排斥，刻意摒棄臺灣認同，重新追求其本我的純淨、超越。

我們大可延伸南地（Ashis Nandy, 1937-）的「近敵」觀點，認為石川的類比及其愈比愈本位的作法是以「內在仇讎」的自我否定方式，將第二個定居的九年視為「歧出」，因距離拉近而想力圖恢復其文化失調的補償作用，將失掉疏離、墮落的「本」我加以贖回，以致於得排斥、壓抑他者。跨國旅行兼殖民者身處異地，一方面大肆進行收藏、調查、修訂或啟蒙他者的計畫，另一方面卻逐漸發展懷鄉與異國記憶，針對自己的文明任務及其引發的身心症狀，感到無名的焦慮與迷惘。南地以吉普林（Rudyard Kipling, 1865-1936）為例，去演繹吉氏心中的「盲目暴力與執著報復」（68）。吉普林出生於印度，在印度長大，深受印度文化的洗禮，樣子很像印度小孩，然而六歲時，父母送他回英國上學，與姑媽住，從此吉普林便在英、印兩個世界中擺盪，無法在英國找到親情，又不能認同落後的印度生活，他雖然不斷撰述有關印度的故事，但是大致是以東方論的角度去看待印度。同時，吉普林自己與歐洲文明格格不入，往往被看成是陰弱、叛逆的人格。因此，在南地的分析之下，有兩種吉普林在內心之中交戰：一個是西方文明的代言人，一個則是印度化的西方人，憎恨體內的西方成分，以至於在小說中展示出兩種人物，一種是出入各種文化的英雄，另一種則是討厭文化交混，無法接受本身的不純淨因素，雙方爭鬥的結果是自我的墮落與毀滅性的暴力。

以南地所持的「近敵」（內在仇讎）此一說法，來看殖民者的自我毀滅心理學，在駐日的藝術家如石川欽一郎身上，是可找到一些線索，如他刻意摒棄另一個臺灣自我，透過對玉山、淡水、臺南風景的貶低與排斥，重新追求其本我的純淨。誠如顏娟英在晚近一篇論文指出，石川一方面受到日本風景畫論的影響，另一方面則因他的兩段駐臺不同際遇，從殖民者身分變成臺灣藝術界的良師益友，反而不斷以文章去抬高日本山水的地位，而把臺灣給比下去。在他第一次來臺的九年內，常以類此的方式，將臺灣海岸、山水與日本的風景參照；第二次來臺定居九年，則因距離拉近，而逐漸恢復其文化本位的補償心理，企圖將失掉、疏離、墮落的日本自我加以贖回，以致於有分歧斷裂的藝術論述，與生活中的親臺作風產生不一致的批評實踐。類似的狀況也見於柳田國男在臺灣的比較民間風俗研究及其旅行田野誌：在異地的風土人情中，看到日本民族文化的優越地位及其國族想像的必要性。

值得注意的是，這些殖民者往往經由類比、疏離與贖回的過程，從驚「異」的自我失落之中驚醒，豁然發現自我反而更能欣賞異文化之美，甚至與之較為親切，因此不得不改以嫌惡的眼光看待他人，將失落的自我重新拾起，透過越界的接觸或對本身都會文化的反省，形塑懷舊記憶，將創傷及心理挫敗加以昇華，建構超真實的統合自我，表面上是挽回、恢復文化認同，其實是不斷被自我分裂、水土不服所引發的憂鬱及無感症所侵襲。我們可發現石川對來臺之方式、友人、社群及其形象都起了概念上的質變，雖然是因為地震失恃，他卻是被吸引來臺，而且接受社群及友人之協助，讓他變成由「客」、「外」人轉化為局內人，也因此他的「旅行」觀念開始停滯，只得透過「回返」祖國的形式，繼續發展其流動與批評位置，也就是說他不斷穿梭於「寄居」與「留住」之間，有其矛盾，因此在畫作及其美術教育上逐漸傾向臺灣本土的同時，他也不斷嚮往故國的風光，開始以情感、書寫等心理機制去顯出其複雜的認同結構。

石川第一次來臺，是以殖民帝國主義者的從屬身分，乃日本政權對東亞地區進行其「現代化」計畫的一員官僚，其旅行大致是在統轄、管理、分類的科學方法之下展開，往往假定日本之外的「東方」比較落後並亟待啟蒙。他到臺灣各地的旅遊、考察與實地寫生，主要是要建立田野資訊；與當時的地政、戶口普查、人文地圖等統治伎倆，可說彼此搭配。殖民體制的知識及權力也是他旅行所倚重的社群、網絡，而拉攏本地藝術家，透過畫會及展覽活動，他一方面提升其公關，另一方面則用「以文會友」的方式，化解殖民者與被殖民者之間的緊張對立。這種拉攏的手段，在他所倡導的「蘭亭會」（書畫會）最為明顯，既凸顯日本人看重中國書法，因此以王羲之為其畫會的圖象，同時也表示文化交匯（transculturations）的用心，藉「同文同種」的觀念，引導臺灣本地藝術教育邁向現代化（或日本化）。

在這種現代科技與統治的前提下，石川不斷歸納、比較，企圖將臺灣的風土人情與日本的好山好水相互參證，因此時常流露出他對臺北、淡水、臺南景觀的「驚異」與「共鳴」，發現臺、日「兩地大體的山容水色相當近似」，甚至於還發展出懷舊與反征服的情緒，認為「臺北的色彩看起來還更加地美」，有其不容抹滅的「沉著莊嚴」。是在這種「比較都會文化觀」下，他的殖民身分認同起了微妙的變化，不斷在「再現」臺灣景觀的過程中，重新調整其見解，提出「臺灣是日本第一」的看法，對日本流行的風景論作批評。

不過，他的第二度來臺，則是在東京大地震的家破人亡之間，到臺灣來安頓，發展他的新藝術生涯，相較之下，在臺友朋的協助及其熱心提供工作機會，反而凸顯了臺灣的進步與安定，特別是在這九年內（1924-33），臺灣文官總督政績卓越，在日本政局變動之時，竟取得主導地位。因此，許多在日本無法執行或實施的新都市計畫、建築風格（如日本巴洛克）反而到臺灣得以發展。在這種資訊、資本均起了質變的年代，石川來到臺灣，發現臺灣一片向上提升的新氣象，又因他的身分由殖民官員轉為美術教育工作者，從統治者變成教師、朋友、局內人，甚至於不再是旅遊者、過客。在這種錯綜的因緣交會之下，東京、日本反而是他懷念的「家」、「故鄉」，所以他會在這階段重新調整其風景理論，不斷透過歌頌日本山水的神祕及宏偉，來贖救他心中所感到的失落（dis-placement），乃至文化心理上的遠離中心或遭到放逐感。準此，他開始以「反驚異」的方式，逐漸排斥臺灣風光所留下的震撼感受，一味假想日本景觀的純淨、靈秀，藉心理機制的再現方式，去掌握「本我」，從破碎玻璃中重整、找回原初鏡映期的理想情境，一再美化、重返故鄉。

到目前我們尚未說清楚是否把個人的收藏以及圖書這種比較科學性、客觀的殖民體制混為一談，或者將個人的旅行觀察所得視為一種收藏者的行為，以及在整個運作上是否有範疇的混淆。我採用夏提耶（Roger Chartier, 1945-）在《歷史危岩層》（*History on the Cliff*, 1997）裡所說的，私人的信件以及許多在私密的空間裡所運作的虛構過程，和歷史的檔案如何作仔細的分野，其實是史學史與社會知識史建構的範疇。因此，我透過卞雅明有關收藏的觀念，探討這些親密而後又產生公共性學術領域的體裁（subject），如何被設想、提供材料、建檔，而後形成相當混淆且不容易透過客觀、不具身體的觀念仔細區隔的一種系統性關係。在這樣的情況下，當然我也了解到收藏之舉、文化觀光及體制學問之間是有很大的差距，但是根據許多人對於柳田國男等旅行家的觀察，我們可以看出殖民旅行家非常印象式的材料收集，往往成為後來系統性學術的重要根據，比如史達金（George Stocking）的《維多利亞人類學》（*Victorian Anthropology*, 1991），從一個殖民者上校到非洲各地的收藏，以及柳田國男來臺的雜記對民謠、民俗文學的影響，甚至在東京帝大逐漸形成主流，日本「文化本質」的論述提供思考框架後，就成為日本人與其他人種區別上非常重要的理論根據。

在這些面向上，我們都可以看出相當親密而又公共的論述作為下，有許多模糊灰色的空間，也因此如石川欽一郎這種從內地來臺殖民的身分，而後轉化為本地人和當地的藝術工作者一起居住，在臺灣的環境之中以客人身分「再本土化」，他對故國的想像及對臺灣風土人情的描寫產生相當含混、愛恨交加的關係，這個在他的論述裡相當明確，而在他的繪畫裡，很難作時代的區分，因為他繼續保留了風景紀念畫的風格。在探討這些殖民文化遺跡時，常會遭遇到的困難是如何在系統和非系統性、親密和公共、身體和客觀系統的思考之間，取得平衡點。收藏者將收集來的對象事物，放到個人新的生命脈絡中，使之重溫獲得新生命的方式，並使之與收藏者形成特殊關係，而在收藏的空間裡，上架與不上架的秩序中，形成特殊的展示倫理、美學政治關係。因此，對於收藏者如田中長三郎、石川欽一郎，我們可從想取回收藏材料，拒絕被新國家體制所接收，對臺灣曖昧的愛恨關係這些作為實踐裡，看出收藏者與他們所遺留的收藏品及其效用，有很複雜的關係。

按卞雅明的看法，收藏者不是一個編目、歸檔專家。在「田中文庫」或石川欽一郎對臺灣景物的雙重觀念中，我們都可以看出，在一個體系逐漸被知識和掌控的技術加以分類、歸納的情況下，被收藏對象的「物」的感性，以及它和人在感覺、觸覺等各種接觸的領域裡，所產生的私密、生命的關係，便會逐漸褪色。因為體制的歷史知識，往往以考古或社會科學的方式來掌握、分析、系統化；準此，較零亂而又隨機的意義、親身體驗到的、收藏的親密面向所形成的「感性」學術，常被當作無足輕重。因此，卞雅明提出的是收藏家以及史學家這二種身分的結合，收藏家透過歷史論述的實踐，將歷史「託喻化」，形成一種新的個人生命以及社會記憶的託喻關係。

收藏物品、文庫不僅是表現出某種慾望（desiring），而且能利用收藏和展示秩序的投射，形成人和物（收藏品）之間的生命關係。這種關係能透過記憶（如小時候所收集的郵票，長大後所收集的明信片、影星的照片等），以一種親密而又社會的方式與外面世界形成託喻的關係，也就是一種歷史唯物的關係。而這種歷史關係又與收藏者本身隱祕、私人的論述活動形成特殊的倫理關係。在卞雅明的論述裡，這種倫理關係就是將收藏品從市場裡解放出來，讓它脫離價值交換的政治經濟，而使之邁入記憶的唯物經濟（material economics of memory），讓收藏品在個人所重新組構的社會史及個人生命史裡重溫其記憶價值。正是在這種記憶價值的驅使之下，田中長三郎教授在錢思亮校長的任期間返回，想將這些材料再度變成個人的收藏品，但是在新的歷史脈絡裡面，「田中文庫」卻成了新學術與政治環境的公共財，重新印證了某種後殖民的關係如何被新的政權加以調整。在這樣的過程中，我們可以看得出記憶的價值如何與殖民、後殖民時代流動的身體和記憶，形成多元的、重新調整的心理和文化結構。

柯恩（Bernard S. Cohn, 1928-2003）曾說過，史學家基本上是在跟隨國家，人類學家往往是在追隨帝國，而後殖民研究者就是在挑戰這種疆域的區分，讓從事科學研究的人類學家去和歷史學家一起研究國家，讓史學家以及科學史的社會學家去和人類學家一起研究帝國。如果將柯恩的話再複雜化，我們可以說除了史學家和人類學家之外，其實非常重要的是收藏家和這些角色的多元交叉及糾纏（entanglement）。在日本帝國的幽靈尚未散去，而中國政統立即移入的後殖民環節上，我們不僅要有史學家、人類學家、社會學家來研究帝國（中、日、美等）及之後所形成的國家認同問題，更應該透過收藏家、史學家、人類學家這種身分的結合，來探討記憶和感性知識在這些殖民者的論述之中，如何形成新的問題意識，如何展現出新的知識可能性。底下我們由兩位旅遊文學家對於臺灣這個殖民地的觀察，以及他們對地方文物的收藏，再進一步深入思索殖民或後殖民的觀點。

池上秀畝是日本長野縣人，明治十年（1877）生於上伊那郡的高遠町，家中三代都是畫家，於二十歲時得到最高獎，他致力於傳統日本畫的現代化，將西洋自然主義的寫實畫風融入日本畫裡，因此在同時代的畫家裡地位相當突出，曾在三十六歲時與老師於明治天皇尊前揮毫，大正天皇到日本美術協會時，他也曾於他的尊前作畫。一九三一年十月，池上應臺灣總督府之邀來臺灣，擔任第一回臺灣總督府「府展」之評審，因此有旅行之札記《臺灣紀行》。他在遊覽庫頁島之後來到臺灣，在《臺灣紀行》短篇裡，他第一句話就表示，在荒涼、景色寂寥的庫頁島之後來到臺灣，非常地愉悦。在許多論述的過程裡，他常以不可思議的方式來仔細素描各地所見，比如十月的日本已進入紅葉的季節，開始下雪，但是還未到臺灣前，就已感到悶熱，看到基隆一片青翠，沒有任何一根枯草，一登岸就下雨。在許多景觀裡，他一直在描述這種常夏的過程，對許多樹木、山景也都有仔細的描寫刻劃，比如像庭院樹木之中，臺灣到處可見的芙蓉花，可以高達幾丈而且長青苔，他都常拿這些來與日本的景色作為對照，但是他也常描述臺灣氣候不分四季，一年到頭都一樣，所以人也變得懶散。這些景觀及人物的描寫，和自然主義的概念有些類似的關聯，而且和石川欽一郎所描寫臺灣風土民情的《風景論》裡也有雷同的部分。

池上對臺灣原住民的描寫在幾個段落之中相當生動，如過山月橋，也就是太魯閣的第一長橋，他看到原住民走慣山道，十分地敏捷、輕巧，他們先用腳搖動橋面，再順著起伏的波狀渡過去。在這個過程中，池上第一次感到害怕，而且對鋼索用幾百根的鐵線結合在一起，從山頭掛到另一頭再鋪上木板，這麼簡單而又堅固的建築，他感到非常地佩服，也對山月橋所發展出的危險景觀，特別地印象深刻，他說光看那個鐵線橋就嚇破膽了。他以內地人和臺灣人在生活、適應能力、競爭力等方面的差別作為對照，這種對照是相當有趣的比較，他說臺灣的街上有賣蜜柑和香菸的攤子，要是內地人的話，即使吃不多也會買整個，可是臺灣人是把皮剝掉後買裡面的一瓣而已，這些蜜柑還分為大瓣和小瓣，總之臺灣人是一瓣一瓣地買來吃，所以一個蜜柑可以分給十個以上的人來吃，香菸也是一根一根地買，而不是整包地買，生活是這樣地勤儉、簡單，他們這樣子就滿足了。日本人愛面子，為了抽根菸不得不買一整包，賣菸的人也會佔他們的便宜。臺灣本地賣菸的人為了零賣常會把菸盒拆開，看到這種光景，外面的人會以為他們是窮人，但事實上有錢的人倒是不少。

所以他的感覺是從內地來的人生活很奢侈，又要有客廳，吃飯要有碟子、筷子、膳盤；相較之下，臺灣人以非常簡單、樸素的方式，打著赤腳就可以同樣過生活。因此，他認為做同樣的生意日本人是敵不過臺灣人，一樣的東西在臺北街上有賣，可是日本人就要到臺灣人街向臺灣人買，因為價錢不同，就連日本進口的牛奶糖，也要到臺灣人的店裡去買，因為經濟成本不同，這些事情都讓他擔心。表面上看來，內地人相當成功，其實握有實力的多半是臺灣人，他提到有人說內地人不努力的話，最後連好地方也會被臺灣人佔去。從他所欣賞、片面觀察到的這些面向，透過走到、看到所產生的感覺，利用這樣的方式形成對臺灣的一種態度。他認為臺灣人如果在整個條件上變得較為活潑的話，一定能夠勝過日本人，因為日本方式講究排場，所以到最後總是會有人落得一身債務而困苦不堪，經濟力敵不過人家，以後就會變成一個大問題。

在《臺灣紀行》的收藏、觀察、記憶之旅中，池上秀畝看出兩種文化、性格、生活方式的差異，他把許多觀察、收集所繪製出的圖畫與外面的社會史形成一種託喻的關係，在比擬兩個民族於勤儉、經濟、體力、競爭力的差異上，形成相當多的對照景觀。利用這個方式，他表現出日治時代一個日本大畫家在臺灣行腳的感性知識，以此對臺灣遲早要脫離日治的未來提出觀感，雖然不是非常系統性的歷史知識，但是他以收藏者、繪畫者、史學和人類學家的原始姿態，提出相當有見地的比較文化觀察。柳田國男也將類似經驗加以記載，變成虛構小說及民族誌兩種文類混合的新創作文體，在東京帝大人類學門裡形成另類的跨國民族田野工作誌，以個人記憶與學術社群產生的對話，展開比較文化、民謠的通俗文化研究。

最後，我們看一下佐藤春夫，他於一八九二年出生在日本和歌山縣的新宮市，是大正時期最活躍的作家之一，並以森鷗外之再傳弟子自居，他在一九二〇年夏天到臺灣旅行三個月，回到日本之後，就寫了相當多與臺灣有關的論述，其中很重要的託喻作品就是《魔鳥》，他說道：

我在此次旅行中，也看了某個國家的殖民地，在那裡，這個文明國的人把殖民地的土著居民——擁有相當文明的人，因其風俗習慣相異，對待他們雖沒有到殺害的地步，卻把他們當牛馬一樣。這也是文明人要把表情異於他們的別的文明人壓倒、使役的一個常例。還有，我也看過某一個文明國的政府，對一種和當時的一般國民的常識稍異其趣的思想——依其思想，一般人類可能將有更幸福的思想者抓起來，認定其爲危險的思想，屢屢把這種思想家關進牢裡，有時甚至不留餘地處以死刑。文明人也和野蠻人一樣，把自己所無法理解的事物全都當做是惡，而努力把那不可解的表情——有靈魂的表情，根除斷絕。（《殖民地之旅》92—93）

另外，在《殖民地之旅》這篇中篇田野誌小說裡，他從集集經日月潭到埔里原住民村落，透過對談的方式，提出對原住民及殖民文化的一些觀察。一位本地朋友在和他的對話中說道：

在本島，有貴國人——也就是內地人，還有如我們所謂的本地人——就是臺灣居民，更且還有在山地居住的原住民，也就是所謂的蕃人。像這樣子地，各種不同的人一起居住在這塊土地上，居住民不是單一這一點，乃是本島與內地重大的相異點。這不管是哪個旅行者，有兩個月，不，只要兩三天，我想就會察覺到，閣下不會只著眼於天然或自然而對居

住民的問題毫無所感吧！（330）

這一篇討論讓文化觀光者隨手拿出筆記本將談話作備忘錄，以成為報告的材料。與本文主題密切相關的是敍述者在A君的《寄鶴齋詩矕》詩集裡，找到許多幻想的線索，他說：

> 據其序文，乃是丁巳孟春的初版，是南投活版所印行的。據說詩人認爲自己字不好，不喜執筆親書，乃令其外甥還是誰書寫，按其筆跡以石版印刷的。其印刷既非唐本也非和本，樸素的製本，也是具備臺灣獨特的樸素感覺，呈現出帶著野趣的地方版的風味。再加上其內容之珍奇，這四本書其後一直成爲小齋的珍藏，放之於座右。打從最初A君拿給我時，這詩集就非常讓我著迷了。不過，或許反映這個作者生活的奇聳之極的詩境，或許緣由內容要求以及作者的詩癖，在才疏學淺的我輩看來，眞是佶屈聱牙，並不是那麼容易理解的。而且其內容有歌詠蕃人生活的打鹿行，有詠留聲機的，有取材於嘉義地方大震災的地震行，還有吸鴉片者的詩——吸煙戲詠，以及似乎也和鴉片有關的夢遊玉京、圓明園失寶歎等等。其題目，一見之下就感到嶄新非凡而且充滿地方的特殊題材。如此地，時而跳拾我能讀得懂的詩句來看，都感其各自奇趣横溢，使我倍感興趣。可是想通讀下去，則馬上碰到難關，令人氣結。但這卻反而很奇妙地使這詩集讓我更覺得魅惑。（292—293）

這種魅惑、七言古詩、無法了解內容的片語支句及奇怪的表達方式，讓他覺得如同讀到用漢字寫成的波特萊爾詩集。這項收藏品在他後來百般無聊的旅遊生活裡，替代了他所說的索然無味的旅館午餐，使他飽嘗了《寄鶴齋詩矕》中無盡的詩味，而且伴隨著無法消化的極端痛苦。

利用這樣的方式，他展現出在臺灣殖民地之旅的收藏，豐富他對於這些歷史探討的感覺面向，他常常說在日本地理書裡，從來不曾聽過如此有趣的地名和心情。因此在描述之中，他往往特別著墨各地地名的典故，特殊的狐仙、竹林、板橋等。在陪伴殖民者同事到臺灣各地從事田野調查的過程中，他以一種既親密而又有疏離感的角度，顯現出在觀賞和記憶之中的某種模糊印象，如他最後在山中的媽祖廟裡所看到的紅色的布幕、頭冠以及祭壇裡的大木板。佐藤在回想與一夕之夢之間，提供蒐藏記憶與歷史了解的感知，如同以上的其他三種論述實踐及其蒐藏作為，佐藤的魅惑及其感官知識，可能也可算是我們在穿透殖民、後殖民時代，重新思索現代性的線索。這些論述是虛構或歷史？可能難分難辨吧。在上架時，它們被歸類為「臺灣關係作品」，也可能被稱為「臺灣文學讀本」，是內地或本地？還是坐落在其中的失所？要重新體認殖民與現代性，也許我們不能忘記蒐藏者的角色及其感知學術。

【注】

❶本文所討論之「藏書」議題是「收藏」（collection），而非「蒐集材料」（gathering data）。在

卡雅明的理論及其實踐裡，「收藏」是一種既公共又隱私之舉，有其特別意涵。

【參考書目】

Benjamin, Walter. *The Arcades Project.* Trans. Howard Eiland and Kevin McLaughlin. Cambridge: Harvard UP, 1999.

Benjamin, Walter. "Unpacking My Library." *Selected Writings.* Ed. Michael W. Jennings. Trans. Rodney Livingstone. Vol. 2. Cambridge: Harvard UP, 1999. 486-93.

Bhabha, Homi K. "Unpacking My Library Again." *The Post-Colonial Questions: Common Skies, Divided Horizons.* Ed. Iain Chambers and Lidia Curti. New York: Routledge, 1996.

Bourdieu, Pierre. *The Logic of Practice.* Trans. Richard Nice. Stanford: Stanford UP, 1990.

Chartier, Roger. *On the Edge of the Cliff: History, Language, and Practice.* Trans. Lydia G. Cochrane. Baltimore: Johns Hopkins UP, 1997.

Choi, Chungmoo. "The Discourse of Decolonization and Popular Memory: South Korea." *Positions* 1.1 （1993）: 77-102.

Clifford, James. *Routes: Travel and Translation in the Late Twentieth Century.* Cambridge: Harvard UP, 1997.

Cohn, Bernard S. *An Anthropologist Among the Historians and Other Essays*. New York: Oxford UP, 1987.

Cumings, Bruce. "The Legacy of Japanese Colonialism in Korea." *The Japanese Colonial Empire, 1895-1945*. Ed. Ramon H. Myers and Mark R. Peattie. Princeton: Princeton UP, 1984. 478-96.

Fogel, Joshua A. *The Literature of Travel in the Japanese Rediscovery of China, 1862-1945*. Stanford: Stanford UP, 1996.

Hall, Catherine. *Civilizing Subjects: Metropole and Colony in the English Imagination 1830-1867*. Chicago: U of Chicago P, 2002.

Kuwayama, Takami. （桑田敬己）. " 'Native' Anthropologists: With Special Reference to Japanese Studies Inside and Outside Japan." *Ritsumeikan Journal of Asia Pacific Studies* 6（2000）: 7-33.

Nandy, Ashis. *The Intimate Enemy*. Delhi: Oxford UP, 1983.

Steinberg, Michael P. "The Collector as Allegorist: Goods, Gods, and the Objects of History." *Walter Benjamin and the Demands of History*. Ed. Michael P. Steinberg. Ithaca: Cornell UP, 1996. 88-118.

Stoller, Paul. *Sensuous Scholarship*. Phildelphia: U of Pennsylvania P, 1997.

Stocking, George W. *Victorian Anthropology*. New York: Free Press, 1987.

石川欽一郎。〈水彩畫與臺灣風光〉。《風景心境》。顏娟英譯著。鶴田武良譯。臺北：雄獅，2001。30。
石川欽一郎。〈麗島餘錄〉。《風景心境》。41。
池上秀畝。《臺灣紀行》。張良澤譯。臺北：前衛，2001。
吳明德、蔡平里主編。《國立臺灣大學圖書館田中文庫藏書目錄》。臺北：臺大圖書館，1998。
吳明德、蔡平里主編。《國立臺灣大學圖書館田中文庫植物圖譜》。臺北：臺大圖書館，1998。
佐藤春夫。《殖民地之旅》。邱若山譯。臺北：草根，2002。
柳田國男。《柳田國男全集》。東京：筑摩，1999。
胡家瑜、崔伊蘭主編。《臺大人類學系伊能藏品研究》。臺北：臺大出版中心，1998。
張誦聖。《文學場域的變遷》。臺北：聯合文學，2001。
顏娟英。《風景心境：臺灣近代美術文獻導讀》，上、下冊。臺北：雄獅，2001。

從後殖民角度看臺灣

一、從殖民到後殖民

從十九世紀到二十世紀的中葉，地球上成立了不少新興或終於獨立的民族國家，邁入了所謂的「脫離殖民」（decolonization）時期，也就是後殖民階段（postcolonial）。不過，文化批評界暢談「後殖民理論」卻是近二十年來的事。風氣所及，「後殖民」儼然取代了「後現代」成為環球文化經濟之中跨國資訊、風尚、理論旅行解釋本土與國際互動的另一種組合方式。

為什麼後殖民理論會如此流行？批評它的人通常是一知半解，擁護者也多因指見月。事實上，後殖民的批評家相當多，而且並沒有一貫的主張，也許正因為後殖民理論的多元交錯性，使得它對某一種簡單而且主導的西方現代化計畫（modernity project）具有針砭作用，同時也開啟了第三世界雙語知識分子及第一世界移民後裔的文化與空間，讓跨國交流的權力變成流動而不至於掌握、宰制於特定的一方。因此之故，不同的主體位置及其政治含義，在環球文化經濟之中，各民族、社群、團體可以一展身手，發揮其異質性，使霸權文化喪失正統權威，進而將主流語碼加以挪用、轉化、「番易（Mimicry）」，讓本土文化得以進入國際公共場域，重新定位、協商自身與他人的關係。在多元文化及新殖民主義到處可見的時代，後殖民理論就像賓士汽車與麥當勞在世界各地面臨不同消費習慣一樣，正呈現出本土與環球文化的辯證創意，既讓我們深入察覺跨國剝削的事實，同時也注意到殖民地對環球文化經濟的貢獻，不至於落入歐洲中心、白種中產階級男性父權的陷阱中。

二、後殖民批評家

最具盛名，而且也是二十世紀後半葉，唯一能與傅柯（Michel Foucault, 1926-1984）相提並論、廣被引用的後殖民大將是薩伊德（Edward W. Said, 1935-2003），任教於哥倫比亞大學，是英文系及比較文學組的講座教授。薩伊德於一九三五年出生於巴勒斯坦的耶路撒冷世家，從小就目睹回教與猶太教的衝突，他一生的文化政治貢獻主要奠基於一九七八年的《東方主義》（*Orientalism*）這本書，後來又有討論世界、文本、批評家；音樂與文化霸權；文化、文學與帝國主義；知識分子的地位等書，但他最看重的則是幾本有關巴勒斯坦問題、文化再現及景觀的專著，他一直是十分活躍的音樂及文化評論者，可以說是傅柯的美國版，而且也對中東、巴勒斯坦的正面形象盡了相當大的力氣。晚近因為白血病的關係比較不四處走動，但是不減其政治參與的熱度，令人感動。

薩伊德認為英、法、德、美有關中東的研究基本上是與帝國、資本主義的侵略形成共謀的關係，因此東方往往用來印證西方心目中既定的理念，如東方是肥沃、野蠻、獨裁、亂倫的場所，由後宮、埃及豔后所代言。這些想像、捏造出來的東方形象不斷透過文學、政令、歌劇、電影、學術著作複製，從《阿伊達》（*Aida*）到《西貢小姐》（*Miss Saigon*）、《蝴蝶君》（*M. Butterfly*），一再顯示出東、西方權力關係轉化為性別政治，藉此將掠奪、剝削、軍售這些不平等的政經交易加以合法化。這些議題在《文化與帝國主義》（*Culture and Imperialism,* 1993）、《流亡之反思》（*Reflections on Exile,* 2000），這兩本書裡又有進一步演繹。他對破除西方帝國都會的迷思及發揮對峙抗爭的文化批評作用，是當代最重要的後殖民導師，特別在鼓勵第三世界的發言主體位置及女性主義的層面上，有相當的影響力。

第二位代表人物是史碧瓦克（Gayatri C. Spivak, 1942-），她出生於加爾各答，屬中下階級，乃目前最具理論魅力的後殖民批評家。大概是所有後殖民學者中最銳利、聰慧的一位。她早期受教於播羅．德曼（Paul de Man），據說英、法文全由獨力苦讀速成，後來為德希達（Jacques Derrida）翻譯《書寫學》（*De la grammatologie,* 1998），並將解構批評與馬克思主義、女性主義融於一爐，對法國女性主義的研究更是將幾位代表人物納入國際性別政治中去檢證，擴充了理論與文本實踐的深度。她由愛荷華到匹茲堡到哥倫比亞大學，目前在香港科大客座，且將有異動。《其他世界》（*In Other Worlds,* 1987）、《後殖民批評家》（*The Post-*

Colonial Critic, 1990）、《教書機器之外》（*Outside in the Teaching Machine*, 1993），尤其《後殖民理性批判》（*A Critique of Postcolonial Reason*, 1999），都是她的力作，她主張善用第一世界的批評、學術資源等，拿來與之重新協商，分析第一世界女性主義與帝國主義的勾結與盲點。她實是印度「底層民間研究群」（Subaltern studies group）與美國解構女性主義文學者之間的會通者，無論對理論脈絡、文本細節及政治期許均十分精熟。

現在最走紅的則是巴巴（Homi K. Bhabha），他與阿帕杜萊（Arjun Appadurai）、比爾葛拉米（Akeel Bilgrami）號稱是美國孟買三巨頭，問鼎文學、人類學、哲學的領域。他是印度的波斯後裔，於英國牛津大學取得學位後，曾在色薩斯大學任教一段時間，一九九二年起到美國芝加哥大學英文系，現在則移往哈佛大學。他是法農（Frantz Fanon, 1925-1961）的重要注釋者，由「黑皮膚、白面具」的多元認同心理與偽裝，去談殖民戲劇的交織與含混命運，認為現代化與殖民文化的計畫往往經由彼此翻譯及交談而產生雙方無法控制的落差、空隙、失誤，以致於在焦慮、曲解的兩難局面中發展出分歧、演現、番易的效果，誰也沒佔上風。正因為這種時空上的文化落差，後殖民的可能性不在追隨其殖民主，而是有新意的重複（repetition with difference），在重蹈覆轍之中踏出新路道。他的《文化定位》（*Location of Culture*, 1994）把許多重要論文均收入。

三、臺灣的後殖民史

儘管歐美的後殖民史觀十分具哲學指述作用，有其啟發性，但是，臺灣的殖民及後殖民史比起其他地區的情況可能更加複雜，因為印度、非洲、中南美洲（指印第安人）或美國的黑人均無法找到另一個文化原鄉可當作拒抗殖民主義的庇護所，而且也無身分的雙重性及文化地理的邊緣地問題：如在「祖國」被視作「漢奸」，有時則藉「日本人」的名義，可在祖國通商，獲致較大的利益（如林滿紅所指出），有其雙重乃至多重的曖昧性。其次，臺灣一直被視為邊陲，以邊緣地帶的論述位置，一方面被忽視（明清）、割讓（甲午之役）、轉進佔據（國民政府）或軍事侵略（中華人民共和國），另一方面則當作列強與中國角力的場所（葡、荷、英、法等）、中日現代化的實驗地、國民黨的「三民主義模範省」及中共的學習（或血洗）及統一目標。這些矛盾而多重的身分及社會條件促使臺灣的「後殖民」情景顯得格外複雜。例如，晚近對小林的《臺灣論》漫畫、臺灣年輕族群的「哈日風」、李登輝前總統的言論，或更早一點的臺商「南進」或對「西進」的「戒急用忍」作法，乃至教材「認識臺灣」的「日治」一詞，或美國提供防衛武器等，均引發大規模的「認同危機」、「數典忘祖」圍剿，顯出臺灣的傳媒、知識、文化界裡有不少人認為臺灣未能擺脫「日本殖民」、「美國殖民」，仍停留在「被殖民」的階段。不過，這些聲音背後是對「一國兩制」的一廂情願，反而不去正視中共對臺的政經封鎖及文化牢套（entrapment），因此又融入另一種形式的殖民屬地思維：錯把臺灣當作香港。事實上，要了解臺灣「後殖民」史，我們不妨再回到一些「脫離殖民」時期所產生的作品，去觀察其文化場景。

我們從吳濁流的札記《南京雜感》及其小說《亞細亞孤兒》，都鋪陳出臺灣人在殖民、後殖民之間掙扎時，那種無法歸類的失落、無助、惶恐、憤怒、及偶爾在與中日對照之下產生的幸運感（moral luck）：如胡老人為太明講解《大學》時，便訴苦道：「現在是日本人的天下了，在日本人統治的社會，強盜、土匪都減少了，道路也拓寬了，這固然有很多便利的地方，可是你們已經不能再考秀才和舉人了，而且捐稅又這麼重，怎樣得了啊！」（吳濁流21），後來，到了東京留學期間，胡太明在藍的引領下，參加中國同學會的演講，應對之間，太明因為對北平話沒有十分把握，「倉促之間竟漏出說慣了的臺灣話來，以致被認為是客家（廣東）人」（95）。太明起初「沒有說出自己是臺灣人」，只覺得幾位到日本來訪問的中國要人，「闡揚三民主義和有關建國的問題，聽眾情緒異常熱烈，他因為無法完全了解講辭，似乎並不十分感動」，等他自我介紹說是「臺灣人」時，頓時引發陳姓中國留學生的侮蔑及在場人士的騷亂，「臺灣人？恐怕是間諜吧？」（97）。這種情況，在太明「回」到了南京、上海，一方面被吸引，覺得上海女學生在傳統的中庸理性與歐美的豪放之間，有某種在臺灣人身上找不到的「高雅灑脫」：「從她們的摩登裝束中，散放著高貴的芳馨，似乎隱藏著五千年文化傳統的奧妙」（46）；然而，在另一方面，卻目睹了中國的腐化、破敗、虛偽及各種人物之「厲害」（211），在拘禁到越獄之後，他了解臺灣人在歷史激變的脈絡中兩邊都不是。

吳濁流筆下的兩皆不是的孤兒意識在一九四七、一九七一年又更加複雜化，二二八及退出聯合國是臺灣在邁向後殖民史的兩大障礙。國民黨來臺，陳儀將臺灣人界定為過度日本化的異類，在事變後，蔣介石更以白色恐怖及「中華文化復興運動」使臺灣逐漸興起的市民社會與公共文化整個萎縮，造成內部殖民的陰影一直揮之不去，同時讓去政治之現代主義於文藝界盛行，以至於在特定範圍內某種版本的後現代主義迄今仍左右文壇，只從修辭取巧、文類交混及無以決定的性別與國族認同等流動而投機的面向上，去敍述眷村族群、政客言行、情色主體、書寫景觀或後設語言等片面真理。一九七一年退出聯合國，固然使臺灣醒悟到本身遭到雙重邊緣化，因此有「莊敬自強」的愛國行動，但是從此卻被大中國的論述所包抄、騷擾，同時得不斷觀望美國的「關愛的眼神」，喪失了國際上的舞臺，其結果是對內強化管制，對外只能透過貿易（因此有勤快的「李表哥」此一商業圖象）及文藝（尤其以美術、電影作品獲得國際獎賞的肯定）去建構其知名度。而後現代論述是在這種環境下形成其國際思潮的吸引，與後前衛主義、後結構主義、性解放、怪胎理論交融，成為學術與文化界欲求的目標。其部分原因則是後殖民之遲遲未能出現：一九四五年之後並未真正進入後殖民，一九八七年後也未能立刻達成後殖民。

以臺灣的多重殖民史及複雜的後殖民史來看，「不同之現代性」可能更適用，以便強調社會脈絡之差異原則，凸顯臺灣歷史南島原住民之遷徙、漢人、移民、荷人據臺、日本人治臺、國民黨政府來臺過程中所累積之多元族群文化傳承，側重泛亞洲（尤其日本及中國現代化計畫）對臺灣之影響，如日治期間，臺灣留學生、藝術家、文化人士到東京等地旅遊所接觸到之日本及中國之現代經驗，以翻譯、挪用的方式，帶動了臺灣現代公共文化的發展，這些文化人士（如吳濁流、江文也、劉錦堂等）在世紀之初的往返於日、中、臺之間，並進行翻譯、拒抗之活動，其實構成臺灣後現代、後殖民之前導，值得再深入探討。在這方面，晚近有些學者提出的「抗衡現代性」（counter modernity）及「多重現代情景」（multiple modernities）都提供參考架構，讓我們重新反省臺灣的現代、後現代及後殖民經驗，同時也將文化領域，從本土擴及到亞洲及其他地區的華人社群。

臺灣文學中的四種現代性
——以《背海的人》下集為例

有關現代性的幾種風貌，從前衛主義與意義系統決裂（Burger; Berman）到高檔現代主義（High Modernism），以迄後來逐漸展現的五個現代主義面向（Calinescu），傳統與現代的糾纏（entangled modernity，見Latour）或殖民與現代性在各種文化、社會中的交錯表現（Bhabha），乃至在中國文學與文化中的明清重商主義與現代化經驗（余）、五四前後懷舊應變之陰性現代（Chow）、近代中西神學與文化之翻譯現代（Liu），晚清以降的「壓抑現代」（Wang）、上海的都會摩登文化（Lee）等，無不顯出各種亟待考掘的現代社會想像內容。本文擬以王文興的《背海的人》下集（1999）為切入點，探討臺灣文學中的四種現代性。論文的基本假設是：臺灣現代主義的發展是與島嶼社會中的四種現代性，有著彼此糾纏、互動的密切關係，因此其批評途徑顯出文化之特殊混雜面向。

有關王文興作品中的現代主義或後現代主義代表，張誦聖、詹明信（Frederic Jameson, 1934-）均針對他的小說，提出深入的論證與文本解析。張誦聖就《背海的人》下集所作的詮釋，尤其扣緊臺灣現代主義與資本主義之文化脈絡去發展，並將內部族群之張力與焦慮此一議題標出。張誦聖在文中，大致是以「爺」最後被一群蒙面的歹徒逕自闖入將他打死，棄屍大海，這個相當突兀的片斷為其切入點（145），張誦聖十分精要地比較《背海的人》上、下集在結構、敍事模式、筆法與主題上的異同，認為：

> 上集中主角天馬行空地吐露內心主觀想法，續集裡則以逼視的手法敍述客觀外在事件，如此一來讀者的注意力便被導引至「爺」尷尬的社會位置上。半調子的教育背景使「爺」在漁村那群眞正的無產階級中顯得格格不入：他投射在紅頭毛身上的「心靈層面」愛情正足以顯示「爺」與其周遭村民兩造之間心理狀態上不可跨越的鴻溝。爲了合理化他對蔡素眞的憎厭，「爺」聲稱他理想的另一半應該是個小學老師，如此才足以匹配他的「知識分子」地位。這樣的階級心態無疑是源於「爺」所屬的特定意識型態社群，在某種程度上這也是「爺」十分邊緣的處境，以及日後大禍臨身的肇因。這裡王文興不啻是在處理一個敏感性的題目（適應不良的外省人在臺灣的遭遇），然而他的終極關懷卻無疑落在現實政治界定的意涵之外。

二○○○年十一月十七日，在「王文興論寫作」的座談會上，我提及張誦聖所作的「外省族群適應不良」此一詮釋，當面向王老師請益，他並未正面回應，反而將重點放在我的另一個問題上：《背海的人》上、下集有關雜匯文字與聲音的交響及其再現方式，如一連三、四個到八、九個，甚至十四個「的」（上，83，91，97等），在他的校對及作家現身閱讀的心路歷程。顯然，王文興是有意以雜匯的臺、中、英及各種印刷、書寫、標點、文字解讀及其思維方式，去呈現臺灣社會中語音文織的種種張力，藉此豐富、拓展華文的表達空間及表意能力，這就是他極其特殊的語言文化政治觀，而且在某種程度上與象徵主義、現代主義的文學觀相符應，一如馬拉美（Stephane Mallarme, 1842-1898）、瓦萊里（Paul Valery, 1871-1945）、喬伊斯（James Joyce, 1882-1941）等的批評見解或文本實踐，雖然他在《書與影》中常說是以海明威、詹姆士、勞倫斯等作家為其志率。因此，要談他的終極關懷是否「落在現實政治界定的意涵之外」，我們勢必要深入其「文字學」中所表達出的「另類現代」——臺灣語文的雜混情境。

一個最典型的文本例證是下集開頭爺的「夭壽羅曼史」。爺到了山窮水盡的地步，一方面本身的「安全防衛設備」起了作用，不承認自個兒是個最倒霉的人，另一方面卻無以控制地愛了一個「醜八怪」——紅頭毛。底下，我們試著細讀幾個片斷，檢討王文興的「文字學」。為補捉臺灣國語的神韻，王文興運用注音、墨字及各種符號及印刷設計方式，但是也充分挪奪古典中文及現代英文之詞彙、語句、隱喻想像思維，如下冊（189－190）對紅頭毛的描寫文字：

> 「我會不會愛上這樣的一個醜八怪」——爺就愛上啦！她是個個頭既瘦復小，像一隻風乾的南京鴨一樣的紅毛髮。不曉得是眞的，還是印染上去的。她又慣時穿一條鮮綠色的西式長褲，顯出來她的後臀是又扁又平板，一平片片。她還喜於蹲到在地上，吸食挾持在她的棗紅色手指之間的香菸枝。她的聲音是沙沙啞啞，——她的年數，有可能，比爺的年齡牠都還要更爲大。爺愛上了一個，不折不扣的，鬼。本來爺是早就下決心不隨便輕易再戀愛來的，——爺——怕了，——爺害怕戀愛這玩意兒的那個麻煩！想不到又掉進到這個酸臭水桶裡頭了去。（實在是沒有想到，——爺起初的時候都以爲，她的這一頭紅「淘蒙」其醜，之礙人，直可以視之爲牛鬼蛇神牠簡直是簡直都，——但是，怎麼知道，現在看著看著，居然，覺得到牠相當的好看起來，——是的，大概凡是，不論是什麼的怪花樣，又把子，人遲早都可以習慣之來的牠的，——特別什麼風行的時裝什麼的這一類玩玩兒玩意兒見。）

這一段情可以算是傳統中國小說才子佳人或鴛鴦蝴蝶主題的重寫與降格諷刺：一位是瞎一隻眼的潦倒郎中，不僅才情低劣，而且無賴無聊；另一位則既老又醜，連頭髮都不像真的。張誦聖指出這段情是「反浪漫」或反流行小說（瓊瑤、三毛等）的諧仿，確實是有其見地。不過，這兩位詭異人物應是其來有自：唐宋、明清娼妓與才子的話本傳奇故事，甚至《唐吉訶德》中誤認娼妓為淑女的片斷。因此，文本之多重影像重疊，組構出一齣既荒謬又淒厲的滑稽，但令人無法同情的降格悲哀劇（anti-Trauerspiel），主角從邊緣人物的落難、「驚豔」、「示愛」到最後的「遭拒」，乃至被「犧牲」，都改寫了古典傳奇或巴洛克歷史悲劇的高貴殉愛情節，將其文化表意體系予以推翻，打破中國傳統之「大團圓」此一神話結局，並把個人悲情、憂國傷時的敘事合法因素完全剔除，只剩隨機倖存的莫名衝動及暴力殘害的非理性。

敘事者是以「醜妖怪」、「鬼」、「板鴨」、「叉把子」去指續紅頭毛，形容她的一頭紅「淘蒙」之醜，「直可視之為牛鬼蛇神」，然而在「第三見，第四見，第五見」之後，尤其在風行怪花樣的年代裡，醜態居然顯得「相當的好看起來」（下190）。於是，爺雖害怕戀愛「這玩意兒的那個痲煩」，卻「想不到又掉進到這個酸臭水桶裡頭了去」，迷上兇巴巴而一無可取的紅頭毛，「想盡了凡所有的可以招引她的玩意的招法」，寫了長篇的情書、花錢求歡、約她出來相會、送禮示愛，但是在被放鴿子、「查無此人」、鄙棄之後，「伊人」突然不告而別，空留惆悵回憶。

另外，敘事體用社會中雜匯語文的情境，尤其扣緊爺的傻勁，勾勒出爺等待私娼開門的期待心情：「ㄇㄢ可惜的她的『公館』開門的時點開得太晚了一點，開門前的一小時ㄑ一ˊ實爺就已經在關到的她的若一面木門前前等著到的的，——爺其實ㄉㄜ是只要是一看到她底這一扇木頭門，爺就非常非常的高興。到晚上，真的，——就是到了她們『關門大吉』那樣的了而後，爺在辭去了那一個地方的牠的ㄓ後，又會再走回來，在更深深，一ㄣ悄悄的，一個人影子都沒有的，黯夜的之中，有時甚至於在下著的雨之裡頭，——再走那一扇的門前面的經過，又復一次至樂極樂的感覺。」（下190）

「紅頭毛」的弔詭吸引力，是在爺剃了「大光光頭」之後，一方面是他無以離開現實困頓情境的情慾投射及壓抑「性」反昇華，另一方面則有部分原因是與火紅、不似真、並且像鬼怪一般的「淘蒙」有關，由醜怪而成為「好看」，乃至迷戀的物化象徵，「紅頭毛」似乎難免與臺灣的幾段殖民史相互牽扯，因為「紅毛」一直是臺灣人對荷蘭殖民者的稱呼，是外來征服勢力的代喻（synecdoche），假借其頭髮、體毛去描述異國文化差異及其惡行惡狀；不過，在臺灣的表意系統中，「紅頭毛」則與「營養不良」或「先天失調」有關，顯出身體、智識上的有所欠缺、不足。因此，「紅頭毛」的怪花樣及其背後隱含的「殖民、後殖民」史可說在某一程度上左右了這段「狂戀」情結，因而「紅頭毛」也就成為族群文化差異之代喻象徵，由像「鬼」般的不相干人物轉化為爺所暗戀、公開追求之情色目標。在這種族群文化差異的心理作祟之下，許多非理性的因素，如紅頭毛的老醜及其不識情趣的魯鈍無知都反而能引發爺的愛意加深，以飛快的腳步領旨，去買「一盒子的洋火」給她，並為心上人假想其三角戀愛的有利位勢，獻上情書、禮物等殷勤攻勢。有關這段「狂戀」之描寫，是混合了中西各種文類，並將臺語融入其中，將落魄書生在妓院的百般受辱，只是為了一親芳澤，或死心相戀此一主題，或瘋騎士在酒店中的脱線浪漫，作另類的演現。也許是因為「紅頭毛」的文化差異代喻作用，她在爺的心目中佔了獨特地位，相較之下，在公家機構任職工友而相貌平常的蔡素真雖對爺情有獨鍾，卻未能激起爺的興趣，爺視之為垃圾，並想把她轉贈一位郎中朋友老狐狸。不過，爺一直認定自己是「知識分子」，希望娶個小學老師去配合其身分。既狂戀鄉下之娼妓，又暗持知識分子之傲慢，這種矛盾心理結構應是受《唐吉訶德》的啟發，同時也與「外來」之族群之文化隔閡及其壓抑反昇華（repressive desublimation）心理機制有關，也就是透過最低層次的性抒解去投射在他人社會中所無法獲得的親近與認同感，採用「反昇華」的方式，將受挫折、邊緣化的家國大計轉化為個人之浪漫狂戀，把生平的「英雄事跡」（反共抗日之豐功偉業）當作是吸引伊人注意的賣點，而在這種舉動中，個人及其族群的「優越」地位卻不斷沉淪，受到壓抑，只能以更加窒鬱、焦慮的方式，去質疑形上、神學、存在，或結合曹家一口人手持刀棍去屠殺一隻迷途的軍用狼犬（爺的另一種換喻象徵），讓生命中的無解化為莫名的族群暴力。

這種壓抑性的反昇華當然在許多現代主義或晚期現代（late modern）的作品，如卡繆（Albert Camus, 1913-1960）的《陌客》（*L'Etranger,* 1942），卡夫卡（Franz Kafka, 1883-1924）的《審判》（*Das Urteil,* 1916），乃至楊德昌的電影《恐怖分子》，頗有近似之處，然而王文興場景放在深坑澳漁村，於一九六二年二月二十一日的夜晚，勾勒出爺的浪蕩生涯終被殘殺結束，是對臺灣四種現代性的並在及其內在衝突，提供了「證成」敘事（attestation）。事實上，晚近臺灣的幾部獲獎作品，如駱以軍的《月球姓氏》、朱天心的《漫遊者》（或較前的

《古都》），均對外省族群在臺灣的遭遇，家庭羅曼史的記憶片段到具體人物被稱「阿山」、「中國豬」，而對族群問題備感糾纏、困惑或焦灼不安，從月伯伯將炮彈放入褲袋，炸死自己（駱90－91），或《古都》敘事者對中山足球場的選前省籍衝突，加以一再強調，均可看出各種形式的恐懼與憂慮。陳芳明曾精要地指出這些後現代文學表達對後殖民重新描述現實的文化活動往往加以壓抑、誤導，與此處我所說的「壓抑性反昇華」十分近似。不過，我想進一步討論的是這種「壓抑性反昇華」的結構性問題及其文學表達徵候，也就是臺灣的四種現代情境彼此糾纏的問題。

看《背海的人》的文體很像喬伊斯、卡夫卡，當時又在其文學論述中大量操弄神學、哲學、百科全書式的知識，可與歐美現代主義相互比擬。然而，細讀之下，我們可析出中西傳統文類（才子佳人、傳奇小說）與現代社會想像（如市場經濟、大眾媒體、個人主義、專業機制等）的糾纏，並非全然決裂或現代之作。科學史家拉德爾（Bruno Latour, 1947-）以現代科學思考的範疇分類、思考邏輯及其社群形成方式為例，指出：「現代」並未真正降臨，目前勉強只能說是「傳統與現代彼此糾纏」，這種糾纏現象在《背海的人》下，有關爺與紅頭毛這一段孽緣的情節上應是相當明顯，而且更因為臺灣語文、族群、歷史的錯綜發展，這種「糾纏現代」展現出至少四個現代情境各種層次之糾纏。

在語文與修辭策略上，《背海的人》大量使用本土日常生活中的雜匯詞彙，納入歐美句法，配合現代印刷、標點及符號表意系統，透過聲音的重新捕捉、語義之創新、文字突變，再現了臺灣「國」語那種既非中又非西，既非傳統又不是完全現代的「另類」情境（**alternative modernity**）。這種「另類現代」經驗，在早期日治時期是以「非中非日」的方式呈現，後來在鄉土寫實文學中，是「非日非美」或「非中非美」，而在目前兩岸一再鬆動的「四不」或「八不」則讓臺灣有別於香港、西藏，但卻不敢堅持「一中一臺」，這種文化認同的混淆及其別創語文表達能力的嘗試乃是臺灣文學、文化十分特別的「另類現代」，這種「另類現代」的歷史塑造過程來自為臺灣在起步階段所吸引的兩個現代化計畫——中國的勵精圖治及日本的殖民現代，因此在中文傳統之文言教育比中國大陸、新加坡、香港更為扎實，又吸收日、美等殖民、新殖民文化，而發展出島嶼本身特殊的表達，在語文、生活、思想習慣上，和中國大陸形成區隔作用。因此，儘管有大部分居民是由大陸遷臺，卻透過不同的族群組合方式，塑造其「另類」，也就是「非中」或「不僅是中」的現代經驗。

在歐美歷史、社會、經濟領域中，有些學者提出中亞的「早期現代」，以便有別於歐洲之啟蒙運動或現代化（見*Daedalus*一九九七年專號）。另外，英國黑人文化批評家也提出非洲黑人遭強制安置於美洲所形成之跨大西洋文化網路所表現「抗現代」論述（見Gilroy），這種對抗主流文化見解放在南亞、東南亞的美國移民，及其跨國族裔文化經濟行為中，則有所謂的「華人經濟圈」、「東亞儒家文化」或「另類現代」的見解（Tu; Ong）。此處，我心目中的「另類現代」雖然也涉及移民社會及其反強權（如中、美）支配之政經行為，但是更重要的是語言及其生活方式的本土化及其深植、擴充活動，亦即在原住民進駐臺灣、漢人移民來臺、國民政府遷臺等各階段裡，雖然歷經主流語言迫使他人之母語淪為方言或無以倖存之邊陲語言，但是另類的臺灣「國」語及結合跨國或跨族群新詞彙卻不斷推衍，產生了像《背海的人》中那種豐富的另類現代語境及其文化認同位勢。

以一個邊緣化的外省族群來說，爺在漁村裡的地位是非常低的，但他所交往的大致是外省族群（麟、畢友誠、張法、曹家上下等），而且即使在沒落之時，仍想像本身至少應匹配個小學老師，才不算有辱其出身。

> 假使要交女朋友，要找一個人談情說愛，那一定，也應該要，有這一個必要，是一個小學教員。我知識分子！我們知識分子，焉能夠，標準過低來也？雖然爺的，學歷不高，但是，爺，江南江北，東征西打，爺那豐富的人生經驗，豈然，不應當也算是學問？以爺來看，爺，大ㄌㄩˋㄝ可以，相當於大二的ㄔㄥˊ度。（261—262）

在寫長篇情書給紅頭毛之後，「每一回，爺趕回到爺住到的個爺的那一個『王爺官府』（下207），總是左右查看是否有「佳人」回音。文中的「那間」、「那個」、「個爺」均顯出其族群文化優越感及其族群中心主義，也因為這種「單一現代」（singular modernity），認為中國是唯一現代文明，一如艾略特（T. S. Eliot, 1888-1965）心目中的羅馬，造成爺與村民、蔡素真的格格不入。這種單一現代觀一方面讓爺自視甚高，專歡自炫知解、虛矯耍賴，另一方面則令他人無法欣賞，即使像傅少康這種朋友，他也與之絕交，因此在失業、淪落、開始偷竊、擔槍、霸王賒賬、殺狗之後，終於遭討債人打死。

爺這位主角的命運及其受到的壓抑、焦慮，在求職的經歷中已可看出端倪，但是最尖銳的場景即是殺狗的那一幕，邊緣族群平素壓抑累積下來的貪婪、憤怒、畏懼及凶惡，在人、狗被逼到角落的衝刺之中，似乎全都一樣的絕望、可憐，為了倖存不惜激烈一搏，即使軍犬這種與族群身分有密切關連的動物也不放過。從這一幕我們可窺壓抑現代（repressive modernity）在臺灣的發展，二二八、白色恐怖、情治監聽、官檢查禁，乃至拷打搶劫，在董玉堂、爺的眼中都是理所當然，而最後爺一直擔心的「保不定，這一些人，他們找上來了」，只是以反過來的方式強化壓抑現代體制的恐怖，將之轉化為族群之間的焦慮不安。

在另一方面，文字及其知識域中的多元，是《背海的人》充分顯出臺灣「多元現代」（multiple modernities）的面向，如張法武說的四大語言（英文、日文，上海話、四川話），爺所大量運用的臺灣話，都印證了臺灣社會的開放、多元流動性格。然而這種「多元」、「另類」的現代經驗，往往在現代主義的文學作品中在「單一」、「壓抑」現代的過度凸顯之下，遭到邊緣化或被遺忘。事實上，如果我們以「壓抑反昇華」的角度去審視爺對紅頭毛的狂戀及其自恃、耍賴所導致的毀滅，應不致於看待這部作品是有關「外省族群的不適症」或族群糾紛的威脅及恐怖。相反的，這部小說深入了「壓抑反昇華」的場景，探討島上的四種現代性如何彼此糾纏，而由於爺的執著及鋌而走險的作為，跨族群之求愛與溝通變得不可能達成，形成了壓抑與焦慮，進而將他人與自我二元對立化，導致類似族群衝突的結局。如果從多元文化及另類語文處置的表達方式及其內容來看，族群對立不安焦慮或所謂「外省族群」的問題應該是「單一」或「壓抑」現代的產品，而這種壓抑或單一現代的文化想像大致是由爺、董玉堂等人所鞏固強化，因此，《背海的人》帶我們經由「另類」、「多元」現代的文化、語言、社會情境，重新造訪臺灣的「壓抑」、「單一」現代內在矛盾的場景。若一旦強調其中的族群文化焦慮及壓抑，則顯得過於「單一」或壓抑了其他的「另類」、「多元」現代。

四種現代的思索

我們在《背海的人》中可依稀看到四種現代性的情境（four modes of modernity），這四種模式分別為另類的現代性（alternative modernity），也就是王文興透過語言混成（linguistic hybridity）去豐富中文之表達能力，將臺灣既中又臺並雜匯英、日及原住民文化之語言處境加以再現，藉此顯出華文世界之另類經驗。第二種是他所夢想的祖國所重新組構出來的單一的現代性（singular modernity），這種單一的現代性試圖回到大傳統中，將現代性定位為附屬於主流或者是某一個都會文化傳承下的啟蒙活動。最近，在臺灣，我們可以從《認識臺灣》所經歷過的種種辯論中，看出統派人士常常以數典忘祖的方式來說認識臺灣是一種親日的行為、文化上的失憶或遺忘症。這種大一統的觀點可以說是一種單一的現代性，也就是只有中國文化才是真正能夠引導臺灣進入現代階段的見解，這叫作單一的現代性。第三種在臺灣也就是漂泊在另一個文化社會中，透過失土或在異地的這種經驗，所激發出來那種所謂的抗衡傳統及多元文化論述底下的資源，也就是所謂的多元現代性（multiple modernities）。

在這種認定底下，現代性經常來自各種不同文化傳統，現代文化工作者以及社會人士可以從不同的文化傳統中擷取其資源得到滋潤，而能遊走於不同的傳統間得到多重的文化認同位置，以及比較模糊而多元的論述策略（discursive strategies），這在臺灣受過早期在漢人來臺之前的南島文化以及西拉雅族的文化，乃至於經歷過多重的西班牙、荷蘭等等的侵略以及片面的殖民，乃至於日本的統治、國民黨的來臺之後，在這種多元的殖民文化底下，臺灣更進一步的吸收來自於美國的新殖民文化以及日本的技術跟通俗文化所帶來的另外一次衝擊，所以臺灣在環球文化上面所吸收到的現代性可以說是一種多元的現代性。第四種是國家機器對於其異議分子所採取的壓抑性的現代性（repressive modernity），也就是透過官檢以及種種蔑視人權的方式，來壓抑其國民，以種族隔離或政治迫害的方式，讓其他的族群沒辦法以比較公平的方式去發展倖存之道（art of survival），這個在臺灣從日治時代以至於蔣介石率領其部隊以及文官來到臺灣，形成了國民黨政權，在四〇年代末期二二八事變乃至於五〇年代的白色恐怖，一直到現在的新臺灣人論述，都是某種形式用官方的語言以及正統歷史的方式來形成某一種壓抑性的現代性。

而這個壓抑性的現代性，同時背後又跟臺灣的另類現代性以及臺灣的多元現代性之間形成一種彼此互相抹除衝突，以及互相產生角力的一種情況。因為在這個壓抑性的現代性底下，就潛藏著另一種單一性現代性的文化想像，這種單一性的文化想像在解嚴之後，透過政治資源的分配以及族群論述形成一個相當大的反撲。如果我們不把這四個現代性以及它背後的政治跟文化含義，透過理論性的方式去加以處理、釐清其脈絡的話，我想目前對臺灣的族群文化以及後殖民論述，大概沒有一個比較好的切入點。要談到臺灣的這四種現代性，我想我們可以把這四種現代性的同時存在，來說明臺灣的另類現代性，也就是：在其他社會之中，比如像南非，可能有類似的經驗，但是和臺灣不同的是，他們沒有非中、非日的這種另類現代性，他們有的是經過荷蘭、德國、英國種種的殖民經驗，而累積下來的這種壓抑的現代性，但是他們的現代性跟臺灣的這種四種現代性同時並存的另類現代性，是相當不一樣的。我想透過旅行文學所展現出來的四種現代性，來檢視臺灣同時並存的這四種現代性，以及他們彼此交織所形成的一種難分難解的族群以及殖民文化的問題，這些是我們可以用來討論所謂臺灣另類現代性的問題。

當然目前討論多元現代性和另類現代性的理論相當多，泰勒（Charles Taylor, 1948-）以及跨文化研究中心的同仁們，曾提出文化以及超文化（cultural vs. acultural）這兩種觀點方式，來探討主流（也就是以社會學、哲學）討論全世界普遍皆準、邁向進步科技以及理性而批判，並尊重人權自由的世界觀。從啟蒙運動所開向全世界的一種單一的歷史運動的方式，這是所謂超文化的現代性（acultural theories of modernity）。在這個理論底下，文化的差異以及時間、空間性的差距，不成為真正的問題，因為西方所發展出來的專業化及科技所帶來的技術上的改變，以及其歷史效應朝向全人類展開其影響，以文化生產以及生產模式的轉變，形成全世界的整合觀點。在這種觀點底下，資本主義跟專業的生產消費，乃是大家共同邁向的目標，因此，文化差異並不構成真正的判準，這就是西方社會哲學家，乃至於目前很多以後現代的方式來反對強調跨國資本的多元流動，以及都市之間的雷同，將文化現象由本土邁向環球性的彼此吸收，乃至於區域性的挪用，這基本上也是一種超文化的現代性理論的進一步發展。相較起來，文化性的現代性理論就特別強調在各個地區時間跟空間裡面有相當多的不同邏輯在運作，比如說在同一個社會裡面，不只是地區之間有許多不同的層次，以及在許多生活文化上的差異之外，即使是在同一個國家，以政治的運作方式來達到某種現代化的過程裡面，正如柏格（Peter Burger）所指出來的，在現代化的國家之中，各種領域比如像社會、政治的層面，往往跟經濟運作的層面有不一樣的落差，就是在時間上面有差距（time lag），也就是說資本主義的社會裡面，經濟可能已經達到自由，但是政治可能仍停留在極權以及由菁英（或上層階級）掌控的局面。經濟跟政治社會的操作面向，常常有一些落差。

這種情況在殖民以及被殖民的社會裡面，落差更為明顯。因為很有可能在一個現代性的計畫推展到另外一個地區的時候，這個地區還面臨在一個前現代的環境之中，因此需要透過種種的翻譯以及再教育，透過再教育以及理論和現代化計畫的旅行過程之中，在翻譯以及旅行的過程，常常導致這些落差顯得更為明顯以致於計畫的動作者（agents）在這個時間跟空間的落差上面，對自己的現代性計畫常常產生更多層面的思索，比如說有很多殖民者到了被殖民者的社會之中，開始產生適應不良，以及對自己的文化產生懷疑，透過別人前現代文化的鏡子看到自己種種的恐怖（terror），也有很多是從這個差距之中得到一些所謂的道德上的幸運（moral luck），透過別人以及自己的互動之中，了解到原來自己在本身的文化上佔了某種優勢，有一種道德上的幸運感。在這種以文化差異作為主軸的現代性理論裡面，我們不能不看到現代性在各個地區裡面是有一個非常差異的發展，而那種超文化的現代性理論罔顧文化以及地區在時間上的差距，就沒辦法真正了解到啟蒙以及現代化的計畫並不是一個放諸四海皆準的普遍真理。在每個地區，甚至於在歐洲以及美國本土裡面，就常常產生很不一樣的落差。像最近在美國、英國所提出的黑人本身的抗現代性論述（counter modernity），也就是說，白人在某些地區裡面，達到了一個水準，但即使是這樣，在北方跟南方還是有一個很大的差距，而這個差距如果放在族群上面，白人跟黑人以及其他有色人種之間的差距，那又顯得更加地複雜。現代性如果不用文化的差異來考量的話，只是一個沒有正確指涉、符號指涉的空洞標籤，因此在泰勒等人的論述之中，他們認為目前全世界的文化民族主義，以及種種的批判區域性論述（critical regionalism）甚至於後殖民論述，基本上都是以文化的現代性理論來重新反省超文化的現代性理論的殖民，以及資本主義的跨國文化景觀。這種區分法當然有其揭竿立影的效果，相當清楚地把兩種陣營的問題勾勒出來，但是我想更進一步地推衍，亦即要再透過我上面所講的四個現代性的問題，來重新釐清所謂的現代性理論。

我們都知道在歐洲的現代思想史中，現代性的理論是發展相當地多元的，就以何謂啟蒙這樣的文章來講，最近出版的一本專書，把所有有關何謂啟蒙的文章收在一起，就將近六百頁，在裡面還漏掉了很多東西，比如像傅柯（Michel Foucault, 1926-1984）的文章之中，有一篇是何謂批判，另外一個是有關於講真理的方法，這兩篇文章都是對於康德（Immanuel kant, 1724-1804）何謂啟蒙這篇文章的回應，但是在這本以何謂啟蒙為標題的書裡，只收了傅柯的第一篇論文，所以我們知道啟蒙以及現代性的理論可以說是相當地繁複。以康德來講，他在何謂啟蒙這篇可以說是現代性理論的經典作中，提出啟蒙是人從自己加諸本身的那種不成熟情況中擺脫出來，呈顯出他個人的獨立判斷以及理性運作的境界，這是人朝向獨立思考的一個很重要的、跟過去和傳統決裂的一個新的發展，這也就開展了所謂的現代性，也就是現代跟過去傳統決裂的可能性。就黑格爾（Georg W. Hegel, 1770-1831）來講，啟蒙是一個人類的精神的心路歷程，邁向完整的自我了解，邁向個人的自由，在這樣的一個觀點底下，它是一個一直向前而且是由外向內的一個很大的扭轉（inward turn）。也就是從早期文明中強調血緣、出身、尊榮（honors），以及等第的社會中，邁向完全是以個人的自我了解，個人對自己的期待，以及追求個人自由以及個人本身的發展，不需要再靠血緣、家庭這些其他外在因素，來達成自己的人生目標。在黑格爾以及康德的論述底下，個人變成是一個自由的、人文動作者（human agent），能夠對自己的道德以及改變社會的能力，產生某種責任心和倫理感，這個就是非常重要的、西方現代性的一個哲學思考。在此之後，韋伯（Max Weber, 1864-1920）以現代化所加強的人在於生命領域之中，受制於所謂的工具理性（instrumental rationality），也就是人開始用資本累積以及對自己的用途來看整個外面的世界，也就是效率跟用途才是真正作為一個現代人考慮的重點。也因此許多傳統中所強調的神奇跟種種宗教觀，在現代的社會中已經慢慢地除魅，人們開始用更加功利的觀點來看外面的世界，這就是韋伯所提出的現代化的觀點。而超文化的現代性理論基本上以韋伯的理論作為基礎。在另一方面，尼采（Friedrich Wilhelm Nietzche, 1844-1900）所提出的那種強調權力意志（will to power）以及落差（gaps）的理論往往成為文化現代性理論及多元文化論述的基礎。尼采的道德譜系觀點，整個將強弱族群的問題以及詮釋對整個歷史真相的權力知識所凝聚的論述架構，有非常深入的描寫。在這方面，傅柯可以說是尼采在本世紀中葉以來最重要的代言人。他認為現代性是一連串的文化實踐，這些文化實踐基本上是圍繞著空間（比如說學校、監獄以及戶內外）、馴服的身體（docile body——包含性的論述以及種種對身體的馴服之道）、知識（knowledge），圍繞這幾個主題來發展，因此有所謂的戶內外的區分、官檢監督以及統治（govermmentality），以及無所不在的權力與知識所形成的論述塑造（discursive formation）。在傅柯的現代性論述底下，空間、知識、身體形成了權力的論述架構，用這個方式形成知識的自我指涉以及文字跟器物之間的新的再現體系，從這個之後，人跟身體、性，乃至於身體與性別的技術控制那種訓練跟懲戒的運動操作過程，往往沒辦法脫離關係，這是他比較沒辦法討論到抗拒的原因，因此對他的批評有許多學者都是以女性主義以及多元文化論述來修正傅柯的觀點。

在另一方面，哈伯瑪斯（Jürgen Habermas, 1929-）則強調透過重新開發啟蒙運動被歷史扭曲的面向，來發展所謂的溝通行動的理性。他認為韋伯所看到的是系統的專業以及資本的累積，而沒有看到生命世界本身、對於溝通理性的憧憬，也就是人是一種互動，而且一直跟別人溝通中的動物，他不只是在累積資本而已，他還能有其他的溝通衝動，不只是常常在運用工具而已，他也透過他的論述，來和別人達成共識。而這些人跟他人的問題，早在啟蒙運動中就已出現其雛型，但是在韋伯以後的現代性論述中常常被抹除，在傅柯筆下，更是淪為監督跟懲戒的論述架構，讓個人的生命世界無法發展。跟哈伯瑪斯的觀念相當類似但是比較強調文化想像這個面向的是泰勒，他提出現代性是一個內向的轉折（inward turn），基本上為了搭配現代化的發展，在社會的變化之外，人其實形成了許多文化想像，來和這個現代化的過程產生互動。這些現代文化想像大致上有個人主義、自由經濟市場、市民社會以及公共領域這四個面向，也就是強調個人的人權，經濟自主的概念由商場來決定彼此的競爭跟合作的邏輯，透過中介在市場與國家之間，形成理性的交流有所謂的市民社會，而市民社會往往是透過公共媒體、報紙以及大眾媒體，形成輿論，透過這種方式，建構形成一種既理性又批判的論述，讓各階層的權利能夠得到尊重，這就是以文化的方式來討論現代性的問題。

在後殖民的論述中，以史碧瓦克所提出的所謂殖民者和被殖民者在理念隱喻（concept

metaphor）上面無法互相對稱，比如說印度的宗教中並沒有所謂三位一體以及聖餐的概念，在政治上也沒有民主跟人權或歷史的概念。當英國殖民政權進入，就面臨彼此間需要透過隱喻的轉換，在這個面向上，很多概念彼此並不能有一個適切的對應的發展。這個問題在巴巴所提出的那種彼此的糾葛，以及在後殖民的那種番易（mimicry）所發展出的另類現代性，更得到進一步的發展。目前有關於另類現代（alternative modernity）的理論相當多，特別許多中南美洲的論述中，例如坎奇尼（Nestor Garcia Canclini）認為中南美洲的殖民和後殖民經驗基本上是一種沒有經歷過現代化的後現代性，而經歷過後現代的洗禮之後，目前在中南美洲透過混血以及合成的文化，才逐漸回去找尋自己本身的文化跟社會現代性的痕跡。在這個情況裡面，往往已經被外來的東西所混淆，基本上是一個雜匯文化（hybrid culture），透過這種方式，沒有經歷過現代性就直接邁向後現代性的回頭看的方式，可以發現到本身的另類現代性。

在許多後殖民的研究之中，比如像吉爾洛伊（Paul Gilroy），他以非洲黑人經歷過奴隸買賣以及在大西洋兩岸之間的種種文化交流、旅行，特別是音樂，尤其是藍調爵士音樂的普及所構成所謂跨大西洋的抗現代性黑人論述，用這種方式來超越國家疆界，看出族群文化在各個國家社會文化裡面不同的發展，但是以一個主軸表現出來黑人對歐美現代性論述的抗爭。以同樣的方式我們也可以看出來有相當多的方式，來研究華人經濟圈和儒教文化圈，也構成某種形式的另類現代性，而在這方面的研究，比較針對日治時代整個在東南亞的發展，以杜瓦拉（Prasenjit Duara）來說，他以滿洲國為例，看出日本人在統治韓國、臺灣、局部的上海以及短暫的香港，這幾個地區從滿洲國到山東，受到其他殖民地的這種變化，形成一個很特殊的殖民歷史，這種殖民歷史是跟國家疆界，以及後來的國家歷史透過國家本體的方式重新看殖民史的，想要把某些跨國的面向加以抹煞或者扭曲的情況，是他透過跨國歷史想要重新挽回的。他發現到實際上有許多救贖性的現代道德會社（redemptive modern societies），會社成員跟殖民者有非常錯綜的互動，早期是在日本的民間形成一種宗教團體，想要透過解救其他殖民地中受苦受難的人，給予一種道德的支援，形成某種跨國的網絡，他們常常透過道德會的方式，到各地去訓練當地的人，藉這種方式將殖民環境的生活以及文化政策加以扭轉，提升當地的道德標準之外，還讓殖民者的行為及其控制手段有所轉變。這種超國際的道德會在中國早期邁向現代化的過程中形成不可磨滅的力量，尤其是早期的革命分子，有非常多都採用這種道德會的方式來形成民族意識。更早以前我們可以追溯到洪秀全、孫中山，乃至於相當多的女性改革者，都是屬於這種跨國際的道德會，透過這些管道以及網絡，他們能夠發起種種反殖民的運動，這是透過道德會我們可以重新看到有所謂的別樣現代性，這些論點都能夠幫助我們理解所謂的另類現代性。

我提出這些另類的現代性，只是說這些理論都能夠幫助我們理解臺灣的另類現代性，也就是在我提出的四種現代性之外，還有其他的理論都可以幫助我們理解，相同的部分就是，這些理論都是圍繞著超越國界的理論以及人作為動作者（human agent）的這種旅行，到達每個不同的都會之後，形成相當多的比較、翻譯、個人心路歷程的轉變，乃至於將這些轉變帶回到其他地區形成更多的變化以及更多的旅行影響。因此我們在討論文化認同以及旅行的過程時，我們不能忽略在現代或是後現代社會之中，有相當多現代文化想像是在具體、而且是在歷史的脈絡之中，彼此互相透過旅行、翻譯跟互動的方式，展現出來各個地區非常不一樣的面貌，因為彼此時空以及種種文化實踐的差距而開展出來不同的面貌，也就是所謂在某一個國家稱做「橘」，在另一個地方可能叫它是「枳」或其他的東西，它會有所轉變（橘踰淮變為枳），這個轉變的過程在臺灣的殖民歷史豐富以及島國四通八達的情況底下，特別是它有長久的兩種輻輳的力量，來自於南島以及華人地區整個文化的衝擊，整個文化的旅行跟其留下的軌跡，都是我們可以進一步探討的，用這種方式我們可以看出來臺灣的另類現代性，比起其他社會的另類現代性可能要顯得更加錯綜。

【參考書目】

Berman, Marshall. *All That Is Solid Melts into Air.* London: Verso, 1982.

Burger, Peter. *Theory of the Avant-Garde.* Trans. Michael Shaw. Minneapolis: U of Minnesota P, 1984.

Calinescu, Matei. *Five Faces of Modernity: Modernism, Avant-Garde, Decadence, Kitsch, Postmodernism.* Durham: Duke UP, 1987.

Chow, Rey. *Chinese Woman and Modernity.* Minneapolis: U of Minnesota P, 1991.

Jameson, Frederic. *Postmodenism, the Cultural Logic of Late Capitalism.* Durham: Duke UP, 1991.

Latour, Bruno. *Pandora's Hope: Essays on the Reality of Science Studies.* Cambridge: Harvard UP, 1999.

Lee, Leo Oufan. *Shanghai Modern.* Cambridge: Harvard UP, 1999.

Liu, Lydia. *Translignual Practices.* Berkeley: U of California P, 1995.

Wang, David Derwei. *Fin-de-Siecle Splendor: Repressed Modernities of the Late Qing Fiction, 1849-1911.* Stanford: Stanford UP, 1997.

王文興。《背海的人》上、下。臺北：洪範，1981-99。

王文興。《書與影》。臺北：洪範，1983。

朱天心。《古都》。臺北：聯合文學，1997。

朱天心。《漫遊者》。臺北：聯合文學，2000。

張誦聖（葉美瑤譯）。〈解讀王文興現代主義新作——《背海的人續集》〉。《聯合文學》15，9（1999）：144-8。

陳芳明。〈後現代或後殖民——戰後臺灣文學史的一個解釋〉。周英雄、劉紀蕙編《書寫臺灣：文學史、後殖民與後現代》。臺北：麥田，2000。

駱以軍。《月球姓氏》。臺北：聯合文學，2000。

神祕現代

——臺灣文學中的乩童及幾個參照的殖民戲劇場景

顯然，現代人所視察到的世界只剩下遠古人們所親近熟悉的魔魅對應及類比等諸多元素微乎其微的殘留罷了。

（Benjamin《文選》2:721；《全集》2:211）

臺灣文學中對乩童的描述並不多見，而且大致是以負面印證的形式呈現，往往把乩童與迷信、愚昧、毀滅一起聯想，但是在實際生活中，這些作者反而對乩童及其法術持相當正面的態度，本文擬就這種正、負面的曖昧、兩難關係，提出比較文化參證案例分析，藉此探討乩童精神傳統在臺灣殖民與現代經驗中的地位。

楊守愚（1905-59）與洪醒夫（1949-82）在他們的短篇小說裡，不斷將乩童描繪為落後的傳統鄉村風俗，不但對信仰者沒好處，有時甚至導致乩童及村民的整體毀滅，如楊守愚在〈移溪〉中，農民為了減少農作物所受到的水災禍害，決定大家捐丁錢，邀一位乩童作法將溪流移走，在乩童與村民求神祭法的過程中，老天顯然並未流露出任何同情或關愛，暴雨不斷地下，最後乩童與農夫一起淹死在暴漲的溪水之中。洪醒夫則在〈李家池塘有鬼〉（1970）裡，敍述道士在鄉下故弄玄虛，利用民間迷信，在池邊柳樹上，掛白色大衣樣的東西，讓大家誤以為妖鬼作怪，最後遭小孩識破及李二叔槍殺；另一則短篇〈神轎〉（1970），透過主角鐵牛，去揭開法師、乩童如何欺罔鄉民，鐵牛在法師作法的過程中，強忍著苦痛，裝作神明附身的模樣，他的父親卻因菩薩選上鐵牛，認為是神明「在睡覺」，反而更瞧不起兒子，覺得「菩薩黑白來」，最後竟選擇上吊自殺。除了這兩個故事，他也有一篇〈依里依索〉（1971），敍述兩位兄弟的姊姊得了怪病，結果迷信的村民從黑菩薩那兒弄了香灰給她吃，反而致死，依里一怒之下，放把火燒了黑菩薩的廟，不僅引起民怨，連神祇都動火，怪病居然流行起來，整個村莊儼然遭到天譴，一位村民賀北的妹妹病死，賀北指責依里是罪魁禍首，要他「殺人償命」，但母親卻挺身為他抵擋利刃，賀北畏罪逃走，留下依里，承擔了「過失殺人」的罪名下獄，獲釋後，依里雖找到工作，卻無法克服心靈創傷及社區壓力，連父親也不諒解他，最後依里只得自殺，以逃避世人的異樣眼光。這個短篇透過弟弟依索的眼光，表示其對兄長的同情與崇敬，更加深了閱讀過程中對民間迷信的道德與情感指控。

楊守愚的〈移溪〉作於一九三六年五月十四日，原載《臺灣新文學》第一卷第五號（一九三六年六月五日出版），是日治時期對乩童的重要文學論述，在這個短篇小說中，乩童才出道沒多久，但已經抓住了民眾的恐懼、焦慮與欲求心理，懂得「虛張聲勢」，去製造神蹟、法術的權威，而且是藉助阿梱這位村民當傳聲筒，「像個傳道士的奮昂地正在指手劃腳說著」：

生童（第一次當乩童的）呢，用不著攉符唸咒，他自己從家裡一直地跳到王爺公廟去，你道顯赫不顯赫？他說，這一條溪，要不移出去，不出三年，全村都會流失呢。他還罵我們太大意啦，在那次洪水的前三夜，他曾發了爐，但，竟沒個人注意到。這也是他昨夜降乩時，才說起的。（《楊守愚集》331）

村民為了避免水患，只好出錢邀請乩童作法，在五色令旗的舞動之下，金紙熊熊地燃燒起來，天上的烏雲卻不斷加濃，「雨也漏了篩的糖兒似的霏霏地下來了」，隨著鑼鼓、吶喊聲的升高，乩童「進攻」的號令下，溪底卻激起了一大波濤，將神輿、庄民、乩童整個淹沒。

在楊守愚的筆下，天地、神祇對人們的驚喊、哀叫不予理會，與地主之不管村民死活，基本上是一致而且同位格式的殘忍，藉此展現出農村邁入資本主義的現代社會，一切向金錢看，地主振玉舍不願將水災造成的穀物流失當真，還假定農民「早把穀子偷偷地糶（賣米）了」，因此阿得、錦源只好去把水牛賣掉，水犀更將才八歲的女兒也賣了，為了避免再發生水災，保正、金和伯及一些村民便在陳情無效之下，商請乩童作法，並要大家「按丁出錢」，不足之數找庄中有錢的「攬尾」，在法術的熱鬧氣氛之中，村民沒忘記「這一筆費用，也得預先打算」（333），儼然民生經濟與神蹟法術密不可分。

楊守愚以這種民間宗教的經濟學，鋪陳出乩童的號召力（及其利益），其背後是新的剝削體制，地主與神祇均須透過納租、乩童等機制及其商品拜物體系，行使其力量，人與自然遂起了疏離，同時乩童也不再能「通天」，因此楊守愚賦與自然某種獨立而且犬儒式地嘲弄世人的動力，彷彿對人的災難漠不關心，法術只是斂財、詐騙的商業手法。這種現代寫實混合自然主義的風格，讓在乩童的鬧劇之下的天地無情顯得格外平靜而又詭異：「太陽重新從東邊跑出來，天就清得祇有幾片清白的走馬雲。極目無際的水田，滿鋪著黃金色纍纍的稻穗，時或一陣西風吹拂過來，它便得意地搖搖擺擺起來」（337）。自然的魔魅乃是對人間法術及其詐騙慘劇的冷嘲，人與天地已不再是一體，而乩童及其作法僅是殖民社會中人與地主、被殖民者與殖民之一連串權力戲劇之中的幻術雜耍。

楊守愚描寫乩童與村夫一起淹沒之後，第二日氣候變好，簡直是嘲諷式的平和。藉此，楊守愚傳達出「天地以百姓為芻狗」的不仁。我們儘可將此段解讀為對殖民體制、地主剝削、社會不公的暗中批評；不過，此處，我們不妨看一下卞雅明幾乎在同一時期所寫出的札記雜文，其中有關「魔魅、法力」（magic）的沒落，來對照出殖民與現代過程中，認知與身體感官所經歷的變化。在卞雅明的《商場通道》（*Passagen-Werk*，英譯 *Arcades Project*）裡，天氣變化乃是「最親密而又神祕的事件，天氣對人的作用遠超過空洞閒扯的主題。最讓一般人感到無聊的莫過於宇宙大氣了，因此人在天氣與無聊之間找到最深入的關聯」（*Arcades*

101-2)。這個關聯在現代文明中變為毫不真心的「天氣問候」（weather talk），任何沒趣或無聊的時刻，人們不知如何起頭，總是說「天氣如何如何」，以便打發時間，或醞釀下一步的具體社會行為，套塔席格（Michael Taussig）最近在一篇文章裡所引用的馬克吐溫（Mark Twain）名言：「人們見面總是談天氣，但卻很少人去想如何因應、改變它」，或者，在楊守愚〈移溪〉的論述脈絡下，天氣好轉如何與神祕現代構成對比、因應的關係？

卞雅明認為：現代人已對神祕、親切的宇宙與個人關聯逐漸遺忘，只將宇宙的玄妙轉換為天氣報導、閒聊或無奈之替代品，因此遠古人類從星辰、宇宙、氣候、風水所感到的「天人一體」此一類比、對應關係，逐漸由去除感官親近及類似性之語言或客體化之科學符號所取代，一如塔席格重新整裡卞雅明時所說，人從天人感應的圓形結構中抽離，開始以眼睛去凝視外在四角框架（也就是電視、電腦螢幕）中氣候所形成的衛星圖像傳真，這些視覺物象、商品將遙遠原始的入神恍惚境態轉化為近在眼前的知識，使集體而又崇敬的儀式淪為個人的狂喜收藏。不過，當代的電影、舞蹈、劇場則又將這些集體的宗教儀式及其身體感官律動再度帶回來。

但是經過第二階段的現代化經驗所產生的疏離與拜物之後，我們目前面對的情況是有些詭異，如葛林布雷（Stephen Greenblatt）到峇里島，發現島民從錄影帶中，透過集體觀賞，重新體驗宗教儀式的入神狀態，也就是「入神的被記錄」圖像更加強了其社群之精神凝聚作用，讓個人再度界定其與傳統之互動角色。或者，以潘英海的研究而言，曾文溪畔的平埔族乩童往往在觀看人類學家的舊有田野錄影帶過程中，重新學習其傳統，針對遭到漢化、觀光文化、商品拜物所影響的層次，在呼應交混文化的同時，也提出「去沉澱」的本土作為。

一九三三年，四至九月整整半年內，卞雅明完成了一篇短文，題目叫〈擬仿官能〉（"Mimetic Faculty"），討論人如何從感官可知覺到的類似性，也就是早期原始的神祕對應與類比經驗，進入語言的「非感官之類似」世界（nonsensual similarity），也就是文本的符號面向，如何從書寫、意義到更具符號式的意指共通內涵，更加抽象而且將神祕的法力完全去除，但是「非感官之類似」一方面側重書寫文字背後的抽象意指（signified），強調各種語言在書寫形式（感官差異）之外的共同意指，另一方面則提出文字超越形式差異，在剎那間將類似的面向，像「火燄」般的，整個照亮起來（《文選》2:722）。現代或殖民論述大致是第一方面的抽象，去除形式（身體、文化、社會、傳統等）差異，邁向共同意指、抹除差異的作為，而後現代則是第二面向的發展，從書寫的多元時間場景中凸顯類似或在平等中開出的個別火花。卞雅明在這篇短文中，並未進一步說明「火燄」、「閃亮」、「彰顯」的集體內涵或其過程，但是這個「非感官類似」應與他的「托寓」（allegory）或歷史哲學有密切關係，也就是歷史的殘留片段如何被重新闡明的問題，換句話說，乃是歷史之中所潛存的差異與矛盾再度提出、救贖的可能。

我們可將卞雅明在〈擬仿官能〉這篇短文的見解加以延伸，並以圖解的方式，重新建構出「神祕現代」（mythic modernities）在巫與精神傳統中的地位。第一個階段，天人感應，巫為天體內在人文體系中的對應與類比關係之象徵代理，當時的人類是在大宇宙（macrocosm）與小宇宙（microcosm）中，找到天上的星宿與人之命運，氣、神與人身之間，整全而又一貫的呼應，如圖一：

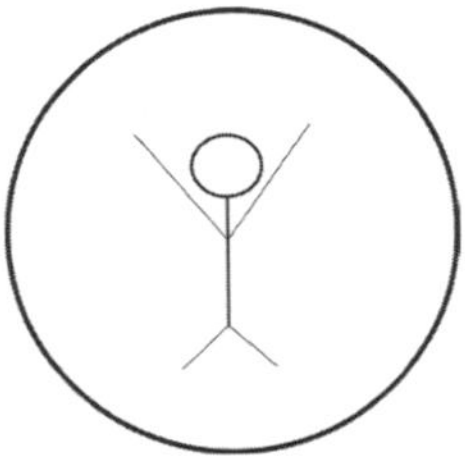

人在大宇宙中，雙手向上高舉，表示對天地之崇敬，在天理昭然的意義體系中，展開日常生活的安身立命觀。

第二階段則是早期現代（十三到十七世紀）一直到高峰現代期（十九世紀末至二十世紀中葉），人開始以望遠鏡、新宇宙觀，了解到地球並非天體中心，隨之而來，視覺及人文地理、自然科學的發現，逐漸推翻了傳統的天人感應觀，取而代之的是人在對象之外的獨立運作、思索（「我思故我在」），人的勞力及其成品不斷以資本、物象（fetish）、商品（commodity）等抽象而又自主的方式交易、轉換，世人因此將天人感應或法術的魔魅系統一一解除其神祕，從新大陸、地心吸力、生理解剖、物競天擇等面向，重新觀察周遭環境，將所有的資料輸入，加以分析、解釋，現代人因此是以眼睛的凝視將外在對象化、符號化、擬樣化，如圖二：

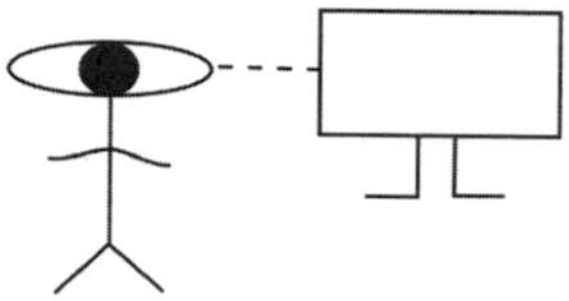

外在世界或為可以觀察、分析而且可進而被其物像所吸引，或為電視、電腦中的數據、圖像、影音資料，每個人是以單獨而且在時空中無以重複的方式去累積據觀察所得出之經驗，與外在對象互動（因此在圖中以電腦螢幕長腳來顯示）。

第三個階段（所謂的後現代）其實是與第二個階段彼此糾纏，在時間順序上看似較晚，但那只是理解上的時間遲到，並非絕對在現代之後（post），而是「由於」（post）現代情境的展開，另外一些被排擠、壓抑的再度以魔魅的形式出現，如早期的巫、史詩及其合法化敍事功能，現在是透過電影、音樂（如藍調、爵士、嘻哈hiphop、饒舌rap等）、舞蹈、儀式等來展現、演出，是在這個角度下，「神祕現代」表面上遭到公共領域中充斥的現代人文及科學論述所官檢、排斥、禁止，但是在私下的情感、精神、倫理層面中卻呈現另一個面貌，因此在現代寫實主義的引導之下，洪醒夫以小說形式，揭發乩童、法師的欺罔行徑，將這些落後、自欺欺人的流氓，自現代的公正、理性、進步社會之藩籬中逐出，但是在私底下親密的日記（半公開或本來不願公開的個人心情寫真），卻表現出他對乩童及其精神、醫療傳統的信賴，如此一來，他的反神祕及神祕現代兩者彼此牽扯、糾纏，構成了傳統與現代的互動場景，而且不斷在殖民、後殖民、政府壓迫與民間游擊、族群暴力與宗教法力之間角力，形成新的人在新文化大環境的新感官倫理，如圖三：

在「後現代」時期，臭氧層有一個大洞，宇宙不再是個有機整體。人以各人種膚色、態度、性別、文化、階級在電影、街頭音樂中再發現集體儀式之魔力。

以上是綜合了卞雅明及塔席格的見解，他們的觀點與洪醒夫在虛構敘事與現實人生、公私論述領域之中的落差及其糾纏，似乎若合符節，也許可放在比較文化、社會的角度下，在世俗生活中彼此闡明，將這種比較文化的角度加以延伸。

底下，我們不妨以這種歷史觀點，去檢視洪醒夫在「虛構」文本與歷史「現實」之間的兩種不同態度。另外，我們也會討論到塔席格有關入神儀式的看法，他在很多理論面向上均是借用卞雅明有關人類從天人合一到拜物疏離的觀點，而在本文第三部分所提及的南非案例，則又會指涉回到卞雅明「擬仿」的問題，特別是南非步入後隔離（或一般所謂的後殖民）階段，精神傳統中「巫」術與法律論述中的「巫」在語言（符象非感官）上雷同面向的再詮釋問題。

前面，我們已討論楊守愚對乩童有相當負面，且是悲劇毀滅的描寫。以下，我們不妨也看一下洪醒夫在〈神轎〉中對「假」乩童鐵牛的描寫：

鐵牛不說話，他自顧自地抖起來，菩薩會選上他，一切都會得到肯定，無庸跟這輩縮頭烏龜去吵。他今天下午跟他老爸鬧彆扭，一肚子火，他老爸說他沒良心，他要菩薩證明給他看。他緊抓著神轎，用盡力量顫抖，頭顱上下左右狠狠地擺動，漸漸地，眼前只看到霧茫茫的一片，濃霧中還迸裂著紅色的火花，整個人像是被倒懸了起來，彷佛有一隻大手抓著自己往上提升。提升。提升。菩薩總會肯定的。鐵牛顛顛倒倒地一味亂撞，插在神轎上的一把香早給摜掉了。法師瘋狂地扯著喉嚨，不斷地呼天搶地。鑼鼓雷急雨急地猛敲。阿樹拚命地焚燒紙錢，一大把一大把翻翻滾滾的濃煙嗆得人都流下淚來。四頂神轎停了三頂，很明顯地，菩薩已經選上鐵牛了，只看到鐵牛那一頂神轎在跌跌撞撞，鐵牛蠻橫地左跑右跳，其他三個抬神轎的都被驅策著走，鐵牛轉到哪裡，他們就跟到哪裡。看熱鬧的人在庭院四周圍了一個圈。鐵牛他老爸也在場。（《洪醒夫全集》2:19）

有趣的是：鐵牛的父親對鐵牛被選中當菩薩的代言人，甚為不齒，他對其他人說：「鐵牛不是東西，吃喝嫖賭，無惡不作，還偷我的錢」（19）。透過老爸的見證，鐵牛、法師甚至神明、菩薩的「流氓」形象及其欺世盜名的行徑，可說整個披露無遺。換另一個方式來說，乩童及其背後的神明其實是反現代、反生產的敗類或騙局。

不少研究已就日治、國民黨來臺時期之殖民、現代化過程，官方質疑、否定、壓抑民間宗教、傳統醫療體制的論述作為，提出各種文獻分析，楊守愚、洪醒夫等作家應該是受了這種主流殖民與現代論述的影響，因此不斷透過農村的庶民，去鋪寫乩童如何詐騙、偽裝，導致主人翁家庭以慘劇收場。不過，據陳錦玉指出，洪醒夫在一九八一年一月十一日的日記中記載，「傍晚回二林，父親病，求神問卜，這日法事主題，入地府求陽壽，法事氣氛神祕而不可解。當夜車趕回，車資七百元，母親付的。」陳錦玉接著說，「我們不禁聯想到〈神轎〉、〈人鬼遊戲〉（〈乾山記事〉的改寫）等小說中對鄉人迷信的反諷，為何實際生活中他也接受如此民間信仰的儀式？原來這是他身為人子的孝心啊！」他的好友錦祥對此事也說道：「有一次他爸爸身染重病，家裡請來乩童，大作法事一番，洪醒夫雖不信這一套，卻在儀式中虔心發願，甘願折自己的壽命給父親。」

顯然，在現代文化論述領域中的小說敍事書寫裡，洪醒夫是將乩童等同於迷信、自欺欺人或前現代的落後信仰，在西醫、科技與基督信仰不斷傳入的情況下，乩童是個遭人鄙棄的象徵人物；不過，在身體的無意識範疇，尤其在私下、親密的家庭領域裡，他不僅願意妥協，而且也參與占卜，邀請乩童作法，固然是一片孝心，但是也強調了傳統醫療體系此一基本信仰的權威，接受神祕法律的力量，特別是它的親和作用——也就是讓父母親得以安養於其價值系統中，重拾生機。因此，儘管在「非感官」的語言與文化形式上，洪醒夫排斥「巫醫」、「乩童」所意指的治療作用，他的身體無意識及感官經驗卻呈現出現代與傳統交織、糾纏（**entanglement**）的狀態，也就是他在乩童、神祇的「符」（卞雅明所謂的「符象」）中，一方面既能找到「非感官的類似點」（治病、安頓身心），但同時他也透過「感官的類似」的複製方式，一再召喚乩童所激發出的暴力、流血、苦痛、噪音、身體顫動等，藉此鋪陳這些大量的感官刺激只造成精神恍惚、理性失落，乃至最後的瘋狂自殺。換句話說，神祕傳統並非洪醒夫等人不願接受的前現代、過往記憶，它反而是與現代彼此糾纏不斷產生「非感官」的類似與對應，讓力圖排斥傳統醫療體制的現代臺灣知識分子感到焦慮、矛盾、兩難，因此才從神轎、鑼鈸、金紙、身體顫抖、亂撞等刺激感官的圖像下手，極力加以壓抑此一類似性。事實上，我們從這些小說與日記、現代論述與傳統作為的落差之中，即可同意：有關殖民與現代之研究勢必要考慮所謂的「神祕現代」及其諸多問題。

在社會哲學（或泰勒所謂的「超文化」現代理論裡），「現代」與「除魅」、「去除神祕」的理性或客體化過程，幾乎在常識上是同義，或可以彼此類推的同位素（homology），然而以宗教、藝術、音樂及儀式表達的方式，後殖民社會中的沙門（或巫者）卻提出不同的神祕現代，透過人與超自然力量的維繫，凸顯出啟蒙運動（Enlightenment）所假定的藝術與生活的根本區隔此一見解及其缺陷，並重新鞏固儀式與社會生活（乃至國家文化）其他層面的根本關聯。

我們可再以幾個不同世界、不同時間的案例，去探討這個關聯性。首先是以塔席格最近的研究為主，他看到沙門與國家的對立關係，在委內瑞拉構成對抗政權的挑戰死亡敍事，以神妙儀式之重演去衍生底層人民抵抗死亡、政權壓迫之意象及其文化形式；在南非，類似議題則形成後隔離時代之人權憲法與傳統信仰習性之間的矛盾，一方面巫術與現代醫療體制發生抵觸，尤其在巫醫的「處方」害死人後，黑人女巫面對受害者所提出的「謀殺」控訴；另一方面，法院所採取的仲裁卻在多元文化（也就是尊重固有文化及其生活方式）與個人生命危害之間難以取捨，以致於產生整個後殖民社會之文化、信仰爭論（見Bhabha and Comaroff 36-37）；而在臺灣的臺南曾文溪畔及南投日月潭旁的平埔、邵族中，沙門的角色往往與他人之凝視（gaze）、觀光業形成特殊的辯證關係，公共儀典中的演出秩序及其舞蹈、音樂、節奏通常是隨一再重複的「半慶典」活動起伏，反而需要從私下、宗教或歷史的儀式及其錄影帶中獲得自我糾正或修訂的機會（參考潘英海），且往往在其宗教組織（如陳榮輝所研究的臺南番仔田復興宮重建委員會），顯出漢埔交混的矛盾與衝突。

「啟蒙」在康德的界定下，是與過去及他人加在「我」之上的歷史沉澱物決裂，以便企求形式自主、客觀判斷、不涉利益的批判理性論述，在此一前題之下，宗教、藝術、表演的領域乃在與生活、傳統區隔的情況中，尋覓自我表達、突創革新之作為，力避重複、沿襲、非透明之活動。順著這種理性訴求，國家的法律、醫療體制逐漸對「不科學」、「無以得見」的宗教法力及其神祕現代，特別是殖民地的傳統巫術及其身體觀，加以壓抑、淨化、訓育、轉變，迫使精神與物質文明之間的區隔建制形成一種必然的定律，在進行勞力、空間、身體、公私、性別等區分之時便一再強化儀式與社會生活各種角色之斷裂與分歧，而以現代科學醫療應為其歸屬。然而，誠如林富士在《疾病終結者》中所說，在臺灣今日的社會（本文所認定的「後殖民」及「後傳統」社會）中，「巫術、醫術、養生術與神祕仙術相互較勁，彼此採借……在道士的融通之下，個人與群體，前人與今人，他人與自我，社會與自然，自然與超自然，體內與體外，善惡與鬼神，道德與疾病，宗教與醫療，莫不環環相扣，息息相關，結為一體」（177-78）。這種「要人也要神」的多元醫療體系，在沙門日常所從事的「收驚」活動中即可看出民眾的習癖。

塔席格在較早的作品中，認為巫醫是一種反抗殖民的恐怖，推翻現代科學及啟蒙理性的秩序與意義，正因為巫醫「不按常理」，挑戰醫學權威的建制，因此超越了殖民力量的藩籬，以其「無以穿透」的「荒蠻」（wild）、「獨斷」（arbitrary）診治方式，將恐怖與偏方、野外與死亡彼此交織，構建出沙門既像妖魔附身又是神仙代理的複雜身分，讓日常習見的藥草、野菜變成起死回生的魔靈。*Shamanism, Colonialism, and the Wild Man*（1987）是以祕魯的亞馬遜河流域荒野林間的巫者為其敍事對象，一九九七年出版的*The Magic of the State*則以虛構的村落及城市的巫及神附身為故事主軸，探討各種儀式複製了其神對抗現代之精神性表演，將死亡、故事化為現代法律、官僚體制等形式之外的多餘（surplus），以假死、模擬死亡的魔法去顯示平民無力者之防禦之道，藉此批判國家力量及其工具理性。據他對我坦承，書中頗有「文學」成分，但民族誌則以實地（委內瑞拉）實事為準，他晚近的作品則朝向隱祕、暴力研究，同時也注意自然寫作（nature writing）中的敍事者如何與自然形成「文本結構」的關係。很明顯地，他近十年來的研究均針對沙門與反殖民暴力、公共祕密之揭露及犧牲等課題，而且以巴代伊（Georges Bataille）、卞雅明、馬克思（Carl Marx）、傅柯等人的理論為其思考框架。他雖然常觸及殖民官僚體制，卻不像康瑪羅夫（John Comaroff）那麼注意到法律、現代理性與巫者受審判的關係。康瑪羅夫以非洲各地的田野研究，提出殖民法律及帝國機制如何被挪用、變形、去除力道。以南非一位女巫「害死」病患為例，他道出官方在後隔離時代（或後殖民時期）對巫術、傳統醫療及現代刑罰之間的兩難，特別是黑人政治地位提升後，其經濟能力卻一直往下掉，找巫醫其實是比上一般醫院更加省錢、便利，但一旦巫醫「誤診」，現代醫療的訴訟及其法律責任立刻凸顯，法院的自大法官願意接納黑人傳統草藥的見解，不想以「謀殺」判決，但其他幾位黑人大法官反而想建立「現代醫療體制」，堅持繩之以法，一場多元文化、密醫誤國的爭辯於焉展開，新政府全無法掌握。

與這兩個地區（南美、南非）相較之下，臺灣的原住民的沙門其實較少抗爭或反殖民色彩，反而是以和解的方式去針對官方及主流文化（如漢人或觀光客）。以臺南縣官田鄉隆本村及冬山鄉東河村的沙門為例，潘英海、陳榮輝均以錄影方式，整理出儀式過程中，由於他者（觀光客）之凝視、參與，沙門之角色及其引領之儀式逐漸轉變，脫離祖先原初之樸素套式（formula），改以更多的折衝或更戲劇、音樂性的表達去呈現，在重新調閱以前的帶子之後，族人才發現自己起了歷史與價值意義體系上的變遷，而又試圖作些修正及救贖。在這種意義之下，他們的「神祕現代」其實是在商業體制（觀光文化）、傳統生活方式之間不斷周旋。沙門在日常裡的主要工作是收驚，但隨著西藥的普及、電視廣告的推銷，許多傳統藥符得配合「科學中藥」去重新調整，以便發揮其權威，這無不說明商業體制挾持（新）殖民文化之深入民間底層。

南投日月潭邵族的儀式觀光文化，也證明了商業體制下的演藝化及沙門角色的多元化傾向，除了收驚、引領儀式之外，沙門負有對外做公關及對內培訓新沙門子弟，乃至再生其母語的重責，也就是邵族的沙門是在殖民現代（資本及政治文化）與神祕現代之間擺盪。得進一步做更多的田野及分析，我們才能將這些本土案例，與塔席格、康瑪羅夫等人的相關研究做跨文化、社會的比較，並提出較完整的臺灣「另類現代」考察。

【參考書目】

Benjamin, Walter. *Gesammelte Schriften*. Ed. Rolf Tiedemann and Hermann Schweppenhauser. Frankfurt: Suhrkamp, 1972-89.

Benjamin, Walter. *Selected Writings*. I & II. Ed. Michael W. Jennings et al. Cambridge: Harvard UP. 1996-9.

Benjamin, Walter. *Arcades Project*. Trans. Howard Eiland and Kevin McLaughlin. Cambridge: Harvard UP, 1999.

Bhabha, Homi and John Comarroff. "Speaking of Postcoloniality, in the Continuous Present." *Relocating Postcolonialism*. Ed. David Golderg and Ato Quason. Malden: Blacewell, 2002. 15-46.

Comaroff, Jean and John Comaroff, eds. *Modernity and Its Malcontents*. Chicago: U of Chicago P, 1993.

Taussing, Michael. *Shamanism, Colonialism, and the Wild Man*. Chicago: U of Chicago P, 1987.

Taussing, Michael. The Magic of the State. New York: Routledge, 1997.

Taussing, Michael. "Heat."二〇〇二年六月四日於清華大學發表。

陳榮輝。《番仔田阿立祖信仰文化的衝突與融合》。臺南師院鄉土文化研究所碩士論文，2002。

陳錦玉。《紮根土地的生命之花：洪醒夫及其文學研究》。國立成功大學碩士論文，2000。

洪醒夫。《洪醒夫集》。施叔、高天生主編。臺北：前衛，1992。
洪醒夫。《洪醒夫全集》。黃武忠、阮美慧主編。彰化：彰化縣文化局，2001。
楊守愚。《楊守愚集》。張恆豪主編。臺北：前衛，1991。

在帝國夾縫中的臺灣

英國浪漫詩人布雷克（William Blake, 1757-1827）在一七八三年法國大革命的黑暗恐怖時期告終而美國獨立邁入新階段所發表的一首詩，也就是他在《天堂與地獄的婚禮》（*The Marriage of Heaven and Hell*）寫完之後又再添上去的〈自由之歌〉（"A Song of Liberty"），這首詩裡，布雷克描述羅馬帝國的衰亡，隨著新的國家的興起，東方會在朝陽破除黑夜的曙光之中，展現出人類自由的希望。在詩的結尾，他說道，自由升揚，獅子以及豺狼都會消退。以這首詩來審視臺灣目前的地位，臺灣的自由奮鬥仍待努力，豺狼虎豹似乎並沒有因為新的民族主義發展而消退，布雷克所描述的帝國鎖鍊其實變本加厲地硬掛在臺灣的頸項之上。

與中國帝國裡應外合、號稱左派的人士，或者是以民族主義自居的統派人士，乃至不分是非、十分弱智的媒體，都可說是中國帝國的幫凶，或紛紛為美國帝國主義的軍事和商業利益、日本帝國的消費文化及各種出版品喉舌。在中國大陸尚未對臺發表激烈的言論之前，他們就透過種種的揣測，要把臺灣的生路封死，用片面的詮釋扭曲美國官方對臺灣的外交辭令，企圖利用這種方式來嚇唬國人，在治安、日常生活和社會倫理方面，造成臺灣社會的動盪不安。因此，在審視這幾個帝國對臺灣人民所構成的傷害之前，我們一定要了解到扭曲資訊的媒體和種種變形的意識型態機制，在帝國的爪牙運作之中形成非常嚴密的網絡，讓臺灣人民對國家的認同變得更加艱困，讓我們的生活平添不少苦痛、憂鬱。

因此，在許多針鋒相對的論述裡，敵手往往變成了仇人，沒有任何轉圜的空間。針對這些帝國，在國防以及文化方面，我們往往聽到有所謂的「毒蠍」（scorpion）策略。毒蠍是一種具有劇毒的小生物，在防禦的過程中，可以置敵人於死。臺灣在特殊時間、位置上，參考荷蘭、瑞典所發展出來的毒蠍軍事策略有其必要性，但是這種比較激進而又極端的策略，在打擊這些帝國的軍事、經濟力量、連結帝國內部的人民以達成文化、學術交流等面向上，其實並不盡是一項非常完美的策略，反而容易引起反感，甚至走向絕路。因此，本文最後會提出「小蜜蜂」（bumblebee）策略，和毒蠍相較之下，小蜜蜂是一種崇尚社交、溝通而且相當友善的生物，在友善之中同時又具有自我防禦和置敵手於痛苦的能力。我認為形塑這種小蜜蜂的形象，是臺灣目前要打破國際封鎖，在帝國的夾縫中尋求倖存之道（the art of survival）一項相當重要的策略。

臺灣自一九七一年離開聯合國，此後不斷受到中華人民共和國的打壓、威脅和迫害，以及利用種種手段對臺進行外交、文化、軍事和經濟上的封鎖。在這個環節上，我們再回過頭來看滿清帝國對臺灣的政策以及之後割讓臺灣的場景，都可以在早期的歷史裡發現到各種線索。中共目前的領導人胡錦濤、溫家寶早期都是透過打壓西藏、殘害藏胞，不斷讓內地的人民移居到西藏，以軍事手段、移民和宗教迫害的方式，對西藏既有的宗教信仰和生活方式不留任何餘地，使得達賴必須逃亡到印度。就連達賴所選定的接班人也沒辦法在大陸得到承認，大陸官方自己設定了另一位接班人，取代達賴所選定的宗教精神儀式的領袖。種種跡象都顯示目前胡錦濤、溫家寶所領導的中華人民共和國，在許多宗教、政治和經濟的手段上，與滿清帝國對西藏、蒙古的鎮壓和政治迫害相當神似，甚至是變本加厲。最近有許多書籍在討論滿清帝國迫害異族的過程，而中國大陸目前也發生許多族群的暴力事件，不只是對西藏，同時也對境內的回教徒，也就是穆斯林（Muslim），採取封鎖和迫害的行為，形成相當大的衝突。之前，天主教和基督教的宗教領袖，如教宗等世界人士，還對這些行為提出人權的控訴。在此局面下，中國帝國長期以來為了要鞏固漢人的中心位置，往往對異族進行極大的鎮壓和迫害，特別是在滿清帝國的時代，為了一直保護它的發源地，因此受到道統和法統的約束，對其他的族群採取相當暴烈的手段。在目前國際的人權壓力底下，中國帝國對法輪功、藏胞、蒙古人民，乃至於伊斯蘭教信徒的態度，都還可以看得出來這種帝國的色彩。

在臺灣，許多號稱左派或是自由人權的人士，為什麼都不去討論這些問題？這實在是一件費解的事情。在他們的心目中，臺灣爭取獨立是跟祖國過意不去，因此他們寧可以種種污蔑的手法，內賊通外敵的方式去背叛全民的利益，自以為是正統或是所謂的衛道之士。在他們的論述裡，往往不去討論那些邊緣族群在滿清以至於目前中華人民共和國的疆界裡如何地受到壓迫。這種壓迫的狀況在香港回歸中國之後更是明顯可見。九七大限讓香港的媒體、經濟和文化活動逐漸萎縮，在報紙和廣播電臺上發表異議聲音的人士，遭受種種威脅、黑函，甚至監禁。中國不斷地以不法的手段來騷擾香港的民主人士，甚至以惡毒的中傷手法破壞他們的形象，利用種種欽定的方式由上而下來掌握立法院，掌握特區的統治管道。這些都可以說是非常活生生的例子，告訴我們中國帝國在這近百年來對全世界以及對境內的各種人權的發展，都採取相當反動的方式。而自由人士在這種情況下，為什麼反而加強中國帝國對臺灣的封鎖，讓臺灣在夾縫裡面更難以發展，這實在是一件令人遺憾而又百思不解的事情。他們的腦袋裡到底有沒有自由主義的思想?是否具備批判和思考的能力?

事實上，連毛澤東都曾說過安南（越南）、臺灣和琉球都是被壓迫的民族，都應該爭取獨立。但是，等到他得到了政權，他和接班人鄧小平就往往採用血洗臺灣，或是用經濟來封鎖臺灣的政策。這種政策在目前裡應外合的狀況底下，再加上全球化的影響之下，各國紛紛拿中國作為最重要的市場投資對象。法國、歐盟、澳洲，更不要說我們長期以來的友邦美國，都以「一個中國」的政策來封鎖臺灣，讓臺灣無法出聲。在許多科技、資訊的交流上，都對臺灣非常不利，讓臺灣再度邊緣化。尤其是最近，在錄用留學生的考量上，不斷對中國的學生提供更優厚的條件，而在學術的領域上，不斷地去凸顯中國作為一個研究領域的重要性，讓臺灣早期作為中國的窗戶、自由中國的這種地位逐漸沒落。而在經濟上面，更因為臺灣的廠商出走，裡應外合的西進政策讓臺灣的市場逐漸萎縮，勞力不斷空疏。在高等教育的自我期許上，也缺乏自信。因此，我們的國際競爭能力，在中國以及美國的聯手封鎖之下，只能變成一個設計者。我們的晶圓廠不斷出走，高等科技、學術和研發人才逐漸從美國跑到中國大陸。在最近的哈佛大學經濟評論報導和華爾街報導裡，也都開始重視到這個問題。美國第一流學院裡的學者、專家，乃至於科學園區、矽谷裡的優秀人才，現在因主要的生產工廠逐漸外移的關係，不再把美國當成最重要的基地，因此造成「腦力出走」的衰頽現象。美國長期以來因為移民社會所擁有的優勢，正不斷被挖空當中，許多城鎮和將近一半的公共設施都沒辦法再維持，教育也因為人口的流動，慢慢地從早期的多元化變成單薄而逐漸式微。在這樣一個狀況之下，美國才開始發現所有的產品都是中國製（**made in China**），人才也不斷外流。美國現在所發現的問題，是在歷史的條件底下逐漸產生的問題。以美國幅員廣闊、資源豐富的情況底下，都已經備感威脅，臺灣這麼小的島國，居然在十幾年前就已經發覺到科學園區的許多廠房都已經撤空，為什麼我們的民間，我們的媒體、學院和政府，都不願意真正去面對這些問題？這實在是臺灣的問題所在。

在經濟、生產、文化以及服務都被中國市場所支配、邊緣化的狀況底下，我們即使是有相當高的外匯存底，或者是透過各種狹險的手段買到昂貴無比的武器，其實也沒辦法防衛自己，因為我們的內部已經被掏空。有相當多的國人不願意認同臺灣，只認為所謂的商人無祖國，只要是利之所在，就紛紛以市場為取向，把民族認同、族群認同和人權問題全都拋諸腦後。所以中國帝國對臺灣的封鎖，常透過所謂的自由貿易或是招攬臺商的方式，對臺灣文化生產、高科技研發以及經濟活動，進行更加深層的擠壓。在這種狀況底下，美國對臺灣的興趣，從早期五〇年代作為自由中國的代表，在白色恐怖底下對臺灣的扶植，對蔣介石政權的栽培，以對付赤色中國的意識型態，早就已經崩解。柯林頓（Bill Clinton）和布希（George W. Bush）以保守的自由主義原則作為前提，對臺灣的防護條約基本上是以軍售的方式進行，而更多的利益是放在跟中國大陸的貿易上，不斷加強「一個中國」的約束。在這同時，美國帝國已經對全世界形成相當嚴密、軍事而不是文化或政治的統治方式。最近有相當多的書籍討論到這種現象，二〇〇〇年哈德（Michael Hardt）和納格利（Antonio Negri）兩人合寫的《帝國》（*Empire*）講到以前的羅馬帝國，基本上是派總督到征服地進行政治統治的手段，美國進入到七〇年代、八〇年代之後，隨著麥當勞和各種跨國公司，如微軟、英特爾的興起，或是種種投資和顧問公司的設立，讓帝國的中心逐漸變得無法看見，世界變成是在資本和市場的統治之下。正如二〇〇三年伍德（Ellen Meiksins Wood）在《資本帝國》（*Empire of Capital*）裡面所形容的，美國因為要結束恐怖主義，強調所謂的世界性防禦，已經讓帝國主義產生一種新的面貌，不再是一種殖民的征服，或是直接派總督形成政治的領導，而是透過資本主義的帝國主義的方式來形成其霸權。

因此，由早期的羅馬帝國，一直到中古時代的歐洲，乃至於阿拉伯世界的穆斯林帝國，或者是十六世紀的西班牙海上王國，荷蘭的商業帝國，逐漸到英國帝國在十九世紀時對全世界的佔領和商業買賣，而集大成的就是目前的美國。美國透過全球的經濟管轄和投資，形成一種本地政府和跨國公司難分難解的多元合作利益團體。每一個國家都會因為軍事買賣或是超大工程，乃至教育、文化和生產事業，與美國形成一種無法避免的關係。而在這種相當不平均的發展裡面，全球的經濟、服務、生產和科技，都落入到美國一定要撈一筆的狀況。

看看我們的高速公路、捷運，或者是核電的發展，乃至於大學裡面的升等制度，期刊所依賴的全部是以英文SSCI的標準來看，臺灣非常明顯的早已是美國帝國的次殖民地。而美國和其他早期帝國非常不一樣的地方，是它的文化和政治沒辦法達到一致性，來讓它的軍事和商業的跨國買賣能夠引起全球性的信服（conviction）。根據最新的報導，美國在二〇〇三年投入了金額龐大的軍事經費，來維持它在全世界的領導地位。

這些軍事的發展在幾本書裡都作了詳盡的討論，如麥可・曼（Michael Mann, 1940-）的《自相矛盾的帝國》（*Incoherent Empire*）或查默斯・詹森（Chalmers Johnson）的《帝國的悲哀》（*The Sorrows of Empire*）。在聯合國一百七十六個會員國之中，美國在一百五十個國家裡面佔有兵力，而其中有二十二個都是超級大的海陸空基地，擁有航空母艦和飛彈基地等等。二〇〇二年，美國的國防預算是三百四十兆美金，二〇〇三年到秋季以前已達四百兆，其中還不包括許多和軍事有關的情報系統，以高達百分之九十二的比例分給軍方，也就是在正常的政府機構底下，只拿到了百分之八的預算。美國花大筆的錢來推展它的軍事控制，但是又很難去維持文化和商業的支配行為。在一味發展軍事的情況底下，美國將全世界納入軍事版圖，但是美國人卻缺乏對國際的知識和對中東的了解。進駐伊拉克的十四萬部隊在出發前所作的調查顯示，百分之八十的士兵都不知道伊拉克在世界地圖裡的哪一個位置。由此可見，和早期的羅馬、荷蘭這些帝國相較之下，美國花了更高比例的軍事經費，而沒有在教育、文化和政治方面達到深入的統治。因此，在美國帝國裡面，有許多弱勢的團體以人權運動的問題進行內部抗爭；而美國對外所造成的經濟不平均發展，以及對他國政治和宗教信仰的壓抑，更造成伊斯蘭世界對美國的厭惡，就連美國以前的朋友，如歐盟各國，也對美國起了反感，全世界最不受歡迎的人現在變成了美帝。在這樣一個狀況底下，臺灣歷年來所依賴的美國的保障，在全世界的友誼和合法化上逐漸成為一個變數。臺灣如果還一直用以美國當靠山的想法來運作，而且不斷透過一些獨立的修辭來刺激美帝和中帝的話，在外交和國際友誼的網絡上，這並不是一個牢靠、妥善的辦法。

在中帝和美帝之後，當然，在臺灣重要的殖民以及後殖民的歷史裡面，不能不談的就是日帝。眾所周知，一八九五年到一九四五年日本帝國對太平洋群島發動攻勢，臺灣是一個非常重要的基地。日本在臺北帝國大學發展了整個南進的政策，特別是對太平洋地區的風土人情作了非常詳細的研究。這些成果在伊能嘉矩的文庫裡面都有詳細的收集。甚至於在許多人類學、歷史和地理的研究上，日本對南亞的野心可以說是相當明確。一八九五年日本對臺的政策基本上是用鎮壓的方式，當時來臺擔任總督的大部分都是將領。而在最近的一些研究裡面，已經明顯地可以看到日本殖民政策和帝國主義發展與德國有相當類似的地方。這些殖民者大部分是以軍人和官僚為主體的駐外人員，他們大部分都不像英國或是法國的駐外人員，對於外國的殖民地有一種浪漫想像或是政治野心。這些德國和日本的殖民者，通常都在短期之居留內發展出有效的統治，而且基本上都是以軍人為主，特別是陸軍。實際上，日本長期以來都是在德國進行將領和衛官的培訓和軍事訓練，在武器改良以及對亞洲的企圖心方面，與德國在歐洲的雄心壯志，甚至於種族迫害的這些作為，可以說是相當接近，彼此相輔相成，在第二次世界大戰中對美國來講是最大的兩個威脅。

日本在對臺灣的統治手段上，可以由早期的軍人鎮壓或媒體官檢看出。日本對臺灣的殖民政策，雖然在公共建設、戶籍普查、人文地理以及農作物的耕作技術方面作出大量的改良；但是一八九五年對臺發動攻勢，造成十萬人的死亡，一九三〇年動用上千名日本警力，加上兩千多名的漢人以及其他原住民的配合，發動飛機和坦克，以發動大戰的方式，針對少數兩三百位原住民進行血腥的霧社屠殺事件，在一九三一年之後，更不斷地分化團結，透過砍頭以及分配住地的方式來一一加以消滅，可以看得出來日本帝國對臺的統治是相常暴力而且毫不留情。在目前討論到日治時代的記憶以及日本帝國對臺的建設，許多人有比較美好的想像和回憶；實際上，透過跨帝國的文化比較和社會分析，我們可以理解到日本帝國的本質在許多面向上和德意志帝國相當雷同。也就是在這樣一個情況底下，有許多內部衝突的情況發生。特別是在一八九六年之後開始辦官報，幾年之後由在臺的日本人自己辦報，採用市場的機制來營運，因為日本內地的政治鬥爭，影響到臺灣特別的公共輿論，可以對總督府提出批評。公共的輿論到了一九二〇年代已經成形，臺灣人自己辦報紙，擁有發聲的空間，特別是中文報紙不斷地凸顯其自主性，但是這種留學生、仕紳以及知識分子所形成的批判空間以及公共文化，其實並不能夠維持太久。從一九一九到一九三〇年代，媒體發展出來的公共輿論有相當反殖民的色彩，開發出來所謂的都會文化觀（cosmopolitanism），在臺灣發展出啟蒙運動、現代化和知識體制化，甚至於女性主義和人權運動，在這十幾年之內也都得到相當初步的發展。一九三〇年之後因為霧社事件以及不斷發生的抗暴運動，日本官方採取強硬措施來壓抑臺灣媒體所發出來的不同的言論，甚至於分化團結，透過辜顯榮之類的人物來當挑撥離間的象徵，讓本土的權力鬥爭逐漸高亢。

三〇年代之後，雖然識字率以及報紙的閱讀能力在臺灣的公民知識上佔了相當普及的作用，但是日本帝國的本色反而更加強烈，而且用發動聖戰的方式鼓勵臺灣人從軍，或者是以慰安婦的方式讓臺灣女子變為工具。在許多不合理的情況之下，臺灣的次殖民地的位置，比起朝鮮和滿州國，在日本的帝國計畫裡可說是一個次要的仲介地位。因此，我們可以看得到三〇年代在臺相當久的知識分子，開始對臺灣有一些不一樣的想法，如石川欽一郎，對臺灣的山水逐漸有所批判，認為臺灣的玉山比不上日本的富士山，臺灣的山水過於短促，比不上日本的河流淵遠流長，而日本在文化上面有一種沉穩之美，而不是短暫的華麗。在各個方面，我們都可以看得出來這種跨文化比較，而在民俗研究裡面，也開始發展出來所謂的日本性格，日本這種領先地位的文化論，在柳田國男等人的論述底下，開始透過跨社會、跨文化的研究來鞏固日本第一的想法。在這種文化論述底下，日本帝國的合法性權威得以建立，用軍人的靈魂、武士道精神或是在臺所發展出來的聖戰的修辭，來奴役臺灣的原住民和漢人，並且透過這些機制來發動第二次世界大戰。因此，在討論日帝在臺五十年，我們不應該遺忘有許多軍國統治的面向。但是，在文化生產的面向，也因為日本的各種機制，中國五四運動對臺灣的刺激，臺灣留學生的自覺運動，乃至於日本的道德會以及來臺的藝術家、知識分子對臺灣的同情，小說家對臺灣殖民地的鋪寫，如西川滿、佐藤春夫來臺灣殖民地的遊記裡對日本的批判等，都對臺灣的反殖民思潮有相當重要的啟發，臺灣的公民意識和改革決心也在一九四〇年代達到高峰。

不幸的是，一九四五年到一九四七年，國民黨來臺對臺灣許多知識分子公民權的壓抑甚至於屠殺，造成了血腥的二二八事件。臺灣在國民黨所假設的道統和法統底下，一直被扭曲成為中華帝國的一環，使內戰進一步擴散，造成臺灣歷史的幽靈，逐漸封鎖本島，讓臺灣變成反攻的基地，在軍事的戒嚴體制底下再度被監禁，沒辦法獲得自由，無法發展自己的主權。因此，臺灣對日本帝國及其殖民文化產生不一樣的想法，有所謂的後殖民的觀點，重新回顧日本殖民所遺留下來的公共文化、教育以及對臺灣經濟發展的刺激。而在解嚴之後，日本的產品、流行文化往往變成是某一形式的哈日和新殖民的活動，旅遊日本、購買日本唱片、明星產品和配備，從玩具到Play Station 2到偶像劇，都可以看出日本的新殖民文化產生某種的回魂作用。當然，日本這幾年來對臺灣的反應，如東京都市長石原對臺灣的友善態度，都可以發現日本在臺灣找得到某種友誼，這種友誼是由於日治時代所產生的連結以及種種的愧疚所發展出來。相較之下，中國對臺灣所發展出來的文化帝國主義，美國對臺灣所發展出來的新殖民主義，就都比日本帝國更要具有威脅性。美國和中國往往在「一個中國」的政策之下，對臺灣行使兩面的手法。美國一方面有防衛臺灣的約束，一方面又不斷地強調一個中國的政策，對臺灣形成相當大的壓抑、封鎖。同時，中國也吃定了美國對大陸的投資，不斷地透過軍事的偵測，盜取國防機密，與美國敵對，讓美國民間對臺灣又產生許多同情的觀點。這些觀點雖然和美國政府的態度不大一致，但卻是臺灣值得去發展的面向，特別是在臺灣在教育和文化上和美國民間有密切的連絡。

然而，近年來臺灣的留學生人數逐漸下滑，以二〇〇三年為例，整個留美的學生就下降了四分之一左右。這是一項非常重要的警訊，顯示中國大陸在留學生的比例以及對美國的掌控上面，逐漸發揮它的作用。美國現在所面臨的問題，在生產業史上前所未聞。中國可以提供最優秀的人才，都是跨國公司所訓練出來的研發人才，也大部分受過美國博士以上的訓練或是研究機構的培訓。在最上層的機構具有眾多的跨國資金和國際網絡，可以取代美國在這方面最高級的研發，甚至可以盜取美國最重要的發明成果。而最低價的廠商能夠以十分之一以下的價錢，生產美國能夠生產的貨物。從最高到最低的各種層次裡面，中國都能發展出取代美國的機制，這是美國、甚至在世界上從來沒有經歷過的震撼。一直到最近這兩年美國才警覺到這個嚴重的問題。臺灣可以說更加地脆弱，因為從基礎的製鞋業、成衣到精密的晶圓、筆記型電腦的設計，逐漸都隨著王永慶、張忠謀等人到大陸去設電廠、晶圓廠，整個被取代和掏空。我們的研發人才紛紛前往大陸，造成某種被吸收、含納的狀況，甚至於反過頭來又回咬臺灣、盜取資訊，甚至於對我們教育文憑的認可機制產生相當大的打擊。尤其在出版業方面，透過跨國公司，特別是像李嘉誠的機構，進軍臺灣的出版業和媒體業，最明顯的如《蘋果日報》和城邦集團，都對臺灣的表達機制、發聲系統以及新聞媒體的出版產生一種抵制的作用，利用這種方式來抹煞本土的聲音，逐漸透過商業機制來斷送、抹除本土的發聲空間。在民進黨執政的情況底下，發生這種被掏空、被抹煞的狀況，而執政者又不以為意，這個實在是一個非常荒唐、值得我們反省的關鍵點。

在我們目前的內閣裡面，很少有在國際外交和文化事業機構裡長期服務的人士，大部分都是以政治的方式，以短視、功利、自私、運作樁腳為其主要考量，紛紛去除國際、法律、外交、文化這些需要長期經營的面向，往往安頓自己的人脈，甚至以口舌之快，造成友邦人士之錯愕，尤其對外面變化不大注意，更對具有歷史縱橫的研究領域全部予以抹殺。在政治掛帥的情況底下，對外的國際關係和對內的族群問題，往往都經由一些非常激烈的修辭，如LP，或是謾罵的方式，讓本來的朋友變成敵人。因此在政壇，原來是政治上的敵手現在變成仇人，幾乎沒辦法有任何協商的空間，就連彼此信賴、協商的善意都不見了。而對外又往往沒有透過一些精心設計、深思熟慮的政策，來對外形成某種奧援，爭取國際友誼的支援。因此，在美、日、中三個帝國的夾縫中，臺灣的生存空間堪憂。在這種情況底下，很多人都採用毒蠍的方式，透過軍事的手段來加強報復的可能性，把自己孤立起來，產生對外孤注一擲的心理，其實是相當不健全的心態，而且也不容易引起國外社會的共鳴。我認為臺灣要走出目前處於帝國夾縫的困境，應該要廣結善緣，多了解在美國境內弱裔所發展出來的論述。

在軍事擴張之後，對健保、教育所造成的打壓，在美國內部裡面其實對軍國主義有許多不同的看法。乃至於中國在經濟掛帥之後，對環境、政治的腐化，貧富不均的狀況，特別是對非漢人團體，如西藏、伊斯蘭教徒和漢人團體法輪功所形成的迫害，在人權的論述上，美國和世界各國對中帝的政策其實是有許多保留。臺灣如何把這些議題加以擴充，如何連結全世界有關弱勢的論述，對人權的問題多方關注，才是更加穩紮穩打的方式。

因此，在本文最後，我認為小蜜蜂這樣的一種形象，比毒蠍的策略要來得更加友善，崇尚社區運動，同時又具有自我防禦的功能，在友善之中也不失自己的立場。在各種動物裡面，小蜜蜂擁有好客和社交的形象，往往是以旅遊、飄來飄去的意象為主，和臺灣作為一個價值開放的移民社會是相當地吻合。所以，我認為與其不斷強調毒蠍的這種政策，不如從文化和國際的友誼上面著手，透過小蜜蜂的這類活動來多關心一些處境和我們近似，而在條件上可能比我們差的國家團體，透過各式各樣的文化和財經網絡來給予奧援，如此才能更加穩固臺灣在世界文化以及作為世界公民的地位，讓臺灣的特色以及臺灣開放的觀念在全球佔有一席之地，進而能夠立於不敗之地。

【參考書目】

Hardt, Michael and Antonio Negri. *Empire.* Cambridge, MA: Harvard UP, 2000.

Johnson, Chalmers. *The Sorrows of Empire: Militarism, Secrecy, and the End of the Republic.* New

York: Metropolitan Books, 2004.
Mann, Michael. *Incoherent Empire*. New York: Verso, 2003.
Wood, Ellen Meiksins. *Empire of Capital*. New York: Verso, 2003.

悶燒的豪放

——臺北的都市文學舉隅

香港大學的阿巴士（Ackbar Abbas）曾以香港的文化中心與臺北的中正紀念堂為例，對照兩個社會在意識型態、建築美學上的差異：香港是個「開放城市」，富於現代、後現代實驗，並不主張一個固定的身分；而臺北則以「合法政權」自居，強調「中華文化」，因此保守且傳統。

阿巴士大概只說對了一半；事實上，臺灣是個「開放」而又被阻隔的地方，既四面環海，儼然四通八達，但因為種種國內及國際政經因素，臺灣不斷陷入被挾持（entrapped）的困境。由於它的開放，臺灣的「頭家」（中小企業老闆）特別多，人人有一套鑽營、走漏洞的辦法；不過，同時也常常有悶燒、愛拚的難言之隱，將許多精力放在室內裝潢、卡拉ＯＫ或自家門爭上。也許從表面上看，臺北的建築不夠多采多姿，不像上海這麼摩登，充滿殖民與現代交織的色彩，比起香港、上海，臺北可說簡直是一團亂，但細讀之下，大家會發現臺北都市景觀的主要動力、玄妙是在巷弄的曲折、室內擺設的別出心裁，轉個彎，便別有洞天；或者在其貌不揚、意想不到的地方，內部（interiority）居然富麗多元，充滿本土與異國文化雜糅的創意。臺北也許有點「拙且醜」，但內在的縱深卻很豐富，這個內部不只是裝潢及擺設上，而且也有其歷史、文化的濃縮與交混之美：在悶燒之中，流露出詭異（uncanny）的豪放。

臺北的天氣及其人文地理環境與「悶燒」的心情狀態是有一定關係，尤其在六月天，誠如李昂所說：

盛夏的臺北市，暑熱在盆地形的都市裡，充盈著，無處不在的瀰漫。位處亞熱帶的近海都市，沉沉壓罩著的，便是悶熱與水濕。

盆地地形似乎更容易累積具壓力的熱，濕淋淋、悶悶的圍住整個都市，像無色無味的透明淺膠，充塡、裹住都市高層建築、密集住家群、蜿蜒街道，沉沉的永遠溢不出盆地的範圍，一切都有若膠著。

到了夜晚，太陽暫時失去熱力，偶爾的，有微風來自都市邊緣的小山間，那一鍋盆地靜止的熱氣略略的會動搖起來，卻是剛離火的一鍋滾水，表面微略有水波翻滾，熱氣仍深埋在裡面，穩穩不動。

那熱氣永不止息。地處亞熱帶，白天、黑夜溫差不大，白天侵佔、盤踞著都市的熱氣，夜裡還是不肯退讓，仍維持就近的守候。像一匹巨大的獸，吞吐著火氣，晝夜不止，恆久

的在盛夏的幾個月間，永不退讓，永不鬆手。（《迷園》1992:1）

這種悶燒的氛圍卻同時帶著紛亂雜沓之外的力道，如《迷園》從嘈雜的世界回眸一轉，便來到「涵園」的高閣亭臺及其中的優游自得。楊照對中山北路的夜遊也可與李昂對臺北大致的描寫一齊觀賞，李昂說：「在那夏夜裡，臨近午夜，仍然高溫、濕熱的空氣裏住那一段大街，一街車水馬龍，喇叭聲混著引擎轟轟聲，兩旁霓虹燈匯聚成一條各色燈河，人行道擺設的小攤上，仍然人聲吵雜。而在這喧嚷、紛亂、多色彩的臺北市大街，一大面電視牆上，三十六個畫面裡兀自有風吹動流水、翻動柳葉，兀自有亭臺樓閣、飛簷綠瓦，重重複複、幻幻化化似永無止盡。」（《迷園》17）楊照則寫道：「以為夜已經夠深了。整條中山北路暢通無阻，妖冶炫麗的店招霓虹燈熄滅後，樟樹棵棵相纏、葉葉廝磨的暗影成了景致的主角。偶爾一兩輛轎車疾駛而過，車頭大燈迅速排闥照亮兩邊密實粗厚凸顯年齡的樹幹，看著流光轟然向前闖撞，突然給人一種深處幽窈隧穴的錯覺，繁華的中山北路似乎關閉了，把自己關成一座看不見盡頭的隧道，神祕的氣息在空中飄散。」（《文學、社會與歷史想像》9）

楊照以中山北路為臺北歷史文化地理的記憶縮影：從一些早期日本殖民的建築到孫中山紀念館到美軍駐臺新殖民時期的小品店到圓山飯店、士林夜市到天母的新合成文化（義大利餐廳、日本百貨公司、臺灣誠品、美國連鎖店、華納影城、小衣蝶、小微風廣場等等），在每一個巷弄角落都充滿了重疊的歷史軌跡與殖民與後殖民交混的紋理。一個既私密而又牽連國族記憶的都會、歷史想像是由駱以軍所提供，而另一個更加隱祕、辛酸的都市記憶則出自小巷弄裡，特別是黑暗街巷的深處，其中搬運工、雛妓、或出沒在城市邊緣的部落少年，有不少是原住民流放到臺北，成為瓦歷斯．諾幹筆下令人錯愕、欷歔的族人（見《迷霧之旅》），或如他以另一個筆名柳翱所說的遺忘了森林記憶的族群：

> 我們部落的森林日漸縮小的時候，人群便大量以歷史回溯的方式重回都市，回到勞力密集的鎮集，依靠著強硬的臂膀、強健的體魄，尋求生存的基點。會不會，流落在都市的原住民兄弟會漸漸遺忘了對森林的記憶？會不會，逐漸失去了對祭典的尊崇？會不會，逐漸改變了原有的傳統價值呢？這似乎是誰也不敢亦不能預料的事吧！森林，也許眞有一天將成爲原住民的神話哩！（《永遠的部落》1990:41）

「悶燒」型的都市文學之大宗當然是「眷村文學」，其次是「情色文學」，這兩個小說類都以某種「族群託寓」的方式，將國族、情慾上的悶燒與臺灣的歷史、文化形成奇特的比喻關係。朱天心、張大春、林燿德、駱以軍、成英姝等都是第二代眷村作家的佼佼者，而李昂、朱天文、李永平、施叔青（尤其在《微醺彩妝》中）、邱妙津等則在都市男女情慾、文化政治上有很精采的發揮。

林燿德的一首詩〈城市終端機〉，把臺北這種悶燒的豪放的生活、情慾寫得淋漓盡致，他是由現代主義（尤其波特萊爾式的）邁入後現代，而風格大致是晚期現代主義（late modern），因此對電腦、科技、色情、欲求、核爆、國際政治等充滿了興趣。雖然他的〈線性思考計畫書〉（1984）被稱為是臺灣後現代主義的宣言詩之一，但是從許多方面來看，後現代的加深反省與多元觀點往往由無動於衷的數字、影像、政治事件、性愛暴力所取代，「後現代」這個詞彙成為一個描述，甚至於預示臺灣都市文化情境的方便標籤，與「高解析度畫面」、「電腦終端機」同屬明顯的指標，並藉此暗示臺灣的政治局面：

停電時電腦顯示器中
臺，灣
，崩潰
崩潰爲
零散
的
光的
殘像

（〈高解析度畫面〉1990：163-164）

羅門在〈都市你是一部不停地做愛的機器〉裡也說：

> 百貨櫥窗與眼睛做愛
> 　生出各種慾望
> 休閒中心與無聊做愛
> 生出結紮不住的色情
> 　人腦與電腦做愛
> 　生出千變萬化的明天

對都市無聊做愛，「累得喘不過氣來」的情況，有幾分近似艾略特（T.S Eliot, 1888-1965）在《荒原》（*The Waste Land*）中的都市男女寫照，但加入了「人機一體」的都市景觀。

另一個例子是駱以軍在《月球姓氏》中有關一群流亡轉進而無法安頓的老兵，如月伯伯的那幢老房子，不過，敘事者對父親巡視校舍的描寫更是有國與家一齊入夢的詭異：

> 那個夜裡我夢見我陪著我父親巡視一間校舍，那三、四十疊榻榻米的大通鋪上，躺臥橫放著一隻隻不知是冬眠還是擱淺受傷的海豹。我記得夢中那海豹宛如流浪漢鬍鬚扎立的尖嘴

> 還奄奄吐著白煙（是很冷的天吧），我父親吩咐我往那些海豹帶著異味的黑色身軀上潑水，讓牠們保持最起碼的潮濕和清醒（一睡過去就再也無法醒過來嘍）。但我分明看見那黑色鰭翼的下方，結了一層薄冰。每次潑水下去，在看不出細節的黑色皮膚上，總會像分泌出什麼般激起一陣輕微的痛苦痙攣……（《月球姓氏》2000）

駱以軍這一段的描寫，看似是對校舍（是軍校吧？）之中，那些離開祖國（海水對岸）飽受滄桑的士兵（他們變形成為海豹），以超寫實的方式表現出他們垂死掙扎之落魄與異樣，但是這些海豹與他在《月球姓氏》所敍述的月伯伯、父母，乃至妻子（尤其產房的陣痛經歷）息息相關，在一個小空間（校舍）之中，所有想像與真實，過往與現在之人物都有微妙的關聯，在記憶的濕冷角落中串連形成擱淺的苦悶。

駱以軍的近作《遺悲懷》是一部有關毀滅、死亡、壓抑，及變形的書寫，在視野、文字、主題，乃至敍事手法，都比《月球姓氏》更加突出，雖然有些人物、故事，又透過凹凸稜角鏡，重新現身，但是常常經過二度演繹，顯出前所未有的扭曲與交集密度，於親身的苦痛之中，切入全球性的大災難，從妻的生產波折，夢見太空隕石，殺害生靈（如駱駝、病毒、無辜、或生命複製），及看似不大相關的漂泊迷離往事，如在憶及母親的迴光返照那一片刻，想起了電影畫面中，一艘沉淪於無垠深海的核子潛艇。

迷魅而莫名所以的聯繫，把發生於各地，不同時間的災難，納入凝像記憶的多元畫面裡，一方面，擴大了小說的識域；另一方面，則將原本功能模糊的角落，給起死回生，從堆放空牛奶瓶的處所，到洞隙的隱密空間，乃至昔日的迷戀、閃失、暴虐與接觸死亡，都以靈光乍現的方式，縫繫在一起，然而，這不只是喬伊斯或卡夫卡式的。駱以軍在這部作品裡，大量運用新聞、電玩、生科醫療、流行文化的詞彙，以至於讓讀者出入於屍體解剖式的嚴謹細節觀察，與無厘頭的荒唐連續劇之間，面對突如其來的恐怖攻擊，既有身不由己的痙攣，也不自禁地興起一種彷彿置身電動遊戲般，或真幻莫辨的投入與解放感，如〈第三書〉、〈摺紙人〉、〈大麻〉、〈運屍人〉等篇。

就是這種樣態在日常生活的恐怖中，夾雜科技想像，情慾猥褻的雄渾，讓敘事者，以守屍人的身分，去打破空間的死寂，不斷與時間進行論述搏鬥，試圖化心底深處的哀鳴為生之慾的熱情，或重新敍說故事的契機，因此，整本小說呈現出首尾照應，而又在遁走之際，看到變奏的身影光譜，中心穿梭產房災難生態的再生產，每一篇看似斷裂、無法承接，但是其實峰迴路轉，再度演繹下去，透過此一敍事邏輯，作者於小說的〈後記〉，舉聚會、交通、傷害、故事，及插入身上的管線、溜滑梯的爬上爬下重複動作，道出某種預知死亡，話別災難，鍥而不捨的單調悲情與智慧。

王德威說駱以軍先是師法張大春，後來又學朱天文及朱天心，他的說法引起不少爭議，但是在某種程度上應該是言之成理。特別是我們將朱天心的《古都》與駱以軍的近作一起觀看，《古都》的敍事者將京都、臺北對照，想在日本找到中國，另一方面則為臺北正形成的族群政治感到莫名的疑懼，焦慮儼然在悶燒。在朱天心的作品裡，我們也看到這種回返。但是那是在京都所迴映出的臺北狂亂，或透過「夢中地圖」，看到想像所經營市鎮的面目，「當它愈來愈清晰，清晰過你現有的世界，那或將是你必須——換個心態或該說——是你可以離開並前往的時刻了」（《漫遊者》43）。例如，在《古都》中，敘事者不斷在日本發現原鄉的影子：

> 車速以時速一百公里衝越關渡宮隘口，大江就橫現眼前，每次你們都會非常感動或深深吸口河海空氣對初次來的遊伴說：「看像不像長江？」車過竹圍，若值黃昏，落日從觀音山那頭連著江面波光直射照眼，那長滿了黃槿和紅樹林的沙洲，以及棲於其間的小白鷺牛背鷺夜鷺，便就讓人想起晴川歷歷漢陽樹，芳草萋萋鸚鵡洲。（《古都》1997:153）

但是，敘事者在異地的旅遊所見反而清晰托襯出臺北中山足球場的族群暴力：臺灣人罵中國豬的場面，或者是緬懷舊日之漫遊。不過，較生動有趣的是朱天心有關旅行方式的描寫，尤其歷史奇像的漫遊，她顯得對臺灣有其批判距離或含混的感覺，是被排擠、斥責的錯愕：

二十年後，同一個日子同一個晚上，你和丈夫參加一個號稱十萬人的聚會，你完全想不起來這麼好大一個足球場是哪來的，未建之前原是哪裡，困惑的不只這些，你本來只是想去捐些款，略盡能否把執政黨藉此拉下臺的棉薄之力，像血書上的那一字的那一勾，後來當然你們出不去了，最重要的，你結婚近二十年的丈夫決計不會走了，你看到他與周遭幾萬張模糊但表情一致的群眾的臉，隨著聚光燈下的演說者一陣呼喊一陣鼓掌，陌生極了，終於有名助講員說了類似你這種省籍的人應該趕快離開這裡去中國之類的話，你丈夫亂中匆忙望你一眼，好像擔心你會被周圍的人認出並被驅離似的。（167—168）

或者，在異地突然想起本土文化政治的認同問題及其移居念頭：

你簡直不明白爲什麼打那時候起就從不停止的老有遠意、老想遠行、遠走高飛，其實你不曾有超過一個月以上時間的離開過這海島，像島夷海寇們常幹的事。好些年了，你甚至得時時把這個城市的某一部分、某一段路、某一街景幻想成某些個你去過或從未去過的城市，你才過得下去，就像很多男人，必須把不管感情好壞的妻子幻想成某個女人，才能做得了男女之事。（169）

學者往往是就朱天心的文字世界、族群記憶、感官圖像及其小說技巧去深入分析《古都》，如王德威、黃錦樹等人可說是其代表（均收入《古都》）。一般比較不注意的反而是這部作品最明顯的文類表徵，也就是其旅行文學的面向。事實上，朱天心近年來的著述是與「眷村兄弟」、臺灣政治有某種微妙的關係。（小說家本人後來也將其政治論述出版成冊。）要了解《古都》中的許多聯想片段，如將「大江」與「長江」類比，或在淡水波光中看到晴川閣，我們難免要回顧臺灣的奇異「後殖民史」，也就是脫離日本殖民之後的雙重日本情結，一方面痛恨日本殖民文化，另一方面卻熱愛日本文化產品，因此，在網路上出現一些批評「親日」族（以李登輝為首），而又支持「哈日」風的言論。在《古都》中，我們看到敍事者不斷讚許日本交通工具（新幹線）及其都市景觀，藉此指出臺灣旅遊在科技上的足資借鏡。從敍事者到京都、東京旅遊，並為初遊者當導覽，便可得知日本旅行所涉及的工具，同行夥伴與網絡相當系統、科學化；而到古都之旅尤其是歷史文化之旅，透過京都的巷道、廟宇，彷佛又回到古中國，因此才會不斷在旅行途中憶起昔日臺灣風光，尤其大陸美景，古詩詞中的相關描繪。對於臺灣本地的族群政治，這個在異地旅遊也揮之不去的問題，敍事者很明顯常以含混的認同方式提出，敍事者是跨族群通婚的女性身分，當她望著丈夫在中山足球場參加政黨選戰的激情活動時，突然感到「陌生極了」，也在這個剎那發覺到自己的格格不入，尤其是丈夫的族群焦慮及其涉及的排外族群觀：「好像擔心你會被周圍的人認出並被驅離似的」。有趣的是，這種族群政治問題是在旅遊，在另一個安靜的古都作客、旁觀時，心理底層不禁湧起的對照思考：以當地之寧靜去映出故鄉之動盪及本身之不安。但是，敍事者其實明白：旅居異地並非長久之計。儘管她不停有遠走高飛的想法，但「不曾有超過一個月以上時間的離開過這海島」。旅行成為一種短暫的寄託及替代隱喻，在共鳴、驚異及懷舊等情感結構中，被想像、書寫為心理認同與排斥的雙重敘說（double articulations），一方面將之壓抑改換成異地，另一方面則加以體認，與之連結，並以情色幻想的形式，把日常生活中不易容忍的熟悉景觀，轉化為另一種生機：「好幾年了，你甚至得時時把這個城市的某一部分、某一段路、某一街景幻想成某些個你去過或從未去過的城市，你才過得下去，就像很多男人，必須把不管感情好壞的妻子幻想成某個女人，才能做得了男女之事」。

在這個無奈又犬儒式（cynical）的段落之中，我們依稀看到旅行幻想這個流動的政治經濟如何推動現實生活中不動的政治經濟，也許正由於這種彼此牽連的心理機制，政治經濟環境愈差，愈多人想到外頭去散心，尋求靈感。旅行的概念及其在跨文化接觸世界所產生的情感，心理印記也就讓這種動與不動的政治經濟學更加錯綜了。但是在眾多眷村焦慮與情慾悶燒之際，臺北的都會看板出現了另一種有點豪放又相當具文化批判及政治現實感的廣告文學。

在福岡的公共空間，往往會讀到當地文學家的詩句，大多展示於壁上或看板，發揮其潛移默化的日常美感教育功能。而在臺灣的大眾文化領域裡，廣告所產生的作用，可能有些類似，特別是近年來，許多廣告的敘述手法意象及其修辭相當可觀，文學情節不僅值得細讀，而且不多看幾眼，竟無法體會其中蘊藏的文化政治意涵。尤其愈來愈多的廣告用語，吸收來自各方面的詞彙，將中、英、臺文加以匯集，交織出頗具創意的語言表達。例如：捷運木柵線於忠孝復興站，有一幅是以「追我吧」為題，去賣統一四物雞精，畫面簡單，不過，細看其中的話語，我們不禁要對小女生的自白感到新鮮。她坦承，自己一副好臉色「都是四物雞精害的啦」，以致於男生不敢上門，「這，這，這是我的錯嗎？」口吻是新生代的語氣，幽默之中，顯出自信與俏皮的情慾主張。

在上方，以斗大的三個字「無利感」，道出小市民在經濟不景氣，政治亂紛紛的年代，如何把無力與無奈感，化為自保與平衡的消費智慧。從表面看，似乎是破音字的遊戲與雙關，但是，「利」與「力」一字之差，卻將政治上的無能，轉移為個人財務的倖存藝術，倘若我們不再多看一眼，可能就無法欣賞其語意創新，與有感慨及表情的政治經濟觀。

廣告文學的訴求，是「請再看一眼」，這一方面，固然是圖像引人注目，但是，更重要的是其中暗含的政治美學，也就是瞬息萬變中，如何掌握念舊重溫的契機，同時，以一再的注視，看出玄機，並隨緣產生認同，乃至愛意，一如王文興筆下的敍事者所謂「愛往往是在第二、三、四看之後才發生」。我認為，這種多看才能賞識，進而投入情感的作法，不僅可用來談論臺灣都會文學人物的「悶燒」愛情觀，更能進一步説明廣告的觀賞之道，甚至於臺灣人對本土社會現象的解讀及認同：初始是一種厭棄或無奈，但經過細看，倒是可能被其動力所深深吸引，覺得在混亂之中，有其華麗，比起歐美國家，富於變化，較有人氣。這些廣告分明在訴説：對臺灣悶燒與一切內在變化，得以多看一眼（love at the second sight），才能發現其可愛、豪邁之處。

【參考書目】

Abbas, Ackbar. *Hong Kong: Culture and the Politics of Disappearance.* Minneapolis: U of Minnesota P, 1997.

柳翱（瓦歷斯・諾幹）。《永遠的部落：泰雅筆記》。臺中：晨星，1990。

柳翱（瓦歷斯・諾幹）。《迷霧之旅》。臺中：晨星，2003。

朱天心。《古都》。臺北：麥田，1997。

朱天心。《漫遊者》。臺北：聯合文學，2000。

李昂。《迷園》。臺北：麥田，1998。

林燿德。《林燿德詩集》。臺北：尚書文化，1990。

楊照。《文學、社會與歷史想像》。臺北：聯合文學，1995。

駱以軍。《月球姓氏》。臺北：聯合文學，2000。

駱以軍。《遣悲懷》。臺北：麥田，2001。

羅門。《有一條永遠的路：羅門詩集》。臺北：尚書文化，1990。

Part II 世界文藝之旅

童話世界

在許多孩子的成長過程中，童話往往帶給他們許多的歡笑和夢想；兒童化的教育功能更是成人所不能忽視的。當代一位心理學家布魯諾・貝特罕（Bruno Bettelheim, 1903-90）在《童話世界的作用》（*The Uses of Enchantment*, 1975）一書裡寫到：「從小喜歡讀童話的小孩，長大後比較懂得運用想像力，並且比較容易和別人相處，因為他們能發揮同情心；對事物也較有判斷力，遇到挫折時較能作自我整合的心理工作，不會走極端、怨天尤人、自毀。而那些沒有看童話的小孩，長大後，常是以自我為中心，較不易與別人搭配，一旦在生活上或工作上失意，便容易產生挫折感，變得沮喪迷惘，不懂以其他方式來排除心理障礙。」由此可見童話的教育功能對孩子的成長是有多重要了。所以為人父母者實不得輕視童話，以為那只是讓孩子睡前聽的催眠故事，而應常鼓勵孩子多看多聽各種童話。

我國各種民族的民間故事以童話最多，在各族之間類似的童話往往表達出不同的人生觀。一般說來，漢族的童話比較入世，因受到儒家的影響，不像苗族、哈薩克族那麼天真、浪漫，充滿了英雄崇拜和怪力亂神的傳說。維吾爾族有個很感人的童話，主人翁叫夏吾冬，是一個漁夫的兒子。有一天他幫父親捕魚，捕到了一條大鯉魚，沒想到這隻魚竟會開口討饒，心地善良的夏吾冬便偷偷地放了牠。他的父親知道後便勃然大怒要過來痛打他，他一急跳進海裡，那條被放生的鯉魚便急忙游過來把他給救到另一個地方去，並答應來日夏吾冬若有難，牠將動員魚兒魚孫們來幫助他。後來夏吾冬一直往前走，在路上救了兩隻大雕鳥和一隻狐狸，這些動物都很感激他並說來日當報救命之恩。有一天夏吾冬來到一個國家，看見刑場上正準備處死一位年輕人，原來是公主招親，規定應召者必須躲到她的寶鏡照不到的地方，否則一律處以死刑。善良的夏吾冬便去應徵，希望從此結束這種殘酷的招親方式。第一次，鯉魚把他帶到海底命各種小魚把他團團圍住；不過他還是給寶鏡照到了。好在國王覺得夏吾冬這種躲法很有創意，便要求公主再給夏吾冬一次機會。這次是由兩隻大雕鳥帶他上天空，可是，鳥飛久了還是得下來喝水休息，公主便在湖邊埋下人手把他逮個正著。幸好皇后又出面保他，希望公主給他最後一次機會。這回由狐狸挖洞直到公主的城樓底下，因為牠已找出寶鏡就放在地洞的上方，而鏡子只向外照，根本就無法照到藏在公主腳下的地洞的夏吾冬。然而，夏吾冬並沒當上許多人冒著生命以求的駙馬爺，因為就在舉行婚禮的當兒，他卻當著滿朝文武的面前大聲地說道：「其實我只是個漁夫的兒子，我之所以參加此次的招親只是為了要阻止這種殘暴的議婚條件。」說畢，他便堅決地離去了。公主則氣得臉色發白，拿起她的寶貝鏡子摔得粉碎。這則童話實在夠曲折動人的，結尾更是令人拍案。對公主的殘酷、驕傲給予最大的打擊。同時也表現了維吾爾族純樸、善良、不企求功名利祿的性格。

在許多西洋的童話裡，女性都是以公主或巫婆的身分出現，像格林童話裡的「睡美人」、「白雪公主」，女性一方面是美麗與善良的，而另一面則是善嫉與邪惡的。有些童話裡則把女性描寫得非常才智過人，不必依靠魔術、守護神、玻璃鞋，就能走出自己的路。這些才女可說是現代女強人的先驅了。東歐與蘇俄流傳著一則有關才女凱莎琳的童話，故事是說：有一個農夫，有一天在田裡挖到一個金臼，他欣喜若狂地抱著它並想把它獻給國王，他的女兒凱莎琳勸他說；「金臼是很漂亮可討國王的歡心，但恐怕國王會跟你要金杵呢，因為金杵與金臼應是一對的，我看爸爸您還是不要去自找麻煩吧。」可是農夫不聽，第二天一大早就興沖沖抱著金臼去見國王。果真國王一開始很高興，但在賞玩一會後卻說：「應該還有金杵吧，因為金杵與金臼是一對的！」農夫一聽便驚叫道：「怎麼和我女兒所料的一字不差！」國王聽了便想出個難題來考考農夫這個聰明的女兒，於是命令農夫道：「叫你女兒明天來見我，她身上不能穿衣服，也不能不穿；她得赤著腳，但也不能完全赤腳；她不能騎任何坐騎，也不能用走的；來見我時不能是在白天，也不能是在黑夜；要帶一件禮物來，但也不准帶任何東西。若辦不到我的這些要求，你們父女倆就得人頭落地。」農夫滿臉憂愁地回到家裡告訴女兒這個幾乎無法辦到的難題，凱莎琳卻從容地告訴父親應付之法。她把漁網披在身上，算是沒穿衣服但也非完全露體；鞋子只穿一隻，又騎著小羊，一腳著地一腳懸空；等黎明快來臨時來到宮殿前，算是白天與夜晚的轉捩點；手上拿著一隻小鳥，但等國王伸手來接時便將鳥兒放走。看到凱莎琳如此地機智伶俐，國王便向她求婚了。當了皇后後，凱莎琳常喜過問國王的判決，以她的才智推翻國王的看法，這種情形多了後，國王覺得這有損他的尊嚴便再也不讓她一起陪審案件了。但是，有一天有個農夫攜一頭母牛進城，隨意把母牛拴在一個商人的馬車上。當夜母牛生下兩頭小牛，天亮農夫發現後很高興，便想牽母牛及小牛走，而商人卻阻止道：「牛是我的，拴在我的車上當然就是我的財產。」兩人便爭吵了起來，最後甚至鬧到國王那兒。國王判母牛歸屬農夫，而小牛則歸商人；因牠們是在商人的財產權下出生的。農夫聽了十分不服，便悄悄地去向皇后凱莎琳求救。凱莎琳便教他拿著魚竿在國王明早打獵會經過的一個乾湖泊煞有介事地釣著，並教他如何應對。第二天，國王果真經過那乾湖，見農夫在那兒垂釣不禁大笑問道：「何以在這乾湖上垂釣？」

農夫便答道：「陛下既知道乾湖不會有魚，那麼馬車又怎麼生出小牛呢？」國王無言以對，只好重判把小牛給農夫。不過他知道這事一定是凱莎琳教的，便氣呼呼地來找她算帳並向她大吼道：「妳答應不再干涉審判的，怎麼又安排農夫這事！」並限凱莎琳在當晚搬出宮裡回鄉下老家去。不過他又慷慨地說：「妳可以把妳最心愛的東西帶走。」凱莎琳聽了只是勸國王多喝幾杯酒消消氣。等他醉了後便命侍衛把他一起搬到鄉下。翌日國王醒來發現身在鄉下正準備大怒，只聽耳邊傳來凱莎琳的笑聲：「早呀，你說我可以把我最心愛的東西帶回鄉下的，而那個東西便是你啊！」國王終於心悅誠服並帶凱莎琳回宮，讓她再與他一起審理國事。

童話往往告訴我們如何以善良的心靈去執著於真、善、美。有人說：「愛彈鋼琴的小孩不會變壞。」也許我們也該說：「愛看童話的小孩不會變壞吧！」

情詩世界

有人說愛情是女人生命的全部，而只是男人生命的一小部分，但從文學史的觀點來看則未必如此。像有很多重要的男詩人，幾乎終其一生都不間斷地寫作情詩獻給心上人。且讓我們來回顧一下文藝復興時代幾位英國名詩人對感情的看法。

在文藝復興時期，情詩是相當盛行的，有不少男詩人譜寫一些男女對答式的情詩，其中最出名的要算馬婁（Christopher Marlow, 1564-1593）的一首：

來吧，跟我住在一起，當我的愛人，
我們將在樹叢、山谷、田野中漫步，
向這個世界證明什麼是愛的樂趣。

而和馬婁同時代的一位詩人就寫了一首詩答辯他：

在田野上遊蕩是不實際的，所以我不能成爲你的愛人。

用這種方式，彼此一唱一答，表現出男女之間互相吸引及排斥的心情。

在情詩裡，詩人往往把自己的情人美化，說她美如仙子，牙齒像貝殼，嘴唇像櫻桃，鼻子則高挺俏麗等。而莎士比亞（William Shakespeare）卻在一首詩裡把自己的情人幾乎從頭到腳都批評得一文不值，一直到最末了才說：雖然你是如此醜陋，但我還是愛你如故。這首詩是這樣的：

我情人的眼睛一點都不像太陽，嘴唇也比不上珊瑚的紅。
如果雪是白的，那她的胸部絕對不是；
我曾經看過粉嫩的玫瑰，卻不曾在她臉頰上找到；
有些人是吐氣如蘭，充滿了芳香，我的情人卻吐氣如蒜。
我不曾看過女神打從我身旁走過，而我的愛人走路卻總是踩在地上；
老天，但我還是認為我的愛是如此奇特，沒有任何東西可以比擬。

這首詩是最老實不過的，不用神祕色彩來看自己的情人，而只把她當成是一個有缺點的凡人，真實地描述出來不加以美化。

和莎士比亞一樣俏皮的詩人是他的晚輩唐恩（John Donne, 1572-1631），他在一首叫〈跳蚤〉（"The Flea"）的詩裡有趣地描寫：當他和他的情人在一起念書時，看到了一隻跳蚤，跳蚤跳過來吸了他的血，然後又跳到他的情人身上吸血，而當他的情人想要打死那隻跳蚤時，他阻止了她並說道：「牠吸了我的血，又吸了你的血，那我倆的血液就在牠的身上融合了。」後來李抱忱的〈你儂我儂〉——捏一個你，捏一個我，再將它們通通打混一起，就是來自唐恩這首詩的啟發。

唐恩另一首出名的情詩〈早安〉（"The Good-Morrow"）裡，他說在還沒認識自己的情人之前，兩個人就好像動物一般，每天只是吃喝玩樂，而當兩個人相識、相戀，才像從夢境中醒過來，彼此互道早安，互相凝視對方的臉，兩人合為一體，就如同發現新大陸般，在彼此的眸子裡將對方擁有、內在化了。

除了讚美情人、歌頌愛情外，文藝復興時期的詩人另一個喜歡描寫的主題是「花開堪折直須折，莫待無花空折枝」，且往往以玫瑰花來當愛情的象徵，像下面這首詩就是一個很著名的例子：

及時蒐集玫瑰花苞，時光流逝不留情；
今日微笑的花朵，明天即將枯萎；
太陽昇得愈高，便愈接近跑道的終點，愈快日落西山。
第一次是最佳時機，趁著年輕氣盛，一旦精力不再，
只會逐步走下坡，把握良機，不用羞怯，趁著你還能夠及時行樂；
一旦青春不久留，你會一生蹉跎。

勸情人把握良機，不要再三心兩意、拖泥帶水，而當對方仍沒有改變的意思，詩人也會情急地寫出像以下這樣的一首詩：

倘若我們有足夠的時空，你的羞怯猶豫並非過錯，
我們可慢慢坐下，思索
走那一條路，度過愛情的漫長日子。
各自在天涯海角，山盟海誓，愛他個千百年。
你也可一再拒絕，直到世界末日。
但我常聽說：時不我待，在那遙遠的地方，
躺在無垠的沙漠，浪淘盡千古英雄、紅顏，
你的美貌也勢必不久留，
在地底，你也不會再聽到我的情歌……
趁著年輕，且讓我們把力氣、甜美發揮，
在時光之前飛馳吧。

諸如此類的情詩，常在讚美之中加上威脅、勸說，希望藉此打動伊人芳心。這首詩比較特別的地方，是把愛人的身軀描寫成會遭歲月吞蝕的，把以往不敢正面談，只能以寓言比喻

來談的現實問題和盤托出，使人讀來不得不正視之並設想因應之道。這是文藝復興時期的世俗風格，真實地面對世間化的特徵，努力去打破舊宗教的束縛、舊世界觀的限制。因此人一方面變得較富有懷疑、現實主義的精神，另一方面卻顯得特別樂觀、積極，彷彿所有的可能性都擺在眼前，可放手去嘗試。

古典時期的女性美是沉靜、理性、非人格化的。淑女們都刻意使自己的美符合一般世俗的認定。而到了文藝復興時期，缺陷美反而更顯出個性，許多詩人也特別崇尚散漫、自然之美，姜森（Ben Jonson, 1572-1637）在〈簡樸就是美〉（"Still to be Neat"）這首詩裡如是說：

即使藝術掩蓋了瑕疵，
在那底下，一切並非十全十美，
請給我一眼，臉孔，
讓簡樸化爲優美，
衣服散漫，頭髮飛揚，
不經意的美更能打動我，
遠比藝術的雕琢更深刻，
藝術只打動我的眼睛，而不是我的心。

在詩人眼裡，散漫、漫不經心的美遠比刻意經營的人工美來得動人心弦。不過，在歌頌自然美、散漫之美底下，是文藝復興時期詩人的人文主義，以人為本位來取代神聖。姜森的另一首詩便說：

用妳的秋波與我對飲，
我會與妳對酌立誓，
或者請在杯上留下香吻，
那我就不會醉心於酒。
心中確想酌飲神聖美酒，
但即使是天神的瓊漿，也換不了妳的秋波、香吻。
我送妳一束玫瑰，
不是要崇敬妳，而是想給它一個希望，
但願它從此不凋謝，
只要妳在一旁呼吸，並將玫瑰送回給我，
那它就會生長、發出芳香，
但不是它本身的芳香，而是妳的。

這種把世俗與神聖融在一起，十分俏皮的情詩世界是頗耐人玩味的。

中國文學裡的探險學問

中國人安土重遷，因此喜歡歷險的人，常常被說成是浪蕩子，成不了氣候。但是有許多著名的小說都是歷險故事，最出名的正是《西遊記》。本身是受了佛教變文的影響所激發出來的小說，傾向藉由遐想用以擴張人類對當時社會及地理環境的不滿，這種奇想乃是透過意義的找尋來得到自我生存價值的肯定。

不過在古代的中國文學裡，歷險是一個較特殊且不大受到鼓勵的行為。孔子即是因為沒辦法在自己的國家施行自己的哲學理念，所以開始流浪，周遊列國；遊歷每一個國家的感觸在於能夠觀察各地的風土人情並增廣見聞，這個方式充其量只能說是旅遊或經歷，而不是歷險。而《山海經》這類著作也都只是廣泛地對山川等自然景觀描述，透過人文風情考察歷史掌故及地理環境，相較之下，和《西遊記》性質大異其趣。藉由經歷地理上的變遷所造成情緒的轉變，抑或是因突發事件所引起心靈上的轉變以用來配合環境，並利用此種方式認清自己、認識別人及外在世界，以達到更成熟的人格，這可以說在中國早期文學作品中是較少看到的。

但是，這也不可以說在中國早期歷史終究沒有歷險的作品，像莊子常常就以人物或擬人

《聯合文學》

110

台北市基隆路一段180號10樓

聯合文學出版社有限公司　收

廣告回郵
北區郵政管理局登記證北台字7476號
免貼郵票

您是聯合文學雜誌：□訂戶　□曾是訂戶　□零購讀者　□非訂戶也不曾是零購讀者

您願意聯合文學同仁和你聯繫，向您介紹聯文的雜誌和叢書嗎？□願意　□不願意

姓名：　　　生日：　年　月　日　性別：□男□女

地址：□□□

電話：(日)　　　(夜)　　　(手機)

學歷：　　　在學：　　　職業：　　　職位：

E-Mail：

文 學 說 盡 人 間 事　自 己 的 一 生 就 是 文 學

感謝您購買本書，這一小張回函，是專為您與作者及本社所搭建的橋樑，我們將參考您的意見，出版更多的好書，並適時提供您相關的資訊，無限的感謝！

＊書友卡每月月初抽出二名幸運讀者，贈送聯文好書
＊書友卡資料僅供聯文力求進步，資料絕對不會外流

1. 您買的這本書名是：________________

2. 購買的原因：________________

3. 購買的日期：______年______月______日

4. 您得知本書的方法？

□________報紙／雜誌報導 □報紙廣告書評 □聯合文學雜誌

□________電台／電視介紹 □親友介紹 □逛書店

□________網站 □讀書會／演講 □傳單、DM □其他________

5. 購買本書的方式？

□________市(縣)________書店 □劃撥 □書展/活動

□________網站線上購書 □其他________

6. 對於本書的意見？(請填代號 1. 滿意 2.尚可 3.再改進，請提供建議)

書名____內容____封面____編排____綜合或其他建議________

____

7. 您希望我們出版？

________作者或________類的書

8. 您對本社叢書

□經常購買 □視作者或主題選購 □初次購買

客戶服務專線：(02)2766-6759 ・ 2763-4300轉5107
聯合文學網：http://unitas.udngroup.com.tw

化自然景物的經歷，說出人的變化，像《莊子》裡的〈知北游〉及〈秋水篇〉，就說出從一個地方到極遠外的另一個地方所看到的現象。本來以為自己是相當了不起的小河流，到了大海才知道世界有多大，自己有多渺小。以這種方式描寫心情的轉折，雖然說不上是歷險，但可以稱之為一番經歷，一個新的轉機，讓個人從狹窄空間進入新天地而有新的發現，並在人格上產生變化。

陶淵明的〈桃花源記〉也是個出名的文學作品。〈桃花源記〉記載著一個在打魚時迷了路的漁翁，隨著桃花沿著溪向前走，走到盡頭時發現一個小村莊；在進入村莊後發現了一個和他生活的社會完全不同的世界，裡頭的人都是那麼和氣，承繼了先秦時的古文明，可說是一個實現道家思想的世界，反璞歸真並安和樂利，跟外面的動亂世界相比可說是一個理想的「烏托邦」世界。在接受了他們款待離開後，漁夫沿途做了記號，希望能再帶人回來一看。但是在他告知知縣後，帶著人回頭找尋桃花源，卻再也找不到那個地方了。這是漁夫的歷險記，雖然不是很驚險，但對他來講也是一個全新的經驗，發現了另外一個天地，為他的心靈帶來極大的影響，讓自己的世界和那個世界產生對比，因此發現到自己所處的世界是那麼齷齪與動盪，而那個世界是那麼和諧。在這個作品中，人藉著探險的方式，讓溪流洗滌過去與現在的不滿，以到達理想的彼岸；當沿著河流又出來時，回到了原來的世界，河流反而成了障礙，因為人沒有辦法回到那個世界，那只是一個夢想、一個增長人類智慧的地方，讓人了解自己的社會存在著哪些問題。

唐朝傳奇裡有個《柳毅傳書》的故事，柳毅是個書生，在考完科舉返鄉的路上，看見一個女生在河邊哭泣。原來她是海龍王的女兒，在外面受人欺負，他就幫這個女生捎信回家。柳毅將這個信傳到龍宮後，備受禮遇，後來還娶了龍女當新娘。在海洋裡的經歷，可說讓柳毅開足了眼界，看到了人世間所沒有的榮華富貴，不同於忘恩負義的人世間，龍宮還是個有恩報恩的世界。《西遊記》裡也有段故事，是描寫孫悟空打到龍宮去為了要拿到金箍棒的情節。不管是上山或下海的歷險，都表現出地理變化對整個心靈的影響。就好比是人的意識進入了潛意識的世界，突然之間人被最原始的慾望，或者是一些從沒想過的念頭驅策著，到達一個難以想像的世界之中，就好像是超寫實的世界一般。而海的力量，更是龐大得讓人無法掌握。

通常海不是通往更文明就是非常原始的社會，可以說和自己的社會成了強烈的對比，像中國目蓮救母的故事，就有很多表現方式，說他以菩薩的身分，在未證道之前起了孝心，想去地獄裡解救自己的母親，目蓮下地獄就可以說是從這個世界下到一個更原始、自然而可怕的地方；而解救母親的行為，則是和自己最原始罪惡的根源及身體所由來的地方發生關聯，甚至於藉這個機會贖救自己，解救墮落的文明，透過孝順激發人們向上的動機。

從下地獄到煉獄，到最後眼見著天堂的門，以這種方式，經歷過地獄裡人們慾望的種種表現，以致於罪惡纏身而墮落，無法進到天堂的景象，或者在煉獄裡看到那些仍在接受考驗，信心不夠堅強的情況，不知不覺就激發人們向上。而像登上山去或者是向天國邁進，這些通常都有將自我提升到超自我，把肉體的生命提升到精神性的生命，朝向崇高理想邁進的作用。

《西遊記》裡的孫悟空經過一連串的歷險，抹除野蠻原始的天性，得到進入極樂世界的資格，這可以說是《西遊記》最根本的作用。除了像火焰山、盤絲洞的離奇古怪外，唐三藏、孫悟空、沙悟淨及豬八戒生命成熟圓融的過程，因此得到更深入的見解及真正能進入佛法的智慧，才是《西遊記》這部小說的大義。

浪漫的田園

——陶淵明與華茲華斯

陶淵明在我們的印象中，是一個最恬淡的田園詩人。他自稱五柳先生，個性率真，為人恬淡謙和。最出名的是他那「不為五斗米折腰」的怪脾氣，不想做官就掛冠而去。一般人都把陶淵明稱為隱逸詩人之宗，說他歸隱田野，因此詩歌裡充滿著田家語，非常平易近人，讓人讀起來有「每觀其詩，想其仁德」之感，而在他所有的詩歌中，自然就是以〈歸園田居〉及〈桃花源詩〉最膾炙人口。

浪漫的田園在時代的箝制下，陶淵明發出對過去美好時光的憧憬，及對黃金歲月一種沉痛的緬懷，〈桃花源記〉這篇散文傑作，就是他在這個心情下寫出來的。陶淵明對桃花源這個烏托邦的夢想及冀望，作為與當下環境的對照，顯示出他的不滿及無可奈何，在〈桃花源詩〉這個作品裡，一開始是有非常明確的年代，有人說在寫這首詩時，陶淵明已五十七歲，是他晚年的作品，在作品裡，陶淵明一開頭就說是晉太元中，實際上和他所處的年代並不遠。

在這個簡單的作品中，其實陶淵明表達出人與美好的世界因為許多緣故而形成多重隔絕。首先，戰亂讓桃花源的人們選擇隔絕。其次，時間上的差距也使桃花源的居民與歷史無法接軌。漁夫在離去時雖留下記號，回來時仍舊無法尋得原路。即使文字符號也無法讓後世之人回到美麗的過去。活在這個世界，人只能對過去的田園生活存有空想及悲涼的願望，只能活在沒有浪漫的時代，只能透過想像與文字重新創造屬於自己的烏托邦。人和過去及自然之間已產生一層一層的隔絕，無法再會合。

在很多詩歌裡，華茲華斯（William Wordsworth, 1770-1850）也表現出對過去田野風光的緬懷，及無可奈何的情趣，知道它已不可復得。在一首標題是〈邁可〉（"Michael"）的田園詩中，一對農夫夫婦把他們的小孩送到城裡去當學徒。他很快就學會了都市裡的生活，因此就淡忘了他的父母親。邁可這個老農夫常倚門而望，希望他的小孩能回到鄉下與他們團聚，接受大自然的滋潤，但他的兒子一直沒有回來，而他的田園也逐漸為文明所侵佔，慢慢地他們的田地日漸貶值，他們的生活因此無法維持下去，隨著科技及資本主義的擴張，鄉村生活慢慢萎縮，在悲傷及失望中，邁可最後去世了，只留下無限的傷感。華茲華斯以這首詩表現出浪漫主義的困境，可以看出他對過去鄉村生活的懷念，及對機械及都市文明的抗議，認為產業革命及唯利是圖的資本主義，已破壞了人與人之間直接的關係，並侵蝕了傳統的道德價值，使得人無法再為夢想而奮鬥，變得沒有原則，不再與自然保持一種關係，而把自然當成可以運用操控的事物。在這種思考下，自然變成是不重要的，甚至是沒有意義的東西。而華茲華斯與陶淵明則又讓我們感覺到他們對田園的愛好及對鄉村生活的緬懷。很多時候，我們忘記了人與大自然的直接接觸，這不是靠電影或旅遊就能彌補回來，有時候我們也真需要有像陶淵明或華茲華斯那樣的赤子之心，對於田園生活的執著，才能改變都市生活所造成的傷害，對人能有另一層的領悟及感慨，而且對於人與人之間，人與自然之間的關係，產生一種新的體認。華茲華斯曾說過：「小孩是大人的父親」，換句話說，是小孩子般的赤子之心引導了大人成長，使大人分享到大自然的美妙，讓生命變得更加充實。在現代人變得愈來愈短視、現實、機械化時，我們什麼時候又想到在辦公室裡，往外面的景觀、遠方的山峰眺望，欣賞一下天空的浮雲或者下班前的一抹晚霞？

華茲華斯就有一首詩〈永恆禮讚〉（“Ode: Intimations of Immortality”），敍述他在百無聊賴時，對自己的存在感到懷疑，捫心自問：生命如此短暫，過去的美好童年往事已經不在，每天只是為了不可知、不大有意義的事活下去，一切又為了什麼？正覺得這些問題沒有出路時，看到了山丘的樹林在陽光下閃亮，隨風搖曳，遠方傳來牧童的歌唱，突然之間，他發現自己又回到童年的經驗，對自然有著童稚的狂喜，也想在原野上奔跑，加入年輕人的舞蹈。這時候他才明白：童年不能再見，但是卻可以重建，唯有再重新回味，重新創造出第二個童年，再回到自然的懷抱，重溫那份赤子的心情，人長大了才有意義，人經過一連串的成長，在飽經挫折後，在成熟的心智情況下，再一次領悟到自然純真的境界，那比原先的童稚無知，可能要寶貴多了。這種思想和道家的思想也相當接近，老子要我們「反璞歸真」，是提倡以成熟的心靈再去過樸素的生活，重新創造出真實而自然的生命情趣，而陶淵明就是最好的代表。

隨著高科技的發展，世俗文明也漸漸將人心中的熱忱掩蓋。田園詩人對現狀之不滿，以及濃濃的往日情懷，都值得我們加以深思。畢竟，生活的浪漫不是忙碌的工作與金錢可以取代的。何不試著尋找自己心中的桃花源？或許人生會因此而更加美好。

水與夢

在這炎炎夏日裡，又進入了颱風季節了。不是偶爾來個傾盆大雨，就是細雨紛飛，一片煙霧瀰漫的樣子。在這時候，不管是花草樹木，或是遠山等自然景觀，都顯得特別翠綠，好像是夢境一般，那麼有韻味。在這個季節裡，我們就來談談水與夢境的關聯，也讓大家知道水在文藝表現上的種種類型。

水不管在古今中外都是非常重要的文學題材。因為在日常生活中，人可以幾天不吃東西，但卻不能缺乏水，水和空氣一樣，都是生物不可或缺的元素，少了水，生命就發生危機。在這種情況下，水引發出來的種種聯想，像河流、湖泊、海洋，甚至水龍頭流出來的自來水，都在日常生活構成不同的印象。因此水在不同的文藝表現中，可能是各種景物中最豐富，最多變的。比如像泉水、河流，像鏡子一樣的湖面，古井裡的止水，或者像深沉的海面等，都呈現出種種面貌，非常神祕而多變。

水又常常跟母親、女性，或智慧發生某些非常奇妙的關聯，也常常在宗教儀式中被用來當作道德或淨化的媒介，所以新鮮的水，常被視為是聖水。而當水變得洶湧、狂暴時，比如像海浪或洪水，水就變成是災害或無法抵抗的力量，變成是那麼可怕，而且代表自然中的殺傷力。因此，水一方面代表的是理性、智慧與自我反省的機會；另一方面則又是不可掌握、無法捉摸的暴力，而且常和不可知的力量有關。所以在中西許多神話裡，都有很多關於水的描寫，例如說：在地獄裡都有一種水，喝了之後就會忘掉前輩子的事情，或者渡過遺忘之河之後，對世間的眷戀希望就拋諸腦後，所以水又可以說具有淨化、洗滌，甚至洗腦的作用。

同時水也帶來恐懼，這和人對溺水的情況有關。小孩子對水的感覺，最早是來自母胎中那種海洋的感覺，出生之後對水的需求，也相當複雜，所以精神分析學家佛洛依德（Sigmund Freud）就說：「人類的文明就是一連串的努力，想要再回到母親的懷抱裡，再重新回味那種海洋的感覺」。就是因為這種對現狀的不滿及想要重回母親懷抱的感覺，才使得人類文明往前進展，而最奇怪的是，幾乎所有文明的發展都和水有關。中國是在黃河流域發展起來的農業文明，希臘文明靠近愛琴海是海洋貿易性的文明，而兩河流域文明也是在河邊發展出來。利用河的滋潤及大地的肥沃，因而產生各種文明的形式。所以從中國的黃河到印度的恆河、埃及的尼羅河、歐洲的萊茵河、美國的密西西比河，都可以說是全世界文明的起源，也出現在很多作品裡，特別是透過像夢境或理想的實現等表達方式，表現出人類對水的嚮往與種種想像。

在中國有很多神話傳說對水也有種種不同的表達，而且常和神仙鬼怪有關。在民間小說裡，水晶宮的傳說就很流行，龍王或水晶宮幾乎出現在所有的神怪小說中，從《封神榜》到《西遊記》常常把水的晶瑩剔透的一面，表現得淋漓盡致，讓我們將水和我們的夢想的透明與夢幻加以聯想，滿足我們對水的種種幻想。像曹植（192-232）的〈洛神賦〉裡所說的宓妃就是水仙，因為她是那麼美，又修練得道，因此曹植就用這樣的神話來緬懷自己的情人，以夢中相見的方式，表達出對情人的思念，而帶出一種如夢似真、如幻如詩的感覺。這也是水最可愛的一面，在朦朧的感覺中，好像進入某種夢境。在希臘的許多神話傳說裡，像美神維納斯就是從水裡面生出來的，水和維納斯的美麗，和善變構成最巧妙的搭配，也表現出希臘人面對愛琴海的變化時，心中興起的種種想像，並把這些夢想投射到水裡去，而在神話裡表現出對美、自然的變化和女人的種種想法。在唐詩、宋詞裡，有一大半都是在描寫這些山水，任何的景觀如果少了水，就不再那麼引人入勝。而且水也和理想國、寧靜、得道是沒辦法分開的，順著水流向前漂，就可以漂到屬於自己的理想國去，看到和自己的世界完全不一樣的景象。利用河流的種種變化，也象徵出人生的種種理想與意願。水和夢是密不可分的，不管是坐在石頭上聽泉水淙淙、遠看高山的瀑布或者登上岳陽樓俯瞰整個湖面，水都是我們詩歌、藝術中最引人遐想的。

在山水畫裡，如果少了水、瀑布或小溪，就顯得單調而缺乏韻味。而在民間傳說中，水也很有意思，像水妖、水仙、水神這樣的故事，可說俯拾即是。在西洋的文學藝術裡，水仙都長得很漂亮，簡直要吸引人往水裡去，因此我們也常在水仙傳說中，看到人懼怕被溺斃、懼怕在水中無助的那種感覺。在莎士比亞的女性角色裡，奧菲莉亞可以說是一個非常出名的角色，她因為屢次和哈姆雷特表錯情，被哈姆雷特拋棄後，因想不開就投水自盡，屍體浮在水面上，這在西方的文學作品中可以說是非常淒麗的。

同樣的傳說，在更早期的浪漫傳奇裡，也不乏其例，故事大多是敍述住在城堡裡的少女，每天都在等待勇敢的騎士的來臨，由於對騎士英勇事跡的仰慕，因此就向騎士示愛，但因騎士有任務在身無法久留，最後少女決定以身殉情，駕著小舟隨波逐流，到達騎士的城裡去，然後在城裡人的惋惜聲及騎士的哀悼聲中，奄奄一息的少女終於嚥下她最後的一口氣，這種哀怨淒麗的故事在中古的浪漫傳奇裡是相當普遍的。到了十九世紀，英國詩人丁尼生（Alfred Lord Tennyson, 1809-1892）的筆下，更令人覺得餘味無窮。十九世紀末二十世紀初期的前拉斐爾畫派（Pre-Raphaelite），更喜歡以這種主題畫出哀怨動人的女性，而以這個方式象徵時代的病態，因為人在這個時代好像已經沒有什麼依靠，人文精神在工業的摧毀下已蕩然無存，宗教、藝術已沒有什麼地位，人類好像已經沒有什麼出路，只有在頹廢與自取滅亡的路上，漂流下去，所以這個故事也表現出世紀末的淒涼與頹廢。

希臘哲學裡有一句名言：「人不可能把自己的腳伸進同樣的河流裡兩次」。因為河水不停地向前奔走，永遠沒有停息的時候，如同孔子所說的：「逝者如斯」。看到河流的流動，就想到時間的時不我予，永遠不可能停下來，引人感傷。然而，深沉的水常常會讓人想到憂鬱及哀愁，像美國詩人愛倫坡（Edgar Allen Poe, 1809-1849）就常常拿深沉的水及死人來表現那種沉鬱的美及人在寂靜無變的洞穴中那般的心靈蠕動，好像一點出路都沒有。這些都是西洋文學中，對水的種種面貌，以非常詩意的方式，表現出文藝家的心靈，把自己的夢想及情感，透過水等外在景物表現出來，得以抒發內心的情緒。

還有很多很多的水，是和人類最內心深處的創造力或內在憂傷有關。像地下水和各種地下景觀，都可以表現人的潛意識中的恐懼以及意想不到的創造力。所以英國浪漫主義詩人柯立芝（Samuel Taylor Coleridge, 1875-1912），就最喜歡以地下水來描寫怎麼樣透過苦悶的掙扎，詩人可以像地下水一樣掙脫出來，進入海洋之中，得到真正的抒解，而有得意的作品問世。而地下水也常常和火或地底的景觀交融在一起，歌德（Johann Wolfgang von Goethe, 1749-1832）的詩裡就曾說，在海底冒出的火，貝殼中燃燒的火焰等水火交融的情景，以類比詩人如何將痛苦的生活經驗和藝術表達融合在一起。

另外，水和夜晚的關係也引人遐想，因為夜晚是最深沉而不可捉摸的，所以在夜晚裡，水面的陰影及種種的浮光掠影，都可表現出夜之美。所以愛倫坡在一首詩裡就說：當白日終結時，夜晚來到湖邊，以她神祕的風吹向湖畔；以美妙的旋律，喃喃地奏出水面的光輝，這時候詩人突然醒過來，看到湖面的孤寂，感到一陣寒氣襲來。類似這種水和其他情景交融的境界，實在不勝枚舉。少了水，所有的景觀、夢想和想像就好像喪失了一層神祕而朦朧的美。

詩情畫意相輝映

在畫廊或故宮博物院的展覽中，常常可看到中國畫上面有一些題詩或題款，這在整個世界的藝術史上是十分特殊的。在西方的繪畫上，我們很少會看到文字，都只是寫實的或抽象的呈現，頂多就是畫家的簽名或標題，不像中國畫的題詩，在整個畫面上構成美妙及和諧的點綴，這可以說是中國文化的特點，也是世界藝術史上難能可貴的現象。

我們常常說，詩、畫及書法的融合，謂之「三絕」，而在畫面上的文字，並不至於太過突兀，或破壞美感。在中國的文人畫裡，「詩中有畫，畫中有詩」已經成為一個傳統，一直到今天，許多當代的畫家，仍然沒有忘記在他們的畫上題詩，來和山水互相輝映。現在就讓我們來追溯一下「詩中有畫，畫中有詩」的意境。

「詩中有畫，畫中有詩」是蘇東坡所說的，他讀了王維的一首五言絕句：「藍田白石出，玉川紅葉稀，山路原無雨，空翠濕人衣」，而起了某種聯想，因此將詩和畫做了這樣的描述：「味摩詰之詩，詩中有畫；觀摩詰之畫，畫中有詩」。也就是說，王維的詩可以引起某種細緻的感覺，彷彿在詩句中就可看到畫面那樣栩栩如生；而他的畫又是那麼富有文字的意象及暗示性，因此就好像是一首詩歌一樣。所以王維的詩和畫，可以說體現了聽覺與視覺、想像與寫實相互溝通的境界。

蘇東坡自己也在詩中說過，「詩畫本一律，天工與清新」，也就是說，詩和畫其實是同一回事，都需要藝術家發揮其天才及創意，不可一味抄襲。而且詩和畫都需要用到書法，所以兩者在體制上也是非常接近的，中國的詩詞和繪畫裡，最講究的就是詩情畫意。

不過如果我們仔細回顧一下中國的繪畫，很奇怪地可以發現到，在唐朝之前，很少有人題款或題詩，以前的畫家總是把自己的名字及標題寫在畫的背後，或者藏在岩石的縫隙等不容易為人找到的地方。但是到了唐朝，尤其是宋朝以後，在畫面上題字的現象已變得很普遍。像蘇東坡就可用大楷在畫面上龍飛鳳舞，而宋徽宗的瘦金體更是在他自己的畫及畫院中院士的畫上，題下了清瘦及令人玩味的詩詞。這個現象到了元朝，像王蒙、吳鎮他們的畫，上面竟然有近百字的詩詞，而且大部分是由畫家自己題上去的，這可以說是非常奇怪的作風，好像繪畫少了詩就不完整似的。

這種作法，到了明清時代，更是普及，作完畫之後，一定要在上面題詩及蓋章，以表現出自己在繪畫、詩詞及書法上的造詣，這才算是完整的藝術。這樣子的畫家，很多都是我們耳熟能詳的，比如明清以前的宋徽宗，或者南宋的畫家，就常常用這個方式結合文字與繪畫；最明顯的是元四大家，像黃公望的詩集裡，就有三分之一的詩是題畫，而吳鎮、倪瓚及王蒙在他們大部分的畫裡也都有題詩。元朝末年的王冕更是明顯，他最喜歡畫梅花，常常在畫面上表現出憂國憂民及國土淪落的悲憤，也許是因為他的緣故，梅花一直是我們中國人代表性的植物。從他之後，明朝的董其昌、文徵明及唐伯虎，以及清朝鄭板橋，乃至近代齊白石，可說都是這個傳統下的代表人物。

東漢期間，也有類似的情況，宗室的石室裡面有一些畫像，刻的是曾參殺人的故事，而在左上角則寫著曾參絕不會殺人。這些歷史故事經常可以在一些壁畫中看到，一九七二年左右大陸許多地方出土的墳墓裡，就可以看到許多壁畫上刻著史哲當官時的經歷，及生前享樂的生活。畫面上還有一些歷史事件及文字，例如像「二桃殺三士」、「七女為父報仇」這些故事題在畫面上。最出名的是晉朝顧愷之的〈女史箴〉。

顧愷之（345-406）是晉朝的大畫家。那時候的人稱他做「虎頭三絕」，因為他的名字叫虎頭，三絕則是說他有才絕；畫絕，繪畫出色；還有癡絕。

顧愷之曾為西晉張華的〈女史箴〉作畫，〈女史箴〉是張華用來諷刺晉朝賈后的作品，表面上是在描繪漢成帝的妃子，而實際上則是在諷刺當朝的腐化。顧愷之為這首詩作畫，把裡面的人物更具體地呈現出來。另外他也為曹植的〈洛神賦〉作畫，也一樣將詩人的想像具體地用畫面呈現出來，讓人能更清楚地看到這個傳說背後的意涵。〈女史箴〉在中國繪畫史上有很重要的地位，因為不僅顧愷之是當時最有名的畫家，而且書法還是由王羲之的兒子王獻之所寫，可說結合那時候最偉大的三種藝術於畫面上了，這幅畫目前收藏於英國大英博物館。

到了唐朝，鄭千曾得到三絕的美譽，說他在書、詩及繪畫上都有獨到的工夫，比他早一點的盧宏及王維也都在這三方面有相當高的成就，而杜甫也常在看過畫之後，心有感觸，寫下了許多詩。

王維則是那時對後世的文人畫，也就是文人一方面用書法的手法作畫，而另一方面則將詩情畫意的境界帶入畫面中最重要的人物。他有很多詩，境界都很高妙，在簡潔的意象中，卻能發人深省，例如他的一些名句：「渡頭餘落日，墟里上孤煙」，或者是「行到水窮處，坐看雲起時」，這些都是將景物、山水交融在一起的詩，非常具有繪畫色彩。而在畫上，他也以恬淡為風格，很巧妙地運用書法的筆法引人遐思，彷彿看到景物之外的氣韻及境界。後來像明朝董其昌的南宗筆法，是「筆有盡而意無窮」，比起北宗的李思訓父子那種精雕細琢的著色方式，顯得恬淡多了，不像是形而下的寫實，只把景物原原本本地呈現出來。

王維之後，這種比較虛無縹緲、著重性靈的筆法，就成了主流，到了宋朝時因此引發了山水畫的崛起。在五代時已有很多山水畫，像董源及巨然都是畫一些高山大水，令人肅然起敬。到了北宋時，山水畫更是大盛，在米氏父子和郭熙、夏珪、馬遠筆下，山水就好像是詩一樣，在文人心目中佔有一席之地，在藝術史上開出最絢爛的花朵，蘇東坡的大楷及宋徽宗的瘦金體，更是為畫史留下了一粗獷一細緻的補充及發揮。

蘇東坡據說喜歡畫竹子，而且喜歡把竹子倒垂。飛舞跌宕，跟他的詩文一樣都是非常磊落的。而米芾的雲山，也是當時很出名的。

宋徽宗雖然是有名的昏君，但詩書畫卻都很在行，常常為畫室的畫寫上自己的詩，而且是用很奇特的瘦金體寫的。宋徽宗的字體在纖細之中又流露出富貴及豐滿的感覺，和他的生活很接近。

小說與現代世界

除了報紙以外，小說已成為現代人們最喜歡閱讀的東西，它富有吸引人的情節，及複雜的角色發展，而且常和現代生活有密切的關係，因此成為最受歡迎的文學作品種類。小說可說是現行世界中發展得最突出的，其他的文類，像戲劇，只有在看戲時才會偶爾感受一下，而詩，只有在戀愛時，或者一些研究文學的學者，才會常接觸。一般人所知道的文學家，大部分都是小說家，就連諾貝爾文學獎的得主，十之八九都是小說家或者散文家。因此我們可以說，二十世紀是小說的世紀，我們就來談談小說與現代世界的關係，小說如何表達現代世界的問題，而這些問題又如何透過小說，而顯得更明確、更引人注意。

我們都知道，小說的起源是相當早的。人類一開始就喜歡講故事，最早的是一些神話、傳說，形之於固定的形式就變成史詩，在很多詩人的作品裡，都存有講故事的型態。但是一直要到文藝復興時代晚期，小說才由早期的浪漫傳奇及小說敍述體裁的作品裡脫穎而出，而成為長篇且具固定敍述觀點的早期小說形式。到了十八世紀，因為出版業興盛，及報章雜誌的登載，及市面發行的東西，也因為資本主義的興起，很多中產階級開始有閒暇的時間，特別是商人的太太及女兒，因為家裡已有固定的收入，生活不虞缺乏，所以常有許多時間可以看一些能吸引他們及激發想像的小說。在這種情況下，從十八世紀開始，小說就慢慢變成是由講故事的方式，通常都是以家庭為核心，道出家庭倫理、婚姻及財產繼承等事情。這一類小說就是家庭倫理小說，在十八世紀時是相當受歡迎的，像英國的菲爾丁（Henry Fielding, 1707-1754），或者是法國的盧梭（Jean-Jacques Rousseau, 1712-1788），及德國的歌德（Johann Wolfgang von Goethe, 1749-1832），這些人的小說都屬於愛情倫理的小說，最出名的是英國李查森（Samuel Richarson, 1689-1761）的長篇巨著《克拉麗莎》（*Clarissa*）。很快地這種陳腔濫調的家庭倫理小說就被充滿男女之間激情的小說所取代，所以十九世紀初就有浪漫的小說，從家庭倫理小說走向浪漫的小說，在這個階段裡，珍・奧斯汀（Jane Austen, 1775-1817）的作品，像《傲慢與偏見》（*Pride and Prejudice*）、《愛瑪》（*Emma*），及《曼斯菲爾莊園》（*Mansfield Park*）這些作品，都逐漸從家庭倫理小說那種充滿陰錯陽差的誤解，到最後因身分的發現，而使得有情人終成眷屬，這種離奇的小說，慢慢走向注重個人真情的流露，及超越階級而產生真正的情感，以這種愛來替代家庭倫理的愛情。類似這樣的作品像勃朗特姊妹（Bronte）的《簡愛》（*Jane Eyre*）及《咆哮山莊》（*Wuthering Heights*），都是這樣的小說中最膾炙人口的作品。同一個時期中，還有許多小說是既浪漫又恐怖，專門寫一些鬼怪的哥德式小說，在夜黑風高的晚上，鬼怪出現或靈魂附體，而發生一些不尋常的事，人和世界產生極大的震撼，一直到最後才由正義力量收服這些鬼魂及罪惡。這一類小說之外，還有專門以古代為背景的歷史小說，像《劫後英雄傳》（*Ivanhoe*）等，都是把古代加以美化，用浪漫的情緒，重新表現古代的事跡，加以包裝並把它複雜化，在臺灣像高陽的歷史小說可說繼承了這個傳統。

浪漫主義很快就隨著產業革命的崛起而銷聲匿跡，人們開始知道，在機器複製的時代，人的想像及靈性變得薄弱，現代這個時代所要討論的問題，不再是人與人之間的真情，而是整個社會的問題，隨之而起的則是社會寫實的小說，像狄更斯（Charles Dickens, 1812-1870）及高斯可夫人（Mrs. Gaskell, 1810-1865），或者是關心社會的散文及批評文學，常常在報章雜誌上，以筆戰的方式指出真正的社會問題及社會狀況，讓一般人能重視這些問題。在這個時代中，很多作品都是以社會的核心，以真正人的問題為出發點，這就是十九世紀末葉的寫實主義時代，但是隨著工業的普及，人們開始對自己的地位、人的尊嚴，和整個文化的傳統的發展及藝術存在的必要，有著非常複雜的反應，再加上十九世紀末及二十世紀初，在生物學上有達爾文進化論的提出，而在心理學上則有佛洛依德對潛意識的理論，他認為人的意識就像冰山一樣，露出來的只是一角，而更重要的則是底層未可知的世界，隨時都可以顯現於外。除了這些發現外，再加上連年戰亂，使得二十世紀小說已不再滿足於現實問題，而是必須更深入地表現出人內心的惶恐，因此這種具內心深度的小說開始出現，有的是以存在主義的方式，有的是以意識流的方式來鋪寫人的問題，而且將人特殊化，在很多情節上已不按照外在世界的時間來排列，而是以個人內心的世界為準，因為二十世紀的人發現到，真正厲害的不是外在的機器，而是人內在的動機、慾望及意識的發展，這些才是真正重要的。人不再是受制於外在的自然環境、血統及家庭，像自然主義小說家所說，人也不像是實驗室裡的生物，一個刺激一個反應，而受制於外在世界。所以二十世紀小說已走向內心去，透過一些事件的聯想及象徵性意義，來探討人的存在及價值，所以在很多技巧上，都用到了心理學、哲學或科學的發現，在很多方面都已突破了寫實主義小說的極限，表現出人的奇想，這種奇想和早期的恐怖小說有點類似，但是變得更加荒謬、好笑，例如在女性小說方面，雖然仍然繼承了寫實小說的傳統，但在技巧上卻應用了許多心理學上的發現，變得更加細膩。

二十世紀的小說的特色是結合了心理學的意識流而寫成的小說，在題材上已不是和別人可以分享的社會經驗，在情節的安排上也不按照時間的順序，完全是以隨興所至的意識聯想而串連起來的敍述，沒有傳統情節發展的開頭、結尾的順序，突然之間遇到一個對象，原本的事件就不再發展下去，而往另外一個方向發展，沒有固定的中心點、邏輯，及目的。在這種情況裡，人變得非常隨興片面，但也因為如此，變得更加真實，因為日常生活就是如此。通常不是只朝一個方向發展，在某一個場合中又會因其他事件的介入，或聯想到以前某個經驗，而朝其他方向而去。在聯想的意識流作品裡，最有特色的就是拿以前的記憶來做小說的題材。在二十世紀裡最偉大的作品之一，是法國普魯斯特（Marcel Proust, 1871-1922）的《追憶似水年華》（*Remembrance of Things Past*），將過去所看所想的事情，做自由聯想式的記載及鋪寫，很多經驗只是小時候的印象，但在這部長達七冊的巨著裡，就變成是非常複雜而長篇累牘的討論，以史汪這個主人翁的閱讀及幻想和種種愛情和成長的經驗，來刻畫出其內心世界的發展。在英國有一個女性作家吳爾夫（Virginia Woolf, 1882-1941），也是以這種手法來寫女人世界中意識流的發展，她最出名的作品就是《燈塔行》（*To the Lighthouse*），是在寫藍賽夫人她一直都想要家人到燈塔那邊去，將舊報紙及雜誌送給守燈塔的人，使得她單調的生活能有些慰藉，但是直到她去世以前，都被她的先生的一些雜務及家裡的事所絆住，而無法去做，一直到藍賽夫人去世後，才由她的女房客和小孩子們及她的先生去完成她的心願，看著這些人一直往前去，另外一個房客畫家就將那一幕畫下來。整部小說是非常有女人味道的，很多瑣碎的事都寫了上去，而且是以藍賽夫人的意識及想法來刻畫每一個人的表現及想法，這樣細膩的表現是非常特殊的。在一篇短篇小說〈牆上的斑點〉（"The Mark on the Wall"）裡，吳爾夫也寫出了一個自夢中醒來的太太，看到牆壁上的釘子，以為是一個污點，因此就由此回想到她小時候的經驗，及各式各樣對這一點的聯想，一直要到最後她爬了上去，才發覺那是釘子，而粉碎那些幻想，她釋然而笑，覺得自己很好笑，這就是意識流小說的發揮，配合女人細膩而鉅細靡遺的寫法，可以說相當有趣。

在英國最偉大的意識流小說家並不是英國人，而是愛爾蘭人喬伊斯（James Joyce, 1882-1941），他的成名作品是《都柏林人》（*The Dubliners*），把愛爾蘭首都都柏林裡各式各樣的人，透過意識流的描寫，因而更加真實地描寫出愛爾蘭的腐化，在宗教上的無神論，及在價值上的虛無、自私、封閉、完全沒有辦法發揮生命力的麻木不仁的世界。他的第二部小說則是在描寫他個人如何受教育，長大後立志成為藝術家，而離開愛爾蘭的經驗，這個經驗是他揚棄祖國，而發展出自己的藝術的經驗。在他那個時代，所有的藝術家都和喬伊斯一樣，認為自己的祖國很落後，而且又機械化，沒有什麼文明，一定要到歐洲或其他國家才能發展出自己的創作，但反諷的是這些人離開祖國後，卻一再以祖國為背景創作，像喬伊斯的第三部小說《尤里西斯》（*Ulysses*），就是在描寫兩個都柏林人，一個年輕人和一個中年人，在一天醒來後流浪的過程。這一部小說是和《奧狄賽》（*Odyssey*）這個史詩的發展是一樣的，情節非常搭配，但只是發生在二十四個小時內，最後這兩個人都喝醉酒了，中年人布洛姆就將年輕人帶回家裡，交給他太太來照顧，儼然就是一個家庭中母親照顧小孩及父親的情況，因為這兩個人都喝醉了，最後小說的結束則是這個女性摩莉以前種種戀愛經驗的回想，及許多非常女性的回想，在最後這個部分，邏輯及以前講過的男性世界都被推翻了，完完全全表現出女性那種以本能及回憶來過活的不合邏輯的邏輯。喬伊斯的第四部小說是《菲尼根守夜》（*Finnegans Wake*），這部小說幾乎沒辦法讀，因為喬伊斯把他讀過的東西，以聯想的方式放在這部作品裡，都只是他個人的經歷，其他的人只看到情節跳來跳去，卻無法趕得上，是一本相當特殊而難讀的作品，算是現代主義中最極端的作品，只是作者本人的抒發，而不考慮讀者的閱讀能力，也不提供任何線索。

在美國方面，像福克納（William Faulkner, 1897-1962）的小說，也是和喬伊斯一樣，不過他是以南方的鄉下地方為背景，表現出白人及黑人世界的問題，特別是拿黑人家庭的墮落及種族歧視的問題為主題，發展出黑人的意識及內心世界，以非常意識流直接表達的方式，讓我們看到黑人的想法，以聯想的方式，看到他們如何墮落，以及產生一些無可避免的行動，這就是福克納偉大的地方。他的作品像《喧囂與憤怒》（*The Sound and the Fury*）、《八月之光》（*Light in August*）以及《出殯現形記》（*As I Lay Dying*），都是意識流的經典之作，以相當引人入勝的手法，讓一個個人物的意識及思考的流動，展現出他們對外在世界及他人的感受，這是非常成功的寫法，因為他讓我們進入另外一個世界，比如在《喧囂與憤怒》裡，白癡的想法和他的家人的想法躍然紙上，有人看待他是一個廢物，有人則看待他是家中的罪惡，是上帝對他家的懲罰，有些人則認為他是值得愛護的，非常仔細地來照顧他。所以從這些不同觀點的展現，我們知道每一個人都會塑造出不同的世界，環境因不同的意識及想法，就會有不同的面貌展現在世人面前，這是福克納可愛的地方。他最了不起的貢獻是，往往在最黑暗及複雜的南方裡，找到那個永恆而關心別人的人文精神，通常是由一個黑奴或微不足道的人，展現出這種人性的光輝，完全不計較金錢與利益，以這種方式領受別人對他的歧視，仍然刻苦地完成自己的工作，這是福克納承認人是不同面貌，而這個世界是由不同的人所組成，另外一方面他又特別強調人文精神，認為會使世界更美好的，是那些能體諒別人，又不計較得失的人，所以福克納雖然利用了意識流的技巧，但他還是站在人文主義的立場，寫出他對社會的批評。福克納的小說在當代美國黑人小說家摩里森（Toni Morrison, 1931-）的《寵兒》（*Beloved*, 1987）及《愛》（*Love*, 2003）中都可看出其影響及進一步的演變。

文學與精神分析

前陣子，醫學界發現文學與音樂對心理治療非常有效，患了精神病的人，在聽故事或演戲時，把自己的問題投射到作品裡去，從字裡行間得到生命的啟示，詩歌和音樂尤其可以讓人寧靜，產生神奇的治療功用。有一部電影《飛越杜鵑窩》（*One Flew Over the Cuckoo's Nest*），就拿精神病患集體治療所運用的講故事、演戲技巧來當背景，探究精神病院的狀況。其實，緊張大師希區考克（Alfred Hitchcock, 1899-1980）的電影也有幾部是以精神分析的手法來敍述故事，甚至於以精神分析去嘲弄精神分析。當然，精神分析與文學的關係並不只是用在治療上，文學事實上是精神分析的一大源頭，而且有許多偉大的文學作品便是針對人類、社會、文化的處境做種種精闢的精神分析。

提到「精神分析」這個詞彙，大家立刻會在腦海裡浮現佛洛依德的名字，彷佛看到他要病人躺在沙發椅上，自由聯想，把做過的夢全盤托出，然後再去一段段重整的過程。的確，二十世紀初的奧國醫生佛洛依德是精神分析術的創始人；不過，這種學問在很早就有了，中國許多古書裡便記載了不少解夢的故事，說王公貴族夢到種種離奇古怪的事件，醒來後大惑不解，智者知道了，便提出解釋，果然一一應驗。這種故事大多是說夢有預示作用，能道出未來的動向，我們有句俗話說：「日有所思，夜有所夢」，夢很能夠表達出一個人在白天沒有完成、實現的夢想或希望，因此，從夢的解析入手，便能了解一個人的精神癥結所在。這個道理可說是古今中外相當一致的，那麼，佛洛依德的見解，又有什麼特別之處呢？

佛洛依德本來是個神經科醫生，一開始是以催眠及藥物治療的方式來處理病情，病人一來，他便問病人哪裡出了毛病，不管是神經痛或精神病，他一概用催眠術先把病人弄睡了，讓他鬆懈下來，然後再給他一些藥物。病人很快就覺得好多了，但是，過一段時間，卻又回到醫院來，因為老毛病又犯了。佛洛依德運用催眠術，發現只能短期奏效，僅是治標不治本，便逐漸明白光靠生理治療，是無法治癒心理問題的，所以，他提出了潛意識的說法，認為精神病是潛意識發作的現象。

潛意識是潛存的意識，通常不為人所知覺，就像沒露出海面的大冰山一樣，在海上漂流，表面上，只露出一塊，似乎不是太可怕，其實，它是根深柢固、力量大得嚇人、神不知鬼不覺的東西，人一不小心撞上了，就要出許多問題，不把這個潛意識裡的癥結給打開，人一輩子就不能自由自在，有時甚至會做出平時預料不到的事情來。像報紙上有時刊載的殺夫殺妻事件，平時不斷忍讓，一直把不快的情緒往下壓，往潛意識裡送，有朝一日突然發作，便不可收拾，常常連當事人也不明就裡。例如：有人不敢吃魚，也不喜歡與魚味道近似的食物，經過心理分析後，才發現原來他小時候曾掉進水中，幾乎溺斃，所以對水有些害怕，這種害怕又轉移到水中生長的生物，因此把怕水的心理轉移到怕魚上面去，不肯真正講出或去面對自己害怕的東西——水。這就構成了潛意識裡的壓抑，把自己害怕或不喜歡的東西暫時遺忘或故意不去提起，有時嚴重的話還會罹患失語症，連話都講不出來。

這種潛意識的壓抑常常和一個人的成長過程有關係，有時因為自己的本能需要太強，喜歡霸佔自己心愛的東西，不肯與別人分享，而外在的社會道德壓力又要自己放棄自私的行為，服從法令，發揮博愛的精神，這兩種本能我與社會我之間的衝突，往往在自我裡留下不可抹滅的痕跡，使個人的享樂原則遭到壓抑，久而久之，便很鬱悶，始終找不到生命的平衡點，總是發現不滿足，一直短缺了某些東西。

佛洛依德稱這種不滿足的情緒，是與生俱來的海洋感覺遭遇文明之後便喪失了的結果。人本來在母親的胎中，十分舒服，好像生活在溫暖的海洋中，與母親合為一體，但是一被生下來後，便和母親脫離了，無法再享受到那種海洋的感覺，只好自己去開拓自己的空間，想要再回到那種海洋感覺，或者再創出那種海洋的舒服感覺，因此，建築、文化、經濟就應運誕生，人也就不斷地追求舒服，同時不停地發展新文明，希望愈來愈舒服。可惜這種希望卻不斷落空，因為人再怎麼努力，始終無法有那種「天地與我同生，萬物與我為一」的海洋感覺，已經命中注定要和母親分開。因此，小孩子對父親是既怕又恨，因為是父親把自己和母親隔離了，讓小孩子知道自己是另外的生命，和母親不是同一個人，這就是佛洛依德著名的「伊底帕斯情結——弒父娶母情結」（Oedipus Complex）。這個情結並不是說所有的男人都愛自己的母親，痛恨父親，後來知道無法娶母親，便去追一位很像自己母親的女孩，跟她結婚。「伊底帕斯情結」其實是說人從父親那兒，認知了自己與母親已經分開，父親所代表的權威及社會規範，又不斷逼迫小孩成長，去接受文化，把本能我壓抑下去，愈來愈無法享受海洋感覺那種無拘無束、不需要腦筋的意境，所以就無形中起了反抗的心理，想把父權去除，再回到海洋感覺，不受拘絆。

伊底帕斯情結是佛洛伊德從希臘悲劇作家索佛克里斯（Sophocles, 496-406 B. C.）的劇作《伊底帕斯王》（*Oedipus the King*）發展出來的見解。這個故事是說伊底帕斯出生之後，預言家便對他的父母說：伊底帕斯將來是個凶手，會殺父淫母，犯下滔天大罪，他的父母親，也就是西比士的國王與皇后，聽到這種預言，當然十分震驚。父親連忙想將伊底帕斯處死，母后很不忍心，便把小孩託人放到荒郊野外去，讓他自己餓死。為了怕他到處爬，便在他的腳上插根針，也就是因為這個腳傷，伊底帕斯後來被人稱為「伊底帕斯」（「腳腫」的意思）。然而被託的侍衛看到小孩子一副天真無邪的樣子，實在於心不忍，便把小孩交給鄰國的牧羊人收養，心想小孩給牧羊人帶走，大概不會回來西比士殺父淫母才是。哪想到牧羊人又把小孩轉給柯林斯的王后領養，伊底帕斯長大成人後，聽說自己會殺父淫母，便從柯林斯往外國逃走，希望不會犯下那種不孝、大逆不道的罪刑。到了西比士的邊疆，他碰到一位老人和幾位侍衛，雙方在窄橋上因為爭路權，便推老人一把，沒想到老人一跌跤，便死了，幾位侍衛見狀紛紛逃走，伊底帕斯也不把這事放在心上，便繼續往前走。到半路，突然被一隻人面獅身的怪獸攔住，牠以粗暴的聲音恐嚇伊底帕斯：

怪獸：年輕人，先回答我一道問題，答不出來，你就是我的食物了。

伊底帕斯：你們這個國家到底怎麼一回事，人和動物都專門欺侮外國人？你要我猜謎，儘管來吧！

怪獸：聽清楚了，我只給你三秒鐘時間，答不出來，你就完了。已經有成千上萬的人都被我吃了，我看你是逃不掉了。

伊底帕斯：少廢話，趕快問吧，少爺還得趕路呢。

怪獸：好，我也不拖延你。聽著，什麼動物小時候用四條腿走路；長大後，用兩條腿；老年的時候則以三條腿走路？快回答！

伊底帕斯：這個問題未免太簡單了，答案是：「人」。人一生下來，在地上爬，用四條腿爬來爬去；長大了，用雙腿走路；老了就得依賴枴杖，又加了一條腿。虧你這個怪東西也會問這種笨問題，實在笨得可以。

怪獸：實在氣死人了。

怪物一氣之下，便往伊底帕斯衝了過來，伊底帕斯一閃躲，怪物便掉入深崖裡去，結束了牠的生命。由於這個為民除害的事跡，伊底帕斯被西比士人推為英雄，而且成了國王，娶了王后為妻。他卻一直不明白自己在路上誤殺的老頭是他的生父，而皇后就是自己的母親。幾年之後，他們生下了兩男一女，國內開始鬧瘟疫，人們才要伊底帕斯去尋找殺害前主的凶手，想藉此消災，伊底帕斯很認真地去追查，最後居然發現自己就是凶手，而且妻子就是母親，在那忍無可忍的片刻，他把自己的眼睛弄瞎，將王位傳給王叔之後，便四處去流浪，直到逝世。

《伊底帕斯王》這個凄涼而殘酷的神話在索佛克里斯的戲劇裡格外顯得令人不寒而慄，真理一層層被剝開後，最終只剩伊底帕斯一個人面對無情的命運，從最驕傲突然變成最無知、最沒用的人，但是他已認清了真相，也不得不承認自己的無知、愚昧、衝動，所以雖然把雙眼弄瞎了卻看得更透徹，更具有智慧。

佛洛依德是個熱愛文藝的人，他的遣詞用字都非常細心，對於伊底帕斯的故事他十分清楚，而且拿這個故事來象徵所有人類的生命歷程。據他的觀察，人在出生後，便渴望回到母親身邊，享受那種海洋的感覺，但是父親及社會都一定要小孩與母親分開，自己一個人去成長，因此就造成了小孩子心靈壓抑，久而久之，形成情結，只在夢中才呈現，以潛意識的方式暗示出問題的片段。精神分析師就得從夢的解析入手，重新建構原來被壓抑的情境，要病人透過理解、面對、訴說出來，把壓抑的成分抬到桌面上來，不再逃避，勇敢說出來，敢於承擔，願意去設法解決。佛洛依德常要病患躺在沙發椅上，做自由聯想，先給病人幾個字或數目，要他立刻回答，從這些反應即可約略看出病人心中的癥結，不過，這只是個開頭而已。接下去，病人會很輕鬆自在地把自己的夢一段一段，一景又一景地講出來，分析師在旁鼓勵他作自我詮釋，把每一幕和以前的經驗聯想在一起，猜測每個夢中景物的意義，奇怪的是：夢常以更精簡濃縮的方式，把本來不敢面對的事物轉移到其他類似或者不相干的事物上去，反而只對那些不相干的事物大做文章，而把真正的要點遺忘或壓抑了。分析師的作用就是要病患再去回想夢所象徵的現場，因為除非把癥結打開了，否則病患仍會再被同樣的情境所困擾，無法得到解脫。夢就好比思想的語言一樣，欲言又止，只露出一點點的線索，讓人繼續去追蹤，而且得用訴說或書寫的方式，把夢境講出來、表達出來，才能真正算是掌握住夢的含義。

文學與歷史

亞里斯多德（Aristotle, 384-322 B. C.）曾說：「文學比歷史更具有哲學意味。因為歷史只記載已經發生過的事件，而歷史事件經常是偶發且不會重複的；文學則常以虛構的想像來呈現可能或必然會發生的事件，並針對人性、愛情、思想、衝突……去鋪寫較有普遍性且會一再出現的事件，以引發讀者的共鳴，甚至不自覺地把自己也融入在該事件中。此外，文學作品的聲律、音樂美、文學意象、美感結構都較歷史更有引人入勝的作用，且能充分發揮模擬現實的效果，使人讀來覺得比真實事件更加真實。」亞里斯多德的這種看法是有其道理的，但問題是好的史學作品通常也得是好的文學，而好的文學也往往是從歷史之中虛構、衍生出來的。即使是有關個人經驗的文學作品如自傳、傳記之類也是歷史之作，因為如果沒有歷史的話，文學便沒有事件可發揮想像力了，而沒有文學的話，歷史只是一些過去、已死的材料而已，不易引起人們的注意。

文學與歷史最巧妙的結合或許是史詩吧，它一方面是歷史，另一方面又是詩歌，二者皆備，因此常常也成為一個民族想要重新認識自己的歷史所不可或缺的文化資源。像許多邊疆民族到現在仍保存著「黃帝與蚩尤」之戰這類史詩的記載。荷馬（Homer）在他最膾炙人口的史詩《伊利亞德》(*Iliad*)裡敍述希臘聯軍攻克特洛伊城的故事,也描繪出古希臘人的英勇和智慧。幾乎所有的民族都有史詩的傳説,起初大部分是用口頭唱頌的方式一代代傳下來,然後經過幾位大文豪的潤色、記載便成了史詩的規模。這類故事往往是描述歷史早期所發生過的事件,因恐後人遺忘,所以用韻律鮮明、意象明快的文體來流傳。《伊利亞德》這部作品本來有許多學者認為是真假參半的想像之作,後來在德國與英國考古學家的努力下,竟挖出特洛伊城的遺址,而且裡面的器物、衣飾、城市的坐落、環境和史詩中所描寫的並無二致,此發現震驚了世人,也由此可看出文學與歷史的密切關係。

除了史詩外,戲劇、童話、民謠、民間故事、傳記等等也常常是在為歷史作見證,甚至連神話文學中有關洪水的記載都道出人類最早時期的歷史環境。普魯塔克(Plutarch, 46-120)的鉅作《希臘羅馬名人傳》(*Parallel Lives*)是希臘羅馬的傳記文學中最具創意的作品。普氏以簡潔有趣的文體來一一比照希臘羅馬的名人,且道出每一位人物的優、缺點。這部將歷史納入文學的巨著,影響了後世許多重要的文學家。像莎士比亞在他那些希臘、羅馬歷史劇裡便大量運用普氏的技巧。

最感人肺腑的文學作品往往是以大時代的歷史為題材。如描寫戰國時代的〈刺客列傳〉,或描寫三國時代的《三國演義》,以及許多明清、晚清時的小説都把歷史的變動納入文學作品中,對時代變遷或諷刺或惋嘆。像曹雪芹在《紅樓夢》裡表面上是談賈、榮兩府人物的兒女私情和家族興衰,其實也是對清末頹喪的文化、腐敗的政治,以及整個大歷史環境的轉變提出危機意識。在西方最類似的例子是法國小說家司湯達（Henri B. Stendhal）的《紅與黑》（*Le Rouge et le Noir*），表面看來是個愛情故事，實際上整部小說是針對法國大革命墮落的那段歷史加以批判。

「講古」也是人類很原始的一種衝動，因為人總是對過去所發生的事跡感到好奇，並想從歷史裡獲致智慧。「講古」把歷史轉化為文學，或借古諷今，或把過去理想化，以便和當代社會對比。甚至以過去為模範來表達某種文化理想，把自己不敢堂而皇之講出的話假借古人之口說出。像歐洲十九世紀所流行的歷史小說便喜歡拿中古騎士的事跡來鋪寫，以表達當時人們在工業文明之下喪失英雄崇拜的文化內聚力。當人們在日常生活中很難找到神聖或較有意義目標的情況下，往往變得特別念舊。希望能在古人身上重新尋回那分可愛的執著與熱情，尤其是想從過去的歷史事跡裡發現文化的傳承。彷彿在機械文明昌達，大量複製取代藝術的時代裡，唯有透過歷史人物才能找回童年時代的綺想、美夢、天真。

有時把歷史事件轉化為文學作品，其目的是在於批評當時的文化、政治。如吳敬梓在《儒林外史》裡備加推崇品格高逸的逸士王冕，便是想藉以諷刺、批判明代那些貪婪無恥只圖功名利祿的儒生。《水滸傳》則指出在歷史轉捩期，正當公權力與公義不彰，社會腐化之際，結盟行俠也是一個出路。在這些小說裡，文學不僅為歷史作見證，並作針砭，極盡諷刺、謾罵之能事。

此外，文學也積極地想要創造歷史。有許多文學名著不僅在歷史上佔了一席之地，甚至改變歷史路程。如屈原、蘇東坡的文學作品開始了隱士、漁夫的文人傳統，鼓勵文人從惡劣的政治社會中退出，作文字與文化抗爭，發揮諷刺、勸誡的作用。同時，屈原的作品也開展了楚辭、漢賦的空間，讓漢朝王室了解文學與政治結合有相得益彰之妙。而屈原對南方文學、神話、儀式傳統的描繪，也使中國人的想像力有更寬廣的發展空間。蘇東坡在被放逐後，不僅常寫詩嘲諷當道的小人，更重要的是他把書法的瀟灑豪邁風格拓展出來，並把書法、文章帶入繪畫裡，啟發了後來的「文人畫」。尤其是他對竹的看法，透過文學的鋪寫，象徵中國知識分子的骨氣，儼然建立與朝廷相互抗衡的力量。

還有一些文學作品本來只是文學想像而已，後來卻因讀者的具體實踐而變成歷史。像許多有關異族文化的文學報導引發對外政策的轉變。如《馬可孛羅遊記》（*Travels*）便引起歐洲人士對中國的興趣與嚮往，並加速了中西的交流，改變了東方原本較為自我中心的作風，也帶來了前所未見的文化、政治震撼。

歐洲在文藝復興時期，文學家通常受雇於貴族。一方面以文學作品去鋪陳貴族的權威、財富，以強化王公貴族的統治，另一面則借助文學作品來表達人民的意願，讓王公貴族聽聽小老百姓的聲音。莎士比亞的歷史劇《李查二世》（*Richard II*）就把英國當時那段歷史搬上舞臺，以告誡伊莉莎白女王不要重蹈李查二世的覆轍而被屬下推翻。而法國大革命在很多方面也受到盧梭文學作品的啟迪。

不論文學是為歷史作見證，或者是文學創造歷史，文學與歷史的關係是非常巧妙緊密的。

鈴鐺・風聲・腳步
——迎接二十一世紀

一、門

再也沒有一首詩，像美國女作家狄瑾蓀（Emily Dickinson, 1830-1886）第「一七六〇」號，那麼傳神地表達出世人對二十一世紀的期盼、焦慮，尤其在等候的漫長過程，面對風吹草動等聲響、節拍、音調，乃至門扉打開之前的無以預期狀態，屏息以待的情景。

門一開，已是二十一世紀。那是什麼樣的世紀？有人說是生科世紀，也有資訊界的專家認為網際發展乃是二十一世紀空前的知識、消費及傳播的突破，以我們目前的技術成就，只能預知百分之五左右的基本面。政治與社會領域裡，則有福山（Francis Fukuyama）、杭亭頓（Samuel Huntington）提出西方與其他文明的衝突，或民主、經濟自由之後的道德虛無危機，彷彿中國或回教勢力會為二十一世紀的人類帶向萬劫不復的毀滅或對立。基因改造或控制，也許可讓人活到一千二百歲；人不必離開電腦螢幕，便能管理各種日常事項；然而，貧富差距、階級問題，乃至族群文化資源的日益惡化，卻會導致都會內部的暴力衝突，衍生出比核爆更加激烈的災難。換句話說，二十一世紀的根本議題仍是人對他者的政治倫理、文化翻譯及生態環保問題；畢竟，這個世界的自然資源正逐漸破壞，而難民、移民、遊客到處亂竄，如何彼此體認到對方的好處，仍是二十一世紀之前的人文傳統足以提供借鏡之處。

一九九五年，南非女作家葛蒂瑪（Nadine Gordimer, 1923-）在一個公開演講裡，回顧二十世紀的功過，以「最會謀殺」（most murderous）及「最具探索」（most adventurous）兩個意義軸，指出猶太、廣島市、弱勢族群遭到殺害的空前規模，同時，她也以通俗音樂、科學研究、醫療體制、電腦科技為例，盛讚二十世紀的成就。「我們最後的工作可能是如何承擔，發揮『人類不斷探索』的精神，控制我們的成就，真誠地質疑及反省我們已活過的真相，我們已做過的種種」，她在結論時說，因為「要建立更美好的二十一世紀，此一機會並沒有其他的基礎」（Gordimer 236）。也就是：如何在最具殺傷及最具探索這兩大極端之間，找到倖存的人文價值？或者，以另一個方式來看，如何從幾個世紀以來的「門扉」、「窗戶」意象，觀照二十一世紀的前景？

當然，在中、西文學的古典傳統中，有關「門」、「窗」的描述極其豐富，尤其將「門檻」視作成長、情感、得失、生死等「過渡儀式」（rites of passage）中「登堂入室」的臨界點及其象徵，因此文學家往往將「門」與「通往另一境地」的途徑加以類比，最著名的莫過於《新約聖經》中「約翰福音」的第十章第九節，耶穌說：「我是門樞，若有人從我這兒通過，必將可以得救、進出、找到草原。」《莊子》的〈齊物論〉提出「道樞」概念，也是相近的用法。不過，有不少文學片段是針對另一種意義的「門」：封閉、排外的隔絕面；或者，指真正的門，如莎士比亞的《馬克白》（*Macbeth*）裡，謀殺國王才落幕，就有人來敲城門，那幾聲叩門的急敲，不僅驚醒劇中人物，而且也是後來的評論家經常反覆回味的精采景觀。民謠、樂府、詩詞中的「倚門觀望」更是道盡傷心寡母、棄婦、斷腸人的失魂落魄，一個迴腸盪氣的音樂史案例是葛利格（Edvard Grieg）的《皮爾・金》（*Peer Gynt*）組曲中的〈絲薇亞之歌〉（"Solvejg's Song"）。

但是，最特別的應是「門」所象徵的「半掩半開」及對神祕、恐怖世界的憧憬或惶惑，一如但丁（Dante）在煉獄門外，仰望天國之門，遙望昔日情人所發出的欣羨與自憐，或費滋傑羅（Edward Fitzgerald, 1809-83）所譯著的《魯拜集》（*Rubaiyat of Omar Khayyam*）（第四輯）所提出的問題：「無以數計的先賢越過黑暗之門，卻無人回頭告訴我們那兒的道路」。黑暗與死亡、未知的未來是經由「門」這個實體去加以連結，這種文本策略是許多作者喜歡發揮的面向，特別是將之與旅行、經歷、流動、遷徙聯想在一起，如艾略特在《四首四重奏》（*Four Quartes*）便寫道：

腳步聲在記憶之中迴響，

卻往我們沒走過的通道，
邁向我們從未閉過的門，
進入玫瑰園。

這個沒被打開的門，雖是進入玫瑰園或二十一世紀的關鍵，卻尚未被揭露、展開，空留神祕與希望，只聽到過去的腳步聲不斷往下走去。以這種門未開而空聞過去聲響的圖像，艾略特勾勒出他對新世界的失落與荒唐感，可以說為「世紀末的華麗」派（如張愛玲、朱天文、王安憶等）奠定先機。相形之下，狄瑾蓀的詩則保留其懸疑：二十一世紀是幸福或毀滅？只有我們忍耐、持續等候，才能揭曉。目前，在寂靜、百無聊賴及歷盡滄桑之中，僅聽到一個腳步聲，而門尚未打開，那是多麼沉靜的片刻，卻又充滿了英雄式的堅毅與耐心，幾乎可感覺到女詩人的沉著與期待，在焦慮與害怕之間默默掙扎的心聲。也許這正是我們邁向未知的二十一世紀不少人的心情寫照吧。

二、窗

十九、二十世紀的許多藝術家則不想由「門」進入，去思考未知的外在或將來事物。他們大致是透過女性倚窗而望的企求、渴望、觀看，去鋪陳內心的多元世界，藉此對應外在世界中的愛情、商品、資本及其流動。卞雅明從商場的櫥窗瀏覽者（**flâneur**）看出戀物與情慾的互動關係，在玻璃窗上的迴影，找到現代靈魂的漂泊及其迷魅。他的洞察進一步在一些後現代建築的玻璃體，既映出自然與人文景觀的變化，又凸顯其不被透視的隱密性，得到另一種印證。事實上，女人與窗（或觀看、期盼）及門檻的關係，也是卞雅明的思考重點，尤其是女人、門及記憶的關係，從服飾到女人的性愛器官，他都可找到一些通往其他時空（如童年）的線索。

窗戶通往想像空間或過去、未來的作品相當多，因此我們會有「中國之窗」，乃至以微軟視窗（**Microsoft Windows**）為電腦無遠弗屆的圖像。不過，在十九、二十世紀交替之際，我們看到一些作品，紛紛將男、女置於窗前，顯出其能動與不能動的政治經濟學（**political economy of movement and non-movement**），倒是很值得重視（或重新審視）。稍早，在十九世紀中葉，勃朗特（Emily Bronte, 1818-48）即推出《咆哮山莊》，其中有一幕是迎向寒風，小女孩的幽靈被拒在門外，想推窗進來，與舊情人會合。在悲涼、凄美之中，這一幕流露出被排斥、強暴的殘酷景象，凸顯了浪漫情懷與資本經濟的互不相容。因此，舊時代的記憶是以幽魂的方式再現，被拉扯、擠壓、清除，僅在窗戶上留下掙扎的風聲，儼如夢中並不真實的魅影戲劇，無法攤在陽光、現實之下。

福樓拜（Gustave Flaubert, 1821-80）筆下的愛瑪（Emma），最喜歡倚窗幻想，希望有黑衣騎士來解放她的情慾。在《包法利夫人》（*Madame Bovary*, 1856）這本小說裡，二十世紀的功利主義，乃至二十一世紀的知識經濟學，可說已經浮現，宣布了文學綺想的不務實際。因此，在小說後半段，窗與婚外情，玻璃或鏡面與自戀、商品物化，不斷交互指涉，愛瑪的愛情美夢最後是在窗外的乞丐歌謠加以降格嘲諷之下整個沉淪、瓦解，喪失了精神層面。但是，有趣的是，小說一開始，包法利醫生向愛瑪的父親提婚，未來的丈人告訴他，去門外等候，報佳音的方式是透過開窗的開啟動作。包法利先聽到了窗往外推出，鈴鐺輕撞的聲音，整個人立刻活在幸福之中，只是那也是他災難的開始。不過，若沒有這一段興奮的片段，包法利可能一輩子也不致有任何生命的高潮。在這種憂喜參半（或摻拌交混）的矛盾兩難情境裡，窗戶的意象既富解放、抒發作用，同時也是封鎖、桎梏的象徵。在這本小說裡，一幅令人窒息的景象是在廚房（兼用餐的地點），愛瑪一方面感到烹飪十分惱悶，另一方面也無法忍受包法利細心品嚐食物的蠢樣子，廚房是在地下室，而且沒窗戶，因此愛瑪發現沒出路，連幻想、夢遊的空間也了不可得。

愛瑪在窗前的景象，可在哈柏（Edward Hopper, 1882-1967）這位美國畫家的〈上午十一點〉（1926），得到許多迴響。畫中，一位赤裸的單身女子，坐在簡陋旅館的椅子裡，聚精會神地往窗外看，但是映著室內的單調、平板與寂寞氣氛，外面的世界卻給水泥牆擋住，我們依稀看到陽光照射；不過，一切並不吸引人，而且無法再看到更遠的景觀。「沒出路」是不少十九、二十世紀作家針對門、牆、窗戶所傳達出的訊息，那種悲觀的視鏡（vision）可能是在工業革命與世界大戰的陰影之下形成，有其特殊的文化、社會、生命處境。對照之下，二十一世紀的窗外遠景似乎亮麗一些，大部分人已開始覺醒，不斷加強人權、生態、文化的維護工作。

準此，我們也許可從德國象徵詩人里爾克（Rainer Maria Rilke, 1875-1926）的作品中，獲得較溫馨、深邃的圖像。里爾克往往透過黃昏、夜晚的光影融解此一景觀，去描述窗外突然傳來的少女哭泣或音樂旋律，將個人的感觸與外在的沉鬱、淒美、哀愁或莫名的陰森氣氛合而為一，把「身體化為小提琴」，一起合奏、共鳴，儼然人我交會、融會，與天色朦朧、萬物不分彼此的狀態相輔相成，織出「天地與我共生」的感應網絡。他有一首詩，收入《畫之書》中：

我彷彿是空地中央的一面旗幟。
覺得勁風將至，必須挺住，
而世上萬物寂寥不動：
門户依然輕閉，煙囪沉默，
窗户尚未顫抖，灰塵靜躺。
我已認識此一風暴，儼如波濤洶湧。
我躍出，向後跌下，
將自己拋出，絕對孤獨

在大風暴中。

在這首詩中，既有門、窗，也有面對未來風暴的沉穩信心，也許正當我們傾聽二十一世紀的風聲、腳步，及聖誕（或新年）鈴鐺時，昔日的文藝及科技成就乃是那一面迎向強風的旗幟？

文學與憂鬱

最近，一位朋友將她長年來的憂鬱症心路歷程寫出，準備在香港、臺灣出版。這兩年來，我目睹她與先生一起面對精神危機，從絕望深淵底層逐步爬升，直到目前又恢復笑顏，總算擺脱了壓抑、沉默、毀滅的陰影。這本心靈札記及情感絮語想必會增進世人對憂鬱症及信心的進一步了解，鼓勵國人採取較同情契入的角度去評估文學與憂鬱（乃至愛情）的關係。

根據清大心理輔導室的調查，大學生中有相當高的比例備受憂鬱（melancholia）所苦，每十五位裡至少有一個等級是嚴重，而有不少是輕微，但隨時會因考試壓力、感情起伏、畢業謀職等情況而不定期發作。事實上，社會愈進步，人愈不容易滿足或感到幸福。美國經濟學人曾有個統計報告，指出：九〇年代後，人是比較有錢了，但卻愈加不快樂，也就是説：憂鬱是現代社會的一大病徵。

佛洛伊德早就説過：人都有神經質傾向，很少人是正常的，而愈不滿足的，愈有創造文化的慾望，因此他將性壓抑與文學創作、藝術活動關聯在一起，看待文明是不滿的產物，文學是壓抑、苦悶的癥結表達。

憂鬱是人之常情，但隨著憂鬱的深化沮喪的日久生根，憂鬱症（depression）卻是相當具有自毀及破壞力的，不少悲劇乃導致於此種疾病，如美國前一陣子，有位母親將自己的三名子女勒死、淹斃，她本人事後都無法明白是怎麼一回事。據醫生的分析，誘因是產後憂鬱症，也就是母親突然陷入莫名的沮喪情境，精神錯亂地怪罪家人，以致於有此激烈動作。平時，我們在交不出報告、達不到預期成績時，猛吃巧克力、糖果，大概也是憂鬱症的一種潛伏癥狀。

從各種報導去看，憂鬱的傾向十分普及，尤其在日愈加強的生活焦慮之下，人對環境、社群、未來、財富及交際卻充滿了畢卡索式的「藍調」色彩，看待每日的天空，即使是一片蔚藍，也發現它單調無比，缺乏變化，若是陰天多雲，那更是道出幽黯、無精打采的心情，強化了當事人的悲哀及意興闌珊感，不僅任何事都不想去做，連出門、下樓、洗臉都懶得。大白天都可感到腦中有一個惡靈在指使，教人做一些損人又不利己的消極、毀滅舉動，而且無法控制得住。

憂鬱症的歷史悠久，但是由於人類生活腳步的加速及許多未知變數的種種發展，讓原來社會中穩定的因素如出身、地位、職業、社區、建築、記憶等，不斷受到新資本形式的挑戰、改易，產生了莫名的恐懼不安及焦慮，因此之故，現代人的憂鬱症漸趨明顯、嚴重，在美國社會裡，便日益注意這個問題。最近，幾本叫好又賣座的書均是針對憂鬱症，如葛瑞夫（Bradley T. Greive）的《你今天心情不好嗎？》（*The Blue Day Book*），所羅門（Andrew

Solomon）的《正午惡魔》（*The Noonday Demon*），都引發眾多討論，其中尚有許多自助醫療須知，無不深入個人及大眾之案例，透過自剖及分析，詳細探討憂鬱症的發病癥候、藥物治療過程及精神感悟、友朋支持等面向，其盛況超過幾年前同性戀的「出櫃」所引起的共鳴及普遍回應。索羅門在他的書發表之後，自稱結交了成千上萬的憂鬱病患，透過書信、電話，大家一起分享經驗，共度難關，他沒想到自己的憂鬱病例可激發出這麼多的社會效應，造成公共領域對憂鬱病患及其遭到曲解的生活環境產生新的同情認知，打造出更加富有人性的生命空間。

反觀國內，大多數人不願談精神病癥，對憂鬱症及其問題，往往加以淡化或壓抑，總覺得那是個人的疾病，最好在不為人知的情況下趕緊治癒，或者愈不引起別人注意愈安心，因此都不願去面對，更少見公共論述，針對個人的「隱疾」，去詳加鋪陳，進而形成一種提升意識的社群，激發新公共醫療體制的建立或興起普遍支持的網絡，讓大眾由正視、面對到討論、扶助，進而形成具體因應之機構，不至於將憂鬱症視作難以啟齒的毛病。

憂鬱症的起因有部分是遺傳，但較大的程度是來自社會壓力，憂鬱症的患者不僅是以反社會的方式，讓自己不斷陷入沮喪、悲傷、厭惡及無助感，而且會以莫名所以的方式，去毀滅他人，製造社會問題。現在社會愈來愈多的憂鬱症癥結，如果我們不用社會、公共的方式去處理，大眾勢必要付出相當大的代價。認真而誠懇的憂鬱症自傳、論述及其情愛訴說乃是臺灣目前亟待發聲的創作體裁。

旅遊與比較都會文化

週末晚上，到甘迺迪機場送家人返國，發現旅遊人數銳減，除了安檢入口有些人潮之外，基本上，整個建築內空空如也。大眾現在似乎多半是以巴士、火車為主要交通工具，寧可忍受旅途勞頓、轉運的波折，也不至於輕易拿自己的生命開玩笑。以往世人所借重的捷便海上、空中旅行，已逐漸被較傳統、更緊接陸面的交通方式取代，這種變化會對旅遊文學產生多大的影響，仍有待觀察。

送完飛機，搭直達中央車站的快車回紐約，遠遠望見幾棟五彩繽紛的大樓，但是，世貿中心已在地平線上消失，令人難以適應。我仔細打量周邊的乘客，個個身帶手機，然而，沿途沒人開機大談特談，和我平時在新竹往返臺北的巴士上，動輒聽到手機開講，眾聲喧譁的景象迥然不同。當然，長途旅行是相當累人的，也許大家都想趁機休息，不願吵嚷。不過，在紐約地鐵車裡，一般乘客也很少開機講話，反而大多安靜看書。最吵的，要算一些流浪漢或街頭藝人穿梭於車廂間的訴求、表演。

張小虹曾就臺北街頭此起彼落的手機聲，及人人隨時待機，一聲鈴響，每個人都以為是打給自己的神經過敏症，提出分析，認為：臺灣人有一種時髦戀物與錯聽傾向。因此，不少中青及新生代作家，往往將手機的造型、功能，納入小說之中，與人物的服飾、個性，道出人機一體（cyberg）、頻率交織的新科技想像與社會錯亂動力。也許這種說法有其本土意義，但是，任何出國旅遊的觀光客，總難免要在回到家後，發現我們的手機文化大為過火。

事實上，旅遊到異地的重要心得之一，是跨都會文化的比較，一個視覺與身體上十分詭異、而又無意識的接觸點是服飾。吳濁流在《南京雜感》，便說：臺灣人在三、四〇年代的衣服，「窄而短，和大陸的洋服，那上海風光的堂堂大派，比起來簡直不能看」。他的自慚形穢，有點像外地人穿牛仔褲，走進第五街的第凡尼。不過，同樣是洋服，林語堂卻有完全相反的意見。依他的看法及長期的衣著習慣來說，他很明顯覺得長袍舒適多了。洋服緊密貼身，不像中國衣衫寬鬆通氣，如果再加上領結、領帶，那更是毫無游刃餘地。林語堂用「狗給鏈住」的可憐意象，去形容洋人拘謹僵硬的窘相。如今，國人到巴黎、米蘭，或紐約，尤其第五街與麥德森街，可能對洋裝的美侖美奐，直呼美不勝收。特別是最近，各家名店紛紛推出聖誕櫥窗，成群的遊客排隊圍觀，捨不得離開。

服飾之外，景觀與生活方式，應該是旅遊過程中，比較都會文化的重點。吳濁流說，南京的山水不斷讓他想到傳統詩詞裡的今昔之比，而一位朋友的住家景觀，令他「向來的自信心已不知去向」，尤其大陸女子的嫻靜溫柔，遠勝過臺灣女性的「聲音高而饒舌，三人集在一起，就吵得不得了」。這也許是吳氏個人一廂情願的看法，但是，從臺灣人濫用手機的情況去衡量，可能是說中了幾分。不過，吳濁流也道出臺灣女子的可愛之處：「比之南京姑娘，線條很細而鮮明，沒有圓柔的感覺，卻是熱情、感情的、浮動的。」

當然，這種觀察難免有其主觀，或個人的偏見在裡頭。旅遊文學有趣的面向，也正是在此。我們透過敍事者的眼睛，看到另一個社會與本地的人文自然景觀差異，藉由比較、重溫的省察，進一步了解本身的問題，吸收其他文化的長處。經過九一一之後，大家紛紛改以更費時、費事的方式去旅行，甚至於避免外出旅行，這種調整，會產生什麼樣新的旅行文學，我們且拭目以待。

旅行、記憶與認同

跨地域的移動所引發的記憶以及認同危機，乃是當前人文地理論述的重要課題。在眾多的見解之中，主要可區分出兩種簡單的對照立場。一是強調旅行所引發出來的多元流動位置，將本土與外來兩種位置加以鬆動的移動政治經濟學（the political economy of movement），在這種論述位置之下，觀光、休閒、旅遊、探險乃至游牧（nomad）所引發的不同時間以及社群在文化交流上的互動，透過這種互動彼此修正其本土認同，泯除所謂的本質主義。在這種強調多元流動的政治經濟學之中，旅行所引發的權力關係，並不是由某一方主導。訪客和當地住民之間的文化差異，則在相當程度上是論述形塑過程之產物，因此並非固定不變或形成單方直線的宰制、吸引關係。相對這種跨國文化經濟的流動觀，無以移動的政治經濟學（the political economy of non-movement），強調殖民與新殖民網絡的不平均權力關係，在這種論述之中，常常使用的詞彙包括：流亡（exile）、漂泊離散（diaspora）、離鄉背井（displacement）、移民或二度移民（re-immigration），在這種論述之中，通常強調無以為家（homelessness）的政治現實，以及大部分落後地區人民無以移動的困境[1]。在這種無以移動的政治經濟裡面，很重要的是強調環球文化經濟的不均，以及旅遊所重新強化、塑造的跨國剝削。這兩種論述皆可見其力道，但是這些論述通常放在印、非、美洲殖民、後殖民之脈絡中，比較未能顧及亞洲地區旅行的經驗❷。

首先要了解，旅行是指一個地方到另一個地區的移動。這個移動牽涉到至少三個S，分別為Science，Sentiment，Semiosis❸。在「科學」（Science）的領域之中，基本上可分為五大面向：第一個面向即旅行所需要的「交通工具」（means of transportation），含括交通工具的選擇、旅行所需之資本及資訊，如對當地最新的旅行資訊，包括天氣、旅館及觀光地區的資訊，而交通工具的選擇牽涉到路線、性別、年齡、階級劃分、特權、地位及心理預期等問題，畢竟採用巴士、火車、飛機、輪船等是具有不同的階級待遇，並非任何人都可搭鐵達尼號（Titanic）或東方快車（Orient Express）的頭等艙，而且各種等級區分也影響社交活動、情感教育及生命安全等。更因為交通工具不同的選擇，所看到的景觀以及激發的記憶也都會有所差異。第二個面向是旅遊所涉及的科學社群，即在出發前對已經去過當地的旅遊者所提供的線索，同行、同遊者（fellow travelers）都會激發旅遊中的互動，引發出不同的體驗，使個人的旅行經驗更加錯綜立體。第三個面向是在本地或外地支援旅行的網絡及其友朋（allies）、贊助者，或在外地提供資源、資訊的人，構成跨國的「旅行網絡」（networks），讓許多危險及不必要的花費縮減，這是友朋重要的貢獻。第四個面向是「公共形象」（public images或public relations），即旅行所引發出的「公關」。旅行在眾多面向上牽涉到個人及社會對外人所引發的公共形象。比如說日本人的觀光常被以為是和金錢、色情有重要關聯；而臺灣的凱子觀光以及自助旅行所引發的公共形象，與旅行、文化之旅和充實自己的公共形象有密切的關係之外，臺灣在國際地位上有許多不便，這些都是我們規劃旅程之時，需要仔細考慮的。在這個面向之中，還有在疫區或落後地區的旅行，其公共形象通常是危險、疾病、落後。對照之下，到紐約、巴黎的文化之旅是視覺文化、高尚的，而到巴勒斯坦是宗教性的活動且需冒生命危險。又如到英國、歐洲會因為口蹄疫而產生在公共衛生上的憂慮，這些是第四個面向會引發旅行定位和文化價值觀念的調整。第五個面向是關於「旅行概念」（concepts）。旅行概念是關於交通工具是否發達、是否方便、資金是否充裕、旅行社群是否完整，包括男女是否平均分配，在性別、階級上是否有特權區隔的象徵機制，採取的路線是否得到本地或跨國網絡及友朋的協調幫助，在公共形象上有其正面意義。在這些面向上，旅行的概念會有所調整、互動。

以前需要很長的時間才能到的地方，現在因為交通工具的便利，會讓我們對旅行的勞頓感以及所需的時間重新作考慮。也因為各地的友朋和同行者的支援，甚至公共形象有關衛生、疾病、戰爭、國際關係、文化交流的考量而規劃出很多路線。比如像南亞的峇里島、普吉島、美國的西岸之旅從加州到加拿大，乃至到紐澳度假，這些都是科技的成就所帶來的便利。但是在科學昌明的時代可見更多自助旅行的方式，強調鄉土、原始、人跡未至的地方，採用反科學、反現代的旅行。所以這些旅行的概念與其採用的工具、社群、友朋、公關彼此是一種立體互動的方式，這些面向綜合在一起是稱為旅行的科技面向。我們不妨以下圖簡單表示旅行所涉及的五種科技面向及其彼此牽連的錯綜互動過程：

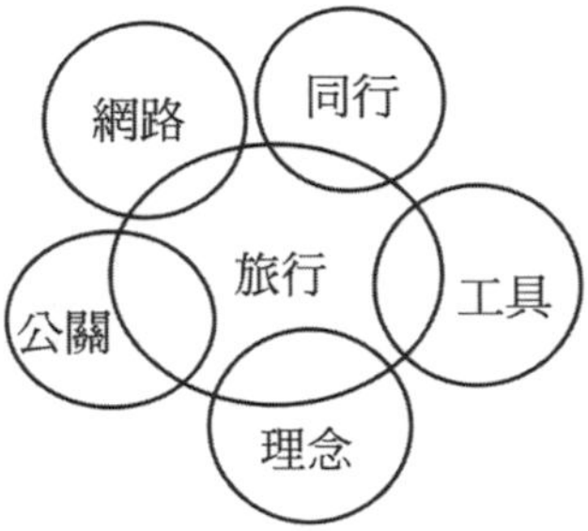

第二個面向是Sentiment，即旅遊的情感結構所引發的五種反應。第一種反應是在異地之中發現似曾相識的「共鳴」（resonance），在遠離家園之他處，找到本身熟悉或在無意識中「彷彿早已見過」（deja vu）的「詭異情境」（uncanny）。第二種反應是驚異與征服。對於當地景觀從欣賞到探索所激發出一種征服的心情，想爬上喜馬拉雅山登上最高峰，征服大自然，或是購買當地的產品，像法國紅酒、南非鑽石，以及當地古跡的複製品，若資本更雄厚就買原件回來保存，當作紀念品。這以葛林布雷的話來說，即是「marvelous possessions」。第三個層次是「懷舊」（nostalgia）或「異國情調的記憶」（exotic memories）。對於當地引發出的懷舊，認為是記憶中的故鄉或某種異國情調強化了刻板印象之後所留下的記憶，把巴黎、左岸咖啡和文化藝術聯想一起，將峇里島和當地風土人情、鬥雞、火龍舞聯想在一起，或到日本就想起藝妓、溫泉、楓葉等等，這就是第三個層次。第四個層次是對於當地文明或宗教信仰有於心戚戚焉的「道德救贖感」（redemption），也就是希望把他們的生活方式加以重整，用更現代、高明的方式將中國的儒學或精神傳統，乃至於自己的文明所代表的某些意義，加在當地的文化之上，賦與他們某種意義。在前現代與十七世紀以後的歐洲旅行者有「白人的負擔」，或日本人早期在亞洲地區的功德會，基本上用這種方式要去救贖其他地區的同胞，這就是所謂旅行所引發的道德救贖感，對他人發揮「共存共榮」的國際都會觀或正義感。第五種反應和第四種是類似的，即不想征服、變化當地的風土人情（anti-conquest），希望透過保留（conservation）的方式將人間淨土、自然純樸的異地保留其原始的風貌，所以基本上和人類旅行所擁有的探索（exploration）以及征服的慾望是相衝突但又並存的情緒。左圖簡單說明五種旅行同時交響的情感結構，顯出旅行者之身體如何因應這五大反應，形成接觸經驗之印記。

第三個面向是佛洛伊德所說的心理符號機制（Semiosis）。在這個層次上，大致也有五個元素。在旅行的過程中，常常是一種自我和他人再現的心理機制，對別人的文化社會進行比較、參考與對照，而顯現出人我之差別。如臺灣人到京都即發現京都是秩序的，而臺灣政治的動亂、經濟的崩盤，在另外一個地方時空的迴映鏡景中顯得特別突兀，人我關係因此有另一種重新呈現，在心理機制上面會留下重要印記。這進一步涉及第二個層次——認同與文化

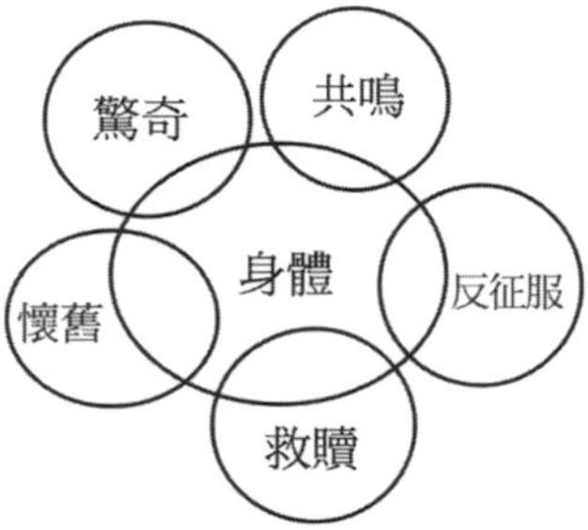

歸屬的心理機制；在這面向上，我們會在旅遊過程中思索自己的認同位置：「為什麼別人可以，而我們做不到？為什麼京都的寺廟那麼乾淨，而我們的觀光區、寺廟都是與小販、垃圾為伍？」在這個面向上就會有自我認同的重新調整。但在這個調整之中，會發現本土和其他地區某些微妙差異，所以心理機制會把外面的景觀及引發的情緒變化，以書寫的方式顯現內心裡的人我差異，這就是書寫與差異（writing and difference）。而在差異的比較過程之中，就會產生對本土政治、經濟、社會種種文化現象有著批評的距離、不同的觀點，也就是文化批判的位置，了解到優越感、自我中心、封閉性乃是閉塞無知的結果。所以旅行會發展出「比較國際觀」（comparative cosmopolitism），透過都會間的比較會發現自己的不足或可笑的缺點。十七世紀許多法國思想家就以東西方的差異為借鏡，對自己的文化採用批判性的眼光加以反省，這就是所謂的文化批判。而這幾個面向在心理機制上，透過記憶和自我認同的重新調整產生所謂的二度演繹（secondary elaboration），在內心中形成人與自我之間表面上看起來相當的差異、疏離感（alienation），卻發現他者在自己文化認同中有相識、近似的面向，即克莉絲蒂娃（Julia Kristeva, 1941-）所說的「在自我之中的他人」（the other in the self）那種「弔詭」（uncanny）的關係，在自己的文化中也沒那麼「安居」（at home）的失落，以及「不適應」（unhomeliness），無法在自己的世界找到固定的位置，反而是個過客。這種過客感或某種形式的開放流動性，一直在內心世界中以「動」與「不動」的辯證關係，形成二元演繹、再度演繹的關係。

這個關係就是薩伊德在其近作《流亡之反思》所引用阿多諾（Theodor Adorno, 1903-1969）的話：「那是道德的部分要求，在自己的家裡感到始終是個過客，無法以家為家」（Said 184），而能始終保留這種漂泊性與批判性，對文化與意識型態所表現出來的歸屬感加以質疑，產生一種辯證的文化觀，利用這種方式對國家民族認同有較批判的觀點。在這個面向上，旅行會引發認同的危機以及文化都會觀，讓我們透過比較、參考與學習的過程中，對自己文化中的缺點加以修正，進而擴充自己的視野。在很多形式上可見到如何把別人納入自己的身分認同、文化認同之中，而臺灣就是屬於文化交流領域中相當特殊的場域，這個面向在吳濁流和朱天心的作品明顯可見。左圖是這種心理機制的符號印記面向：

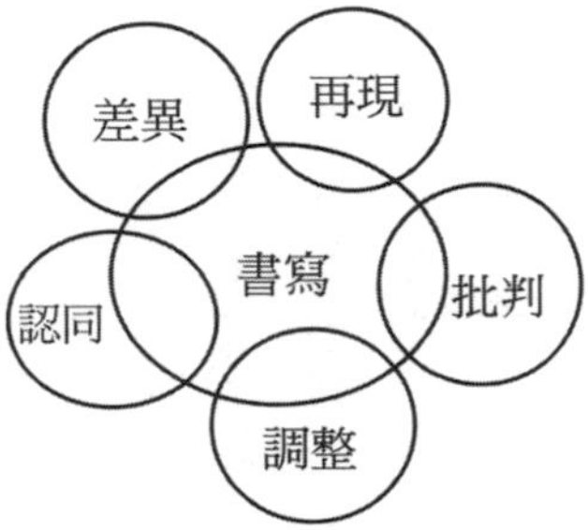

透過觀察朱天心、吳濁流及石川欽一郎的旅行論述，我們可看出：在藝術活動的過程中，創作者既置身另一個環境與文化背景，又同時遭逢殖民過程的衝擊，必然會產生許多內心感覺結構的糾纏、折衝與轉變。而在這些變化裡面，臺灣又是個非常奇特的地方，因為在世界上很少有地方像臺灣這樣，跟中國大陸有著如此複雜且梳理不清的關係（一方面是祖國，另一方面彼岸又常常對我們屢多威脅），而且又跟日本等其他東亞地區的問題牽連在一起。

【注】

❶Homi Bhabha 與 James Clifford 兩人曾針對「動」與「不動」的問題提出口頭討論，見

Clifford, *Routes*（Cambridge: Harvard UP, 1997）53-54。

❷Joshua A. Fogel的*The Literature of Travel in the Japanese Rediscovery of China,1862-1945*（Stanford: Stanford UP, 1996）是少數討論此一課題的著作，但其中並無一字提及石川欽一郎。Shumei Shih 的*The Lure of Modern*有幾章觸及中、日、臺作家在二十世紀初期的旅遊及其影響。我曾就旅行文學及其理論成果提出簡單的回顧及析評，並以吳濁流的《南京雜感》為例去演繹，見《另類現代》10-41。為了理論思索之方便，簡化及濃縮之論述，在所難免。

❸在跨國的身體接觸、田野調查及所引發的權力與知識關係上，我主要受惠於一些旅行理論，如克利弗德（James Clifford）的「不協調的都會觀」、普拉特（Mary Pratt）的「接觸識域」、吉爾洛伊（Paul Gilroy）的「跨社會網路」等；另外，我也頗同意科學史家拉圖爾（Bruno Latour）的說法，認為旅行科學家在異地的樹叢中透過望遠鏡將迎向朝陽的鳥蹤收入眼底，勢必將此一資訊（in-formation）帶回家形成跨越與轉變（trans-formation），也就是說：「科學家及其觀察對象的距離是學術工具、社群、贊助機構、公共形象與科學概念轉變過程之中多元交織的重要因素。在這一面向上，不僅觀察者與對象之距離形成彼此建構的關係〔一如喬納森・克萊里（Jonathan Crary）、皮耶・布迪歐（Pierre Bourdieu）等人所說〕，而且跨文化、社會、國界的旅行與研究也涉及途徑、性別、特權、資本、資訊提供管道等背後的機制條件及其變數。」

【參考書目】

Bourdieu, Pierre. *The Logic of Practice.* Trans. Richard Nice. Stanford: Stanford UP, 1990.

Choi, Chungmoo. "The Discourse of Decolonization and Popular Memory: South Korea." *Positions* 1.1 （1993）: 77-102.

Clifford, James. *Routes: Travel and Translation in the Late Twentieth Century.* Cambridge: Harvard UP, 1997.

Crary, Jonathan. *Techniques of the Observer.* Cambridge: MIT P, 1990.

Cumings, Bruce. "The Legacy of Japanese Colonialism in Korea." *The Japanese Colonial Empire, 1895-1945.* Ed. Ramon H. Myers and Mark R. Peattie. Princeton: Princeton UP, 1984. 478-96.

Fogel, Joshua A. *The Literature of Travel in the Japanese Rediscovery of China, 1862-1945.* Stanford: Stanford UP, 1996.

Gilroy, Paul. *The Black Atlantic.* Cambridge: Harvard UP, 1993.

Greenblatt, Stephen. *Marvelous Possessions.* Chicago: U of Chicago P, 1991.

Kristeva, Julia. *Strangers to Ourselves.* Trans. Leon S. Loudiez. New York: Columbia UP, 1991.

Latour, Bruno. "A Well-Articulated Primatology." Lecture given at National Tsinghua U, Taiwan, April 17, 2000.

Nandy, Ashis. *The Intimate Enemy.* Delhi: Oxford UP, 1983.

Pratt, Mary. *Imperial Eyes: Travel and Transculturation.* New York: Routledge, 1992.

Said, Edward W. *Reflections on Exile and Other Essays.* Cambridge: Harvard UP, 2000.

Shih, Shu-mei. *The Lure of the Modern.* Berkeley: U of California P, 2001.

朱天心。《古都》。臺北：麥田，1997。

朱天心。《漫遊者》。臺北：聯合文學，2000。

吳濁流。《南京雜感》。臺北：遠行，1977。

廖炳惠。《另類現代情》。臺北：允晨，2001。

臺灣文學中的漂泊意識

二〇〇一年十月十一日的一大早，一通越洋電話把我吵醒，是某知名報社的記者，為了今年甫揭曉的諾貝爾文學獎得主奈波爾（V. S. Naipaul, 1932-）竟神通廣大找上門來，連我在紐約哥倫比亞大學客隱也躲不過。昏沉之中，胡亂說了一些奈波爾在後殖民英文文學的地位及相關問題，記者先生才放我回去補睡。

清醒後，上新聞網站，才知道瑞典皇家學院是看中奈波爾有關印度、非洲、伊朗的遊記及其漂泊見聞，並非完全針對其後殖民身分。一方面固然覺得有點意外，另一方面則感到幾分貼心，理由是我這幾年來一直是教旅行文學，這學期在哥大，也是教有關漂泊的課題：亞洲離散經驗與視覺文化研究（Asian Diaspora and Visual Culture）。學生來自不同背景、族裔、學門，我們由小教室換成較大空間的地方，才能容納得下，足見此一課題大受重視。

奈波爾的作品大致是描寫記憶、地方、認同的問題，尤其是離散，流落異地的感覺及其重新詮釋，調適問題。此一議題目前是全球化愈來愈緊密的過程裡最為嚴重的。在本世紀才進入第一年，世人已有一億三千萬旅居在祖國界外，同時每年則有二到三百萬人以上移民不斷流動。以臺灣為例，我們即可看到這種移民景觀，從早期的原住民，閩南人移入，到後來的國民黨轉進，乃至名列前茅的美國留學生，及為數可觀的旅遊者，以錯綜的網絡，構成繁複的族群離散圖像，塑造了難分難解的認同結構：有的人以中國為故鄉，有些則以日本或南洋為其認同目標，而大部分人則不願變動目前的混沌身分。

臺灣的文化與族群認同問題，在晚近不少作品裡，已經有很深入的討論與再現，尤其在電影及視覺文化上，例如：侯孝賢、楊德昌，乃至最近蔡明亮於紐約上映的悼往影片，均能引起國際注目。然而，在文學、文化的領域中，認同問題卻是棘手得很，往往碰到血統、主體、位勢的困局。我們不妨從其他世界文學去找出路，或借鏡如奈波爾的定位問題及其歷史演變，甚至於以更具比較文化及社會的觀點去思考。

奈波爾的第一個成名作，是他於一九六一年推出的小說《畢士瓦思先生的房子》（*A House for Mr. Biswas*），內容以家鄉千里達為背景，故事是拿他的父規當題材。接下去的作品，則就第三世界的民族主義及殖民主義問題去發展，特別針對非洲、印度獨立之後的腐敗、混亂大書特書，因而引起很多文化民族主義者的不滿，紛紛批評奈氏為白人及其帝國之幫凶，乃伊斯蘭之門外漢。不過，現在，大家總算明白過來：作家是以兩皆不是的形式，一方面，描寫帝國所造成的創傷與疏離；另一方面，則對被殖民者心靈深處的落空及其遭到雙重放逐，既無法回到未被殖民前的淳樸，又不能完全擺脫殖民的知識體制，建立自己的語言與歷史，不受他者的影響或污染，這種兩難局面加以鋪陳。

準此，與其說奈波爾是後殖民小說家，不如稱之為離散作家，也就是說，他描寫故國不復可得但又不失其為回憶中心的困境。事實上這種心情在許多客居海外的移民、難民身上，均可看出其端倪。而臺灣文學中的漂泊經驗、更是不勝枚舉，從早期來臺的晚明文人，到日治時期的反皇民作家，到最近的小說家如黃錦樹、駱以軍……都可以稱得上漂散文學的代表。在這相關的領域裡，猶太人與黑人的流離及其跨國網絡均值得注意，重要的著作在這幾年內出版了上百冊，可惜國內學者多不大注意。也許奈波爾的旋風會引導大家朝著這個方向思考。

記憶寫作

從個人傳記到家族歷史，以至於懷舊餐廳、公共藝術、國家儀式，甚至是跨國的文化活動，全世界現在最流行的表達文化無疑是記憶寫作。在理論的層次上，從里柯（Paul Ricoeur）最近出版的有關記憶的書籍，努斯鮑姆（Martha Nussbaum）有關情感記憶的著作，或者是已過世的德希達（Jacques Derrida）晚年懷念失友的文章，對個人死亡、禮物等論述，都可以看得出來記憶在當前的文化裡，是一個極端重要的課題。當然，在遠古的東西方社會裡，早就有所謂的記憶書寫，在當時的重要作品裡，也已經表現出來記憶在人類文化和社會儀式裡，是一種相當重要的歷史活動。只要有人，就一定會產生歷史的記憶，或者是社群的記憶，動物往往透過排泄物和氣味來表示自己記憶的痕跡，人類則透過書寫。在早期的文明裡，記憶往往與空間的順序有關，在不同的階段裡，順序變成是一種象徵的次第，透過書本、版面、印刷體的方式，將記憶納入到一個可以指認、永遠不會錯過的領域當中。這也就是葉茨（Francis Yates）《記憶的藝術》（*The Art of Memory*）這本書裡非常重要的貢獻。

隨著全球化的興起和人類文明的迅速失憶，最近出版的重要著作紛紛描述逐漸失去記憶的現象。從普拉斯（Sylvia Plath, 1932-1963）到詹姆斯（William James, 1842-1910），甚至是患有失憶或官能症的政治人物和科學家的傳記，如《美麗境界》（*The Beautiful Mind*），透過納許（John Nash）這位數學家的記憶，來重新凸顯整個社會和科技知識在發展過程裡所產生的問題。除了這些情況，我們也可以看到有許多的公共儀式，用來記憶奧斯威辛集中營（Auschwitz）裡過世的猶太人，或者是文化大革命中遭受迫害的受難者。從史蒂芬・史匹柏（Steven Spielberg）的《辛德勒的名單》（*Schindler's List*），到二〇〇三年王友琴所推出的《文革受難者》，討論納粹政府對猶太人的大屠殺，或是毛澤東在文化大革命期間，發動紅衛兵專治黑五類的這些血腥歷史。在幾十年之後，記憶變成是公開的儀式，許多個人的傳記逐漸出土。從王安憶到哈金，從白先勇到黃錦樹，以至於駱以軍的《月球姓氏》、朱天心的《想我眷村的兄弟們》和齊邦媛、王德威的《最後的黃埔》，或白先勇對終生伴侶及植樹之追念等，記憶變成是人們目前最偏執的課題。這應該與時空急速變化、壓縮，人們的記憶逐漸縮短，而且在公共疾病的領域裡，開始討論到老人痴呆症、失憶症等文明病的種種現象息息相關。

一、現代與記憶

隨著印刷術的發展，口述和記憶所需要的物質條件被書頁所代替，人類的記憶逐漸縮短其效應。在時間的概念產生之後，人類透過日期和時鐘的運轉來代表抽象的時間，把以前四季、天候那種比較立體、多面向的記憶，以及身體感官、觸覺、嗅覺等直接接觸的經驗，逐漸濃縮，變成是單面向的記憶。在這樣的狀況下，我們可以對照古希臘和現代記憶的差別。在希臘一場重要的晚宴裡，舉辦宴會的豪宅突然崩塌，與會人士除了一人以外全數罹難，在家屬趕到之後，就由這位倖存者來指認所有的與會人士，以及他記憶中罹難者的方位和面貌，以此來將二十幾個人的姓名重新建構出來。在古時候，記憶與可以指認的方位、能夠永遠保留的場所相關，也就是所謂的版面和方位的記憶。隨著現代化的發展，不斷求新求變的科技，許多本來可以維持下來的場景逐漸被抹除，因此，身體無意識所發展出來的記憶和外面逐漸變動的場景，產生一種無法對應的關係。在這種情況之下，記憶受到威脅，但是通常又隨機而無意識的發展。

在文學表達裡，最明顯的就是意識流（stream of consciousness）。在普魯斯特的《追憶似水年華》一書中，普魯斯特描述兒童時期所閱讀的書籍，甚至所食用的蛋糕，種種的細節都透過追憶的方式呈顯。記憶變成是一個非常值得惋惜、正在消逝的寶藏。現代化的發展和跨國的資本，使許多兒童成長的過程裡所記憶的場景加速消逝。如卞雅明在一九三〇年代描繪兒時記憶中的柏林，當初所看到的商場、車站和動物園等景觀，正急速地改變。到了後現代，這種場景移替的現象加劇，荷蘭的建築師庫哈斯（Rem Koolhaas）就曾說深圳這個城市，不到七年，建築物就都被重新建造。在這種情況之下，急遽的變化速度使人們的記憶產生一種「對現代的懷舊」（nostalgia for the present），每一年或每五年，我們的記憶就變成一個單位，來重構現代迅速成為過去的時刻，以及這種迅速消失的危機感，用這樣的方式來回味剛剛才流行過的時尚、音樂和影像。後現代的懷舊變成急需保存的記憶，有點像是跨國資本主義下的熊貓一樣。

二、創傷與記憶

納粹的種族屠殺、文化大革命的暴力事件、臺灣白色恐怖以前的二二八事件，這些重大的歷史事件在受難者及其家屬的心靈上，造成無法抹滅的創傷，往往要經過二、三十年的光陰，才能把當初無法再現的記憶重新整理。因此，八〇年代時，在公共景觀裡，逐漸透過紀念碑、口述歷史和紀錄片這些表達方式，來對創傷做重新的醫療和整治。在越戰紀念碑、無名塚，或是各地的博物館裡，我們都可以看到這種集體記憶的呈現。特別是在七〇年代之後，記憶隨著庶民歷史（subaltern studies）、集體記憶（collective memory）的研究，尤其是在新年鑑學派第二代和第三代的發展底下，私領域的歷史記憶變成是一個非常重要的範疇。特別是透過日常生活裡有關私生活的場景、貨物和物件的記憶，經過收藏、日記和個人發展出來的聯想，呈顯出非常有趣的再建構活動。

在這麼多的創傷經驗裡，有許多是關於飄洋過海的記憶。在第二次大戰之後，流亡到世界各地，尤其是北美的德國人、俄國人或華僑，在失土（displacement）的過程裡，對祖國無法回歸、重建，家園已不復存在產生失落感，對當地的社會產生不適應的疏離感，在這兩邊都無法真正安頓的狀況之下，對以前的社會產生一種記憶。在家族的流亡史裡，這種文本變成是目前最重要的寫作文體。如駱以軍透過父親流亡到臺灣的家族史，建構出從家庭到社會乃至國家的記憶。白先勇則重新建構他的父親白崇禧將軍的歷史，透過這種家族史來重新釐清中華民國歷史的變遷。而在亞美文學裡面，如車學敬（Theresa Cha）的《聽寫》（*Dictee*），譚恩美（Amy Tan）的《喜福會》（*Joy Luck Club*），以及重要的紀錄片如蕭菊貞的《銀簪子》、林盟山的《秋茶》、鄭明河（Trinh Minh-ha）的《姓越名南》（*Surname Viet Given Name Nam*）、裴東尼（Tony Bui）的《戀戀三季》（*Three Seasons*）等。這種離散漂泊的家族歷史，成為是全世界跨國流亡之後，重構的家園想像（imaginary homeland），如魯西迪（Salman Rushdie）所說，這是一種破碎的玻璃，重新加以撿拾、彙整之後所產生的失落和驚喜。

最近文化大革命的電影，從正面的呈現到真正切入受難者創傷的影片，如王友琴透過訪問文革受難者和倖存者當初所經歷過的痛苦，來檢視中國政權、知識分子的冷漠和對集權主義的懦弱，展現出記憶對整個文化、社會的重新理解。臺灣的電影則透過侯孝賢的《風櫃來的人》，楊德昌的《牯嶺街少年殺人事件》，吳念真的《太平天國》等作品，呈顯出早期的眷村文化、客家社群，乃至於民族歷史的遷徙。最近更以紀錄片的方式（吳乙峰《生命》），表達九二一地震那群即將被遺忘的受難人們，如何整建災區、撫平創傷的心路歷程。在社會逐漸被選舉、族群和公共福利異化、遺忘的過程裡，這些記憶變成是非常重要的題材，這種記憶寫作有其文化和社會活絡的力道。不過，最具感染力的，大概是旅遊及聲色記憶了，如一些唱片公司所推出的老唱片重新數位化，DG（德國留聲機公司）的「兒時聽過的古典音樂」（*The Originals*）及百年紀念之套裝CD都在唱片業不大景氣的時代創出可觀的佳績，畢竟大家都依稀記得在一九六八年，因為霍洛維茲（Vladimir Horowitz）重回紐約卡內基音樂廳而於冰天雪地中大排長龍的上千聽眾，在饑寒交加之時，霍氏的夫人特地去幫每個人買一杯熱咖啡的盛況。這些記憶（卡拉絲（Maria Callas, 1923-1977）的最後演出、福特萬格勒（Furtwangler）過世之前幾個月所指揮的貝多芬（Ludwig van Beethoven）《第九交響曲》、加利德巴契與慕尼黑交響樂團合作的黃金時期、五〇年代在萊納（Fritz Reiner）指揮棒下的芝加哥交響樂團等）都讓CD收藏變成回味無窮的聆賞體驗，再加上個人遊記、網頁上的照片，私下的聲色記憶成為網友「吃好相報」的公共財，一如「阿嬤」的料理，古時候的味道（客家的「老頭擺」菜色）、重返故鄉、徘徊舊居、訪談宿老、收藏骨董……與記憶書寫可說是人類最熟悉的活動，一如賈西亞・馬奎斯（Gabriel Garcia Marquez）所說「活著是為了講往事」，而這些「故」事則不斷對現在展示其魔幻魅力。

十月的諾貝爾

十月充滿各種國家慶典節日，不過，對文學及媒體工作者而言，十月初的諾貝爾文學獎名單公布前後的驚奇、震撼，則是一年一度的燈謎與電擊遊戲，每次總可看到不少權威人士猜測又落空，或因國家文學重鎮沒掛上桂冠而興起民族主義的情緒，顯出愛恨交加的惱怒、不解與惆悵。

臺灣文壇經歷過這多年的諾貝爾熱，可說已經逐漸裝出滿不在乎，似乎不把它放在心頭，但是在潛意識裡其實仍覺得若可有「遲來的正義」，雖晚到卻可大肆慶祝。因此，相關的報導是不像昔日那麼大幅風光了；不過，大家仍一直期待，就像明知樂透大獎總是落在別家，卻割捨不了僥倖的好奇，依舊要看一下號碼，煞有介事地比對，研究其明暗牌之無理數。

二〇〇四年的七月，瑞典皇家學院馬悅然（NGD Malmqvist）院士來臺參加臺灣小說與翻譯的國際研討會議，他是諾貝爾文學獎評審委員之一，而且眾所皆知他在華人文學之代言地位上佔重要一席，因此又有人要請教他：「臺灣文學如此出色，何時可以得諾貝爾？要如何努力？」馬教授的回答則千篇一律：「不是國家得獎而是個人獲獎，文學的品質是我們唯一的考量，從不顧及政治、國籍、族群、地區等因素。請大家注意：不是冰島、南非、德國得獎，而是作家自己得獎，例如二〇〇〇年是高行健，並非中國得獎。」

話雖如此，大家卻仍有不少疑惑，例如：為什麼柏格森（Henri Bergson）（1927）、羅素（Russel Bertrand）（1950）明明是哲學家也可以得諾貝爾文學獎；至於政治家邱吉爾（Sir Winston Churchill）（1953）則更加奇怪了。如果以文學品質而言，那就見仁見智了，愛爾蘭的喬伊斯無法得獎，而德文語系中沒有作家像卡夫卡或中文世界裡如沈從文這麼影響深遠，就「事業才學及國際視野」（這是諾貝爾委員會立下的兩大通則）而言，許多得獎者也瞠乎其後，他們在有生之年卻失之交臂。

如果以音樂形式去理解，諾貝爾文學獎的節拍就像貝多芬交響曲的單、偶數，有一年是較正統宏偉的世界文學，下一年則趨於弱勢、溫和的邊陲作品。以近幾年而言，如二〇〇三年是南非移居澳洲的庫吉爾（J. M. Coetzee）（臺灣通譯做柯慈），之前一年則是千里達的奈波爾，以此類推，似乎有一種長短調的對位法。如二〇〇〇年是高行健，而之前則是德國大作家葛拉士門（Irvin Glassman），二〇〇四年入圍的不少是歐美的大作家，但是加、法、英、比、日、美的幾位老作家已多年被提名，在審查委員會中據聞不斷引發票數不能平均的問題，反而是新興、弱勢的作家較易出線。以加拿大為例，愛特伍德（Margaret Atwood）可能比另一位斯里蘭卡裔的加籍作家翁達傑（Michael Ondaatje）的勝算未必就來得多；而非洲、拉美這十年來的得獎率過高也有一定的排擠作用，若從各種角度去看，土耳其的帕慕克

（Orhan Pamuk）最近一直被視為是伊斯蘭與西方世界的對話橋樑，得獎聲望也不小；不過，如翁達傑、魯西迪或昆德拉（Milan Kundera）的作品在電影（如前者的《英倫情人（*The English Patient*）》），或市場（尤其是公共文化）上的得利或引發宗教爭議，則造成另一種形式的負面效應，反而讓委員會不願錦上添花或觸怒世人。但各種變數卻讓多方的內幕揣測一再落空，總是要等名單揭曉才知道新行情。

諾貝爾委員會所標舉的是「專業才學」（professional competence）與國際視野（international range），表面上這兩個標準是最重要的準則，但是如何加以詮釋則是因人而異。在臺灣，我們的文壇往往在媒體與政治文化之互動領域中，衍生出特殊的生態，大家若要關切諾貝爾文學獎的得失，不妨先朝這兩個目標去思考，第一是我們的作家是否長年來不斷耕耘，有數十部以上的作品，而且努力求變，不是隨族群政治或現實商業機制而起舞；第二則是對世界文學及弱裔論述的觀照，我們對亞洲文學、中東、非洲、印度、南亞，乃至西藏、蒙古、俄國的當代文學又做了多少翻譯，在文學評論及閱讀社群中，有多大的比例是關於給歐美、中國、日本之外的文學想像？

最近，BBC報導一位印度的女傭在她打工的主人（一位文學教授）的協助下，成為大作家，這種故事可能發生在我們的社會裡嗎？臺灣的中產階級有不少人雇用菲傭，會把書借給他們看，或讓他們關心臺灣文學與文化，以便他們將這些跨文化理論寫入自己的作品中嗎？如果我們一直是「追星」而不是平時就像貝多芬一樣，以對話的方式去容納各種大小及強弱之旋律，或在不同場域中去聆聽他者的心聲，那麼即使我們花了大筆錢去推介臺灣文學外譯或諾貝爾文學獎作家選輯，對本地的文學與生命處境大概未必有可觀的改善。因此，問題不在「今年是誰得獎，臺灣何時有機會？」而是：我們何時才達到那種水準，不需依賴「專家」的急就章來解說，也能說：「我真的讀過這位作家的一些書，而且有點心得」。

文學世代與市場

之前《長恨歌》與《上海寶貝》的作者，不約而同，一起在哥倫比亞大學出現，暢談她們的創作心路歷程。同一個時間，王童的電影，則在紐約的臺北藝廊上映，也吸引了不少人潮。這兩個活動的文宣及其實質內容，似乎都刻意要顯示：海峽兩岸，文學與視覺文化工作者，於世代的連續與斷裂此一議題上，均呈現一種特別的張力。上海寶貝自稱：她是與王安憶屬於完全不一樣的新生代，未經歷過文革，也沒有受到傳統都會文化的洗禮，既不會被舊作糾纏，也不至於不敢再創造驚風駭俗的新浪潮。而反觀臺灣的電影簡介，則強調特殊的連繫與傳承，如提及侯孝賢、吳念真、蔡明亮等人曾參與編劇、策劃的往事情誼。尤其在題材上，王童的電影總是不斷描述兩岸之間的微妙人際互動，及島國的歷史糾葛。也就是說，這些電影不僅觸及中臺的歷史場景，更道出了臺灣電影工作者彼此的相互提攜網絡。

在這節骨眼上，又讀到楊德昌登在《新左評論》（二〇〇一年十月號）上的訪談，題目為〈臺灣故事〉。文章一開始，楊德昌便以懷舊的方式，提起他的世代可以接觸到較多元而又國際化的電影，他認為：七〇年代以後，隨著臺灣離開聯合國，早期所擁有的世界觀及其體制，也一起消失了。因此，他說：「下一代就沒像我們幸運。」他甚至明白表示：「七、八〇年代，在好幾方面，都比九〇年代來得好。因為在極權時代，人可以有目標感，會暗中朝向其目的努力。但是現在，一切都講自由、平等，反而無法真正參與其中。」

世代問題，其實不只影響藝術家的認同，而且也在某一程度上，決定其題材及創作動機，乃至讀者對她的反應。以王安憶來說，她認為自己不斷寫作，並無世代衝突可言，但是，長期以來，她住在上海則產生跨年代的記憶。在面對自許為新生代、且無可不為的上海寶貝，她是正經、嚴肅的文學中堅代表。在場的學院聽眾，也大多站在她這邊，對上海寶貝提出很不客氣的問題，如：她是否以後會被國際市場所左右？甚至於，她在出國多次後，對外國男士的看法有沒有改變？弄得場面有些火爆。但是，很明顯的，這些酸辣問題背後，是對中國大陸目前方興未艾的新世代，及其無法抵擋的市場取向，感到不安與莫名的焦慮。

對臺灣的讀者而言，《上海寶貝》並未能引起任何較大的震撼，部分的原因是：我們的社會早已目睹新生代；而且，從楊德昌的談話中，更可依稀感覺到，他對新世代的貧血，有些微的遺憾。不過，正當我們的新生代作家，開始老氣橫秋地，寫起家族、族群回憶錄，讓文化領域瀰漫了念舊氣息的時候，我們的世代張力，反而被族類內部的同情了解，或對外在潛藏勢力的恐懼所掩蓋、化解，而逐漸缺乏動力或對國際市場的興趣。這種發展，與現階段中國的文藝場景顯然是有些差別。

有意思的是：楊德昌在他的訪談裡，提及如何運用國際市場，與其贊助管道，去平衡國內的落差。《一一》就是最近的例子之一，國際評價讓他得以擺脫國內市場的壟斷，繼續維持其創作水準，甚至於可以藉此掌握影片的發行權，及其展示方式。當然，如果一位作家太在乎市場反應，尤其國際小説股市的行情，那麼他的處境勢必要被視為搖錢樹，在面對跨國書商、經紀人，拿到支票時，總是難免要覺得是受剝削，或被利用。一如上海寶貝所説，她在碰到這看來似乎極為風光的場面，每每要回旅館大哭一場。然而，國際會對《上海寶貝》這種小説感興趣，可能擺脱不了歐美世界所持的窺視慾望與市場邏輯，他們大致是想對中西性行為與身體觀的急遽變化，乃至這種變化所帶來的商機，進行理解吧。

但是，值得注意的是：我們新生代作品較少邁進國際市場這則事實。從哥大迄今推出的英譯，主要是老或中青輩的幾部代表作。乃至奚密與馬悦然所選的臺灣詩集，都呈現出臺灣在國際文壇上已經可以看到某種世代承接與市場普及的危機。

鄰居與族群政治

回顧去看二〇〇一年，三百六十五天裡，實在不能算是有很多平靜的日子。從國內政治惡鬥、環球股市暴跌，到紐約九一一悲劇，及近來以巴彼此的仇恨報復，造成無以數計的無辜家破人亡，遠非一個亂字可以形容，不禁令人為新世紀的前景感到憂心。

邁入新的年度，我們可能面臨：以色列與巴勒斯坦更加緊張、而印度會對巴基斯坦宣戰的局面，至於國內聯合政府是否可以順利產生？則尚待觀察。總之，問題似乎出在：鄰居何以無法互信，而要動輒刀槍相見，彷彿勢不兩立，一定非弄得兩敗俱傷，否則絕不罷休。

之前，我到哈佛大學、紐約大學演講，都有人提出臺灣能否與大陸共存共榮的問題。其實，那與我談的臺灣廣告美學、後殖民論述，並不直接相關。但是，可見不少海外學者，很關心臺灣與其強鄰的未來變數，即使是文學討論，也得觸及政治場域的課題。

不過，從駱以軍、朱天心、舞鶴、黃錦樹等人的近作，我們確實可以看到有關鄰居或更廣泛的族群政治議題，甚至以夫妻如此親密的夥伴，去鋪陳無法預期的潛在緊張和焦慮。在某些程度上，這種鄰居與族群問題，是和本土政治的發展息息相關。但也與大陸緊鄰，隨時採取行動的陷絕處境（entrapment）密不可分。一方面，是語言、文化資源重新分配，及選舉政治造成不安；另一方面，則是大家害怕得罪不起中國這個強鄰。

當然，臺灣與中國的關係，遠不像以色列和巴勒斯坦那麼緊密糾纏，同時也沒難分難解的彼此惡鬥與暴力相向。如前一陣子，以色列大動干戈，一天之中，導致六位巴勒斯坦兒童喪生，而在這悲劇之前，巴國的激戰分子，是以自殺的恐怖手段，殘害無辜。雙方的報復行動，均令人髮指。但是，歷史的宿怨與業障卻無法得到任何定論。巴勒斯坦的重要詩人達維希（Mahmoud Darwich）最近在巴黎朗誦他的作品，他談到日常生活裡隨時得挨子彈，或隨身帶武器的慘劇。他唸一首詩，其中兩句道出所有人的心聲：「我要一顆好心意，不是將子彈推進膛。」有趣的是，以色列的官方讀法，卻誤以為這首詩企圖驅逐猶太人，爭取獨立。事實上，達維希在自己主編的雜誌上，不斷介紹以色列文學，希望透過文化了解，消弭彼此的敵意，但是似乎大不容易。

為什麼鄰居與族群政治如此難纏？美國在九一一之後，要全民團結，但同時又叫大家注意左鄰右舍是否有任何詭異舉動，以便預防恐怖分子再度行動。如此氣氛之下，阿裔美國人不斷成為遭騷擾的對象，連亞裔的人家，也紛紛高懸美國國旗，避免池魚之殃。

族群政治似乎與鄰居脫不了關係。波斯尼亞、盧安達、北愛爾蘭、印度、印尼等地的族群衝突，大致是針對長期以來共處的鄰居。人類與政治學家發現：一旦人對鄰居產生信心危機時，往往會採用十分激烈的暴行，去加以報復，而且程度遠超過對陌生的外人。尤其在目前愈來愈全球化的世界裡，人盡可與各地的網友交流，形成網際社群，反而和鄰居有所隔閡。因此，常會對周遭的鄰居產生誤解，乃至非理性的敵意。特別是一個社會中（如臺灣），逐漸增加舶來文化、外籍勞工、流動人口的變數時，更加劇這種不適與不諒解感，以致於會產生過度激烈的情緒，想不開地企圖以大規模的毀滅，去消弭一切紛爭。

國內作家多位致力於鄰居與族群政治的景觀，但對海峽對岸的鄰居及全球的族群議題，似乎不妨以跨文化社會的角度去關切留意。

文學與族群政治

隨著全球化族群人口大規模的移動、遷徙、流亡、旅行或離散，目前已有相當高的人口比例是離開祖先的故鄉，到異地重新建立家園。這些人不斷透過敍事想像、影藝表達等方式，對所謂的「祖國」形成文化記憶、發明傳統、認同論述。影響所及，世人一方面固然對周遭多元環境的「都會文化」及其世界觀有所體會，另一方面則往往形成內聚而且備感威脅的族群意識，以致對含混交織、逐漸衍生的新興異文化，產生錯綜的種族主義及族群焦慮。這種狀況在各種弱裔族群的文化權、政治正確觀下相互角力，形成各地的多元文化觀及日愈嚴重的族群主義（**ethnonationalism**），而在暴力自主體制之牽引下，族群關係儼然已是二十一世紀最為棘手的問題。我們從巴爾幹半島、耶路撒冷晚近的發展，即可想見其情景有多麼難纏。

作為社會現實文字見證，構成想像世界，在讀者身上產生效應歷史，進而改變既有秩序，文學作品自然是與族群問題密切相關。幾乎所有的史詩都是以討伐蠻族或強鄰為其背景，《吉爾葛梅希》（*Gilgamesh*）中森林的巨人洪巴巴（**Humbaba**），《伊里亞德》的特洛伊人，中國古代的黃帝大戰蚩尤，不管從長相（青面獠牙）、服飾（披髮左衽）、廚藝（生食同類）、膚色（黑暗無光）、心態（掠奪成性）到生活方式（弱肉強食）等面向，這些敘事體都把異族形塑成與文明違隔且危害人類的敵對他方（the Others），藉此合法化、強化本身生之慾望、權力、利益。

不過，在醜化其他族群的同時，這些作品其實也對異族充滿了驚奇、感佩或愛恨交加的情緒：洪巴巴對吉爾葛梅希說：「我一生有父母」；阿基里斯（Achilles）對「可敬」敵手赫克特（Hector）的屍首施暴，不僅造成天怒人怨，也讓希臘讀者見識到自己文化的陰暗與傲慢；希伯來人的英雄參孫（Samson）覺得腓尼斯汀（Philistine）的女子狄賴拉（Delilah）美豔動人無以拒抗；即使在殖民文學作品之中，我們也讀到佛斯特在《印度之旅》之中對「糞土迸出的奇葩」所感到的震撼，以及在氣味、聲音雜陳的異地上，身體激發出某種特別的感悟與知覺，儼然將殖民者的權力、知識體系頓時解構。

這兩種面向（敵視與驚異）大致是文學的主題，不過，任何作品側重這兩種面向之一端，以致忽略了其彼此重疊引生、交織含混的成分，可能僅是表面上的文本策略，造成敘事者的族群中心觀及其盲點，因此亟待我們進一步去解讀，省察其問題所在。

一個最簡化的看法是將當前臺灣的一些文學作品歸納為眷村念舊或鄉土寫實、原住民與漢人書寫、同性戀或異性戀、後現代或後殖民、臺文（本土）或反臺文（反本土）書寫類別。這種分法及其論述方式其實只強化了當事人本身早已（或總已）設定好的族群政治觀，與文學作品中的主體展現與其「溝通律動」，同時也沒注意到日常生活文化中族群文化不斷變化、生成的層面。在文學批評的領域裡，如《中外文學》持續了兩年之久的「中國」文化與「臺獨」意識之爭，由廖朝陽與廖咸浩分別化兩種立場；之後不久，陳映真在《聯合文學》上猛批陳芳明。這兩場「二廖」、「二陳」之戰，連同《臺灣文藝》、《聯合文學》的中國、臺灣的經典選拔，只是幾個力場角逐的指涉座標，在媒體及大眾文化的範圍裡，可說更是充斥了簡化的族群政治觀引發的爭議，由於這些議題很容易轉為人身或政治攻擊，我們可能還是回到文學作品的「原初」場景，比較能獲致靈感啟發。也就是，在泛政治化之前，先讀文學再說。

自然的樂章

最近，回紐約開翻譯工作坊的會議，順便到中央公園欣賞早春的氣象，但是由於氣候偏冷，鬱金香和迎春花等應來報到的花朵，仍然含苞待放，羞澀地散布各個角落，並沒有讓人感受到春天已經來臨的景象。餘雪過後的陰鬱，令人回想臺灣選舉過後躁鬱不安的情景，然而中央公園的清新景色，傳來耳際的各種鳥聲，突然令我想到這也許正是馬勒（Gustav Mahler）在創作第三號交響曲的狀態吧！順路到林肯中心旁的淘兒唱片行，架上的新CD中，山德（Benjamin Zander）在二〇〇四年初推出的馬勒第三號交響曲演奏和講說，三張CD正以一張CD的價錢廉售。山德的馬勒第四號交響曲解說，在古典樂社群裡，造成轟動，之後又推出馬勒第五、六、九號等樂曲的詮釋。在聽完新出版的第三號交響曲，我認為這可能是可以和山氏的第四號相提並論，甚至是更加精采的近作。

第三號交響曲是馬勒在奧地利的湖光山色之中所寫出的自然樂章。馬勒透過夏天的腳步，花、鳥、動物、夜晚、宗教、愛情等主題，凸顯白天邁向夜晚的神祕，以及仰望宇宙、沉思夢境所激發的希望。他將各式歌曲、詠嘆調、清唱劇、交響曲，以及貝多芬的弦樂四重奏等主題加以混合，稱得上是馬勒交響曲中格局最大而又最為有趣的作品。我所收藏的馬勒第三號交響曲CD，大約有三、四十種版本之多。從阿巴多（Claudia Abbado）在世界一流交響樂團伴奏下所展現出的華麗風格，到鄧許泰特（Klaus Tennstedt）溫柔而又典雅的表現，乃至於伯恩斯坦（Leonard Bernstein）在動與靜、沉靜與熱鬧之中所展現的戲劇張力。或者是辛諾波里（Giuseppe Sinopoli）用質疑與肯定、分裂與整合的精神醫學處理方式，在冷靜之中凸顯出歇斯底里的狀態；拉圖（Sir Simon Rattle）比較爵士而又當代、浪漫的表現方式。乃至於一些相當有價值的版本，如馬勒在紐約交響樂團、希臘演奏家米特羅普洛斯（Dimitri Mitropoulos）或經典之作霍蘭斯登（Jascha Horenstein）的演出等各式演奏，我的收藏可說相當完整，各個版本都展現出不同的面貌。

在眾多的CD之中，多數人都沒有把馬勒樂曲的內涵作這樣深邃的演練和解說。在山德的三張CD裡，第一、二張是作品演奏，第三張才是討論曲目的部分，長達七十六分鐘三十秒，山德可說是非常賣力地講解。聽完後，印象最深刻的是山德使用奧地利音樂博物館裡收藏的特殊骨董，也就是馬勒當代的郵號。另外，他為了清楚了解馬勒所聽到的鳥叫聲，特地請兩位鳥類研究專家到奧地利各地研究鳥類，藉此把真正的鳥叫聲轉化到音樂演奏裡，可說是非常用心，令人感動。另外，他將兒童合唱團放在較遠處，似乎是要醞釀彷如隔世的超凡入聖效果。所以，他的演奏和一般的版本有許多不同的部分，特別是在靜和動、沉默和激盪之中，表現出深刻、神祕的面向，在緩慢中，表現出深沉的力道。

山德把第一樂章的起頭和布拉姆斯（Johannes Brahms）的第一號交響樂曲相互連結，可說是相當具有啟發性的看法。在講解的過程中，樂曲結構、主題穿插的方式和進一步的發展，都由交響樂團、人聲或指揮家自己的鋼琴演奏作為講解示範，樂曲成為令人振奮的教育課程。尤其針對馬勒的創作背景，這首曲子和布拉姆斯、貝多芬、巴哈（**Johann Sebastian Bach**）、宗教音樂、民族旋律及軍樂進行曲等的連結，以及第三樂章中採用尼采《查拉圖斯特拉如是說》（*Also Sprach Zarathustra*）的哲學詩作為內容，人與自然如何產生對話和自我反省等面向，都有非常深入的演繹。山德唱作俱佳，從馬勒完成這部作品後，他的副手、門生和仰慕者，也就是二十世紀最偉大的指揮家之一華爾特（**Bruno Walter**）來拜見他的軼事談起。華爾特看到馬勒的居家環境優美，大為讚嘆，馬勒因而斥責他說：沒有時間浪費在觀看景色，真正的自然環境都已經吸收到我的作品裡了，請你聽聽我的音樂吧！

山德以此一開場方式引導聽眾進入樂曲的神髓，藉由馬勒早期所使用的夏天、花朵、動物、人類、天使、愛等主題，來表示這首交響曲所要發展的結構。透過這幾條線索的發展，表現自然之神如何醒來，在夏天的森林之神及酒神儀式中，展現出自然的宏偉及恐怖。而後樂曲逐漸開展，描繪原野上的花朵，森林中的動物，乃至於進入夢境的人們，如何在黑夜中發現宇宙的神祕。天使如何從彼得的懺悔經驗中，與基督產生對話，得到自我認定和贖救的機會，並且產生對愛情的企冀。在整個架構底下的是《查拉圖斯特拉如是說》裡的半夜歌曲，這首曲子是查拉圖斯特拉對世界充滿懷疑之際，在夜深人靜時所提出的一些思考。他要人們注意夜晚講述的深奧內涵，尤其是由夢境中醒來時，發現全世界一片沉寂，在神祕、夜深人靜的時刻，深邃的寧靜反而產生出比心碎還要深沉而痛苦的喜悅。在這樣的狀況底下，痛苦力求解脫之道，快樂尋求深奧的永恆。

在深奧而又難解的歌詞之後，由兒童唱出天使的歌聲，與先前的深奧哲理完全不搭調。小孩子唱出肯定、天真的回應，接著是女合唱團的重唱，加深質疑與肯定之間的對位，透過對話的方式，重新引發對希望和愛情的信賴。就在來回的穿梭之中，質疑逐漸轉換為希望，自然的神祕和深邃哲理，也在逐漸擴大的主題變奏底下，不斷地凝聚。最後的樂章，馬勒以貝多芬最後一首四重奏當作主題，顯現出他在交響曲上的突破，把清唱劇、交響曲、獨唱、合唱和弦樂四重奏的整個格局，全納入自己的作品裡。這首曲子在山德的解說下，更容易深入理解，就好像聽眾在黑夜裡醒來，突然發現到某種光明、希望和力道。因此，對於臺灣選舉過後眾人的躁鬱和不安，我想傾聽馬勒的第三號交響曲以及山德的講解，更能使我們相互理解、欣賞，進而產生某種希望吧！

海天遊蹤

暑假來臨，又是到了海外遊學的旺季，國人紛紛帶著親友一同探訪海外名勝，不管是到中國的絲路之旅，到歐洲、南亞、日本、美國、加拿大等地的朝聖之旅，或是到紐西蘭《魔戒》（*The Lord of the Rings*）電影場景的亦步亦趨，都是相當熱門的行程。在國內的旅遊文學，也往往以導覽、圖片解説、多媒體網頁，乃至「呷好倒相報」的方式展開，已經成為當代文學裡，最流行且最受歡迎的次文類。

實際上，旅遊和克服空間所得到的權威與知識，遠古以來就一直普遍存在於心理和宇宙秩序之中，是一種普同而近乎必然的欲求。從早期的神話到後來的民謠和童話，都表現出能夠到異地空間旅行的人，往往能夠得到那些無法移動的人的崇敬和敬畏。因此，能夠上天入地、御風而行者，往往被列為神仙，與停頓在特定地區的凡人及其備受限制的生命經驗和知識，形成明顯的對照。人經由旅遊來克服空間距離，進而贏得某種支配能力，來建構政治、地位和宗教道德的權威。

因此，早期的旅遊地點往往是某些人類所沒有去過的地方，比如在儀式上出生入死、上天入地到達一般人無法拜訪的仙境、地獄，乃至各種位階的玄天。這種旅遊的背後和夢、神話、超自然的能力形成某種程度的關係，是最早期的旅遊。在這種克服空間的旅遊之後，旅遊者往往可以得到新的地位和權威。這種旅遊在童話故事裡明顯可見，主角通常是第三個小孩，在歷險過後重新回到故鄉，得到公主或是財富。他在旅遊歷險的過程裡，也得到成長。因此，旅遊或是離開部落外出打獵，往往與成年禮、得到認證的各種經驗有關。

文藝復興時代之後，地圖的繪製愈來愈科學化、準確化，循著地圖去探險逐漸形成新興的企業，成為文人、知識分子和貴族相當嚮往的志業，因此造就了航海圖誌、發現新大陸的旅遊文學。在鉅細靡遺的導覽手冊、地圖、擴充文化經驗和探險等種種刺激底下，形成了十七世紀盛行的所謂「廣見世面之旅」（grand tour）。臺灣目前的海外遊學和暑期的大型旅遊，基本上是在這樣一個框架底下繼續擴充。

在大宗閱讀各種地圖、導覽和旅遊記載的引發之下，旅遊經驗變得更加科學化。因此，在討論海外旅遊之時，往往必須提及旅遊的科學面向，也就是對於導覽手冊上的資訊，網際網路上的廉價機票，以及當地所提供的資源、地圖、旅館、交通等旅遊工具，能不能做最科技性的有效運用。在科技和資訊工具之外，第二個面向是同行的朋友和以前的旅遊者所留下來的導覽，創造出某種旅遊的社群，以這種大家一起去遊玩的經驗，來豐富彼此的資訊分享和情感互動。這些旅遊資訊隨著網際網路的發達和旅遊文學的流通，慢慢形成互相分享、「呷好倒相報」的資訊網和社群同好。這些旅遊社群愈來愈科技化，愈來愈有效率，提供各種資訊作為我們每一次旅遊的參考。

第三個面向是網絡，也就是到海外旅遊的當地資訊以及朋友支援所提供的種種有利的條件。第四個面向是旅遊所創造出來的公共形象，隨著旅遊的過程，探險逐漸邁向遊學和文化經驗的交流。不論是飛往維也納、巴黎等地進行歐洲文明之旅，還是深入地中海沿岸探訪中東的異國情調，或是前往南亞的峇里島回味臺灣早期原始、自然的農村風光，旅遊都在這種理念之下，形成非常重要的公共關係。在此一方式底下，旅遊交通工具的便利、資訊網絡的有效運用，同行社群經驗的分享，申請簽證到海外信用卡安全等國際網絡，乃至旅遊所引發的公共圖像、個人經驗、文化素養和訴求等種種面向之間的互動，構成了目前旅遊和海外遊學的種種多元面向。

我們可以看到愈來愈多的旅遊者，以自助的方式到海外旅行，回來之後再將這些經驗寫成旅遊文學，用出版遊記的方式救贖花費過多的旅費，並且為下一次的旅遊經費預作準備。在這種愈來愈朝向定點旅行以及經驗分享的架構底下，我們可以看到美國一位知名的旅遊作家布萊森（Bill Bryson, 1951-），在他早期的著作《別跟山過不去》（*A Walk in the Woods*）中，對維吉尼亞山區裡的古道，作非常詳盡的散文描述和分享。他對旅遊、閒暇，乃至人和自然環境的經歷，提出非常深入的哲理性分析和反省。在他最近的《所有事物之簡史》（*A Short History of Nearly Everything*）一書中，就把人在不同時間、空間裡的知識旅遊，都納入旅行的範圍，以一種新文類來顯現。他用這樣一個方式道出，旅遊不僅是一個定點遊覽或者遊學的經驗而已，旅遊與所有宇宙的神祕和知識的探索，形成非常重大的關係。這本書對於許多海外遊學的人來說也許是大而不當，但是對目前許多遊學的知識分子來講，應該具有一種啟發性吧！

全球弱裔論述中之新興文化表達與比較文學方向芻議

中華比較文學學會邀我來給大家做的簡短的keynote發言。根據《新世紀經典美語大辭典》（*American Heritage Dictionary*），「keynote」是中心、重要的演說，我倒是想以音樂的用語來倒過來看，也就是「note the key」（留心音樂的曲調），尤其在音樂中有major（大、長調）及minor（小、短調）之分，最近的比較文學是對以往的「音癡」（tone deaf）乃至「色盲」（color blind）之傳統起了相當大的反應，不再強調主要文本（major texts），而將注意力放在弱裔（minor）文學上。這固然是一大進步，但是如今我們卻再也沒有國內學者能就比較文學上的世界文學觀或其主流去分析，近十年來大家側重第三世界、新英文文學、性別、電影、文化認同及弱裔論述，幾乎不碰跨國的文類或文學交互影響及對話或翻譯研究。我並不是說這是偏差的發展，而是提醒大家，音樂中的major及minor之各種選擇及變化，不宜只挑一種調式，以致於文化表達及學術研究之空間自我受限。也就是說，我們不妨注意各地之生活節奏、語文表達及族群想像長短調或世界文學中的大小傳統及其格局的變化，不必拘泥於歐美或本地之都會、文本、國家中心的作法，多加運用這些文化表達形式，譜出更具動力的交響曲。

以下，我擬以四個面向談論晚近世界文學中大小調式的表達，希望能在一方面觸及都會文化觀（cosmopolitanism）之弱裔與主流文化互動、交織的場景，而在另一方面則針對華裔認同及其國家、公民權等議題上的衍變政治（politics of becoming）問題。

最近，我到紐約看黃哲倫所改編的《花鼓歌》（*Flower Drum Song*），很驚訝地發現到大部分的觀眾是白種中產階級，其中主流是六、七十歲的美國人，可能早期均因旅遊、經商、戰爭的經驗而到過東方。在戲院中，很少華人面孔。當然，音樂劇並不算普及的作品。然而，在這個特殊的文化場景中，作品針對華裔在華埠中文化及生活方式的重要轉折（key transition），反而大致上是美國主流階層及其權力、利益、價值結構對這部頗富顛覆、反諷之作品感到興趣。這種情況頗有令人深思的餘地：主流與弱裔的對話及其成效已不再是弱裔人士所能主導甚或在場（present），在開發新疆界時，華裔仍多堅持其固定之認同立場，對變異不感興趣。這可從另一個例子，也就是北京或旅美華人對李安之《臥虎藏龍》的批評，認為這部作品之演員的發音不純正，不足以代表中國文化，不難看出仍有「國族」、「正宗」的意識型態發揮其作用。我要舉的例子則對這種弔詭現象（主流對弱裔的關注及其商業化互動機制）或都會中心的本位主義提出反省，透過語言與倫理動媒（agency），大小傳統及其時間之糾纏（entanglements），都會及其新人類問題（new urban subjects），流離的異地位勢及其困頓等議題，展開錯綜的世界文化尋索。

本屆比較文學學會的會議以「民族主義與族裔文學」為題，可說針對目前相當適切的世界局勢，首先，我們不妨先談一下「國家」與「民族主義」的發展背景，再討論「族裔」（**ethnicity**）與「種族」（**race**），乃至「種族主義」（**racism**）的問題，以便進一步觸及新興文化表達在文學中的地位與策略。

「國家」這個辭彙據霍布斯邦（**Eric Hobsbawm**）在《自一七八〇年起的國家與國族主義》（***Nations and Nationalism Since 1780: Programme, Myth, Reality*, 1990**）一書所述，應該是相當晚近的觀念，大約在一七八〇年代才被發明。一八八二年法國的東方研究者赫南（**Ernest Renan, 1823-1892**），對法國巴黎大學的聽眾講演〈何謂國家〉時，即提及「國家」是相當晚近的發明。赫南認為，古代埃及人和中國人都存在著天子、皇帝或法老等神聖領導者或傳人，但整體國家的觀念卻不存在，中國與埃及的子民並不認為在其固定的疆界中，有著共同的記憶、同質性的時間或「生命共同體」的存在，他同時也主張，族群、固定的疆界、儀式和宗教信仰、國歌和語言等文化形式都只是充分條件，不必然就可以構成國家的誕生。國家的建立依然必須透過歷史與文化的建構，來分享共同的經驗並形成「生命共同體」，才算是一個正式的「民族國家」。這也就是安德森（**Benedict Anderson, 1936-**）在《想像社群》（***Imagined Communities: Reflections on the Origin and Spread of Nationalism*, 1991**）中所說的「想像社群」，透過共通的想像，尤其是經由某種敘述、表演與再現方式，將日常事件透過印刷資本主義以及報紙和小說的傳散，強化大家在「水平空洞的時間」中每日共同生活的意象，將彼此共通的經驗凝聚在一起，形成同質化的社群。因此，透過儀式事件、媒體形象和宏偉典章（monument）的形塑，往往可以建構同是一國人的親密連結感和同胞愛，使人民願意萬眾一心，為國家的未來而共同奮鬥。所以，「想像社群」經常透過地圖、博物館、共同的儀式、國家既有的文化傳統、人口普查、環境調查和日復一日的媒體報導，以統計數字來強調在國界之內的同質性面貌，一方面懷緬黃金時代的過去，並藉由調查與普查來掌握現況，一方面也邁向「明天會更好」的想望與未來，以形成民族國家（nation-state）感，增進同胞愛和忠貞愛國的熱忱，並進而促使「民族主義」（nationalism）的發展。但有關「民族主義」和「民族國家」的形成，尚有許多不同的理論可資解釋，例如許多東歐的「民族主義」者，他們從族群的面向切入，發現族群與國家分裂的基本原因，都是因為族群認同與詮釋的根本差異。

另一方面，葛爾納（Ernest Gellner, 1925-1995）在《民族與民族主義》（*Nations and Nationalism*, 1983）一書中則認為，藉由交通（transportation）、溝通（communication）等底層結構的硬體設施發展，以及經濟、教育和傳媒的管道，國家現代化的經驗，透過鐵路、電話和無所不在的資訊網絡，傳播到疆界內的每個地方，這才是「民族主義」之所以得以發展的因素。當然，也有不少學者從文化傳統著手，或是透過後殖民主義對帝國主義的反動，來說明在大戰前後（特別是一九四五至一九四九年）全世界成立的新興國家，都是「國家自覺運動」的結果。霍布斯邦則認為，「民族國家」的成立是歷史脈動的必然結果，在一七八〇年後，隨著法國大革命、美國獨立運動的開展，以及巴爾幹半島的問題日漸顯化，「民族國家」

的成立在近兩世紀內，成為蓬勃發展但又無法進一步條理化敍述的政治現象。不管是透過文化、想像、交通或戰爭，這些理論基本上都認為「民族主義」和「民族國家」是文化社會建構的產物，雖然面對全球化的強勢介入與跨國貿易體系的經濟威脅，但稅收、教育、族群糾紛、健保與國防等議題，依然是各「民族國家」內部都必須獨力面對的問題，在這些面向上，「全球化」並無法完全吞蝕「民族國家」的「在地性」。但是，眾多「民族主義」的論述中，的確都偏重以男性陽剛的意象，來想像國家的未來，只有在描述過去的歷史、文化和土地記憶，才會代之以女性陰柔的想像，如南地和恰特吉（Partha Chatterjee, 1947-），都將本地被殖民的傳統，和女性的身體與記憶作連結，稱國家為「母國」（motherland）。從各國對文化公民權、移民法規、國防與戰爭、國安體制的想像，以及對異文化的貶抑與敵意，也都可以看出「民族主義」的陽剛特質，其實本質上具有相當強烈的排外性，這種特質也備受「女性主義」和「後殖民主義」學者的挑戰。他們認為「民族主義」往往忽略了地方、族群、多元、性別與階級的複雜歷史積累，只單純透過同質化的教育政策，將許多差異予以泯除和壓抑。「女性主義」則認為國家計畫往往和戰爭、國防武力競賽、對國內弱勢族群的壓抑有關。在倫理的面向上，「民族主義」如何面對多元文化理論的學者如泰勒，以及黑人學者對白人「民族主義」學者（特別是羅逖（Richard Rorty, 1931-））的挑戰，都是當今「民族主義」在發展的過程中，所必須面臨和解決的課題，尤其「民族主義」的主流往往對弱裔族群加以壓抑、吸納、轉變或在形式上加以尊重，造成許多宗教、文化、經濟、生態上的衝突，從波士尼亞到東帝汶，乃至印度與中國對西藏或臺灣的公投所引發的聯想，都可看出其複雜性。

不同的族群、種族、民族以及團體，在實踐規範、文化形式和宗教信仰上，都有其獨特之處，在這樣的情境下，他們可以形成某種單一的認同，來陳述與再現他們在主流文化下被形構出的弱裔（minority）地位。「族裔」也多半用來指稱在主流文化之外，弱裔族群多半擁有相當不同的生命情調與傳統，而弱裔族群對其文化差異有所覺醒，進而以「族裔」的概念來自我展現其文化的特殊性格，並藉由「自我結社」（self-grouping）作為一種認同集結的呼籲，以重新正視文化傳承的迫切性。這種特重「族裔」性的宣稱方式，在主流文化的公共輿論與支配下，蔚為一種非常特殊的政治立場，主流文化經常將「族裔」這個觀念，視為是對特定族群的刻板印象，他們認為這個概念不僅挑戰了既有的想像，且對「文化熔爐」這個概念有所傷害。因此，「族裔」也經常與多元文化、知識權力和認同政治相提並存，在主流的利益下，「族裔」這個概念，與文化、政治、性別和階級都是無以分割的。族裔和民族主義（nationalism）、記憶（memory）以及多元文化論述，也都可以互為參照，並且存在著糾纏難分的關係。

至於「種族」則是透過生理的依據來區別不同的人種特徵，往往是藉由膚色、面孔的特徵以及遺傳基因的種種跡象，以這些近於自然的特徵來強調某些人種作為一種標籤或種類，和其他不同膚色的族群，在文化傳統與生活習慣上的差異。因此，膚色、面貌、身材等非文化的成分，往往被用來強化差異。在這個面向上，「種族」和「族群」（ethnicity）是有所不同的。「族裔」或「族群」是用來強調社會建構、文化傳統以及族群團體，在自我建構本身認同，並透過這個方式來排除非我族裔的種種行為和社會性的自我鞏固過程。也就是說，在「種族」的區分上，往往是最簡單的外在生理特徵，如分成白種人、黑人、黃種人和其他人種，或用混種的方式來區分，在「族群上」則特別強調亞裔、非裔、華裔美人（Chinese American）、非裔美人（African American）等和文化認同與自我界定，和作為一種社群有其特殊賦與的身分和文化傳承有所差別。「種族」往往在歷史的面向上，形成非常簡單卻又客觀的描述，如西方對東方人的描述，透過棕色或黃色的皮膚，黑頭髮與金髮的對照，形成褒貶抑揚的替代論述和政治修辭來進行「種族主義」，引發許多政治迫害與不理性的屠殺，如希特勒反猶太的種族屠殺，將猶太種族與社會問題加以連結。在人類學與社會哲學的範疇中，很多時候族裔和種族是重疊難分的，因為這兩者都牽涉權力關係與排斥他者鞏固自我，也和疆界、條件或文化認同引發的公民權問題，產生相當類似的問題，與相關的物質條件和社會實踐等彼此呼應與強化。

很多時候在區分社群上，「族裔」和「種族」往往很難作區別。尤其在歷史上被歧視的人種，逐漸在移民社會中，形成「族裔」的結社與社群時，如美國的非裔美國人或愛爾蘭人，往往是種族和族裔相當混淆的標籤，在這個面向上，許多「族裔」和「種族」又和國家的本源有關，往往會藉由歐洲、印地安、亞太、阿拉斯加等來區分種族的背景，作最基本但又頗有問題的本質論區別。因此，對於「族群」和「種族」的界定，往往和他人的再現方式以及自我的標籤相關，如何透過這個方式來強調本身的文化差異和文化傳統，利用這個方式來強調自我和他人的分野，或是對於社會文化規範、主流和非主流、強勢與弱勢的區分，都是在這樣的方式下形成。特別是「種族」與「性別」間的交織，又有著非常複雜的關係，「族裔」背後的社會實踐，往往以父權的方式，將主流文明強加在某些人種之上，如在華人文學中的關公，或將女性作為一個橋梁，提出女性在父權文化中的發展空間，如代父從軍的花木蘭。這往往和性別以及陽剛與陰柔的區分，作某種形式的結合。最簡單的區分就是將東方人與後宮陰柔、陰險的女性特徵放在一起，關於這方面的論述，可以參考薩伊德的〈再訪東方主義〉（"Orientalism Revisited"）一文。他指出：在種族和性別的面向上，西方人將東方人視為是肥沃的土地或性能力特別強以致於造成某種威脅，在這樣的情境下，「種族」和「性別」和「種族主義」往往難以區分。特別是透過膚色與外貌的區分將其醜化，如愛爾蘭人的鷹勾鼻，華人的黑眼睛，以及東方文學作品中，對於洋鬼子的白皮膚和藍眼睛，作妖魔化的聯想與醜化，都可以看見「種族」的分野，往往和排斥他們的政治與文化差異的行為連結在一起。

而種族主義則相信某些身體表面上的臉孔與膚色的差異，能夠具有某些根本的區別作用，並藉此以認定某些能力、品質或行為的思想和文化價值，來區分孰優秀孰落伍，誰是社會的敗類與問題製造者。乃至於用這樣的方式，將其他種族視為具有威脅，且是疾病的帶原者，利用種種的特徵，來將其思想、文化規範與傳統，作某種形式的連結，並且將這種信仰加以系統化，或透過科學研究將臉孔與某些思想、行為、文化和超乎個人身體的想像，作更進一步的歸類或刻板印象化。最明顯的是看待黑人是一種無法有智慧的種族，因為黑色皮膚代表了其內心靈魂的幽暗無知，或看到黃種人就認為黃種人是東亞病夫，乃至於將猶太人視為高利貸和視錢如命的商人，或某些社會所不願意接受的貪婪、疾病、陰謀與陰險的來源，因此在納粹的意識型態下，就對於猶太人形成「種族主義」式的偏見，也就是所謂的「反猶太主義」(**anti-Semitism**)。

他們透過達爾文進化論式「適者生存」與遺傳基因差異有別的論述，宣傳基因新科學，以優生學（**eugenics**）來作種族選擇和排斥，以種族優選論為出發，將有病和具有威脅的種族加以滅絕。在這個面向上，當今的光頭族（也就是新納粹主義）或美國的3K黨，甚至於在許多高喊族群沙文主義者的眼中，背後也都隱含對其他族群的畏懼（**xenophobia**）。在「種族主義」的背後，基本上是用基因和某些文化規範中的意識型態，不加質疑使其成為刻板印象與成見，在階級等第分明的標籤與分野上，將不同的種族作明顯的界定，利用這樣的方式來強調誰高誰低的種族優劣位階，來確定道德上的價值、文化的內涵，以及在智商和社會地位、文明重要貢獻上，作種種的類比與等同。在這樣的方式，不同的種族類型下，各式各樣的階級透過意識型態建構的特徵，作進一步的規範或社會提供社福條件的依據。利用這個方式，將種族的刻板印象在媒體與政治決策和經濟發展上，提防其他族群與種族有任何參加決策的權力。如馬來西亞，馬來人對華人與回教徒作種種設限。「種族主義」不僅是限定在對其他人的歧視上，有許多時候是透過比較正面的保護，如透過意識型態機制和社會實踐，如美國的「平權措施」（affirmative action），對於保護弱勢族群教育和就業機會，作種種的保障，這個保障雖然是正面的，但在目前多元文化的論述下，經新保守主義的批判，又成為某種形式的「種族主義」。代言人之一是美國的總統小布希，他針對密西根大學保障弱勢族群入學的名額，認為是一種「種族主義」，這可以說是主流文化對「種族主義」的某種扭曲和反諷的表現。

在種族主義大為興盛且進一步支配有關九一一之後的族群關係，逼迫各種人士紛紛向主流靠攏（如各地華埠或加州的中東裔社區中的美國國族遠比其他社區要多），內在焦慮加以外化，試圖避免不必要之威脅、壓力，而美國中東族裔則是日愈自危，不少人開始遷居加拿大，均可看出文化國際主義（cultural internationalism）面臨空前挑戰（見Palumbo-Liu）。在這個環結上，我們不妨探討一下華人文化與比較文學在世界文學的四大趨勢之下有何新展望與策略。

「世界文學」這個詞彙由侯德（Johann Herder, 1744-1803）及歌德提出，主要是在跟國家文學做對照，在他們的語言及文化哲學中，特別是在文學翻譯的理論裡面，探討從古典文學及英國文學中得到一些與德國文學作為對照，豐富國民的文化知識，透過世界文學來擴充國家文學，進而由陌生、國外的成分之中吸收養分。歌德的世界文學理念是以歐洲為中心，而且是以古典文學作為基準的比較文學觀念。我們當代的比較文學已經不再以此種狹隘的歐洲中心主義作為我們的框架；但是，無可否認的，主流框架之下的比較文學，或者是世界文學，通常還是以歐洲及其古典文學中的作品，乃至於衍發出來的文學理論作為指涉的架構，直到最近，全球化之後我們可以很明顯地看到世界文學走向，尤其在諾貝爾獎近十五年來的變化裡面，似乎看出主要有四個趨勢。

在四個趨勢之下，中國的文化與文學可能會對世界文學產生何種啟發？簡單地來說，第一個就是弱裔族群的文學的發展，在此脈絡底下，多元文化跟弱裔論述（minoritization），逐漸受到世界文學的注意，豐富了很多主流文學中對於國家文學的觀念及對國家及其疆界之間的互動，引發出來種種的多元文化的吸收、含納以及視域擴展，進而以這種方式來重新了解表達文化，在跨族群的架構之中提供各種變數，這是第一個傾向。第二個傾向是各種大小傳統、從本地到外來的、以及傳統跟現代乃至於不同的鄉村跟都市文化在各種時間及社區經驗的互動與糾纏（entanglement）。第三個傾向是所謂的新都會題材，包括一些新興景觀裡的貧富懸殊，或者是一些無家可歸的，乃至於新興的身體、性別取向，乃至於在都會之中所形成的一些人跟機器因為電腦與交通與電子媒體整個形成的新的生物科技，特別是複製人的充滿種種變數，面對於日常生活中在都會中無以預期的暴力所形成的新的經驗，此為世界文學中第三種的都會題材。第四種題材為漂泊（diaspora），或者是人離開自己的故土、家園，到另一個時空的變化，這種漂泊及離開自己的家園（displacement），乃是現在世界文學裡面非常重要的題材，也是華人在世界上表現出來他們各種經驗非常重要的素材。這四個趨向常常是在全球化（globalization）的論述裡面，或是文化論述中所謂的全球流行文化（global popular），被忽略的幾個層面，但是在現在世界文學以及電影裡面，實際上是比較重要而且是愈來愈明顯易見。底下，我們就以這四個面向去舉例演繹，並透過這些傾向來討論中國的文學與文化在這四個世界文學的傾向中，有什麼地位以及可能有什麼樣的啟發作用？

我們先來討論弱裔論述的趨向。在這幾年的世界文學，特別是諾貝爾獎整個創作得獎的人以及各種入圍表現來看，我們可以說弱裔論述是整個創作的主流。比如說，一九九三年摩里森以《寵兒》得獎，或者是之前的葛蒂瑪，乃至二〇〇一年奈波爾，這些人無不以弱裔題材，從非洲到美國加勒比海、西印度群島等地的弱裔論述，重新反省歷史文化中的問題。譬如說奈波爾從弱裔的方式來討論從伊朗、印度到西印度，這些人在經過了殖民之後的掙扎以及宗教方面腐敗的情況。而更加令人注意的是像摩里森及葛蒂瑪，在黑人逐漸興起之後，開始對白人早期對黑人的壓迫反省；如摩里森利用嬰兒以幽靈的身分返回，質詢母親當初何以不讓她存活？一個簡單的解釋是因為要逃避更嚴厲的剝削，也就是：小孩子成長之後可能又變成另一個奴隸，重蹈母親的覆轍，母親出於人道的關懷，為了避免後代經歷更加殘酷的族群暴力，在小孩子還沒有成長之前就將她割喉。此為出於人道的考量，雖在奴隸制度底下沒有其他出路，只能以此種方式來表現反奴隸、反殖民的抗爭。這種解答方式稍嫌過度簡化；摩里森主要是透過母親與幽靈以及返回到歷史創傷場景重新加深思索，用此種方式來強調人在作理智與情感抉擇之前，內心裡面的衝突與歷史的複雜面向。透過這種方式，我們對弱裔族群在某些道德跟文化兩難的局面之中所經歷過的衝突以及內心裡的矛盾及種種倫理抉擇上的困難，從困難與它的斷裂與困境（**aporia**）之中，展現出她作任何決定的後果以及她無法對後果負責之片刻有某種比較正面的動機，因為在很多非理性跟突然的狀況裡面，很多後果與倫理與政治上的含義都不是事後所能夠重新組構的。這個複雜的面向，就是弱裔族群整個在全世界展開我們所看到的面向，譬如說在南非的另一個作家，在這幾年來也常常在諾貝爾獎最後的審查名單裡面出現，就是白人作家庫吉爾，他一本相當引起爭論的作品是《屈辱》（*Disgrace*）。這個作品裡面以白人教授在南非面臨反種族隔離的狀況下，與一個女學生發生不倫關係，在作品之中雖然無顯現出來她的膚色，但是從文本的描寫中我們可以看出來、可以猜測這個女學生是個黑人。這個教授以不正當的方式與女學生發生性關係，而因為這事情後來被校方揭發之後，教授引咎辭職，在百般羞辱之中，他到了城市之外的農場跟他女兒居住。一天晚上，他的女兒被一群黑人輪暴，在反種族隔離的新政策下，道德矛盾與許多複雜的情緒使得白人教授內心充滿種種的羞恥及徬徨。這個小說引起非常多的爭議，因為黑人認為庫吉爾在描寫黑人的很多細節中，表現出某種對黑人的歧視，但是在這個作品裡面表現出來的那種種族政治難分難解的面向，其實不只在敍述這個白人的負擔或是黑人的暴力傾向，甚至於是把這兩個面向加深來思索，這樣的作品在目前的世界文學中有相當的分量。因為在後殖民的歷史裡面，弱裔族群本身就是一個非常複雜而且令人難以處理的題材。在這個面向之中，我們還可以看到一個新興的題材，就是面對國家重新考慮公民權（citizenship）以及公共領域之中的人權問題的時候，常常以所謂的多元文化（multiculturalism）的方式，來處理弱裔族群的歷史以及土地或其他問題。

很多中國的電影，如《黃土地》或是晚近我們看到的第五代或第六代的導演，對貧富懸殊及在都市之中淪為被排擠對象的鄉下人，都用弱裔的方式表現出他們在種種政治、經濟、人權以及種種景觀之中被壓迫、排擠的複雜面向。這是現在世界文學最主要的趨向之一。在中國境內對許多少數族裔的神話以及文學作品的重新整理，乃至在臺灣有所謂的原住民文學，或者是一些漢人作家，如舞鶴、張貴興、黃錦樹，這些人針對本地或者是馬來西亞等地原住民及漢人及當地主流文化之間的糾葛，放在殖民主義跟新的全球化的場景之中，顯現出生活及歷史困難片刻之倖存問題。更具可見度的一些表現，如北美的華裔、亞裔、拉丁裔、美國黑人族群、所謂的愛爾蘭後裔美國人，或者是歐洲其他國家，如波西尼亞的後裔等，這些是全球化過程之中，我們往往忽略的弱裔族群，但他們在整個世界文學中的表達是深刻而動人的。這是現在中國文學文化裡一個正在展開、亟待發展的面向。

其次，我們談到大小傳統的糾纏，在全球化的過程之中，人們不斷地吸收外來的新的符號、產品、影像、音樂、資金以及種種媒介與科技的這種產品，同時有新的需要來重新檢視本土自身的傳統，在大小傳統與新的時間，講究效率與講究多層次的壓縮式的時空意識之中，我們同時也對那種懷舊的、比較緩慢、比較前現代的時間，有某種的憧憬與懷念。就是在這樣的情況底下我們可以看出，譬如說像王安憶，她對舊上海以及這些正在新興的城市之中所形成的某種大小傳統、語言及生活方式、精神傳統與新的物質文明之間糾纏的關係；在印度，比如像最近最走紅的小說家，就是《微物之神》（*The God of Small Things*）的洛依（Arundhati Roy）；或者是美國的一些作家，像菲力普・羅斯或者是安・泰勒（Ann Tyler）；很多詩人作家，如加拿大的瑪格麗特・愛特伍，乃至伊塔羅・卡爾維諾（Italo Calvino），這些世界文學中舉足輕重的作家，都是以小時間與大時間不同的時空與社區經驗，種種的大小傳統與現代的糾葛，以及複雜的、彼此不同的生活模式、思想、語言、文化之間互相含納但又非常不相容的問題，透過問答的方式，如卡爾維諾在《看不見的城市》（*Invisible Cities*）裡面，拿可汗跟探險家馬可波羅（Marco Polo）的對話來看出不同城市跟不同時空的交叉過程中，彼此形成的落差。

這是現今世界文學裡，特別是透過第三世界託寓的方式，透過魔幻寫實主義（magic realism）或者是某種無厘頭的方式展現出的糾纏交錯，也就是巴巴在一篇文章所提出來的互相交錯（crosscutting），彼此交織但實際上並沒有在意義和邏輯上有共識或溝通的情況。在彼此互相交錯又非常緊密的時空當中，突然發生的並存、互相交會的情況底下，產生令人哭笑不得、非常滑稽的經驗。

這種在感官上、認知上、知識體系上的錯亂和驚訝，以及從這種驚訝中所產生的恐怖（terror），這就是某種形式的「雄渾」（sublime）觀念。這是世界文學中非常重要的，也是我們看到很多文學作品與電影作品裡面，比如像李安得獎的作品《臥虎藏龍》中，把遠古的、中國的、特別是明朝的俠士的作品與當代青少年文化，沒有耐性、講究個人愛情抒發的、喜歡去佔有，這種與早期含蓄的中國文明產生糾葛關係整個展現出來。或是王家衛在二〇〇一年所推出的《花樣年華》（*In the Mood of Love*），展現舊上海與香港，或者是舊中國與華人在海外中國文化的糾纏狀況；或者是花木蘭在二十世紀重新透過卡通的方式把中國的東西與黑人的文化，透過艾迪・墨菲（Eddie Murphy）來展現出中國在另外一個時空的活力。這些都是在現在電影當中非常重要的。比如最近譚恩美所講的《灶君娘娘》（*Kitchen God's Wife*, 1992），以及很多華人美籍的作家，把有關於木蘭的想像，有關祖國家庭生活的想像，搬到華埠（Chinatown）、美國，把時空作扭轉、交錯。祖國與新的家園、舊的時間與新的資本主義社會裡面的人情世故的糾纏，是現代世界文學當中極端重要，也是電影當中非常具支配性的新趨向。在這個趨向底下，有新都會題材的展現，通常是透過新的城市主題，這牽涉到新興城市之中許多男女之間的問題、種族問題、族群衝突、貧富階級問題，以及種種新興城市整個在都市景觀與生活方式上的面向。在中國文學，特別是當代中國文學裡面，比如像衛慧的《上海寶貝》中，以城市中男女、消費、資金的種種社會行為來凸顯某個文化的變化。這個乃是目前在世界文學當中，了解異文化非常重要的管道。從早期地區以及種族刻板印象的作品，慢慢地我們現在看到的是新興的城市，基本上都展現出過度奢華的面向，在後現代的景觀上綜合了種種跨國的風格，在都會中醞釀了許多跨國的文化、飲食、衣飾、生活習慣的交混文化（hybrid culture），在消費的名義底下，各國的風格及產品可以用並置的方式呈現在街道角落任人享受。

而在街頭巷尾裡，新的文化主體，特別是身體及感官享受乃至於性行為都起了相當大的變化。衛慧的《上海寶貝》或者是香港的《壹周刊》、臺灣的煽情小說，乃至於全世界各地機場所充斥的浪漫小說，甚至於同性戀或者是異性戀的色情小說，都可以說是都會空間裡，我們常常可以看得見的體裁。但除了這些之外，有相當多是在講族群和貧富懸殊的問題，讓我們從一個更加複雜、超越國家所能管轄的架構，來思考目前所有新興的國家裡面，如日本與韓國連續劇中，對於新興城市中不同年齡、階層的男女，在工作壓力下透過情慾的表達；但更深入的是一些像在美國、英國、歐洲各地的跨族裔新興作家，如出入倫敦和紐約的魯西迪的《憤怒》（*Fury*, 2001）；或者是一些作家從上海到東京到倫敦，家族歷史的遷移和他們返回上海所看到的變化，如巴勒德（J. G. Ballard, 1930-）的《太陽帝國》（*Empire of the Sun*, 1985）以及石黑一雄（Ishiguro Kazuo, 1954-）最近的作品《我輩孤雛》（*When We Were Orphans*, 2001），敘述重返上海，經過幾十年之後，早期殖民者的後代，也就是兒子帶著父母親在上海的經歷，回到對上海重新觀察英國殖民力量在早期上海都市景觀及文化社會裡的角色，重新衡量目前的上海和父母親眼中的上海之間的對照；用這個方式，來重新了解新的上海在新的環球文化經濟的新地位。利用這種方式，現在在許多世界文學裡面我們可以看得到，對於巴西、阿根廷、墨西哥乃至於加州或者是加拿大，一直到澳洲許多的新興城市中，包括中國的上海、深圳、香港，我們都可以看得出來世界文學性的表達，在某些形式有點像張愛玲在出入上海跟香港之間，透過感情生活的動盪來描述兩種城市之間的故事，也就是李歐梵教授所說的《雙城記》（*Tales of Two Cities*），在城市之間的男女變化之外，隱射城市所蘊含的殖民與新殖民，或者是後殖民，種種文化跟生活方式交織的變化。這些變化影響到我們重新來定位中心座標，也就是我們現在常常因為在複雜的新興城市中所看到的很不一樣的性行為、情感表現、嗜好、消費習慣、生活方式、意識型態的變化，在這種變化裡面我們已經很難再找到一個生活的中心，或者是文化傳統的座標，在這個錯亂裡面，又表現出非常繁複、動亂、激情的現象，新的都市題材就在這種方式裡面展現出來。

在世界文學裡面常常都是用男女的情慾表達作為一個重要的指標，來看新興城市裡情感世界、資金、資訊乃至於倫理價值的動亂之中，所產生出的種種變化。這是目前我們在世界文學當中看得到的、非常重要的第三個趨勢。

第四個趨勢就是在世界上現在非常普遍的，全世界有將近三億的人口不斷在各地流動，所創造出空前的漂泊的活動，這些人都離開了自己的故土家園，跑到另一個地方，在那個地方他們既不屬於自己的傳統家園，沒辦法回到原來的故鄉，又常常接受外地文化的衝擊，沒辦法真正認同當地或是找到安身立命的方式，在這種兩皆不是，既不能回去又不能在新地方安頓的情況下，產生心靈的漂泊，也就是漂泊離散（diaspora）。

很多文學作品裡面對於這方面的描寫，特別是日籍美國文學裡通行的詞彙「照片新娘」

（picture bride），就是透過圖片來找新娘的作為，很多時候當你在異地無法找到伴侶時，你只能從故鄉那邊透過陳舊的照片以欺騙的手法，來找故土裡可以和自己結合的年輕女子，而老夫少妻的情況下，常產生不適應和衝突。這些題材從早期華人移民，到美國被軟禁在魔鬼島，受盡屈辱和歧視、當苦力、受壓迫及隔離，只能在華埠（Chinatown）裡過著二、三流，非公民的生活；但隨著下一代的力爭上游，在教育和社會地位上的顯著提升，在逐漸發展過程中，又重新回歸反省祖國的文化認同，從這裡面去發現到落差和可能性，比如像早期有關懷鄉的作品，乃至於對於種種排華政策，從南亞一直到歐洲、乃至於到北美非常明顯的有關移民法規的不公平現象的批評與反省。在這些文學表達裡面，可以看出來漂泊的過程中，人作為一個非公民，以及另外一方面又有一些離開故國所提供新的角度，能夠利用所謂的新都會觀點，對自己的祖國文化產生批判的距離，能夠形成所謂的不和諧的都會觀（discrepant cosmopolitanism），以一種非常不均勻的批評距離，來片面地歸屬一個新家園，同一個時間又對自己的祖國產生一種嚮往跟某種的排斥。在這種情況之間產生出來非常有趣的作品，從佛斯特的《印度之旅》到最近哈金的作品，乃至於在美國一些華裔文學所看到花木蘭、關公種種傳奇的重新書寫，從湯亭亭（Maxine Hong Kingston, 1940-）的《女戰士》（*Woman Warrior*, 1989）到黃哲倫（David Henry Hwang, 1957-）的《蝴蝶君》（*M. Butterfly*, 1994）或譚恩美的《灶君娘娘》，還有很多如朱路易（Louis Chu, 1915-1970）的《喫一碗茶》（*Eat a Bowl of Tea*, 2002）等種種華裔美籍作家的作品。最近黃哲倫的《花鼓歌》，把花鼓歌跟「蘇西黃（Suzie Wang）的世界」加以重寫，尤其針對傳統的種族偏見以及華人的傳統社區（特別是華埠的意象），發展出來的舞龍舞獅跟節慶氣氛的異國情調，及其封閉性的系統加以重新解讀。

重新用另一個觀點，解釋華人在勞力跟掙扎的過程中，怎樣從傳統的音樂跟文化得到一些滋潤，用這個方式來重新了解華人在美國及世界文化裡面的地位。這些作品，我們都可以看出漂流離散重新在中華文化得到新的觀點，透過新的觀點如何形成一個新的社區文化。這個社區文化在很多社會學、哲學的討論裡面，已經讓中華文化及文學在世界文學的地位得到一席重要的論壇，像杜維明所提出從邊緣來發展出所謂的華人文化在世界的觀點，透過儒家經濟圈的方式，來討論儒家的精神傳統怎樣以和諧或互相競爭的方式，提出一種管理倫理，此倫理如何相較於西方資本主義崇尚競爭、崇尚達爾文精神，無法讓他人存在的思想提出修正。也就是透過和諧跟博愛的方式，讓佛教與儒家的思想進入西洋資本主義管理哲學，尤其是生態、倫理裡，讓大家知道人不一定要支配別人，很多時候天人合一的思想，人與自然這種和諧的關係更為重要，這種思想在佛教與儒家以及許多道家文本中相當普遍；此一思想受到全世界生態美學、生態女性主義或是倫理女性主義的重視，在目前的許多社會倫理哲學裡面是一個重要的發展。另外，在人類學以及社會學領域裡面由王愛華（Aihwa Ong）所提出華人在世界上所形成的資本帝國主義，是她所謂的ungrounded empires，不是落地在某一個國家裡面，而是一種超越國家（transnational）的資本，形成一種全世界最為可觀的關係與脈絡。這種靠關係所形成的網路（networking），讓華人的很多資金以及他們的文化生活能在世界上得到最成功的保證。因為他們可以利用和諧跟家族倫理形成一種相互提攜的關係，每一個華人能夠出入不同的國境，帶著相當多文化公民權的彈性（flexible citizenship），身上帶著不同的護照，出入不同的國境，而以弱者互相扶持的方式來提攜亞洲跟華人的生意，讓各種良好的關係，透過這種方式來運作；這跟西洋的優劣互相競爭的倫理是非常不同的。所以在華人的文化裡面，我們可以看出全球文化經濟裡面一個有趣的發展，特別是在公民權的發展上，這些人常常都是形成弱者互相扶持，所以在許多社區發展裡面，他們能夠做一些公益，又提供一些方便，特別是提供東方的食品及消費服務，但是又不跟主流文化產生一種對抗的關係，在這種方式裡面，提供了非常良好的、良性的互動。在這樣的哲學裡面，很明顯地中華文化背後的道家、佛教跟儒家的精神傳統是有他們的影響力，這也是慢慢我們可以看出來在許多社會裡這個面向的發展。

在這種面向，二〇〇〇年可說是一個非常特別的年度，因為高行健得到了諾貝爾獎，而同一年裡李安的《臥虎藏龍》得到了歐美各種電影獎的肯定，都顯現出來中華文化跟中國文學在世界文壇的地位。在漂泊的過程之中，許多家族的流浪故事現在已經變成是世界文學中非常重要的文獻，透過日記或者是傳記的方式，這些漂泊的文學重新建構家人離開中國或華人的地區，譬如是離開馬來西亞、越南至美國所產生的第二度的漂泊，或者是再移民（re-immigration），就是再度移民的這個過程裡面，他們在心靈以及物質條件上所產生的變化，這些變化都能在世界文壇上引起非常普遍的共鳴，因為現在全人類幾乎很少人是不旅遊，或是沒有搬家、遷徙、流離的經驗。所以在世界文學的潮流之中，我們可以看得出來，華人的文化慢慢地在重新思考邊界的問題，也就是文化主體的問題，我們慢慢地開始發現到做為中國人不再是本質存在（being）的問題而是變成華人（becoming Chinese），逐漸讓中國慢慢地在擴張，它的觀念經過不同時空的變換，再重新思考怎樣讓精神傳統和新的文化地理環境，以及新的世界文化經濟的現實形成一種新的關係，透過這樣一種新的關係產生出一種新的倫理，而這個新的倫理怎樣讓華人特殊的文明能夠呈顯出來，在這樣一個方式下，我們常常說中國並不是在一個領域裡面，而是隨著中國人到了各地，任何地方有中國人，那個地方就有中國。因此，我們可以看得出來世界文學裡充滿了邊緣與中心新的辯證關係，中國人已經變成一個新的課題，讓世界文學從中國文學和中華文化裡面吸收資源，而中國文學和中華文化則從世界文學裡得到一些滋養，產生一些新的面向。從早期我們看到的寫實主義到現代與後現代的變化，現在我們看到的中國文學和中華文化的主體性也起了相當大的變化，因此我們可以說在世界文學中的中國文學文化是一種演變的過程（process of becoming），因此在某個層面上，將某些文化界定在某一個疆界裡面，而強調這個民族的特性，現在可以說有一種困境存在，因為整個世界文學吸收中國文化的層面，讓他們的生活方式也逐漸地在擴充，在加強這個文化理解。

在這樣一個過程之中，我想比較文學跟比較文化就開啟很多新的管道，讓中華文化跟中國文學可以跟世界文學產生各種方式的多元對話，在這個層面上，我覺得，全球化的一些議題把重點放在經濟政治上面，未必是一個正確的方式，從許多世界文學與中華文化與中國文學的互動裡面，我們可以看得出來，日常生活中很多細節上面的吸收跟轉變，已經讓我們的文學跟日常生活的表達方式產生了很微妙的轉變，而這個轉變讓我們開放出種種的可能性，是在這樣的一個方式裡面，我們來討論世界文學跟比較文學的意義。在這樣的一個框架底下，我們可以看出來中華文化跟中國文學隨著世界文學產生質變，不一定要把疆界定死在中國裡面。在比較文學機構跟東亞文化研究裡，中華文化已經在很多地方落地生根，而本地的很多學者也向外面的文化學習跟觀賞，透過這樣的一種方式，我們應該要形成一種更加複雜演變的新觀點。所以，我想在這樣一個角度底下，華文世界跟世界文學應該形成合流跟對話的空間。因此某種形式的本質主義或者是民族主義其實是大可不必的，因為在許多生活細節上面，我們已經受到全球化的影響，隨著各種文化交織互串的旋律，重新調整節奏。

【參考書目】

Anderson, Benedict. *Imagined Communities: Reflections on the Origin and Spread of Nationalism.* New York: Verso, 1991.

Balakrishnan, Gopal, ed. *Mapping the Nation.* London: Verso, 1996.

Ballard, J. G. *Empire of the Sun.* New York: Washington Square Press, 1985.

Calvino, Italo. *Invisible Cities*. Trans. William Weaver. San Diego: Harcourt Brace & Company, 1974.

Coetzee, J. M. *Disgrace*. London: Vintage, 1999.

Gellner, Ernest. *Nations and Nationalism*. Ithaca: Cornell University Press, 1983.

Hobsbawm, Eric. *Nations and Nationalism Since 1780: Programme, Myth, Reality*. Cambridge: Cambridge UP, 1990.

Hwang, David Henry. *M. Butterfly*. New York: New American Library, 1989.

Kingston, Maxine Hong. *The Woman Warrior: Memoirs of a Girlhood Among Ghosts*. New York: Vintage, 1989.

Roy, Arundhati. *The God of Small Things*. New York: HarperCollins, 1998.

Rushdie, Salman. *Fury*. New York: Random House, 2001.

王家衛。《花樣年華》。澤東電影公司出品，2000。

李安。《臥虎藏龍》。縱橫影視國際公司、哥倫比亞電影製作、新力影業、好機器國際公司出品，2000。

童妮・摩里森（Toni Morrison）。《寵兒》（*Beloved*）。何文敬譯。臺北：臺灣商務，2003。

庫吉爾（J. M. Coetzee）。《屈辱》（*Disgrace*）。黃燦然譯。臺北：臺灣商務，2002。

阿蘭達蒂・洛伊（Arundhati Roy）。《微物之神》（*The God of Small Things*）。吳美真譯。臺

北：天下文化，1998。
譚恩美（Amy Tan）。《灶君娘娘》（*Kitchen God's Wife*）。楊德譯。臺北：時報文化，1993。
衛慧。《上海寶貝》。臺北：生智，2000。
石黑一雄（Kazuo Ishiguro）。《我輩孤雛》（*When We Were Orphans*）。臺北：大塊文化，2002。
佛斯特（E. M. Forster）。《印度之旅》（*A Passage to India*）。施寄青譯。臺北：皇冠，1985。

全球離散之下的亞美文學研究

本文針對黃哲倫和其他亞美作家的研究，探討其族裔和身分認同，在出生和多元文化的交錯之下，是否可能透過離散的經驗，漂泊成為另外一種文化身分。如黃哲倫透過和猶太裔、黑人作家的互動，採取不一樣的族裔認同，來擴大這種多元文化的面向。在這個面向上，我認為亞美研究可以與「離散研究」（diaspora studies）作某種形式的互補，特別是在臺灣目前主流的亞美研究領域，通常限定在自己的華裔身分，討論有關「中國文化性格」（Chineseness），也就是中國人的個性和文化傳承等面向。對於越南、菲律賓、韓國和日本的研究，以及廣義的亞裔華文作家或是英文作家，並沒有發展出比較廣泛的視野（可參考王智明）。對於其他由亞洲漂流到英美世界的作家，如翁達傑和石黑一雄，臺灣的學者僅有少數人開始把他們當作研究的重點。

因此，如何透過一個比較廣泛的角度，去探討亞裔在主流文化的漂泊經驗，並以亞裔的離散和視覺文化作為課題，實是目前方興未艾的研究方向。以比較具有距離和疏離感的不同視角，重新審視自己的過去，也就是所謂的「祖國」，或者是魯西迪所說的「想像中的祖國」（imagined homelands）。藉由新家所產生的一些矛盾而又複雜的經驗，既屬於新家園但是又沒辨法完全被接納的特殊感覺，產生了時間、社群意識彼此不協同（syncopated）之新思維。

在這方面的論述，許多人引用薩伊德的「放逐概念」（reflections on exile），或是「放逐與創作」（exile and creativity）的整體觀念。但是，「漂泊、離散」（diaspora）的譜系其實更加複雜，而且在許多面向上，其基調並非以「家」和「非家」的二元對立結構去推衍，而是有更加豐富的面向。

底下，在我們以四個面向去探究之前，不妨先檢視「離散」這個詞彙的來源及其用法，乃至其文化、社會含義。「離散」這個古老而又複雜的詞彙是來自於希臘字根diasperien，其意義為「在各地散播種子」（dia意指「跨越」，而sperien則是「散播種子」），後來才衍生為人口播散之意。希臘史學家蘇西戴德士（Thucydides）於《希臘邦聯戰爭史》（*Peloponnesian War*）用這個字來描述伊琴納島（Aegina）西元前四五九至四〇五年在雅典人的佔領下，那些被流放至島外的人民（II:27）。《舊約聖經》的「律法書」（*Deuteronomy*）中也提到西元前五八六年希伯來人在巴比倫遭到「強迫放逐」（galut）（28:25）。而自西元七〇年起，「離散」的意象便一直與被羅馬人佔領耶路撒冷和巴勒斯坦而遭驅逐的猶太人結合在一起。不過這個詞彙也有著較為廣泛的運用，通常泛指人口的散布，不管是被迫還是自願的，例如亞美尼亞、吉普賽、胡格諾人、中國、印度、愛爾蘭以及其他地區的人民的漂泊經驗（Chaliand and Rageau）。晚近的潮流則是重新發展離散的批評宗譜學，並把討論放在非裔黑人從十六世紀以來因奴隸交易所遭遇的離散經驗，以及十九世紀時所造成更加嚴重的殖民後果（Edwards; Gilroy 1993）。

當學者們借用離散的框架來討論弱勢團體跨國界的獨特歷史時，往往傾向於強調跨國的聯繫與接連來顛覆現代性及認同的概念。雖然會有如薩伊德所說的「喪失歸屬」（terminal loss）（179），離散或放逐基本上產生一種能夠橫切國境間的接連，並且開拓新的空間及主體位置。不過，這種「部分接連」（partial linkage）論述往往忽略了一些具體處境之中困難的轉變，例如「移民子女」（children of immigration）（Suarez-Orozco），以及在社會不安定的情勢或身處「新家」而產生的道德矛盾下，女性被父權體制控制的緊張局面（Bhabha; Ifekuwingwe）。因此，「離散」往往在文化旅行、置移——住居的辯證（Clifford）、實現創造潛能，甚至是在異地達成於家鄉所無法做到的新文化、社會、教育等方向之成就（Said）。針對這種較積極的觀點，來自不同陣營的批評家們則不斷地戒慎思慮「離散」是否被「運用」與「濫用」。不過，這個詞彙卻時常地被一些理論概念所架構出的討論所援用，例如地點、文化、記憶和前所未見的全球性流動，包括了族群、財經、資本、圖像、思想、醫療、救援、娛樂與體育，更不用說是旅行者以及契約勞動者（Appadurai; Behdad; Cohen）。

杜博依斯（W. B. Dubois）、法農以及其他許多黑人解放運動的思想家則促進了黑人離散意識的傳播。這種意識在吉爾洛伊深具發展性的著作《黑色大西洋》（*The Black Atlantic*, 1995）中則被反覆討論。在這樣的一種跨大西洋黑人離散的框架底下，位於北美洲的許多地方、南美洲、加勒比海以及其他地區所產生的奴隸交易以及殖民主義則被詳加檢視（Okpewho, Davies, and Mazrui）。這些思想家認為，非裔黑人的離散形塑了一種「對抗現代」（counter-modernity）的跨國網絡，因為黑人奴隸在他們的新家之中復興了他們本身的精神傳統，也因此挑戰了西方世界的主流，也就是魔魅（enchantment）以及啟蒙的思想及其殖民實踐。

八〇年代以降，一些學者們在有關遷移或去疆界化的討論中，將「離散」這個詞彙應用在其他宗教或族群，如伊斯蘭教或錫克教。這個批評詞彙現在主要指涉跨大西洋的黑人、亞洲移民、南美洲難民、全世界的契約勞動者、跨國的流動性、後現代主義、全球化、弱裔化（minoritization）、新族群（new ethnicity）、「文化交混」（cultural hybridity），以及「游牧空間」（nomadism）等等，而不再特指某個特定歷史時期，甚至不再具有意義，正如它被不加區別地使用在放逐、遷移、旅行以及浮動的認同構成的討論中。因此，不少文化歷史學家則建議我們應當全然放棄這個詞彙。

例如，在中國研究當中，王賡武（Wang Gungwu）便指出這個詞彙的政治離心暗示在削弱中國文化特性，且十分具有政治危險意味；準此，此一概念消滅了重回中國懷抱的文化向心力。「長久以來我一直拒絕使用『離散』這個字眼來描述海外華人」，他說道，「並且仍然擔心這個詞彙可能會有其政治上的言外之意，如中國內外之政權不斷強調的『華僑』屬性」（84, note 4）。王賡武反對「單一華人離散」這個概念，他並且認為我們應當關心不同的團體在不同的時間與地點中移動所產生的經濟、政治以及歷史文本的具體性。與王賡武這種強調與母國（motherland）聯繫的意見相左的是幾位華裔美籍的學者，他們的見解是漢學（sinology）傾向於利用書寫他者的途徑來凍結它的客體（Chow），以及使移民的政治經濟被種族化，並且導致因移民所造成再度被強調的文化國際主義被邊緣化（Lowep; Palumbo-Liu），或者是亞裔的漂流經驗在第二故鄉發展並維持一種與他們的祖國或其他少數團體交換物質以及象徵意義的重要網絡（Ong）。這些學者都專心致志於一種更加世俗與文本化的方式來研究離散。

在許多著眼點上，華人離散研究受惠於特殊的研究案例，如吉爾洛依的黑色大西洋（black Atlantic）、勞斯（Roger Rouse）有關美國加州紅木市（Redwood City）的安圭里拉人（Aguilillans）、亞伯曼（Nancy Abelmann）與萊（John Lie）有關洛杉磯的韓裔研究，以及謝爾（Philip W. Scher）針對紐約的加勒比海族群的討論等等。而巴達（Ali Behdad）也反對這些「非洲中心的」（Afrocentrist）、文化的，甚至「菁英的」（elitist）研究方式，他強調存在於全球性流動中那些多層、矛盾以及分裂的本質。他舉的例子是那些在美國海灣各州（瀕臨墨西哥灣的數州）當工人的東南亞人民。他們參與了這種跨國團體遷移目的是為了維持家庭生計，並且希望能夠脫離饑荒或恐怖統治，在異鄉實現過著更好生活的願望。在這種層面上，便形成了一種非常特殊的類型，也就是安德森所謂的「遠距民族主義」（long-distance nationalism），透過這種遠距民族主義，使得他們對祖國可以維持一種另類的政治文化。菲律賓女傭在香港當然對海外的國家計畫有所貢獻，特別是離散熱望的政治經濟（San Juan）。這些離散的案例研究都致力於權力在社會文化脈絡底下的特殊結構，以及經由材料或象徵商品的跨國流動所引發的許多複雜的離散經驗。

當然，不是所有的文化批評家都贊同離散作為一種批評概念是有政治效用的。羅賓斯（Bruce Robbins）就表示這個詞彙有其問題性，他認為這個詞彙強調了流動性，但卻忽略了將焦點放在研究國內的公民權以及種族不平等的知識分子以及相關的政治主張上。對羅賓斯而言，使用「離散」所冒的風險為喪失了一種歷史的明確以及批評的鋒利性。此外，當我們回顧一些重要期刊，如*Diaspora*、*New Formations*、*Positions*、*Public Culture*，以及*Transitions*等，都可以發現到離散的概念被應用得相當廣泛，舉凡跨國性、同志運動、海外族裔社群、消費主義、全球無時差（global contemporaneity）、無國或彈性公民權、殖民主義以及另類現代性，乃至於回到遷移、外來性（foreignness）、多重性（plurality）、認同危機、弱勢族群、放逐、差異，以及展示（墨西哥）博物館文化等等。顯然地，離散具有太多的面向，以致於無法正確地滿足具體的文化議題。

然而，這個詞彙卻也拓展了斷裂的發展，使得離散不只是專注於非裔黑人或者是猶太人在全世界中移動情況，而是更進一步地將觸角延伸至其他大規模遷移的族群團體，以及他們的文化再現，從阿爾及利亞、千里達、紐約，還有其他更多地方等（Mirzoeff; Clifford）。一般的輿論則發現當我們把這個概念放入複雜的離散經驗中考慮，並且專注在產生離散主體性的歷史情勢之時，這個詞彙確實有其功用。正如同巴吉爾（Jana Braziel）與馬努爾（Anita Mannur）在最近的選集中所指出，離散並非「超越種族、階級、性別以及性慾的差異，也非一種與其他相關類型無關而自成一局的一種屬於知識體系與歷史架構下的分析方式」（5）。對他們來說，從現代性的不協調移動這個觀點來將離散理論化，彷彿是「一種游牧式的轉折，而其中所有特定的歷史時刻也都成了被具體化的變數，被散布以及重新聚集成一種新的發生過程（becoming）」（3）。

此外，他們認為離散再現了全世界廣大離散社群的生活經驗，並迫使我們「在重新描繪公民權與民族國家的關係時，重新思考國家與民族主義的注釋」（7）。它為霸權以及全球化下的均質暴力提供了一種爭論的多重位移位置，並且挑戰了跨國帝國、國際經濟的剝削與去公民權（political disenfranchisement）的支配關係，還有整合全世界的資本主義與管理主義（managerialism）（10-11）。不過他們的批評抱負卻也相當程度地回應哈德與納格利在《帝國》一書的結論中所言，他們有關族群相互表達以及協調對等的這樣一種推論策略從來沒有被清楚地下過定義。

歷史學家以及地理學家則有系統地將這個詞彙意指為位移，或者是因這種位移而造成的存在困境。從人類地誌與遷移圖解的角度來看，查里安（Gerard Chaliand）與哈格（Jean-Pierre Rageau）兩人把全世界中散布的不同族群逐一列表出來。不過安德森反對這種歷史學的圖解，他認為真實與非真實的普查結果無法說明由想像所創造出來的「靈魅社群」（phantom communities），而且也無法把討論限制在早已存在的民族國家的內部底下。「是否必要，」安德森質疑，「強調這些統計數據是由帝國機構根據他們的理由以及他們的邏輯所推估。難以確定的是在那些四萬兩千名『印地安人』中，到底有多少人是真的想像自己為印地安人。而且，要在十三世紀的葡萄牙來決定誰是一個猶太人也變成了矛盾與武斷」（1997: 44-5）。換句話說，離散研究必須考慮到和家之間那種與本地「有所牽連」（bound）或「無所牽連」（unbound）的關係屬於質量上的轉變。克里佛德提出我們應視離散為一種情狀，當中位移的處理形成一種與家的部分聯繫，也就是一種既遠離卻又親近的關係。離散意識與時間、地點糾纏、橫切，並在個別的社群與時間之中，做不同節奏的重新調整與運作。有關這種新都會文化或通俗跨界之都會文化觀（vernacular cosmopolitanism），其實不僅是亞裔離散文學有待開發的面向，而且也與臺灣作為移民社會，乃至臺灣在人口流動、外籍新娘或勞工、通俗文化上不斷吸收其他亞洲地區文化、歐美風尚、科技、資訊所產生之新文化認同位勢，可說息息相關，這些課題亟待進一步研究。

以下我們試以四個面向來加以歸納，並援引一些亞美文學及表達文化的例子去說明。這四個面向以比較簡單的方式拿四個D來講，第一個D就是「離鄉」（Displacement），第二個是「失落」（Dislocation），第三個是「差異」（Difference），第四個是「歧出」（Disjuncture）。以「離鄉」來講，很明顯地在八〇年代之後，新華人移民，也就是香港、臺灣、中國，尤其是沿岸地區的中國，乃至於新加坡、馬來西亞、印尼等地區的華裔，再度移民到北美以外的地區，特別是澳洲、紐西蘭，以及其他在各個面向來講並不比自己的祖國在工業以及生活條件上來得進步，但是在教育以及寧靜的生活上，提供了某種補償的地區。相較於早期追尋工作機會、更好的生活條件和生活方式，尋求美國夢或者是移民夢的移民潮來講，新一波的移民常常被稱為是一種不大心甘情願的放逐（reluctant exile），他們在新的家園通常沒辦法獲得和故鄉一樣的收入和工作機會。在硬體條件以及種種的工作網絡、資本的累積，乃至於社會資源上面，原來的香港、臺灣、中國可能提供更加上軌道、更進步的條件。相較之下，華人移民來到這些地方，基本上都只是為了尋求更加安頓、寧靜的生活。特別是紐西蘭、南非的移民往往追求一種比較閒散、田園式的生活，作為某種形式的心靈彌補，他們在不同地區的移民之間建立協調、合作的關係，對於族群、認同的想法與早一波的移民相當不同。

早期移民往往著重家鄉來源（廣州、溫州或閩南地區）的認同，通常使用閩南話或者是中文作為主要的溝通媒介，採取比較封閉、聚集在特定的社區（如中國城）、以華人特殊社群為主的生活方式。這種生活方式慢慢地產生一種流變，在李安的電影《推手》當中，離鄉在三個世代之間，產生了非常不一樣的情節。父親認為他離開的祖國是中國，而兒子離開的是臺灣，以及臺灣當初的高壓政府和不自由的教育體制，但是第三代移民完全是以美國或世界文化作為主要的文化資源。在此一情況底下，第二代和第三代在語言及認同上明顯產生了很大的差距，已經不把華人認同當作是唯一或主要的標準。從李安早期的《推手》，到後來所拍攝的歐美小說電影，採用歐洲主流電影明星當作主要的演員，都可以看得出來「離鄉」

已經不再是對單一的祖國產生戀眷，或一種特定的辯證關係，反而具有非常豐富和開放的面向。在《臥虎藏龍》，李安在重寫和運用中國功夫的傳統時，大量使用了美國的大眾小說、好萊塢的年輕文化等元素，把日本漫畫以及中國的園林文化，傳統的宮廷乃至武俠的文類，放到一個年輕人談情說愛的架構中。電影運用動畫或電腦加工的新科技，結合科幻的場景和新動作，如《駭客任務》（*The Matrix*）電影中，從身體到語言、文類都深受好萊塢和日本動畫的影響。以離鄉作為背景，把重點放在年輕華人對傳統的不耐煩、自我中心的新表達方式，特別是在談情說愛的浪漫表現上，已經和以往的方式非常不同。

在另一部電影《喜宴》中，父親到美國的餐館看到舊部屬，產生出對祖國的想像和落差，表現出「離鄉」另一種相當不一樣的面向，離鄉（**Displacement**）成為錯置（**Dis-placement**），地方已經不再是單一、連續性的存在。王家衛的《人在紐約：三個女人的故事》（*Full Moon in New York*），來自香港、臺灣、蒙古三個不同地方的華人，對原鄉的想像已經和上一輩的移民，乃至正在發展中的美國新一代華人，產生種種的差異。在討論目前的亞美文學時，非常需要去注意離散（**Diaspora**）的第一個面向「離鄉」的複雜性，早期從溫州、臺灣、廣州、香港來的移民，這種離鄉背井、單一的辯證方式，現在已經變得更加複雜，因此帶出第二個面向，也就是文化上的失落（**Dislocation**）。

在兩邊都落空的情況底下，新的文化往往在自由主義和多元文化之下，還夾帶著新的種族主義，對於高收入、高教育的外來者，產生一種不信任、懷疑、排擠的情況。隱形的種種排擠再加上很多不均勻的發展，導致了王愛華所討論的澳洲反對新移民、更加強的白澳政策，或者是紐西蘭的排華論述。這些在世界各地形成的情景，已經超乎了駱里山（Lisa Lowe）或早期美國夢底下的論述。在新的族群政治之下，特別是九一一之後，在新的基督教基本教義派以及回教基本教義派之間二元對立的情勢底下，華人的立場非常矛盾，有時候又向主流靠攏，在這樣一個情況底下，產生一種對文明精神傳統的失落。新移民到了新的家園之後，產生更複雜的網絡，他們的資本和資訊體制已不再放在原鄉和新的家鄉這兩個地點而已，反而是以更豐富的管道，去配合亞際（trans-asia）或全球化（global）的網際網絡，產生對於自我傳統的重新理解和失落，特別是將早期移民所感覺到的政治壓迫，轉變成為一種資訊以及靈性上面的失落。這正是為什麼八〇年代末期之後，亞美社群裡面產生大量的科學社群，以及電子精神的社群方式（electro-spiritual communities）。參與者往往是一些電子傳播的工作者、經理層以上的白領階級，他們透過傳統的宗教，如佛教、道教，和原來的文明、文化產生一種新的連結，以及一種對新地方的失落感。在現代文明所生產的機械、電子和電波的干擾底下，在沒辦法保持純淨的這種現代化或後現代的環境裡，他們對人的身體產生種種的失落，以及一種想返璞歸真的衝動。這種衝動往往是透過高科技的輔助，透過音樂、舞蹈、合成科技、中西藥，以及中西文化、宗教傳統，將天主教的靈修以及道教的藥療，透過高科技的風水來連結自然和人文，特別是將道場設在大森林裡，透過這種尋求更接近自然的方式來達到大規模而又高價位，甚至高科技的連結。

在許多新的電影以及文本裡，特別是各種不同流行文化相互連結所產生的作品中，比如馳星周的《不夜城》、日本電影《燕尾蝶》以及王家衛最近的電影等，都可以看出這些新的變化。原本的文化失落連結了全球化之後，電磁波、社會動蕩、文化差異、族群政治，乃至於許多文化衝突的論述，導致人的內心不容易取得寧靜，因此結合南亞的蘇菲（Sufi）、西藏的梵唄、中國華人社區的流行歌曲，配合非洲黑人的舞蹈，再加上種種科技合成的環境，來梳理個人的身心，面對這種失落感。在李連杰、成龍的新電影裡，也可看出這個面向。從離鄉到失落，黃哲倫的一些新文本，特別是在《蝴蝶君》之後，他透過多媒體的方式，和菲利浦・葛拉斯（Philip Glass, 1937-）等猶太、黑人、美國、印度的作曲家、音樂家及藝術家合作，不再把自己定位成黃種人、華人的身分，以此表達對文明衝突和現代文化所產生的這種混成而又複雜的失落感。相較之下，早期移民所表達出來的是東、西方不同的文化差異，或者是所謂黃種人和白種人的論述，有如法農所說的帶上白人面具，但是本質還是黑皮膚的弱裔族群論述。全球化的過程雖然引發了許多族群、性別、性認同和膚色的論述，強調文化差異，但是我們可以看得出來八〇年代之後的文化差異相當不同，正如黃哲倫所言，自然、出身等等以往我們認為是文化差異的主軸，已經不再是最重要的元素，因此他可以把早期的《花鼓歌》重新改寫，變成反諷，而又在冷嘲之間重新強調白人所接納、所喜歡的文化差異，以此強調出雙重的差距。

我們可以看出來，新的華人、亞美表達文化的論述方式已經有許多的「歧出」

（Disjuncture），展現出那斐奇（Hamid Naficy）所強調的那種流離的視野，也就是過度的世界文明觀，比起原鄉和新地方的人更加世故，在認知的層次上更加前衛，對兩個地方所產生的視野，提出一些不一樣的批判，也就是一種歧出的論述。在許多的文化表達上，對於以往單一、具有主軸的文化認同，產生既非此又非彼的新矛盾。在這樣一個情境之下，愈來愈多的華人離散歷史和個人印證被重新出版，如車學敬的《聽寫》，去批判傳統我們所認定的文化差異，或者是東西方二元對立的思想。在這個面向上，我認為離散研究比起我們以往所依賴的論述，更加具有參考和研究的價值。

【參考書目】

Abelmann, Nancy, and John Lie. *Blue Dreams: Korean Americans and the Los Angelos Riots.* Cambridge: Harvard UP, 1995.

Anderson, Benedict. "Exodus." *Critical Inquiry* 20. 2（1994）：314-27.

Anderson, Benedict. *The Specters of Comparison.* New York: Verso, 1997.

Ang, Ien. "Identity Blues." *Without Guarantees: In Honour of Stuart Hall.* Ed. Paul Gilroy, Lawrence Grossberg, and Angela McRobbie. New York: Verso, 2000. 1-13.

Appadurai, Arjun. *Modernity at Large.* Minneapolis: U of Minnesota P, 1996.

Bates, Cripin, ed. *Community, Empire and Migration: South Asians in Diaspora.* Hampshire:

Palgrave, 2001.

Behdad, Ali. "Global Disjunctures, Diasporic Differences, and The New World（Dis-）Order." *A Companion to Postcolonial Studies*. Ed. Henry Schwarz and Sangeeta Ray. Malden: Blackwell, 2000. 396-409.

Benton, Gregor and Frank N. Picke, eds. *The Chinese in Europe*. Hampshire: Palgrave, 1998.

Bhabha, Jacqueline. "Embodied Rights: Gender Persecution, State Sovereignty and Refugees." *Public Culture* 9.1（1996）: 3-32.

Braziel, Jana Evans and Anita Mannur. eds. *Theorizing Diaspora*. Malden: Blackwell, 2003.

Chaliand, Gerard and Jean-Pierre Rageau. *The Penguin Atlas of Diasporas*. Trans. A. M. Berrett. New York: Penguin, 1995.

Cheah, Pheng. "Chinese Cosmopolitanism in Two Senses and Postcolonial National Memory." *Cosmopolitan Geographies: New Locations in Literature and Culture*. Ed. Vinay Dharwadker. New York: Routledge, 2001. 132-69.

Choi, Chungmoo. "The Discourse of Decolonization and Popular Memory: South Korea." *Positions* 1.1（1993）: 77-102.

Chow, Rey. *Writing Diaspora: Tactics of Intervention on Contemporary Cultural Studies*. Bloomington: Indiana UP, 1993.

Clifford, James. *Routes: Travel and Translation in the Late Twentieth Century.* Cambridge: Harvard UP, 1997.

Cohen, Robin. *Global/Diasporas: An Introduction.* Seattle: U of Washington P, 1997.

Eng, David L. *Racial Castration: Managing Masculinity in Asian America.* Durham: Duke UP, 2001.

Edwards, Brent Hayes. "The Uses of Diaspora." *Social Text* 66（2001）: 45-73.

Gilroy, Paul. *The Black Atlantic: Modernity and Double Consciousness.* Cambridge: Harvard UP, 1993.

Gilroy, Paul. "Diaspora." *Paragraph* 17.3（1994）: 207-12.

Grewal, Inderpal. "Autobiographic Subjects and Diasporic Locations: Meatless Days and Borderlands." *Scattered Hegemonies: Postmodernity and Transnational Feminist Practices.* Ed. Inderpal Grewal and Caren Kaplan. Minneapolis: U of Minnesota P, 1994.

Gruen, Erich S. *Diaspora: Jews amidst Greeks and Romans.* Cambridge: Harvard UP, 2002.

Hall, Catherine. *Civilizing Subjects: Metropole and Colony in the English Imagination, 1830-1867.* Chicago: U of Chicago P, 2002.

Hardt, Michael and Antonio Negri. *Empire.* Cambridge: Harvard UP, 2000.

Ifekuwingwe, Jayne O. *Scattered Belongings: Cultural Paradoxes of "Race," Nation and Gender.* New York: Routledge, 1999.

Jaynes, Gerald D., ed. *Immigration and Race: New Challenges to American Democracy.* New Haven: Yale UP, 2000.

Li, David Leiwei. *Imagining the Nation: Asian American Literature and Cultural Consent.* Stanford: Stanford UP, 1998.

Lowe, Lisa. *The Immigrant Act.* Durham: Duke UP, 1996.

Ma, Laurence J. C. and Carolyn Cartier, eds. *The Chinese in Diaspora.* Oxford: Rowman and Littlefield, 2003.

Mirzoeff, Nicholas, ed. *Diaspora and Visual Culture: Representing Africans and Jews.* New York: Routledge, 2000.

Mishra, Vijav. "The Diasporic Imaginary: Theorizing the Indian Diaspora." *Textual Practice* 10.3（1996）: 421-447.

Naficy, Hamid. *An Accented Cinema: Exilic and Diasporic Filmmaking.* Princeton: Princeton UP, 2001.

Naficy, Hamid. ed. *Home, Exile, Homeland: Film, Media, and the Politics of Place.* New York: Routledge, 1999.

Okpewho, Isidore, Carole Boyce Davies, and Ali A. Mazrui, eds. *African Diaspora: African Origins and New World Identities.* Bloomington: Indiana UP, 1999.

Ong, Aihwa. *Flexible Citizenship: The Cultural Logics of Transnationality.* Durham: Duke UP, 1999.

Ong, Aihwa and Donald Nonini. eds. *Ungrounded Empires: The Cultural Policitcs of Modern Chinese Transnationalism.* New York: Routledge, 1997.

Palumbo-Liu, David. "Multiculturalism Now: Civilization, National Identity, and Difference before and after September 11th." *Boundary 2* 29.2（2002）: 108-27.

Robbins, Bruce. "Some Versions of U.S. Internationalism." *Social Text* 45（1995）: 97-123.

Rouse, Roger. "Mexican Migration and the Social Space of Postmodernism" *Diaspora* 1.1 （1991）: 8-23.

Rushdie, Salman. *Step across this Line: Collected Nonfiction, 1992-2002*. New York: Random House, 2002.

Said, Edward W. *Reflections on Exile.* Cambridge: Harvard UP, 2001.

San Juan, E., Jr. *From Exile to Diaspora: Versions of the Filipino Experience in the United States.* Boulder: Westview, 1996.

Shih, Shu-mei. "Nationalism and Korean American Writing: Theresa Hak-kyung Cha's *Dictee.*" *Speaking the Other Self: American Women Writers.* Ed. Jeanne Campbell Reesman. Athens: U of Georgia P, 1997. 144-62.

Suarez-Orozco, Carola and Marcelo M. Suarez-Orozco. *Children of Immigration.* Cambridge:

Harvard UP, 2001.

Tololyan, Khachig. "Rethinking Diaspora（s）: Stateless Power in the Transnational Moment." *Diaspora* 5.1 （1996）: 3-36.

Verovec, Steven. *The Hindu Diaspora: Comparative Patterns*. London: Routledge, 2000.

Wang, Gungwu. *The Chinese Overseas: From Earthbound China to the Quest for Autonomy*. Cambridge: Harvard UP, 2000.

Wang, Ling-chi and Wang Gungwu, eds. *The Chinese Diaspora: Selected Essays*. 2 vols. Singapore: Times Academic P, 1998.

Yue, Ming-Bao. "On Not Looking German: Ethnicity, Diaspora and the Politics of Vision." *European Journal of Cultural Studies* 3.2（2000）: 173-94.

王智明。〈亞美研究在臺灣〉。《中外文學》33.1（2004）: 11-40。

Part III 當代文學鳥瞰

在創傷與記憶的陰影中

高行健的近作《一個人的聖經》可說是另類的歷史記憶與傷痕文學，針對「政治難民」跨國穿梭但又無法拋棄其文化與身分包袱的錯綜處境，透過「你」與「他」的故事，去鋪陳一連串橫越時空的肉體、心靈接觸，將北京、巴黎之間的流離漂泊人物放入緬懷與失落的音影輻軸的光譜系中。

誠如劉再復在「跋」所指出，《一個人的聖經》是《靈山》的姊妹篇，然而《靈山》中那一分為三的主人翁「我」、「你」、「他」的三重結構變為「你」與「他」的對應，那「我」竟然被嚴酷的現實扼殺了，只剩下此時此刻的「你」與彼時彼地的「他」。

不過，在《一個人的聖經》裡，其實「你」與「他」是以韓波（Arthur Rimbaud）的「我即他者」之方式，彼此「形同路人」，以既內在又錯位、隔離的觀點，形成一方面近似，另一方面卻各不相干的多重辯證關係。

「你」是在巴黎異地，「不再活在別人的陰影裡」，將過去推得遠遠地，與異文化、西方女人戲耍、做愛的犬儒苟活主義者（cynic）；而「他」則是經歷當代中國社會變遷，「逃不出這偌大的國家及其記憶創傷的亂世織夢」及「臭造反派」，遭到自己的女人倩所厭棄。

故事雖然是以兩大主軸，去拉扯「你」與「他」的線索，但是二人在香港見面，同樣「也是大陸出來的」，彼此有共通的記憶，而且透過對話，如「你」對「他」的提問：「那麼，能不能選擇另一種苟活的方式……見權力就歸順？」道出這種「歷史場境內、外」的不同經驗及其切入角度。再者，「你」與「他」均是透過女體，去反映出兩位人物的境遇及其心路歷程：「你」的茜爾薇、馬格麗特、猶太妞，「他」的房東姑娘、倩、村姑、蕭蕭等，乃至隨興而起的邂逅及性愛的逢場作戲。

不過，在這種人格、歷史、記憶、情色分裂與交織的多重光譜裡，中國的大事件如何在小人物身上留下刻骨銘心的印記，其實是《一個人的聖經》深受傷痕文學影響的面向；另一方面有關異國或亂世男女的情慾宣洩，也是《廣島之戀》（*Hiroshima Mon Amour*）、《菊豆》、《巴黎最後的探戈》（*Last Tango in Paris*）等電影常見的題材，尤其這些女性人物十分輕易便投懷送抱，而且在個性塑造上並不十分鮮明，似乎淪為一種修辭上的性別暴力，以過於簡單的手法，把女性當作是國家敘述與創傷文化表達中的近便媒介，彷彿男人在「需要一個窩，一個棲身處」的追求過程裡，「他得生活感受，也包括同女人盡興做愛，呻吟或叫喊」，千篇一律的空虛託寓喻依。或者以作者比較唯美的表達來說，「肉蠕動不已，記憶正在恢復」，乃至於將女性裸體「仰面由你看個夠。窗外塔樓中透亮的電梯被她擋住，背後的山影顯得更幽黑」，儼然女體對民族記憶有「助興」功能、迴映作用。我想，在這國族記憶中，女體化為模糊的陰影，以致於有關「母國」的記憶也跟著轉入隱私、抽象的敘事空間，儼然是事後的一個夢或一幅舊照，讓人「沒有時間抬頭想自己的事情，而你究竟要想什麼也不清楚」，只能駐足於那種身後、事後的「景觀」之前回味。

當然，這只是「一個人」的聖經，而且是一、兩個男人的聖經，在《創世紀》中，女性是繼起生命的承續者，重要的是亞當後人的遷徙及變故。高行健很巧妙地以「你」、「他」，引介後毛澤東時代的創傷及記憶，在寫作風格上相當有意思，很能引導讀者在一片空虛中，以另一隻眼，看到稀微的光亮，赫然發現「你」與「他」其實便是意識、無意識中的「我」或「我們」。

散文的愉悅

文學研究者往往標舉三大文類（詩、小說、戲劇）而忽視了更加親切感人、情知交融的散文小品。例如：希臘的文學家、哲學家幾乎不大出現於歐洲文學傑作選集之中，即使蒙田（Michel de Montaigne）、培根（Francis Bacon）、狄昆西（Thomas de Quincey）、德萊賽（Theodore H. A. Dreiser）等大散文家，也難與莫里哀（Molière）、彌爾頓（John Militon）、華茲華斯、詹姆士（Henry James）相提並論。中國文學中唐、宋、晚明作家似乎也只能在《古文觀止》、《小品文選》中嶄露頭角。事實上，在臺灣的文壇中，儘管如此多的旅遊、資訊、報導是以散文方式，不斷圍繞著我們的日常生活，一般人仍不願把散文看作獨到的藝術表達。

因此，詩人焦桐最近推出的《八十八年散文選》可說具特別意義，這本文選讓我們接觸到許多詩人、小說家、專業文字工作者的散文著述，體驗了這些名家「左手的繆斯」，尤其是在焦桐的「序」引領之下，讀出各篇文章的妙處，對散文的「博觀而約取，厚積而薄發」之輕逸感觸、精緻肌理，更深入品嘗、玩味其中的內斂意境。

這本文選是詩人每天閱讀八種以上的報刊及多重資訊的過程中，「博觀而約取」的一大心得，所選入的散文從舊照片、昔日戀情、樹與老友到車上的老婦、生活節奏、祖母側寫、美食饗宴，乃至自然生態、地圖閱讀、拿手菜餚、防水保養、旅遊機證、履歷填寫、內觀思索、周邊景觀、意識流串、科學辦案、唱片收藏、親情記憶、緬懷過往、幽靈魅影、女性觀點、濫情主義等，算得上是「滿漢全席」，色香味俱佳；同時在中、長篇散文為主的體例中，也偶爾插入一頁的極短篇，讓讀者從記憶的厚重深處邁入因景、人而突起的頓悟與輕鬆。

文選的作者都是名家，而且年齡、性別、兩岸、族群、專業領域的分布相當平均，不僅收錄葉石濤、林文月、張曉風、白先勇、余光中、尉天聰、董橋等大家的散文，而且也有不少中、少、壯輩，如小野、平路、林黛嫚、張瀛太……的力作，在範圍與風格上是充分發揮了多樣與異質性。每一篇讀起來均能令人耳目一新，對屋裡、窗外、身體、景觀、食色、記憶、文化政治各種面向所激發的惆悵、失落、體悟、著迷、困惑及含混感覺，無不透過敍事者的親切筆觸，彷佛身處故事的擬真場景，為舊照、古城之月、人生道上的淒涼暗感神傷，或在跨年代、超國界、超真實之漫遊中，在某些鏡頭反射的影像之前駐足，甚至於跟著散文世界的主角一起享用、聆聽美食妙音，聽到另一個心靈的感召，隨著起伏、漂泊、蕩漾。

《八十年散文選》以邱坤良、葉石濤、白先勇之個人緬懷式的故事開始，可能是焦桐本身的某種念舊情愫在發酵吧。其實，在這本選集中，焦桐專愛一些文學品質較高的作品，而且挑出兩三篇有關飲食饗宴的小品，我們幾乎可以對他的選擇與賦與意義的標準呼之欲出，這也許是他選入《中國時報》上的文章比例較高，同時不得不將政治、資訊方面的散文割捨的緣故吧。不過，經過他的細心而有品味地挑選，《八十八年散文選》篇篇可讀，令人回味無窮。

焦桐在他的導讀文字裡，勾勒出散文情感內斂，含蓄而飽滿，深沉而節制，迂迴而知感交融的詩學，於鑑賞之餘，往往揭示了散文寫作的奧祕，並指出必須避免的通病，令人激賞。這本選集是詩人閱讀散文的另一種感知告白，而「附錄」收入〈散文紀事〉及〈散文巡航〉，將年度有關散文的大事列舉，相當有參考價值。

小說家評小說

《小說稗類．卷二》（2000），是張大春繼《小說稗類》（1998）之後，推出的小說閱讀心得。有許多見解貫穿了這兩卷小說技藝論，特別是在選樣與分析功夫的「不厭精細」這個面向上。不過，卷一顯然有其嘗試建立小說表意體系的用心，從本體到修辭、指涉、政治、認識論等，分別就各種課題作深入淺出的論述；相較之下，卷二則更加自在揮灑，以「多告訴你一點」的方式，由日本電視推理劇，談到不肖生、金庸的武俠小說，不但討論範圍廣泛，而且觸角敏銳。

在中西文學傳統中，文藝創作者發表理論見解，可說是淵遠流長。在歐美詩論方面，遠自賀瑞士（Horase）、奧古斯丁（Aureliu Augustinus）、西德尼（Sir Philp Sidney）、歌德、波普（Alexander Pope）、華茲華斯、雪萊（Percy Bysshe Shelley）、阿諾德（Mathew Arnold）、艾略特，都佔了重要的地位。於小說的領域裡，佛斯特、詹姆士（Henry James）、昆德拉、魯西迪都有專著論述，而且也有頗多「小說家論小說」的系列。即使在中國文學裡，也不乏詩論、畫論、筆記、評論（金聖歎、張竹坡等），或者像魯迅、錢鍾書等人就小說史個別作品及表達文化，提出精闢的見解。

但是，在華文世界裡，張大春的《小說稗類》卷一、二應屬創舉，尤其是在這兩部「小說祕笈」裡，大頭春縱橫四海，跨越時代、國界、文類的限制，其洞見既富個人色彩，又充滿美學哲思，乃至學術相關文獻方面的討論，可說是亦諧亦莊，在俏皮的文字之中（如「用眼睛翻譯給耳朵」、「悄悄地又死了一次」等），不斷宣稱小說世界精采微妙，細部鋪陳的文本設計及其閱讀索引圖示，有相當濃厚的後設批評味道。

《小說稗類・卷二》的文字十分鮮跳，我們不時在「另類」的附題引領之下，幾經峰迴路轉，由貝克特（Samuel Beckett, 1906-1989）到喬伊斯到村上春樹，或從索福克里斯的內在世界走到安徒生童話天地，乃至《聖經》、賈西亞・馬奎斯的《百年孤寂》（*One Hundred Years of Solitude*），令人見獵心喜，又可透過小說家的觀點，欣賞另一段啟示錄。當然，我們從卷一到卷二，依稀看出小說家閱讀的心愛清單，卡夫卡、張愛玲、貝婁（Saul Bellow）、志賀直哉、狄福（Daniel Defoe）、昆德拉等都在其中。張大春情不自禁地也「多告訴我們一點」，說：「《雨王亨德森》（*Henderson the Rain King*）是一部我經常重讀的小說；它翻寫《唐吉訶德》（*Don Quixote*）、瓦解《大亨小傳》（*The Great Gatsby*）的祕密企圖，永遠令我讀得興味十足。但是它也在過度經營細節意義的儀式上做了最糟糕的拙劣示範」（卷二）（33）。在同一章裡，張大春也拿張愛玲與卡夫卡及喬伊斯相互比較：「嫻熟（可能太嫻熟了）的張愛玲從未製造出像卡夫卡或喬伊斯那樣非關情節推動——甚至刻意妨礙或阻止情節推動——的細節」（27），他說：「張愛玲太知道讀者的耐心像冰激凌，大抵要趁融解之前吃掉最好。」這種觀察文字是以張愛玲的筆法道出，令人彷彿吃「冰激淩」一樣清涼窩心，掌握住那股律動與神采。

就是以這種表情豐富而又洞悉奧祕的文字，《小說稗類．卷二》從小說情節的「時鐘」談到符號指涉、人物執迷、離題技法、取材轉化、胡說張歎、彌彰欲蓋、離奇鬆散的各種文類情景。張大春偶爾會耍考證、戲弄學究氣；不過在簡短討論完胡適、陳世驤、修辭術語、艾可的訪談之後，他立刻「暫時回到」文本身上，去分析武俠小說、虛構論述的結構及「反事件結構」，以鞭辟入裡的方式，另闢蹊徑，引導讀者進入小說的大觀園。

書商推介這兩卷書是「中文世界的第一部小說創作理論」、「張大春的小說祕笈」，我倒覺得它們更像張大春的小說閱讀索引圖示。也許他平生第一架單眼照相機沒補捉到黃春明的宜蘭；但是，《小說稗類》卷一、卷二卻活生生地抓住了許多小說家的文字及其世界觀。

內爆紛亂
——《十二女色》的血紅世界

初讀《十二女色》，不時為其中的血紅意象及酷虐異象所震撼，在觸目驚心之餘，卻從字裡行間讀出特殊的力道，從色、肉、惡、痛的重複衝動中，體會到人生於昏亂深淵，不斷掙扎、倖存之際，不能不具足恐怖與雄渾、豐盛與悲哀。

從〈桃花紅〉一開始，映著夏日玫瑰的火紅到淡紅、紫紅，以至於細月的血紅斷甲從門隙間抽出，這本小說集已設定了令人戰慄的色調；然而，斷甲重生，小裂痕長出月亮傷痕，卻為生命的創傷，譜出慰藉撫平的韻律。七姊妹、山鬼的以血救贖，十二女色的惆悵荒廢，〈雙城月〉中陳路遠的家國宿命，及他再度出現在〈失域〉中的血腥屠殺，以及最後的小說人物由開場到演出，在戲裡戲外、過去與現在的重疊與閃失裡，感到疲軟、飢餓而可悲。

這五篇敍事體的角色、情節、意象一再重複演繹，但每次再出現時又有些差異、變化，例如陳路遠、趙眉、葉細細等，看似熟悉或總已見過，卻展現出不同的酷異面貌。鮮血與月亮、鬼魂與戰亂、攝影與死亡的詭魅關係，則不斷重演，而許多小說主題是發展自張愛玲、魯迅，但是似乎更接近巴代伊或布蘭修（Maurice Blanchot），尤其是邪惡、災難、肢解過程中的冷酷與虛無：「希望從未無所謂有，無所謂無的」。不僅在〈雙城月〉、〈失域〉裡，對人類的暴虐本質，有十分深入精微的描述，其他幾篇也充滿了戰慄與恐懼之中的片段，如葉細細對周秋梨的淌血身體所做的噩夢，一再出現，但卻映著母親李虹和幾個男子在遠處跳探戈。

最令人驚異的莫過於黃碧雲的文字，從細部鋪陳，一再演繹或簡短剪接，乃至援用許多中西文學的名句，透過電影運鏡、古文、話本、蒙太奇、意識流，以中、英、香港廣東話，交雜的方式重視，將言語的局限推到極致，尤其是一些重複的句子及每篇故事的結尾，幾乎每次都是峰迴路轉，彷佛由反射稜鏡中望見既可指認但又光怪離異、弔詭變形的景觀。不少批評家已指出：張愛玲是黃碧雲的師奶奶；不過，黃碧雲其實是有其獨到之處，善於運用來自不同語言及論述領域的文字，如攝影、報導、醫學、宗教、民間信仰等，以「挨挨湊湊」或快門直拍的方式，將不同情境並置：「死了。再來一幅，張眼的。月亮。」因此，在創造語境，重新描繪更深層的現實這一點上，頗為鮮活、精采。

比起西西、鍾曉陽，黃碧雲可能是島內讀者較不熟知的，她是新聞系出身，擁有犯罪學碩士，兼法律專業文憑，這些知識使得她對殺人、凌虐、犯罪的場景有相當細緻、精密的掌握，從保留現場的攝影存證到內心戲劇，都超過其他文學工作者，可說將社會與心靈黑暗面攤開，映著血色的月影微光，展開黑色書寫。

《十二女色》是麥田「當代小說家」系列第十五卷，前有王德威十分詳盡的「序論」，書末有劉紹銘、黃念欣針對單篇小說或創作生涯的解說，因指見月，不但藉此眺望香港、中國的月亮，而且也體認了二十世紀末的紛亂女色光譜。

來自懵懂的記憶角落

駱以軍的作品《月球姓氏》，是一部半自傳體的家族誌異，同時也可延伸為二十世紀下半葉臺灣的國族誌，對某些特定時空長大的讀者而言，全書必然勾起許多五味雜陳而又甜蜜的回憶。

透過「我」這位敘事者，來自懵懂、斷碎、顛倒、妄幻的記憶角落，在世故及其貫注的神情之中，經常流露出錯愕、雜泊的悲喜感觸。小說論述由愛狗小玉的火葬出發，邁入父親的另一段情，回顧家族、兄姊、親友、動物、建築、街道、校園、婚姻、政治、歷史、流亡等等人物、地方所激起的「不堪往事」。

記憶的主軸固然圍繞著父親及其逃難來臺的經歷；不過，父、母兩邊的譜系，乃至妻的阿公、阿嬤及所有姨舅、親戚，包括父親原配後來再嫁的共幹獨眼龍，都不斷進入我們的視野，在族群及語言的交織網絡裡，整個文化身分的含混面向及其社會心理戲劇一一展現，而且往往透過記憶稜鏡的一再切割、迴映、演繹（secondary elaborations），這些人物及事件又重新出發，例如在首篇走失的狗蘿蔔復現於院子，「被遠遠近近天際沖天炮的爆裂聲嚇得黏在他父親腳邊」（〈醫院〉106），父親的「女人」（〈辦公室〉）後來在〈逃難〉裡，成為父親所預示的宿命：「我兒子將來會和我的情人上床」（204），或老哥、姊、娘、姨、阿嬤等人的另類行誼在另一個角度之下，演出超現實的臺灣史私生活版。

父親於一九四九年來臺，另外娶妻（「我」的娘），生了三個小孩（「我」是么兒），我娶了一個澎湖女孩（妻）。「我」家裡從前養過不少狗，再加上左鄰右舍的親友們（如將舊炸彈放入自己褲袋當「煙火」放的月伯伯），駱家可說是臺灣族群文化錯亂譜系的縮影，正如敘事者所說：「我總以為那是一個外省人與本省女人的相遇。後來我發現事情並不如此單純！我娘的家族譜系線索，如風中遊絲，線索難覓」（255）」，「我娘是養女。她的養母亦是養女」。再追究下去，每人都有著各自不同的祖先，無法明瞭其祖先們遷移的動態，因此父親逃經淮陰，向土地公祝禱，後來到臺灣之後，卻無法再回鄉與大媽團聚，反而妻的阿公這個澎湖人，死後託夢告訴大家：他在冥界作了個小官，官小到不入品秩，就在大陸淮陰當土地公。這種離奇、詭異的顛倒錯置，道盡了臺灣歷史的滄桑及其錯綜面向。

《月球姓氏》對童年往事、成長過程、情色經歷、家族戲劇、白色恐怖、部隊生活、生離死別等場景，均有細緻的描述，而且每篇的開端總是有令人驚奇不已的簡短雋語或細部拍攝，結尾更以「停格曝光」的手法，將迷糊與知解、陌生與熟悉、徬徨與確認、虛擬與真實兩皆不是的縱深場景予以保留，一個既天真又世故的例子是：體驗了月伯伯的銀色煙火彈在頭上爆開的慘烈與淒涼之後，「我」仍說：「昨晚月伯伯放了乖乖好大一傢伙的沖天炮給我看」（91）。這種「面不改色說謊的童年時光，用淨是無邪可愛的語調」，似乎隱約對外省邊緣族群來臺的生活，乃至政府一貫欺瞞百姓，迫害異己，美化其壓抑體制的作為，提出沉重而又無奈的寓言暗諷。

整部作品的主要人物其實是父親，他的流落他鄉及其困頓、寄託，貫穿了各篇的關節，將亂世之中的漂泊流離及之後的「橫了心撒番胡搗」的情景寫得神氣活現，敍事體最後以父親的日記作結，透過「我」的觀點，把今昔並比、旁徵，道盡漂泊生活瑣記的感慨與神傷。透過父親此一角色，《月球姓氏》可說是替漂泊族群及其無意識之中所形成的文化交錯現象，譜出家國動盪中的安魂曲，一部歷經流離、創傷、歧出、融合、應變、再生等過程的生命史詩。

葡萄美酒「頁」光杯？

施叔青的作品《微醺彩妝》（1999），是當年她返臺之後推出的第一部中長篇小說，故事以島內流行的紅酒熱為背景，透過描寫中上階層縱恣食色但卻無味、無品的消費及再生產行為，扣緊六位男士及其周邊的女性，去鋪陳臺灣的各種詭怪社會現象，洞察跨國及本地文化經濟與大眾媒體、白道官商勾結過程中所呈現的淺薄、空洞、病態面向。

小說一開始，是一段引文：「我們失去家鄉的味道，只能從家鄉的葡萄酒找回。」不過，小說裡的葡萄酒其實是來自「異鄉」，是法國、義大利、美國、西班牙、智利、阿根廷等產地，可說是雙重的疏離、異化及失落，從引文到本文之間，已約略道出主人翁等人的藉酒追夢早已是無望的贖救之舉。

幕揭幕落，我們看到自命瀟灑的呂之翔，奔走尋找醫生，希望治好他的嗅覺失靈症，後來，在迴光返照，酣歌熱舞之後，他像「陶瓶的香氛蒸發散盡，草莓塌軟了下來」（259），又陷入寂寞空虛的殘碎廢墟之中。在這總已「失去」與無法「找回」的欲求、挫折無盡的擺盪中，我們目睹了一小撮跨國文化經濟的引領風騷及推波助瀾者的夸誕演出：邱朝川的操縱壟斷、王宏文的蒐物成癖、唐仁的內神外鬼、洪久昌的財大氣粗、楊傳梓的憂鬱悶燒、吳貞女的拜物儀式……都教人感覺到臺灣社會在理論與實踐上的粗暴，於日常生活的文化消費與再生產領域中，充斥著聲色豪爽的不知節制，假藉環球與本土文明之名，複製了另一種更加荒誕的怪力亂神拜物教，以大規模的「手冊」（manual）文化工業，發展所謂的「另類」消費，去壓抑、掩飾、變相昇華島內的種種認同危機及其主體失落問題。

紅酒潮流看似高級品味，但是在眾人一古腦兒吸古巴雪茄，拿紅酒泡蒜，抹香奈兒五號，買名牌內衣，拉白道關係，信奉密藏上師，其實只是有樣學樣，依照手冊畫葫蘆：「那一回世貿聯誼社的雅集，呂之翔注意到二世祖王宏文把長長的鼻子放入高腳水晶酒杯，瞇眼深深吸嗅，那種專注享受的神情，成為他模仿的態勢」（237）。呂之翔原名為賴家祥，因為崇拜棒球明星呂明賜而改名為呂之翔，整天戴著球王簽名的球帽：「這頂被球王加持過的帽子，除了睡覺，從不離開他的腦袋」（81）。他雖以品酒自詡，在報刊上發表相當具分量的評論文字，但是追根究柢卻是追隨二世祖及國外的品、調酒手冊，他的嗅覺似乎是足以引以為傲的感官，不過，在他最後一次聞到氣味之前，早已被他人、外在的味道及其報導所操弄、影響。因此，在他喪失嗅覺之後，仍可依賴書本及經驗，憑色彩及樣態，描述紅酒的種種細微差異，騙過一般消費或鑑賞者。

呂之翔的嗅覺失靈是他感官生命的一大危機，就美食學與情色美學（erotics）而言，他的人生價值為之粉碎，尤其回到家鄉及在美人擁臥入懷時，他的鼻子喪失功能與陽物的象徵作用幾乎等同。身體的部分「換喻」為整體價值，乃至社會意義的運作系統，可說是這部小説相當成功而且值得再深入發展的課題；畢竟，舌頭與食物、國家文化（或民族性）的連結是呈一種「借喻」與「換喻」的關係。這在王宏文品嚐紅酒的沉醉神情，他遠赴法國為蒐購陳年紅酒及古堡，或者像邱朝川、唐仁、洪久昌等人不斷以酒價來評斷紅酒身價，都足以顯出臺灣人的酒格。小説中對張大千、盧監委、王宏文的美食排場均作了精妙的描述，甚至透過照妖鏡，把政治家的敬酒拜金文化納入讀者的眼底：「政治人物手持的紅酒，看在呂之翔的眼裡，卻轉成被污染的黑色海水」（255）。紅酒為「十五全」、「拜票拉票」、政爭儼然注入一股無法控制的力道，令政商人士沉醉其中，醜態畢露。官商的勾結更因為紅酒熱而加溫，變得彷佛更高尚、華麗、奢侈。這正是臺灣的酒品。

因此，品酒、販酒的專注——投入態勢固然令人肅然起敬，説穿了，即只是文化主體性淪喪，生命價值虛無的形相轉換而已。從王宏文到呂之翔、楊傳梓，這些酒商、酣客，乃至抹上「微醺彩妝」，假扮輕醉的時髦淑女，都在某一程度上類似楊醫生的夫人吳貞女，靠外在的社會儀式，商品（commodity）、物象（fetish）來添補心靈上的黑洞：「最近她渴望走出家門，留在外面的時間愈長愈好……市政府環保局實施垃圾不落地之後，出去等垃圾車變成她晚上盼望的活動」（125）。

這段文字點到為止，卻十分簡潔而犀利地切入吳貞女心靈深淵的絕望處境，以借物寄託的方式，（先是藥物、垃圾，後來則是宗教、菩薩金身），呈現出某種不由自己的「重複衝動」（repetition compulsion），暴露出無法自主的行為背後的社會畸形發展及其病態心理。包括吳貞女的猛就家中擺飾下工夫，楊傳梓的喝酒解悶、呂之翔的追逐新感覺、王宏文的新收藏品……都是這種重複衝動的展示。整本小說即是以充滿了「借喻」與「換喻」的修辭策略，管窺臺灣社會在紅酒、衣飾、香水、葡式蛋塔到靈異等等流行消費活動之下的「感官失能症」及那種無法自拔的「重複衝動」：從不由自主地試圖一再以紅酒澆熄憂鬱，以美酒佳餚手冊為準的品味塑造（self-fashioning），或藉華麗豪奢的排場、搞怪大膽的衣著、多元合成的鄉土野味……去炫耀、震懾、征服、夸飾，全書大致是以「病理學」（pathological）的角度，去觀察周遭的一切奇幻、動態景觀，因此之故，小說會以呂之翔就醫肇始，對醫學知識大加發揮，乃是神來之筆，藉此揭開了臺灣流行文化的精神病症候。

在命名上，許多人物是有其弦外之音，如最明顯的洪久昌這個來自南部，崇尚俗又大碗的紅酒量販商，他的名字諧音紅酒。至於吳貞女喪失丈夫的關照，貞潔與失寵、無知簡直是同義詞。呂之翔則是純粹是想像式的翱翔，即使對紅酒事典知之甚詳，也只是裝模作樣。王宏文很容易便可對號入座，而唐仁的英文名字威靈頓其實並未為他帶來應有的外交勝利，反倒是他的「仁」字頗有詮釋空間，他與紅酒商人所涉及的官商網絡及假牌紅酒，自然是以百姓為芻狗了。米亞、羅莉塔與葉香對照之下，顯出異類、清新、後後現代的味道，令人無法捉摸，這是另一種命名系統所引發的意涵。然而，羅莉塔與納博可夫（Vladimir Nabokov）的小說女角同名，似乎是要勾起那副故作天真的誘惑模樣，即使在小說中，羅莉塔以品味自許，年紀也不再嫩了。米亞則是當今流行綠色環保主義的原型人物。這些女性角色其實有許多豐富的面向可再發展。

施淑及王德威都注意到施叔青對女性角色的複雜處理方式；不過，在《微醺彩妝》中，女性角色卻未能佔較充分的篇幅。彩妝與女性的關係可以是整部小說的重要插曲，但是香水及情色反而更引生出其他情節。當然，這些只是小說家的取捨問題，重點是這本小說已道出施叔青從「夸誕」、「怪誕」或「鬼魅」的文類，邁向「病理」的社會寫實。在這種轉折上，旁觀或參與，焦慮與看破的距離確實不好拿捏。我們依稀感覺到敍事者對種種病態演出是有所不安，因此，她要加以披露，但是，同時，她又被紅酒的大學問及其背後的文化再生產動力所吸引。也許這是她返臺之後目睹社會怪現象，無法自外於流行文化夢痞，而有錯綜的認同心理吧。不過，很明顯的，《微醺彩妝》已讓讀者對施叔青感覺耳目一新，似乎在這本小說問世之時，她已揮別了施淑、王德威等人所說的「夸誕」、「怪誕」世界，而進入了一個更加魔幻、真實而又有點病態的臺灣社會。

紀實與懷舊之間
——讀《行過洛津》

繼《香港三部曲》、《微醺彩妝》之後，施叔青推出她的力作，臺灣三部曲之一《行過洛津》。在許多文本技巧上，《行過洛津》與香港三部曲頗為神似，特別是透過邊緣人物去凸顯殖民（或移民）社會的權力戲劇、人事變化，同時也像《微醺》一樣，精於社會病態（如戀童癖）的鋪寫，在奢豪中刻意凸顯其淒涼、物化景觀。

由香港的妓女黃得雲到泉香七子的小旦許情，只是性別改變的粉墨登場，而《微醺》裡當代臺灣的酒色財氣及感官失調，回到了嘉慶、道光、咸豐時期，則是舞臺內外的爭奇鬥豔、聲色角逐、暴發致富。為了捕捉戲棚上下的浮動，一方面將大小人物放入廟堂、巷弄、家園之中，描繪其內外之心理場景，另一方面則不斷以歷史記載、懷舊觀點，去對照出今昔滄桑。不同於前作的是：（一）施叔青對鹿港有執著也有距離，因此她認真把玩歷史文獻，以「講古」的方式道出往事，但她也假藉「通靈巫怪」的內地人（如施瘋子輝、青暝朱等）或暫離故國的外地人（如許情、朱仕光）彼此交錯，提供「對位」式的歷史閱讀。（二）她在這部小說中充分運用了臺灣話語，讓人物神氣活現，儼然將庶民文化帶入歷史小說的擬像世界之中。

整部小說以許情這位戲子三次來臺的經歷，尤其扣緊他與石煙城、烏秋、朱仕光、阿婠等人的交往、戀情，譜出中清到晚清時期臺灣的商港洛津（現在的鹿港）由盛而衰的景象。透過舞臺這個舉隅比喻（synecdoche）去鋪陳市井、官場的人際、政治的變化，進而從洛津看臺灣，由隱喻到託寓，這部小說可說運用了各種層次的比喻手法。但在敘事上，許多人物與歷史事件是呈片段且不在情節底層縱深產生連結的分裂而又重疊的方式，去呼應許情三次來臺之間所見到的震後殘破及其憑弔情景。小說也細寫朱仕光在臺灣對民風、兵亂、大眾、看戲、婦女、食物的不解與厭惡，及因之而起的懷鄉心理，做相當程度的對照。在此一框架之下，民間記憶及歷史傳奇一再演出，試圖再現鹿港的地方史（長興街、龍山寺、摸乳巷、黑面媽祖等）及民俗文藝曲目，既以閩南、平埔的民俗為背景，也從《陳三五娘》的劇本演出及官派同知朱仕光的改編淨本，隱約影射臺灣遭到漢人文化的整肅。

在懷舊與紀實之間，《行過洛津》的族群政治，情色位勢、階級觀念、歷史意識頗耐人尋味。施叔青似乎要在許情對昔日洛津的懷舊及朱仕光的思念揚州的對位尋索之間，找到臺灣這塊移民社會的多元交叉、離散分裂而又充滿迷情的勁道。從許多史地的細節，我們可看出作者相當認真研讀文史資料，如濁水溪傳奇、天公爐、天后宮、萬合行等。

不過，施叔青何以鍾情於許情，而不以涂黑的海盜生涯、石煙城的家族史、或施輝的生平為敘事主軸，反而不斷從「過客」的角度去形容朱仕光的「不覺思念起他那『長堤花柳金依水，一路樓臺直到山』的家鄉」，乃至許情記憶中第一次抵達洛津奢豪的美景（「方磚鋪遍滿地紅，天蓋相連曲巷通」）。在這種念舊與不捨之中，「船航故道已然淤淺湮沒，滄海變沙灘」，一代風華不再，如此筆觸之下，洛津的沒落更加令人鼻酸。這種懷舊的紀實與虛構歷史小說的手法，可能蓄意要掌握臺灣作為移民社會的特殊場景，同時更以旅客在不經意的記憶之中所激起的薄暮殘照與餘光，用映影的方式，書寫作家原鄉與故國的過往風情吧。

從神祇的階級研究到佛教文化史

春節期間，不少人排隊去搶頭香，在節慶佳日，突然間民間宗教的聲望遠超過天主、基督或阿拉的地位，尤其在彩券的光輝下，通俗信仰又抬頭，形成一股熱潮。

原住民信天主，知識分子打禪七，各有心中歸屬，而且對其神祇有階級、等第的順序，這些高低價值排列標準，往往是在臺灣宗教信仰與全球化殖民體制相互交感的情況下產生。

一個立刻想到的例子是：魯西迪推出《魔鬼詩篇》（*Satanic Verses*）後，由於內容涉及嘲弄諷刺先知穆罕默德，激怒回教領袖何梅尼（Ruhollah Khomeini），發出全球的格殺令。英國政府不得不對魯西迪的創作自由與宗教褻瀆提出宣示回應，然而，司法當局卻發現英國有關宗教保護的法令中對天主、基督教以外的「先知」並未作明文指示，規定不能侮辱他們。換句話說，在殖民中東、印度、新加坡、香港期間，英國從未把異教的創始者、先知、使徒納入考慮；不僅當地人民低人一等，即連他們的神祇也無對等待遇。

殖民與宗教或精神傳統的權力不均關係，從巫術、醫療到宗教壓迫、改變大眾信仰等，一直備受歐美人類學、比較宗教界的注意；最近後殖民研究者也推出不少重要著作，例如維絲瓦那辛（Gauri Viswanathan）的《教化之外》（*Outside the Fold*, Princeton 1998）、梵德維爾

（Peter Van der Veer）的《帝國接觸》（*Imperial Encounters*, Princeton 2001）都針對英國殖民政權對印度「異教」所採取的種族、性別、文化策略，提出精闢的分析。而一部歷久彌新的非洲巫醫經典則是塔西格的《沙門、殖民與野人》（*Shamanism, Colonialism, and the Wild Man*, Chicago 1989）。

相關的著述不勝枚舉；在中、臺、日之殖民、後殖民時期，宗教發展此一領域，文獻雖多，卻很少系統性的整理與討論。江燦騰先生所撰寫的《日據時期臺灣佛教文化發展史》應是最完整而又深入的巨著。以立體的歷史還原方式，這本書探討日本在臺殖民統治的同化、妥協措施，尤其針對臺灣佛教由舊制到新佛教運動，新興道場之間的內部辯證、衝突，扣緊領導人物所引發的教派、言論、刊物及其影響，去鋪陳改革、轉型、自我鞏固、彼此批判的故事發展脈絡。在原始資料的運用上，除了將檔案名稱、學生名單、年代、分期加以表列、引述之外，還進一步透過第一手取得的線索，將因果關係歸納、推斷出來。例如，論及「佛化新青年會」的新佛教理念之移入，不僅以大陸革命新情勢的發展為背景，也解讀當時在臺灣佛教刊物上發表的各篇言論，勾勒出文章論述的發言位勢及其政治、社會、實用考量，一講到我們對佛教與「世間法」之間的關係有所了解，往往是以提出問題方式。江燦騰仔細道出一些恩怨、祕辛、悲憤及苦衷。而對「臺灣馬丁路德」（新僧林德林）的事件，更是從原始文獻及其相關問題下手，層層剝繭，切入新佛教事業與其潛在儒佛社群的衝突與糾葛。整本書由嚴肅事件到幽默文學，跨思想、宗教、藝術的領域，涉及人物評價及美學判斷，非常生動、懇切，有特殊力道，是讓我們更加理解臺灣佛教如何興盛起來的發展史。

從紫金山到尚佐

——家庭與歷史的見證

法國年鑑學派改變了世人對歷史的看法，認為虛構敘事與史實陳述難分難辨，歷史並非圍繞著國家、英雄、政治、經濟革命、戰爭、天災等大事件，反而是從一些極其私人的書信、生平瑣事中可見到真章。特別在中國歷史近百年來的動盪過程裡，官方歷史似乎不無造作的痕跡，而庶民的家庭史、個人的傳記可能更具公信力。

近年來，哈金在美國文壇崛起，他的小說大致是針對文革前後的人物及其故事，在虛構之中，呈現出近代中國歷史上，政治暴力對個人、家庭所造成的糾結，如小說中的主角一再辦假離婚，以便親人得以脫離無名的迫害。哈金的作品雖是被誤放在華裔美國文學的領域中推銷，但是不少學者卻指出：他的體裁其實是不大與美國的華人漂泊歷史及其境遇有任何密切關係，反而是以英文寫中國文革史及其故事，讓英文世界的讀者閱讀。當然，這種分法不容易立足。華裔美國文學往往是以進入美國境內之移民史為準，向前追溯華人如何被種種理由吸引到「金山」或海外的就業、教育、生活環境，或向後推至移民之中所受到的歧視，不平及剝削，及其往後的掙扎、奮鬥、倖存、成功策略；因此，通常將時空的座標放在北美。

不過，這一兩年內，有相當分量的傳記小說是改以移民史為起點，但都回到家族在中國的歷史場景中，大談家庭傳奇人物的本事始末。在這個領域裡，比較突出的是翟梅莉（May-lee Chai）、翟文伯（Winberg Chai）所著的《紫金山的姑娘》（*The Girl from Purple Mountain*），敍述母親、祖母在紫金山從小長大的故事，她歷經當代中國史的種種變遷，依舊保存其一貫奮鬥及高貴的性格。在華人不斷被「苦力」化或遭「異化」為「花木蘭」、「李小龍」或「李文和」之時機，推出這種家庭傳記，頗令人振奮；但問題是：後人並未親身體驗那一段動盪歷史，只憑母親的追憶及兒孫的美化敍事，家庭傳記的可信性難免要大打折扣。這本傳記雖受質疑，但卻頗受歡迎，而且帶動了尋根、撰家傳的風潮。

無獨有偶，臺灣在駱以軍、朱天心等人的著作中，也找到為父親及其過往撰寫家傳的新表達模式，如駱的《月球姓氏》將父、母親的漂泊及社群史，納入敍事者的歷史回顧，遺物整理及初當人父等跨時空的互動框架中，譜出各種記憶主體及創傷經歷；這個題材在駱以軍的《遺悲懷》，更以奏鳴賦格的方式，與邱妙津進行死亡的對話。

不過，近年來，家庭史（或家傳）的敍事架構及其歷史視野，最宏大而可觀的莫過於朱西甯的遺作《華太平家傳》了。據朱西甯的女兒、孫女的說法，朱老花了十多年的工夫，先後修改九次，直到逝世時，卻只完成了百萬言著書計畫之一半：五十五萬字，中止於手稿一〇六六頁。

這本家傳將華家與中華民族加以類比，從一九〇〇年來所經歷過的鴉片戰爭、西學入侵、改信基督、兵禍連連等等苦難與現代化過程，一一道出祖父、母如何從「城裡人」落戶在山東尚佐縣，父親在李府打工，結識從小夫婿夭折的沈家大美姑娘，娶過門來，而後祖父傳教、村莊變化的種種，鉅細靡遺，儼然是一部現、當代中華民國史或庶民史。敍事者告訴我們他對五歲前的事記憶猶新，而且彷彿真有其事似的，娓娓道來，展開其細節敍述。升斗小民對兵亂、對洋人的想法可說歷歷如繪，尤其透過祖父對老卜牧師的心生憐憫，不再冒昧指責西人教牧為八國聯軍承擔罪惡，也不引咎自譴，十分細膩化輕描淡寫出家國的失落及其淒美。

然而，在閱讀的過程中，敍事者的可信性問題總會出現，因為這些家族及大社會之變化畢竟是在小孩懂事、有記憶之前便發生過，他是以何種「超前記憶」能力取得並掌握家庭羅曼史及國家民族傳奇故事（saga）的「原初景觀」？在朱老晚年實然又回到漂泊來此地之前之家國記憶，這又有何特別意義？似乎這位從尚佐縣來的小男孩與紫金山的女孩到了「外地」的經歷與其歷史見證、族群倫理甦醒，有某種神奇的共鳴。

原鄉的呼喚

和瓦歷斯結識，少說也有十年了，這麼久的時間裡，始終無法將他那儼如獵人的形象與他雄渾無比的敍事者此一角色密切縫合；不過，每次總是被他的故事所打動，深知他一直努力保護泰雅及其他原住民族群的傳統，讓他們在臺灣種種有形或無形的貧富階級、種族、性別等政治經濟惡質競爭中，得以倖存且能進而鞏固族群尊嚴，對他的文化視野及社會正義舉動，我由衷感到震撼與敬佩。除了獵人與詩人的形象以外，我常認定瓦歷斯是徘徊於原鄉與城市之間，在殖民與後殖民論述外另闢空間的文化鬥士。

一九九八年，我堅持邀請他與黃錦樹到哥倫比亞大學，參加「書寫臺灣」的國際研討會，與會者都認為那是最有意義的決定，因為瓦歷斯與黃錦樹的言論讓所有人大開眼界。瓦歷斯說：他在紐約並沒迷路感，反而在街頭藝人的表演及各種族群景觀中，找到許多迴響，他的親身敍述，與發表文章時反血統基本論的言行，都令大家耳目一新，他的胸襟、氣魄帶動了會場氣氛，原住民文化的倖存問題變成了大會的主要課題，引起各國學者的熱烈反應。

瓦歷斯的近作《迷霧之旅》將他這十幾年來的個人及族群經歷帶到讀者面前。這本散文集收錄他十幾年來的論著、雜文、札記，可說一方面對部落生活有其自然抒情的描繪，另一方面則對部落的歷史及遠景，由深入殖民戲劇到目睹地震災情到旅遊異地的所見所思，均提出語重心長的個人探索與部落敘事，既是傳記、遊記的集結，也是文化身分的呈現。

瓦歷斯透過外界文化、新聞作者的眼光及其問題：「你『研究』臺灣原住民文化那麼多年……」，披露出自己的處境：「我從來不『研究』原住民文化，我只是回過頭來重新『認識』自己。」也就是重新發現部落的歷史地理動向。

瓦歷斯以回顧過往的觀點，談到早期如何離開部落，討厭父親，受師範教育，請調到豐原的小學教書，開始閱讀、了解臺灣原住民的社會狀況，毅然決定回到部落，逐漸了解父親，接受「山窮水盡」的難題，對部落迷失的老人、果園、大地、山水、神話，一再進行由內心到社會實境的重建工作，在九二一之後的「窮山惡水」及重創受傷的滿目瘡痍之中，聽出部落中大家心靈握手的聲音：「經過了十個月，彌互（Mihu）部落開始煥發出翠綠的色澤，開始站穩的樹木抽長著新葉，你因此可以聽到大地發芽的聲音」。

比起較早的《荒野的呼喚》、《番人之眼》，瓦歷斯的新作《迷霧之旅》充滿了對土地的痛心及愛惜，在龐大而長遠的災難、壓迫之中，刻意去凸顯安靜的存活小生機，他在上課時，常指著某一個部落的景點，道出昔日的樟樹、巨石、城牆的故事，要學生於目前的殘破瓦礫中，在腦海中組構過去的輝煌及族人的勞累事跡。這本散文集不僅從八〇年代末期的臺灣都會出發，重新回到部落，經歷過臺灣政治、歷史的動盪，而且也以旅遊的漂離觀點，去看在觀光文化及都會討生活中逐漸消失的族人，也從威爾斯之行、翻越中／南橫，駐足花蓮立霧溪口、假冒邵族出入日月潭的種種行腳，既驚嘆大自然的神奇孕育生機，也從此一驚異的力量之中，發現土地的變動與族人家園的毀滅，產生出雙重視野與分裂意識，時而在思源埡口午後的捲天動地濃霧裡，升起心底的猶豫與憂鬱想像，但又從中見到族人勇登山丘，越過險阻，沿著蘭陽溪兩側高地，眺望太平洋建立了足以生根立命的部落，對比興起浩然雄渾的神思。

在威爾斯的遊歷，也往往讓瓦歷斯憶起原鄉的歷史相應情節，尤其威爾斯的母語於一五三六年遭禁，卻在一五八八年，因為教會將聖經譯成威爾斯語，得以保存，一九六七年廢禁語令，一九九三年官方文書、教育部開始用雙語。臺灣的原住民母語在若干情境下有些近似，但是目前的雙語政策仍未明，顯然仍有必要向威爾斯借鏡。

《迷霧之旅》的第二部分是歷史地理的田野，從漫步原鄉到各地的原住民文化巡禮，均經由自然景觀，去試圖找出原初部落的奮鬥軌跡。據瓦歷斯的說法，近百年來的原住民史得從一群七十歲以上的老人身上去綴補，這些老人家在生理與精神均處於快速崩解的情況，因此從事原住民口述歷史的採錄，不啻是與時間拔河。

在這本書中，我們看到地理與族群景觀的交織變化，透過這些歷史旅程，我們應可進一步建立多元文化的真材實料，走出歲月的迷霧，朝更清新明朗的路途邁一大步。

後殖民的掙扎

近兩年來，陳芳明無疑的是臺灣文學研究領域之中，備受注意、最引發爭議的學者，大陸方面將他列為「臺獨」之魁首，臺灣的獨派卻批他名不副實，骨子裡是中國文學擁護者，不僅無法割捨張愛玲，而且一再將其他「外來」作家也納入臺灣文學史視野，但是最嚴厲的言論則出自臺灣的統盟代表，從二〇〇〇年七月的《聯合文學》到二〇〇一年秋冬號的《人間》，不斷發動攻勢，針對民族文化、馬克思主義、後殖民等問題，往返討教，然而多方的爭議雖以「真理」雄辯的方式呈現，卻陷入詞彙術語、意識型態、政治立場的各説各話，儼然是《中外文學》雙廖戰爭之後，臺灣後殖民的另一波漣漪效應。

陳芳明的新作《後殖民臺灣》勢必無法終結這些爭論，相反的，它可能導致更多的抨擊。據陳芳明的説法，這本書是他五年來從事《臺灣新文學史》書寫的副產品，繼《左翼臺灣》、《殖民地臺灣》之後，進一步闡明他的「後殖民」觀點。

《後殖民臺灣》的第一輯大致是史觀的建立，共收十篇論文，透過討論臺灣文學中後現代與後殖民兩者交錯重疊，失語與失憶症如何被解嚴後的文學新潮流所片面包裝、掩飾，去分析臺灣在五〇年代被國民黨來臺「再殖民」之後，歐美現代主義在島上的種種轉折（如夏濟安與現代文學成員的自由精神，余光中的銜接與救贖，楊牧的無政府主義及其永恆鄉愁），鄉土文學與本土認同，在中國、臺灣之間的角力，乃至女性主義、本土文學、原住民書寫對大敘述之抗拒等，都在殖民、再殖民、後殖民的框架之下，以提綱挈領的方式，探討文本背後的文化歷史、記憶定位及其再現問題。自序的立場說明畫龍點睛，而第一章「後現代或後殖民」是全景式的歷史描述。在這十篇之中，「張愛玲與臺灣文學史的撰寫」凸顯出陳芳明的特別史觀，足見一方面他對張愛玲情有獨鍾，注意其影響及評價問題，另一方面則側重邊緣的位置，將臺灣的殖民處境也帶入其中。

第二輯是與陳映真筆戰的三篇回應，就馬克思主義的真相、文化與政治統獨意識，展開時而縝密，時而情緒的對話。這些你來我往的論戰，常有可觀之處，但對局外人來說，不僅瑣屑，流於臆測或人身攻擊，而且也未能注意目前的馬克思研究，學術參考價值遠低於立場宣示。彷彿只要對方的政治立場不變，既定的詮釋或所引發的質疑都不可能因為新證據、新研究而整個推翻或重新作調整。這也許是臺灣後殖民的怪現象之一吧。

最明顯的課題是臺灣是否「再殖民」的問題，陳映真堅持日據臺灣並非「殖民地社會」，他引用馬克思有關前資本主義的經濟性質，認為陳芳明的三階級論不僅不通而且無知，他一再勸「寡聞孤陋」的陳芳明讀馬克思有關資產階級、資本主義生產的歷史論述，而陳芳明則主張臺灣文學中並無中國的反帝、反封建成分，因此陳映真的「歷史知識貧困」，完全是中了文革的教條毒。

另一方面，呂正惠也對「再殖民」的見解相當有意見，他以簡單的歸謬法，指出：陳芳明誤以為國民黨是「外國來」的殖民主，以致將「外省人」當作「外國人」，他舉了許多例子說明這種看法十分荒謬。不過，陳芳明在書中其實只以政府機器來描述「再殖民」的過程，不僅將「本省」作家列為歷史悲劇的犧牲，而且也把「外省」作家（如白先勇）放進這段象徵暴力之中，並未以簡單的省籍或統獨作省籍區分的標準。

事實上，這些爭論大多圍繞自己的真知灼見或政治立場正確，因此，論爭只擴大疏離，並無法形成共識，令人遺憾。

「再殖民」的問題在許多社會是以「內部殖民」的方式呈現，但是若以英國對美、紐、澳，中國對臺灣而言，則陳芳明所說的「再殖民」在某一程度是言之成理，但漢人之間及漢人對原住民則又形成不同階級的內部殖民，並非「再殖民」所能涵蓋。陳芳明其實比較接近薩伊德的東方論或文化帝國主義，而不是打破二元對立，強調後殖民之「後」（post）是「由於」殖民所引生的文化轉變，並非脫離殖民之後的歷史、政治情況。按這些後殖民學者的看法，一九八七年未必是後殖民的起點，臺灣的後殖民可能早在漢人來臺、荷蘭人駐臺之時已經存在！

當代臺灣文學視窗

近十年來，由於國內的政治與文化生態有了重大改變，出版社紛紛針對個別作家編輯選集，或繼續刊行年度文學獎作品，乃至彙編文學評論，但是，卻很少看到真正跨年代、族群、文類的文選讀本。讓讀者一睹現、當代臺灣文學之面貌，有較全盤的理解，進而欣賞其他時期、社群的文學成就、現實關照。

因此，二魚文化之前出爐的《臺灣現代文學教程》系列，可說是劃時代的大事，在氣魄、胸襟及美學見解上，均令人耳目一新。目前，這套書共有六冊，從《當代文學讀本》的綜觀到報導文學、散文、新詩、小說（分上、下冊），大致應有盡有，雖然二魚文化著名於世的飲食文學未能在這些讀本中，另成一輯，不過在新詩及散文讀本則收了焦桐的《壯陽食譜》片段及他的〈論牛肉導向〉，至少呈現部分的文學口慾，在傳統文類之中凸顯出特別的格局。

《臺灣現代文學教程》是二魚文化人文工程之一，每一讀本都由兩位極具文學創作地位且具學術眼光的作家主編，且聘八位臺灣現代文學領域中很有代表性的學者擔任編輯委員，各文類的編輯規模是精挑細選，博約深取，充分做到視野公正、寬廣，而在美學識域上達成彙整、融合，堪稱文學選輯的典範，尤其許多學者、作家在政治立場、族群背景、年齡層次、語言訴求、性別取向等面向上各自不同，將他們放在一起，總算讓臺灣文學的百家爭鳴風格得以具體呈現。

在文選之後每一位被選入的作家，均列有詳細且有用的作者簡介、文本評析及延伸閱讀，而這些作品大致是按出版的年代順序，不僅在選材及意義上長短適中，代表性高。如此一來，現、當代臺灣文學的課程可說有了最佳讀本，從賞析到進一步研究，都提供了深入淺出的門徑。

在各種的文類選輯中，難免會選到同一些作家的不同文本；不過這些作品並未重複出現，反而反應出他們出入於特殊文類、心情、記憶社會現實感之間的創意，即使是針對同一位作家的生平簡介，編輯們往往也以「各自表述」的方式提出互補的描述與分析，如《小說讀本（上）》對賴和的介紹，側重他的抗日、反帝活動，及浪漫的寫實主義風格，並將他與魯迅相互比較，而在《新詩讀本》裡，賴和的醫生背景，其社會及新文學運動地位則較為突出，大致是以臺灣鄉土文學先驅的本土觀點為準。讀者可以從這些不同的導讀之中，看出作者各種面貌。

讀本所提供文本評析及延伸閱讀都是極其用心之作，尤其「導論」部分勾勒出特殊文類在臺灣文學、文化上的轉變，及其不僅對初學者提供啟發，連相關領域的學者也會時有所獲。也許是詩不易分析，在《新詩讀本》裡，賞析部分只是就詩人的風格、旨趣去談，而不針對個別詩篇的內容加以評論。

當然，任何文學讀本總要在萬中選一，難免有疏漏之處，但是編輯們對他們的「遺缺之憾」均在導論中做了充分說明，有的是作家或出版社不能共襄盛舉，有的則是由於其他複雜的因素。不過，小說及散文之中未見吳濁流、鍾理和、邱妙津、紀大偉等人或母語文學方面的作品，而新詩讀本的頁碼不符，大概是美中不足的小缺點吧。

《臺灣現代文學教程》號稱是要「打造文學能力」，培養閱讀品味，從動員的最大編輯人力及製作之嚴謹，選材之精細，我想出版者的人文工程已巍峨建樹，剩下的應是讀者用心去玩味、掇取了。

從狼山到法鼓

傳記是歷久彌新的文體；不過，隨著知識的商品、財經與資訊化，在市場上比較討好，而且作者又可隨機操縱的題材，已大致限於政治祕辛、情海恩仇、致富訣竅、影藝生涯等範疇。施叔青敢為一位謙沖、平實的活菩薩撰寫其學思歷程，為自己的精神導師立傳，可說至少具足三種勇氣與意義，不僅是小說家的另一個重要轉折，而且也重建了精神傳記的典範。

首先，聖嚴法師個人及其志業發展相當動態、錯綜，除了法師的論述著作之外，還有《七十年譜》及許多的佛學著作、《法鼓雜誌》、法會開示，不斷顯示出其多元而又高深的面向，很難一以貫之或甚至掌握。其次，從曲折跌宕的生命史去印證臺灣土地的異變、災難與倖存經歷，運用悲智雙運的禪觀，去照應個人際遇乃至佛教機制、社會結構的弘法利生之道。除了上述這種思想縱深及歷史關照之外，更加難得是以跨國的田野調查與訪談，重組法師的人間行腳蹤跡，建立聖嚴法師，乃至臺灣佛學在世界宗教、精神傳統中的地位，於敘述故事之間，透過諸多法眼，去凸顯修持禪慧的方法及其因靜制動的現代禪機。

《枯木開花》以九二一震災開始，描繪聖嚴法師駝背穿梭於停屍棚間，發揮救拔眾生的大悲心，透過這個公共救苦圖像去回溯聖嚴法師個人早期所遭受的水災、兵災及種種困頓與苦難。由出生貧苦農家的張保康如何被捨到南通的狼山出家，變成小沙彌，接著到上海趕經懺，當做佛事的學僧，歷經抗戰、流亡，在兵荒馬亂之中，從軍保命，化名張采薇，隨國民政府轉進到臺灣，於十年軍旅生涯中，藉機充實自己，以「醒世將軍」的筆名，宣揚佛法，終於得脫，二度出家，重獲弘法身分，而有所謂的「第四世為人」（80）。拜入更初老人門下，正式步上正信佛教的潛修、負笈東瀛修習文學（佛學）博士、禪悟思性、創辦佛院、禪七攝化、廣傳法鼓的大道，一路走來，飽受孤寂、困頓、流浪、病痛之苦，然而也造就了法師在律、禪、天臺等宗上的特殊體悟，將藕益大師、曹洞、臨濟宗的教規帶到另一個高峰，成為中國禪在本世紀的巨匠。

這本傳記與施叔青以往的小說、雜文相當不同，我們依稀讀出作者以「無我」的謹嚴認真態度，透過眾多弟子、居士的觀點，去鋪陳「仰之彌高」的景仰對象及其學行，希望由生命內在變化到外緣社會轉變、默照攝化，展現出法師的法鼓明燈形象，不斷抱病弘法，在嚴峻之中，流露出感人的生動智慧。

這本書固然是施叔青為聖嚴法師作傳，但也是她多年來禪修、追隨法師的心得，對禪七法門及個別弟子的禪悟經歷，有十分詳盡的描述，而且將之化入現代社會的觀照中，常令人突然有激發靈悟的感觸，可說開啟了多向度的生命、學思、行果見證。也許聖嚴法師會認為施叔青女士對他早年與靈源和尚的禪悟經驗，其描述與評價有點誇張，但是，我想小說家及讀者們一定覺得文字仍不足形容法師所帶給大眾的法喜。

李歐梵的浪漫與現代探索

一九四二年，李歐梵生於河南省太康縣，一九四七年隨父母來臺，定居於新竹。新竹中學畢業之後，考進臺灣大學外文系就讀，當時正好是「現代文學」的萌芽期，他與白先勇、王文興以及陳若曦等「現代文學」的健將旗手，都是同班同學。一九六一年，赴美國芝加哥大學修讀「國際關係」，之後再轉到哈佛大學東亞語言與文明學系，攻讀「現代中國文化史」。在哈佛大學就學的期間，受費正清（John King Fairbank）、史華慈（Benjamin Schwartz）兩位老師的啟蒙頗多，尤其是史華慈，對李歐梵的思想形成影響甚深。從哈佛大學東亞系退休後，赴香港中文大學任教，之前，他也在普林斯頓、印第安那、芝加哥、加州大學洛杉磯分校等大學教過書。

一九七一年，李歐梵在哈佛大學取得博士學位，之後，他發表了不少與「浪漫主義」相關的專著，由《中國現代作家的浪漫世代》（1973）、《魯迅及其遺產》（1985），乃至一九八七年出版的《鐵屋中的吶喊：魯迅研究》，在這個階段中，李歐梵側重的是：由五四時期至三〇年代，中國的「浪漫主義」、「寫實主義」乃至「現代主義」，如何在「白話文運動」等新文學運動的過程當中，和傳統產生一種辯證的關係。魯迅企圖透過歐洲（尤其是俄國）及日本的現代文學思潮與經驗，為中國新文學尋找一條出路。另外，他也同時對中國自身的文化傳統作出批評，一方面抱持著現代化與批判的精神，另一方面則由文學形式（特別是由短篇至長篇小說）的發展與變化著手，企圖找出文學創作的新方向。而在批判精神與文學創新兩個面向上，魯迅可說都是極度具有代表性的人物，因此李歐梵在七〇至八〇年代間，有許多著作都針對魯迅及其同時代的小說、詩作乃至文學史的課題，來討論中國「浪漫主義」、「寫實主義」乃至「現代主義」的歷史傳承與流變。

據李歐梵自述，他始終認為自己是一個歷史學家，在他的理論建構中，思想史的成分特別濃厚，反而比較欠缺文本深入分析的面向。在他對魯迅的研究專著，尤其是《鐵屋的吶喊：魯迅研究》一書中，我們可以看到李歐梵由魯迅的家庭與教育，以及魯迅成長過程中對社會現實感的認知著手，旁及《中國小說史略》中所反映的「傳統」與「抗傳統」思想精神，和魯迅諸多批判現實的雜文，他從這些零零瑣瑣的文字當中，形構出魯迅作為一個「諷刺與感傷的厭世者」，其創作背後的「清醒的孤獨」，也述及魯迅在希望與失望的雙重擺盪間，如何面對文學與革命的困頓情境，將社會現實的種種感受寫入自己的短篇小說當中。

如〈狂人日記〉、〈吶喊〉與〈徬徨〉這幾個特別著墨於心靈面向的短篇小說，魯迅都在敘事的過程當中，呈現出象徵的社會意義，除了凸顯「單一的獨立個體」與「群眾」間的張力，也進一步鋪陳在現代化的中國，若要了解新中國的黑暗面，基本上要保持著相當程度的清醒。李歐梵對魯迅的評述，是利用文本及歷史所在時空的具體脈絡，分析魯迅的遺產在

「現代化」意識中的定位。李歐梵對中國何以特別對魯迅加以吹捧，有相當不同的看法，他主張對魯迅的歷史定位加以重構，將魯迅置放回原初的時空與論述脈絡之下，以便重新發現魯迅，觀看他的寫作形式如何突破傳統的框架，而在現代化的寫作技法當中，凸顯生活、心靈與社會現實的種種觀感。「浪漫主義」和「魯迅研究」相關的專著，是李歐梵在八〇年代初期比較受文學與文化界重視的代表性論述，同時也奠定了魯迅在歐美文學研究中的重要地位，李歐梵在這個面向上居功厥偉，其貢獻可謂有目共睹。

在八〇至九〇年代，是李歐梵的雙城（也就是上海、香港）故事期，他於一九九九年出版《上海摩登：一種新都市文化在中國（1930-1945）》一書，對上海的《申報》傳統及印刷媒體多方論述，作了最深入的整理，同時他也透過其旅居香港的在地經驗，對香港的媒體與電影提出批判與關注。在這段期間當中，世界局勢詭譎萬變，同時也經歷了所謂的「蘇東波」（蘇聯、東歐的解體），這個政治上的大幅度轉型，促使李歐梵開始研究中國、港臺與海外華人的問題與糾葛。他的文化評論在香港的報章媒體以及《美國之音》（*Voice of America*）定期發表。這些評論收錄結集為《狐狸洞話語》，以「狐狸」和「刺蝟」間的對比，表達出他企圖透過狡猾、不受常規制約的方式，來探索文化與社會議題。在這類型的文化評論書寫當中，他不僅繼承了魯迅的批判精神，也同時在上海《申報》的傳統中，找到了歸依與寄託。也是在「雙城期」這個階段中，我們可以看出李歐梵對張愛玲長期以來的興趣，終於開花結果植根生葉，他甚至假借〈傾城之戀〉中范柳原的名義，透過《范柳原懺情錄》這部創作小說的發表，進一步為張愛玲小說人物的命運譜寫續篇。

我們可以看出李歐梵在「雙城期」所作出的重大轉折，即是他開始關注公共文化與報章媒體所表彰呈顯的「印刷資本主義」（print capitalism），如何與國家的想像與形構產生辯證的互動。在這方面，他受惠於安德森《想像的社群》以及哈柏瑪斯《公共領域的結構轉變》（*The Structure Transformation of the Public Sphere*），這兩本書對他的理論架構與書寫實踐都具有相當大的影響力，也因為這樣，他開始對第三世界、東歐文學乃至香港電影產生極大的興趣。除此之外，張愛玲與香港電影、上海的消費文化與公共空間，以及早期的雜誌、電影、文學作品與電影海報等，也都成為他這個階段的研究重點。

李歐梵在《上海摩登：一種新都市文化在中國（1930-1945）》一書，不僅只抒發其對上海的熱愛之情，我們也可以在他的行文與書寫當中，輕易看出他對上海這個城市公共文化空間的憧憬之情。在這本重要且影響深遠的著作中，李歐梵將殖民時期的上海，與其在現代化時程中的定位，以新的中國媒體文化、電影文化、新雜誌的產生與「印刷資本主義」為中介，呈顯上海的「都會視覺文化」，再現新的上海都會想像。他藉由許多第一手的研究資料，來觀看「新女性」的想像如何在電影海報中被形塑誕生，新的身體、新的國家觀念以及新的文化敏感度，又是如何透過公共空間、媒體、小說，以及新的視覺文化（如廣告、海報、雜誌與電影）等媒介，在上海這個都會空間中，結合歐洲殖民文化所帶來的衝擊，引發新的都會文化觀（cosmopolitanism）與想像。這本書在許多面向上，都將上海研究與都市電影研究，帶至另一個新的高峰，因此對東亞研究與中國研究而言，此書可說是必讀的經典。

同時，李歐梵也開始以筆名創作，在許多報章雜誌上登載他的隨筆，這些隨筆中也包括其對音樂與政治的相關探索與討論。他的父母親都是音樂家，因此李歐梵從小就以不能身任指揮家為憾，所以他在許多文章中，都提到他對馬勒、蕭士塔高維契（Dmitri Shostakovich）以及諸多歐美音樂家的偏愛，在CD的賞析與音樂的隨筆當中，他也對「音樂」與「文化」兩種表現形式相互交盪的繁複面貌加以剖析。這些相關的音樂評論與隨筆，結集成《音樂的往事追憶》一書，李歐梵在書中，不管是藉由他對音樂節、杜蘭朵公主、捷克音樂與馬勒的侃侃而談，或對自己所私心偏愛之音樂家的掌故分析，都可以看出他對音樂長遠以來的喜愛之情。在電影相關論述中，他則是對早期電影由上海到香港的傳承與轉變加以闡釋，更重要的是他的文化與政治評論，雖然他並不是以非常政治的方式來討論中國未來的前途與命運，但藉由他對許多電影和時事的批判與解析當中，我們都可以看到他十分強調多元、邊緣的分散觀點，也就是希望「抗傳統」、「抗中心」的文化論述，可以在全球華人圈中開枝散葉。他反對過於嚴肅正統的視華人文化為單一中心，將各種差異的文化想像排除在已被良好鞏固的單一正統之外，而抑制多元論述的自主性及發言空間。對他而言，中國當前強烈的民族主義與排外思想，是和魯迅、張愛玲的文學作品以及徐克的影像所呈顯的世界完全無法相容的，因此他提倡以狐狸般四處奔竄、懷疑好奇且圓滑世故的方式，來形成一個多元主體位置。

在他的文化和都會空間論述，抑或音樂鑑賞與政治隨筆當中，我們都可以看到李歐梵對「邊緣論述」的側重，乃至於他對文化品味的執著。他的學思歷程，可見於他的學生陳建華為他所整理出的訪談《徘徊在現代與後現代之間》一書，在這本訪談論中，我們也同時可以看到李歐梵對「原典」的重視，以及如何透過資料的搜整與評析，找出一個新的論述隙縫與空間。在他由臺灣到美國的漫長移居歲月中，他穿梭迴環在好萊塢與香港電影、現代文學、第三世界文學的嗜好當中，反覆於現代和傳統、嬉皮與理想、城市到鄉土、現代與後現代的二重奏之間，在不斷擺盪的過程中，以他作為一個國際人的身分，形成某種對公共空間的理念。

就我對他的了解，我發現即使是他早期將研究重點，由「浪漫主義」轉移到「現代主義」，或在《上海摩登：一種新都市文化在中國（1930-1945）》一書中，強調殖民與現代性之間的關聯，無論在熱情、感性的情感生活抑或形諸文字的書寫氛圍當中，他基本上都是一個浪漫有餘的知識分子。他的著作與論述，也經常被視為過度浪漫且跌宕、耽溺於新都會文化想像與頹廢生活當中，對上海懷抱著一種憧憬式的鄉愁，而沒有具體談論並涉及置身於殖民文化壓迫中的底層階級。當時處於上海的勞工，漂泊、離散、流浪人口，其實受到種種的歧視與壓榨，除了有錢有勢的上層階級之外，並不是每個上海人，都能享受李歐梵筆下所呈現出來的優雅都會文化。李歐梵不將階級的議題納入他的研究架構當中，或許基本上也與他浪漫有餘的情感與思想性格有關，因為階級議題的冷酷與現實，基本上和他的個性並不相容。

但這些並無損於他在作品中所意圖表現的思想力度與鋒芒，不管是他隨興拈來的文化隨筆或苦心經營的《上海摩登》一書，我們都可以在文字間看到他的執著與力道，這股力道除了呈現出他一貫的浪漫情懷之外，在浪漫的情懷當中也展現出他性情的隨和與思想的自由。李歐梵始終強調由正面積極的寬廣視野來鳥瞰世界，他在文化批判的相關論述當中，也希望「華人文學」除了可以在世界文學的舞臺上嶄露頭角之外，同時還可以吸收「傳統」與「反傳統」的各種面向，對多元與邊緣論述的形構有所省思，使「華人文化圈」不會再是封閉的一言堂想像，而是一個開放自由的公共空間，得以在傳統文化的孳乳與傳承當中，開出既具「浪漫主義」情懷，又擺渡於「現代」和「後現代」之間的公共空間。

在文化評論、文學研究之外，李歐梵近年來最感興趣的其實是小說創作，除了《懺情錄》及感情生活的自由之外，他也寫作科幻小說，目前則是邁入言情與自傳體交融，公私情感交錯的文學世界。

音樂隨想曲

之前，一口氣收到李歐梵教授的兩本近作：《我的哈佛歲月》（二魚出版）、《音樂的遐思》（八方文化）。二〇〇四年夏天，從哈佛退休下來之後，李教授顯然變得更愜意、更活潑，幾乎是卯足了全力，去撰寫公共知識領域中有關思想、音樂、影像等議題，將生命情趣、治學心得、個人記憶融入豐潤無比的文化修養裡，充分具現了當代法哲巴迪爾（Alain Badiou）所謂的「優游自在」倫理，教導世人不必要落入速食、變動、求新的後現代圈套。《音樂的遐思》最後一小部分是《音樂的往事追憶》的濃縮版，但文章大體上是由近年來在香港報刊上所發表的音樂評論所組成，有〈樂迷遐思〉及〈聽樂手記〉這兩個單元。這些長短有致的音樂隨筆，從音樂曲式、樂團指揮、演奏傳奇到聆聽歷史，篇篇絲絲入扣，不但引人入勝，且對音樂感受開啟心靈對話的新門扉。

李歐梵出身音樂家庭，小時候學過多年的小提琴，後來雖在現代中國文學研究上大展身手，但是他的最愛（除了目前的夫人外）大概是非音樂與電影莫屬了。特別是對馬勒的交響曲情有獨鍾，因此《音樂的遐思》中以馬勒之《復活》（第二交響曲）開始，似乎在卡普蘭（Gilbert Kaplan）身上找到另一個樂迷的身影。這一篇也是全書中對樂章內容作較完整賞析，且提供「遊子倦魂」式的串連與回味方案，帶人深入音樂的神髓。

旅行、遊走與漂泊一直是李歐梵在「文化中國」的論述中自我界定，在馬勒之後，他以「一個音樂家的流亡故事」去勾勒出二十世紀戰前猶太音樂家與中國的一段因緣，且將之與柏林愛樂，以及日後他所聆聽的芝加哥、波士頓、紐約交響樂團之際遇，乃至他的父母來自河南，隨流亡政府來新竹任教的經過，在生命樂符的起伏、動盪中似乎有著神奇的交錯。也許由於這種游離身分的自由、多元位勢，李歐梵對澳門、臺灣的音樂會及聽眾的水準特別稱讚，認為兩地把香港、中國、美國給比了下去。

在整本音樂隨筆中，其實有個聆賞的關鍵主軸，也就是將愛聽的曲子多聽幾次，且要選好的版本，再去仔細對照、比較其差異，美感經驗的累積很快便能引領聽眾品評其高下。不過李教授的音樂生涯是由其幼時的嚴謹音樂訓練，再加上日後廣泛的興趣，由文學、電影、通俗文化回到音樂，在視野上自有過人之處。同時他又喜到處聽交響樂團現場演奏，並大量購買CD唱片，很少人像他一樣可親炙於芝加哥交響樂團、波士頓交響樂團最鼎盛的黃金時光，親身聆聽到萊納（Fritz Reiner）演奏李察史特勞斯（Richard Strauss, 1864-1949）或貝多芬（之前萊納的貝多芬交響曲第七號終於出了DVD版，算是一種歷史傳奇的再現與補償）。

到過香港、臺灣表演的眾多演奏者、交響樂團及指揮中，羅斯托波維奇（Mstislav Rostropovich）及李教授自己的朋友都是其中的高潮，但蕭提（Sir George Solti）、馬里奧・蘭莎（Mario Lanza）、史坦（Isaac Stern, 1920-2001），尤其海飛滋（D. Heifetz）更是他心儀的，在至少兩三次的論述脈絡裡，海飛滋的琴音不斷在他成長的過程中留下不可抹滅的記憶，因此《音樂的遐思》就扣緊這幾位大師的音符隨之起舞，也不時拿香港本地的指揮或來訪的樂團，乃至新潮的演奏者（如李雲迪、郎朗），去加以比較，而最後則又回到懷念父親的文字，將業餘樂迷的真切感受及其音樂家庭記憶作奏鳴曲式的複述與迴響。

整本書與奏鳴曲式有些類似，在宣敘、抒情、戲劇主題之中，有樂迷的隨筆觀察、聽樂手記及往事追憶，同時也有主題的重複，不難讀出作者較喜好、強力推薦的音樂，正因為這種強調效果，這本書充滿了個人、親密而又公共、專業的筆觸，與一般只重演奏技術或音響效果的樂評大相逕庭，它實在富於生命世界感。

我和李歐梵的認識是由一九九二年才正式開始，近年來，不管他置身波士頓、臺北或香港，我們成了每年固定要見面數次的「發燒友」，一齊買CD、DVD。每次我們見面第一句話便問對方，最近又買了什麼CD，長期相約血拚的結果，彼此收藏均已逼近萬張。他在香港音樂網頁上的推荐曲目只是瀚海之一粟，而這本《音樂的遐思》可能暫時道出他作為樂迷的心聲舉隅，仍有許多故事及聆賞感受相信會在他未來的書及網頁上作更進一步的抒發。

《良友》畫報與現代中國社會文化史

一九二六年二月十五日，《良友》以華文世界第一本大型綜合性畫報的面貌，在中國的上海問世，由於它的內容豐富，具備了「益友多聞」的特色，第一期供不應求，初版三千本，在兩三天內便銷售一空，應要求又再版了兩次，創了七千份的業績，不到一年的工夫，《良友》的訂戶散布在世界各地，於是「良友遍天下」的名號不脛而走，造成了二〇、三〇、四〇年代獨佔鰲頭的傳播轟動，並為中國所歷經的民主陣痛、軍閥割據、抗日戰爭、上海摩登、現代風尚等，做了最具原創且圖文並茂的社會意象史及文化見證。

《良友憶舊》是《良友》的第四任編輯馬國亮先生（1908-2002），於九十二歲高齡撰寫的回憶錄，對現代中國文化史上最重要的畫報其緣起、變革、影響及其鬩牆之爭，及至停業、復刊的滄桑，透過創始人伍聯德（1900-1972），良友公司余漢生的經營，第二任主編鴛鴦蝴蝶派的大家周瘦鵑的短期操弄，由第三任主編梁得所接掌了六十七期；之後，因梁氏離開，自己開大眾出版社，才讓馬國亮繼續「蕭規曹隨」，直到第一三八期，樹立了「內容豐富，宗旨純正」的大眾文化知識刊物風格，從中外時事圖片到科學新知、名家文稿、人物自傳、外國電影、風尚傳聞、體育文化、婦女議題、政治報導、訪談評論、景觀攝影等，可說一方面是現代中國演變中的歷史紀錄，另一方面則提供國民文化知識，藉以因應國內外之社會局勢，普及到城市、僻壤，乃至海外五大洲華人世界，與現代中國一起成長，目睹馮玉祥將溥儀趕出皇宮、國共和談、日軍橫蠻、女星崛起、上海繁榮，乃至國破流亡，移居香港。

在良友公司的十年內，馬國亮由助手升為資深編輯，他看見編輯的視野如何轉變華文讀者的眼界，同時也體驗了國家及公司裡裡外外的動盪，《良友憶舊》以「語重心長，言簡意賅」的方式，娓娓道出三〇年代前後的人事、政治、文化變革。從細微的親身經歷，談起他如何以培英中學校友的身分，受到梁得所推薦，兩人如同良友，因此在他得知梁氏執意離去，自立門戶時，曾力加勸阻，但卻告無效，後來梁氏事業挫敗，英年早逝，年方三十三歲，乃至良友公司內部鬩牆，在一九三五年七月起，將創始人伍聯德除去其總經理頭銜，兩個月之後，更將伍除名。這些小事件讓馬國亮看到歷史的種種不公平現象。透過《良友》及他個人的交流，馬國亮也與現代中國的許多大小人物有了第一手的接觸，除了馮玉祥、蔣夫人、周恩來、許世英、曾虛白、陳公博等政治界的要人之外，他顯然對文人及幕後的英「雌」（尤其女演員兼女情報員如鄭蘋如、英茵），額外「以文會友」給予較多的篇幅；提到魯迅、茅盾，特別是郁達夫、豐子愷、洪深，他對這些文化人的愛國情操及其高尚品格十分傾倒。一個令人感動的例子是在「人物自述」裡，馬氏獨挑出商務印書館的「交際博士」黃警頑，提到黃氏如何在財經拮据之時仍贊助徐悲鴻，徐氏感動之餘，便努力趕工把畫繪出，「直工作至日入，及第五日而糧絕，終不能向警頑告貸，知其窮也」。另外，馬氏也對日人之可惡、上海大飯店之事業張羅及上海的日常起居，透過小兵投書，或洪深、茅伯、穆天木的文字去描繪，真是入木三分，格外顯出當時社會局勢之中，有許多真人真事已是我們這個時代所無法想像、比擬的，尤其在動盪變易之中仍有其不變的堅持。

《良友》不變的堅持之一是據實報導不謠傳，而且敢向不正經的生意廣告說不，這種風骨、膽識已經很少在目前的報刊上得見。《良友》往往以第一手的專訪，將許多歷史癥結，留下真實的形象，而且追蹤當時的藝術、文化、體育、科學、婦女各項社會動態，提升國民文化意識，與目前書報中所充斥的色情、暴力、小道消息，可說有天壤之別。

《良友憶舊》整本書圖文並茂，美不勝收，是一個動亂時代的記憶，充滿了社會意象及寶貴照片，例如每一期的女星及其服飾，對我們重新理解上海摩登的視覺文化，提供重要線索，《良友》的紀念特號更是通俗文化史的見證。然而，在這本回憶錄裡，有少數一些圖片似乎並沒放對位置，如四八頁的徐悲鴻照片應在一五二頁，及二〇三頁的蔣介石畫像應在抗戰的章節出現，而書頁的背景浮印許多圖像，一方面固然豐富多元，另一方面也會造成閱讀上的不便。

整本書的評價，套馬國亮自己的話來說，「今天雖成陳跡，但是撥開歷史的灰塵，仍然可以發現有些閃光的東西」（96），《良友憶舊》不僅道出一份現代中國在啟蒙畫報的誕生及其式微史，而且從畫報內容所承載的人物及其事跡，乃至出版、編輯的心得、見聞，都彰顯出畫報的時代情懷，值得我們借鏡，在追憶之中，找到閃光、啟發。

數字家國的政治經濟學
——讀張啟疆的樂透小說

在三一九槍擊事件之後，大家似乎只記得三一九這個數字，但是根據獨家內幕消息，三一九槍擊背後的元凶是一個選局賭博的大組頭，他屢次在樂透槓龜，多年來透過占卜、星算、命盤、風水、紫微、夢中浮碼、自由聯想的數理推演，去投注簽選六合彩明牌、樂透、股票，卻節節失利，因此逼上絕路，想借鞭炮隆隆聲勢之天時、地利、人和，去發選舉財。這種虛構傳聞很難去加以證實，但是在張啟疆的《阿拉伯》這本小說集裡，臺灣不只是簽賭的數字王國，整個家國的運勢及其動力其實早已在冥冥之中已有定數，各種權力角逐呈現出數群組合的五花八門光譜。

數字是家國的必要條件，從國家的氣數到家園之風水，乃至族群結構、產業目標、公共建設、教學研發、體育娛樂、彩券簽注……無不圍繞著神奇的數目：五千年文化、來臺五百年、四（或五）大族裔、十大建設、四小龍、亞洲第一、少棒世界冠軍等，更不用提三不五時樂透的利多消息（頭獎上億），所激發出的舉國瘋狂，即連刺激房市的千億貸款，或大學一直朝思暮想的五百億大餅搶奪計畫，可說都讓臺灣全民在不斷失落、幻滅之中，又再充滿了活力、朝氣：除了明天會更好，要拚才會贏之外，只要「開出頭獎」，就會一切改觀。

能夠讓全民熱血奔騰，到了瘋狂癲痴之地步，而且心情起伏之盛況遠超過選前的大決戰，可能就屬在樂透大獎開出的前夕了。《阿拉伯》這部小說圍繞著樂透之數字奇觀，以阿拉伯（一方面是數字、另一方面則是通天的「阿拉」老伯）為主角，切入臺灣社會想像的有理與無理數兩部，道出數碼的百般變化及各種社會人物、統治階層之數字狂想曲。這些中、短篇小說一共是幸運的數字——七，分別以底層社會人物及其口語通俗文化，逐步邁入較上層奇幻無比的公共選舉、政治文化奇觀。

數字之偉大、雄渾與恐怖力量，不只在萬眾期待之樂透大獎的「特別號」，生活日常的政治經濟活動無非是以各種神奇的「數典」此一高深學問，上窮天文下達網路，由星象、紫微到各種政治、宗教人物所引發的明、暗牌，隱喻及聖靈感召、陰陽五行、風水命理、籤書神算，拜神祈福之外，臺灣人猛吃各種有機食物、穿戴養氣珠環、花天價買紅龍、不斷改辦公方位、去霉運、安太歲、請仙仔、求上師，而且一再尋索「翻變輪轉」的數群，心醉神迷於彩球跳動之際的數據漩渦。政客若沒問好吉時、風水，絕不敢出門；候選人抽到的號碼各有說辭：「一馬當先」、「二是我贏」（victory之v字即是用兩根指頭標示）、「三陽開泰」、「四平八穩」、「五福臨門」、「六六大順」，敵手也紛紛以「一敗塗地」、「二次重來」、「不三不四」、「四面楚歌」、「四大皆空」去先發制人；至於養狗「來富」，供奉彩頭（蘿蔔），那就司空見慣了。風尚所趨，鄉長伯的獨子「身穿紅內衣，手戴水晶鍊，嘴含樂透糖，在家用幸福鹽沐浴，專挑吉時出門簽注」，可說是極盡能事，各顯神通，天天為了「明牌」、「狗發日」、「天干地支」星象，或拜神或請教牛頭師、阿拉伯，尤其也得注意媽祖廟的籤示、阿扁氣運及四面八方的訊息：手機門號、連環數字、電腦選碼……即使連文藝青年要希望得獎也可比作是等待神燈夢想巨人加持的阿拉丁，而阿扁的出頭天與其舊宅風水，兩蔣的移靈五指山等，展示了數字家國的政治經濟學不僅深入人心而且捲動天地，激發出寶島舉國上下對數字的躁鬱與迷離。在大家愈來愈憂心產業流失、薪資縮水的焦慮社會裡，數字不住竄動，各形各色的神算及敗跡，在張啟疆的筆下，百態顯露，捲動起好幾股投機、流離、暴躁之氣，確實發人深省。

爬格子的鴿子之死

——解讀《帕洛瑪》

快到半夜，剛從臺北一個熱鬧非凡但了無新意的學術會議回到研究室，電腦喇叭鴿鳴幾聲，表示又有一堆伊媚兒進來，正費力刪除上百封信，不斷去除各種瘦身、理財、情報、科技、交遊之莫名訊息，早已不勝其煩。其中有個自稱是《帕洛瑪》的作者來函，起先以為又是病毒，心想駭客之水準果真已經提升不少，且會故弄玄虛，卻見夾帶幾個附件，而居然正文是叫《帕洛瑪》。

一開始，這個名字勾起我對義大利歌曲〈白鴿〉的記憶，忘了是史蒂法諾（Giuseppe di Stefano）還是馬利奧・蘭沙的歌聲，將這首曲子銘刻在我的身體無意識深處。

不過，才讀第一段，立刻發現作品不是講音樂，而是文藝、學術生涯恩仇、成長歷程與情感教育，在懸疑偵探之中，透出各種角色、情節、敍事觀點的主題交錯。全文看似翻譯小說，卻是一種後設、擬仿的虛構書寫。作者顯然是刻意要將翻譯文學的「普世」皆準且受歡迎的地位從內部加以番易、翻轉，操弄其文體，去玩跨國文字旅遊的自由戲耍。

故事其實有幾分像艾柯（Umberto Eco）及帕慕克，甚至村上春樹（如《海邊的卡夫卡》），一開始是以曲折懸疑的電話及預期早到的主角身亡，展開各種線索及真相的追蹤，但是從序到跋依稀看出作者以「反東方主義」的方式去鋪陳中國風如何被鑲嵌入義大利的社群，尤其扣緊草藥、香料、旗袍、歌本、《詩經》、書冊，在有意無意之中，吐露出異國浪漫之中的詭異、造作與神祕。在這東方奧祕之中，自然也少不了吉普賽女預言家的警示及三根羽毛，這位突如其來的占卜女人與希臘神話史詩及神話中被詛咒的特洛伊城先知卡桑德拉（Cassandra）名字上符合情節。主人翁不斷以「帕洛瑪先生」的名義出現，帕洛瑪在義大利文是鴿子，而且與幾個場景帕洛瑪先生在廣場上看到鴿子，鴿子也偶爾以徵兆的方式出現，彷彿有某種奇特的關聯。而帕洛瑪的情婦維吉尼亞與她名字背後的貞潔意義似在不對稱中卻也有幾分神奇的符應，她本來人盡可夫，但在帕洛瑪死後卻展開了她為人妻母之另一段生涯；反而是三角戀愛中的「處女」，也就是遭到冷落的薇薇安，幾乎是迷失在精神戀愛之中，直到後來受性騷擾（先是提格列，後來在附件裡是中國旗袍師傅），在得知帕洛瑪過世之惡耗之後，開始接受歐塔維奧，成為「漢學家」或「東方主義者」。（不過，她在附件裡卻是另一個面貌，正文與附件之情節，人物因此若合若離，既後設敍事體，又複寫出現，一再以新版本被抄膽問世。將時空錯置、翻轉）而且也在人物鋪寫上，時而以全知，時而以小孩或帕洛瑪的角度，尤其透過懸案留下之碎片線索一一拼湊，道出學院內外、文學獎助之競爭情仇及其利害關係。而對大學體制的資本主義取向財團化及研究社群之包工機制，作者透過對文學獎之祕辛鋪陳，大概是有其弦外之音吧。

我與作者（黃柏源先生）其實並不熟，大致只是在一次文學領獎上見到這一位文壇新秀。想必讀者也會喜歡《帕洛瑪》這部新嘗試，對其中一些懸案會持續去探索：如帕洛瑪姊弟及其家庭羅曼史之精神分析意涵；薇薇安看了提格列的信幾乎昏倒，那又是什麼信？如果中國或東方在此敘事中不斷呈現其異國風情、陰暗不明或人物猥瑣，那麼東方人如何書寫東方？如果十八世紀以降之小說作者為文稿編纂者此一傳統成規仍被後設謄寫小說所沿用，我們對敘事真實性敘事者之忠實可靠性，是否還是一直維持那種天真的好奇與尊重？大概有待讀者去細品、尋思了。

從各種角度去看，《帕洛瑪》這個中篇小說是有趣的混合敘事體。這本小說由木馬出版社推介問世，對新興文化有興趣的讀者不妨拭目而觀。

公共文化之式微

國外來的朋友，才來到臺灣，往往第一個話題是：島內的性別醜聞，從璩美鳳、黃顯洲、《極樂臺灣》到電視上的討論，幾乎令人難以置信，似乎整個社會完全缺乏自制或批判理性，儼如著魔一般。

接著，他們通常會問：何以大眾媒體對凶殺、情仇、隱祕、謠言特別感興趣，三十分鐘的時間有一大半把焦點放在黑道情場的捕風捉影上？為什麼大家都對這些八卦訊問如此執著？

事實上，這兩年裡，連國內學術界也不時以耳語、謠傳的方式，當事人一副掌握「內情」的模樣，道出江湖祕辛：德希達有位中國女友、哈伯瑪斯會來臺灣、史碧瓦克要離開哥倫比亞大學、王德威將轉任史丹佛講座教授，乃至一些知名人士的婚外情又有新發展等，真真假假，教人嘆為觀止。在網路上，各種小道消息更是不斷複製，以訛傳訛，透過更迅速、誤導的方式散播開來，完全無憑無據，也沒有立場或主張，專針對職業嫉妒、私人性別取向等面向，大鳴大放。

例如在九一一之後，成千上萬的電子郵件，指責美國杜克大學的哈德，稱他是「反美恐怖分子的幫凶」，主要是一些右派學者，對哈氏及另一位著者納格利（於羅馬獄中服刑）所撰寫的《帝國》，書中最後一章有關美國遭致各地眾多文化所排斥，相當反感，藉機報一箭之仇，不明就裡的人將這種言論傳來傳去，居然三人成虎，讓哈德及杜克大學備受威脅。

幾年前，《遠見》雜誌的大學評鑑，是邀文化、學術界知名人士，對各大學做印象式評斷，結果是：清大的「學術聲望」排名第一，這既缺乏可靠數據，也沒有深入的田野調查及分析；不過，清大卻有不少人相信此一報導，而且大眾媒體也紛紛採用，連臺大、中研院都將它當一回事，無法忍受這種評比成績。

我們的學院、大眾媒體與公共文化到底出了什麼問題？為什麼對小道消息特別感興趣？沒人願費力氣去查證、破解謠傳？發生這麼多可笑、荒腔走板的鬧劇時，我們的「公共知識分子」在哪裡？有何種作用？只是一味強調臺灣「眾聲喧譁」，「群體著魔」？

二〇〇二年元月初，哈佛大學出版社推出《公共知識分子：式微之研究》（*Public Intellectuals: A Study of Decline*），作者是美國上訴法院的法官兼芝加哥大學法學資深教授博思納（Richard A. Posner），全書一再出現的主題是：從一九三〇年以降，公共知識分子便逐漸喪失其影響力，一方面是這些公共知識分子大多是在學院中，從事象牙塔式的專業研究，以致於不如早期的蘇格拉底（Socrates）、奧古斯汀那麼深入民間或博大精深，另一方面則是這些公共知識分子往往講錯話，缺乏政治、文化敏感度，不夠具體了解真正的問題，因此十之八九，其預言不僅落空，而且貽笑大方，遭媒體恥笑，弄得毫無公信力。這些公共知識分子十分多產，但論點常不一致，或者不管外面世界如何變化，立場始終堅定如一，如當今排名九十名的公共知識分子杭士基（Noam Chomsky），不管是談什麼議題，總是以批美帝霸權及中、南美洲的剝削為其主軸。

眾所周知，人類最初的信仰中心是政教首領，中古時期是教會及僧侶，到了十四世紀之後，則以大學為準，隨著十八、十九世紀新聞、錄音、大眾傳媒的發展，知名人士（celebrities）的言行則遠比專業學者更具標竿作用。媒體的新聞主播、電視劇名角，乃至影藝圈、體育娛樂界的明星，都比公共知識分子有其分量，但真正的問題，如博思納指出的，是出在：公共知識分子未能掌握整體社會認知的脈絡，無法提出具體的文化政策。

美國非裔的公共知識分子偉思特（Cornel West）曾說：文化要偉大，至少需要三種先知：愛笑、愛哭及愛孤獨的。第一種是蘇格拉底，為自己深信的真理犧牲，至死仍含笑；第二種則是耶穌，為大眾的罪哭泣，請求上帝憐憫；第三種則是愛默生（Raplh Waldo Emerson, 1803-1882）式的耐得寂寞。臺灣目前大多會搞笑、哭鬧，但太少人敢面對真理的孤寂，嚴肅的沉潛，不與政治、經濟、文化利益掛鉤，也許這些因素造成了我們公共文化的式微，及公共知識的媒體淺薄化。

淡出生命之平凡

——葛林的《事物的核心》

初看之下，葛林（Graham Greene, 1904-91）的《事物的核心》（*The Heart of the Matter*, 1971）並非一部馬上教人愛不釋手的駭世傑作，情節的發展既平凡又緩慢，而且主角斯高比最後會選擇以過度吞服心絞痛的藥丸自殺，幾乎是可以預期的結果。整本小說充滿了平實無比的人物及其對話，偶爾有些發人深省的隱喻及警句，鋪寫出生命的渴望及其到手時卻不得不棄守的無奈與無能。正是這種細緻而又平淡無奇的敍事方式，讓讀者感受到日常之中的深度：平凡生命裡無以扭轉的自我沉淪本質。

黑暗的野心貪婪、殖民戲劇並非小說的重點，相反的，斯高比少校是英屬西非領地負責稽查走私鑽石、禁品的警官，他清廉正直的風格不但令自己的銀行存款只剩二十八英鎊十五先令七便士，也讓妻子、部屬無法忍受；不過，真正認為他極其不堪的卻屬斯高比本人了。

進行緝私工作之前，斯高比總是接獲各種密報，但是經過一番徹查，難免又告徒勞無功。然而，斯高比始終沒放棄他的執著本分，仍有板有眼地記錄日誌，即連他最後的生命終結也是以日誌的假象去鋪陳，企圖誤導官方及保險公司，好讓妻子領到一筆錢。不過，監督他而又暗戀他妻子的威爾遜卻看出其中的破綻，而且他的自殺身亡並未能改變任何狀況：情婦不再拒絕其他男人，而妻子則繼續憂傷，沒有希望，還怪他「為什麼，為什麼他要把事情弄得一團糟？」

斯高比是個好人，努力想當好丈夫，但他並不愛妻子，更因為無法晉升局長，而令妻子埋怨不已。斯高比的女兒逝世時，他是在殖民地執勤，先接到噩耗，然後才是遲到的電報，表示有復原的希望，但是斯高比反而有一種置身事外的感覺。妻子搬到南非之後，斯高比與一位落難的年輕寡婦海倫產生短暫的戀情（或者是一種憐惜及迷情）。局長的寶座終於可能輪到斯高比，不過，他卻推給別人做；同時，他也因與尤塞夫過從較密而被威爾遜質疑其操守。斯高比從不輕易示愛，他在海倫的感情逼迫之下，寫了一封情書，將愛人的地位放在上帝之上，這信卻落入尤塞夫的手中，藉此勒索，要他就範，成為走私的共犯。

本來一切都可以很快樂、幸福的，只要斯高比學會作假，願意通融，可被收買，以天真、虛偽、腐化而不再認真的態度去看待一切，不過，他卻想不開，一直想追求自己心目中的平靜，但是一個不成功的人是很難得心應手，與平靜相伴。他總是永遠無法逃脫那種重複的動作：淨是和解、謊言與不順。

葛林將平凡生命的淡入淡出寫得十分真實，把這位平凡人的宗教信仰及其價值衝突，透過對絕望的堅持與質疑，讓百無聊賴的苦痛加強其縱深，使他陷入黑暗的煉獄。「毫無知覺，一切都好了」，問題是：他不是木頭。

當代文壇中，沒有一位小說家像葛林那樣夾在榮耀與落寞之間，他被提名過諾貝爾文學獎達二十一次之多，但直到一九九一年逝世為止，仍與這個殊榮無緣。在斯高比身上，我們依稀看到某種經歷命運捉弄的荒謬、孤寂與執著。不成功、不平靜又不甘心，這也許是二十到二十一世紀人文世界及其事物的核心吧。

廣告與神話原型

目前，隨著後現代的風潮漸趨疲乏，多元變化不再時髦，人們不知可以相信什麼，只見重新裝潢及其擴張方式不斷在老社區或過時的購物中心推陳出新，花招遽變之速度令人目不暇給，超低折扣、關門拋售、跳樓大拍賣之呼聲更是不絕於耳，全球已進入庫爾哈斯的「雜廢空間」（junkspace）及其亦新亦舊的現象，東西一直往上堆砌，但卻從沒有昇華。不過，在一片雜物堆積之中，倒是有些品牌不但無受影響，而且始終以某種格調、個性訴求，繼續吸引愈來愈多的消費者：CK、Levi's、麥當勞，賓士、勞力士、BMW……

是什麼東西讓這些廣告品牌可以賣得出去？且歷久彌新？《很久很久以前》（*The Hero and the Outlaw: Building Extraordinary Brands through the Power of Archetypes*）這本書的作者告訴世人：是神話原型。神話原型如「英雄」、「天真者」、「灰姑娘」等深植人心，因此消費者在瞥見廣告形象之剎那，多少會憶起，並立刻嚮往、企求、渴望生命之中注定好的理想天堂，並透過購買、擁有，去探索願望原力的究竟，將之掌握，與它同在。

行銷公司知道神話原型這個古老的珍貴資產提供了意義管理（或夢想投射）的系統，因此大量運用品牌所象徵的意義，一方面滿足顧客的文化想像，培養其忠誠、親切感，另一方面則幫助他們從品牌的消費中體驗到更豐富、遠大的滿足感。例如，愛用蘋果電腦的藝文、科技菁英，可從蘋果上的一小口咬痕，聯想到伊甸園中人類首度對上帝的叛逆行徑，藉此表現自己特立獨行的形象；或者在電影的領域裡，湯姆・漢克（Tom Hank）和茱莉亞・羅伯絲（Julia Roberts）天真的笑容，就像象牙肥皂（Ivory）、迪士尼（Disney）及棉花棒一樣，均向我們保證，生活既可天真又美好，讓我們不知不覺回歸純真、善良。

《很久很久以前》的兩位作者認為品牌是傳奇，而傳奇背後的神話原型讓消費者魂牽夢縈，他們找出十二種原型，分析意義與品牌的關係，告訴世人打造品牌，行銷產品的訣竅，這十二種原型，是根據楊雅廣告公司「品牌資產評估系統」，涵蓋三十三個國家，針對一萬三千個品牌，超過十二萬名消費者的調查資料，所做出的歸納整理，它們分別是：天真者、探險家、智者、英雄、亡命之徒、魔法師、凡夫俗子、情人、弄臣、照顧者、創造者、統治者。這些原型就像朝鮮薊的核心一樣，構成品牌的靈魂。如可麗柔草本菁華系列，以春初的鮮花嫩草為廣告畫面，提供一幅仙女天真的有機體驗；一九七〇年代，可口可樂更以美國的天真、純正及其主題歌曲創出無以磨滅的業績；麥當勞叔叔對小孩及其肚子的照顧，自然不過地溫暖了顧客的心，雖然在這「天真」形象背後是美國全球的文化侵略及市場操縱。

藍哥吉普車（Jeep Wrangler）、李維（Levi's）牛仔褲、地球尾端（Land's End）、比恩（L. L. Bean）休閒服等都以探索或旅途上的舒適及神奇感覺，表示在戶外有其耐用、堅固或輕鬆（casual）等特質，令人愛不釋手。至於萬寶路（Marlboro）香菸與牛仔褲的英雄形象、聯邦快遞（Federal Express）無所不達的英雄品牌，「勁量」電池（Energizer）有如魔法般地「動個不停」特別顯得神奇，而德國國民車在平凡中所吐露出的別出心裁及其金龜造型都不斷吸引世人的注意力；至於情人（如香奈兒香水第五號）或搞笑愚蠢的「傻瓜」相機、IBM所用的「卓別林」典故，都發揮創意，在星際大戰中獲得成功。

這本書舉出許多有趣的例子，而且在最後一部分提供個人形象及產品品牌的打造原則及其步驟，除了講神話原型典故之外，更充滿了意義行銷、管理之策略分析，是廣告文學的可讀之作。不過，這本書所提出的「十二」種原型其實與一般文化哲學、心理學中所謂的「原型」（archetypes）有些出入，而且在劃分上也常有含糊、矛盾之處，顯然是作者以歸納法所綜合出的心得，不盡能做到系統一貫；而且這十二種原型也無法保證成功，如美國布希總統故意吃花椰菜，裝凡夫俗子，或前副總統高爾（Al Gore）蓄短鬚，模仿林肯（Abraham Lincoln, 1809-1865）這位草莽英雄，反而遭到揶揄落人口實，看來要讓自己的品牌維持「很久很久」，除了要讀有關品牌的神話原型之外，更得發展個人的性格、智慧、資源。

有個女人……《使女的故事》

文學家對人類未來世界的政治、社會、生態、科技、星際的共存等各種問題，做過不少魔幻、科幻、諷刺或模擬現實的敍事演練，如《攔截時光隧道》（*Millennium*）、《動物農莊》（*Animal Farm*）、《巴西》（*Brazil*）到《複製人卡辛》（*Casshern*）、《星際大戰》（*Star Wars*）、《駭客任務》（*The Matrix*）等，都讓我們看到一些虛構的情節逐漸轉變日常生活的現象，據說美國太空總署有一組成員多達二十人的專家學者，每天的重要工作之一是讀文學、看電影，從中找尋靈感。

不過，在眾多的魔幻、科幻之中，大概只有《使女的故事》（*The Handmaid's Tale, 1985*），注意到下層女子在未來二十二世紀末的性別、生育、情慾面向，在愛特伍出奇冷靜、淒涼的筆調下，透過紅衣使女的戲劇獨白，這部小說鋪寫出敍事者淪為代育受孕，身體淪為子宮的心聲。小說以「我」這位敍事者在現在、過去時空的事件中穿梭，道出她在「基列共和國」的中心所看到的怪異景象。她有過一位男友叫盧克，他們有個女兒，曾幻想彼此團聚的家庭生活，不過，她卻成了大主教繁衍下一代的交合工具，只剩兩腿之間的功能仍受重視，連身體肌膚都僅用奶油去滋潤，因為大主教夫人們禁止使用女用面霜和護手乳，以免

「在外貌上會有任何迷人之處」。換句話說，敘事者只是「容器」，只是生育工具。

敘事者稱自己是「浸在鮮血裡的修女」，屬於穿著紅衣的「使女」階層，比馬大（僕役）、衛士、一般人的地位高些，但卻被列管，生活儼然是在感化或修道院中，唯一的作用是當使女（代孕者）替患了風濕不良於行而且無法生育的大主教夫人，擔任受精、懷胎、生產的工作。

在內心獨白及時空戲劇的夢幻與現實交織之中，敘事者展露出她對未來社會的科技控制及階級分明，感到相當地無奈、厭倦，她不斷拿花園的乾淨整潔與花莖修剪「被砍斷後正在癒合的傷口」彼此並置，對映出秩序之中的生命空洞及其反人性化傾向。從生育及情慾功能的專門、萎縮、修剪化，愛特伍描繪出未來人類的單面、平板及其內在壓抑的暴力，透過大主教與使女、大主教夫人與使女、使女與嬷嬷的互動，切入未來人類莫名而又熟悉的黑暗心靈深處，剖開受傷的球莖，看它層層枯朽、腐爛的面貌。

在小說裡，基列共和國是基督正統教派所統治的世界，領袖（大主教們）對叛軍（浸信會教徒）發動圍剿，以極端高壓、父權而又科技的方式管理，敘事者常以乾枯、荒蕪、堅硬、僵直、潔白的詞彙，去形容她的處境位居共和國的中心：「除了在電視中，戰爭無法入侵的地方」。她和盧克有個女兒，但卻一家三口失散，變成行屍走肉，雖有幻想、情慾、感覺、希望，但「早已經忘了自由的滋味」，一切都只是重述，即使大主教後來對她感興趣，也是先以玩拼字遊戲開始，由雜誌的模特兒當聯繫，連接吻或尋歡都不具真情。

整本小說應用了未來學、基因及科技的知識，同時也大量引述《聖經》。「使女」是來自利亞與雅各的故事。利亞無法生育，因此讓使女比拉去與雅各同房，靠她得到孩子，全書以反諷的方式反覆道出使女們的心聲：「我們祈禱的是將我們掏空，這樣我們才能以無瑕之身被重新填滿；被恩惠、愛、苦行、精子和嬰兒填滿」；但是在宗教、科技、秩序的假面具下，連大主教也想出軌狂歡，幻想巴比倫的妓女，雖然他只是「風乾的東西」，換了場地，仍讓敍事者感到一樣無聊和老套。

最後，這個「蕩婦俱樂部」的事件被揭發，在整肅、清洗過程中，敍事者被帶走。但小說並不就此終結，在敍事體似乎完了之際，卻出現另一個反高潮：二一九五年六月，第十二屆基列研究研討會的會議記錄，大談文獻、標籤、鑑定、檢討、辨偽及社會背景等，算是對學術研究及小說批評的後設反諷，在嚴謹考證之中，將敍事體本身仍懸而未決的疑點再提出，並且故弄玄虛：「儘管我們盡力而為，但還是無法用這個昌明時代的眼光，破解往日的回聲。」

愛特伍是當今加拿大及世界文學中舉足輕重的小說家、詩人，《使女的故事》多次獲賞，譯者陳小慰用心斟酌，將許多典故找出，而且有相當精闢的導讀，讓讀者對未來、科幻、思辨小說有充分的體驗，是值得細品的佳作。

《盲目》見與不見

一位男子開車上路，在紅燈前停了下來，眼睛好端端的，突然眼前一片白，看不到東西了。引領他回家的小偷，乘機將車子開走，在路上突然也看不到了。男子的太太帶他去看醫生，卻查不出所以然，隔日這位醫生也盲目了，不只是他，連當時來看病的小孩、老人及女人等，個個眼睛都染上「白症」。很快地，眼疾居然像流行病，傳了開來，於是政府將這些盲目病患隔絕，關到精神病院去……

這個看似不可思議的虛構敘事作者是一九九八年諾貝爾文學獎得主喬賽・薩拉馬戈（Jose Saramago, 1922-），《盲目》（*Blindness*, 1955）這部小說對政治管轄、武力與媒體封鎖有深入描繪，尤其以盲目之觀點，看出人性的貪婪、自私、毀滅性格，但是最精采的片段則在由看得見到看不見的剎那，對視覺消失臨界點的記憶及其執著，似乎所有人物都是在盲目失明之際，掌握住生命的內在價值，試圖把那種至高無上的歡娛剎那化為永恆。

在文學表達史中，盲目的題材並不常見，薩拉馬戈的筆觸細膩，凸顯出人們在看不到世界之際的困惑、疑懼，尤其用摸索、碰撞的方式，重新認識自己的存在處境及整個社會結構的問題。在薩拉馬戈的筆下，盲目令人引發種種身心內、外在世界的變化，從焦慮、害怕到麻痺，小說人物不僅不顧環境衛生，而且坐視死屍、污穢、強姦、掠奪行徑在精神病院裡橫生，人類的眼睛（亦即靈魂）失明之後，他們變得懦弱、無能、萎縮，連最基本的自尊（保護自己的價值情操）、自持（如控制排泄物），乃至對他人的敬重，全然瓦解。這個可憐而又令人生畏的個體與社群處境，在一群真正的盲者（瞎子）流氓進駐病院，搶劫財物、隨便開槍、集體輪暴女人之後，變得更加惡劣陰險。瞎子會計師由於長期習慣失明的黑暗世界，反而對其他晚近失明者施以暴力，他透過敏銳的聽力、觸覺，把各房間無奈的女子當慰安婦，並按體態、年紀加以統計，充分顯出盲目的喪心病狂。

薩拉馬戈這本小說可說是比《動物農莊》、《瘟疫》（*The Plague*）、《巴西》還要更黑暗、可怕，因為它觸及人失明之後從未得見的世界，但是在許多細節上卻是那麼熟悉，例如士兵的殘酷、政府的無能、盲者的自私、流氓的暴虐、百姓的苟活。

「白症」這個莫名其妙的傳染病，很快就讓全國皆瞎，但是很詭異的是醫生夫人一直到小說結束時才失明，她是許多事件的唯一觀察者，透過她的眼光及敍事者全知的觀點，我們看到整個倫理紀律的崩潰過程，也見證了最後的希望重建工程。小說末了，一小群人利用病院失火之際逃生，回返家園，在逐漸恢復視覺之後，一切似乎回到前所未有的歡笑與視野：「人們高喊我瞎了的故事彷彿完全是另一個世界的傳奇」。

眼睛是靈魂之窗，失明之後是什麼世界，一直是文學史上的謎或在其中缺席的變項。《盲目》這本書是《盲者的國度》（*The Country of the Blind, and Other Stories*, 1911）、《色盲島》

（*The Island of the Colorblind,* 1988）之後最有政治隱喻及存在探索的傑作。敍事體把場景放在第一個盲目的男子、小偷、醫生等一小撮人的互動及其心聲裡，以病理學者的方式深入社會文化的突發絕症，討論盲目「白症」這個虛構世界的黑死病在人類的價值信仰、情緒、行動體系上所造成的破壞，同時也藉著這幾個市井小民最後的返家及救贖，讓盲目社會的罪惡得以洗滌淨化，於恢復眼睛的光明之際，以新的觀點去體會、珍惜平常習而不見的自我真相、人際倫理、情感生活、事物輪廓及生命目標。

這本小說運用了疾病學（尤其眼科醫學）、文化社會學、科幻擬像的種種文類，提供了新觸角，去摸索現代人的脆弱靈魂，讓讀者一睹諾貝爾文學獎得主薩拉馬戈的功力，並發出靈魂深淵的恐懼吶喊。

魯西迪與魔幻、雜匯

《魔鬼詩篇》出版十四年後，中文版譯本推出問世，這部小說的震撼力道可說有增無減。隨著九一一事件、峇里島爆炸案、莫斯科劇院劫持人質接踵發生，全世界對文化差異、文明衝突愈來愈緊張，唯恐又招惹無以防備的暴力攻擊。《魔鬼詩篇》問世，並在臺灣的書店上架，讓許多立委、家長、政治人物相當憂心，紛紛要求禁止發行，但是讀者的反應卻道出小說美學的吸引力，似乎不肯向政教壓力屈服。

事實上反對《魔鬼詩篇》的人大多是道聽塗說或望文生義，很少人真正進入魯西迪的文字、情節，玩味《魔鬼詩篇》中的雜匯戲劇張力。《魔鬼詩篇》再度印證了馬克吐溫（**Mark Twain, 1835-1910**）的名言：「經典是大家都談論卻沒時間去閱讀的傑作。」尤其一九八九年，何梅尼下達格殺令（**fatwa**），為數可觀的爆炸、死亡，大概是自《少年維特的煩惱》（*Die Leiden Des Jungen Werthers*）以來殺傷力最強的作品。學者、文化評論對這部小說的討論雖傾向言論自由，但也往往就宗教經典遭降格諷刺的拿捏尺度有所質疑，如泰勒即認為將《古蘭經》轉化為撒旦詩篇，就像在戲院中開玩笑叫「起火」了一樣，不知節制及其危險分寸。但是，魯西迪本人不斷變更其說辭，甚至發表言論，表示悔意，因此一九九六年格殺令正式取消，魯西迪再度安返祖國印度，還自嘲說：「以前較受大家注意。」經歷過這麼多暴力事件後，再重新翻閱《魔鬼詩篇》，我們不禁要被其中一開始的劫機引爆、先知穆罕德的宣布廢除古蘭真言中的詩篇，以新詩去取而代之，吉百列（Gabriel）指出城市大火是「憤怒的神的判決」，乃至魔鬼與天使在善惡競爭中的位置互換、角色混淆，都令人儼然有預知未來九一一之恐怖感。不過，魯西迪在魔幻恐怖之中，卻不乏滑稽、冷嘲及雜匯的玩笑，在重寫《古蘭經》之同時，作者其實也將《聖經》有關先知與神的角力、耶穌與撒旦、摩西分開紅海等宗教文本加以扭曲、變形。

如果我們視《魔鬼詩篇》為一系列精妙的變形及雜匯（hybridity），應不至於執著於原典的封閉世界及其不可調戲的絕對權威。事實上，從一開始，魯西迪把兩位主角從遭到劫持乃至爆炸的飛機中拋出放在「異地」（英倫海峽上方），透過一堆雜匯的新詞語，將吉百列、薩拉丁加以交混，不斷用「天使魔鬼式」的雜匯詞彙，去擴大我們的語言、文化視野。飛機被劫持長達一百一十一天，而四位劫機者之中唯一的女性泰芙琳既性感又冷酷（最後是由她引爆），情節與角色都匪夷所思，在一片混雜、污濁、惡臭之中，又插入影視媒體、情慾、真理、故事，人物一再脫離原始風貌，變得空前交叉錯綜，隨著漂泊、離散所產生的愛憎含混情感，織出環球時空的糾纏景觀。在這個雜匯的面向上，阿拉變成「阿列特（Al-Lat）」，先知與魔鬼的真相已難分難解，這也才是新世界亂象的寫照吧。

本書譯者是「佚名」，大概是出自政教壓力吧，但她的勇氣可嘉，即使在許多新詞語的翻譯上頗有缺失，但全書套吉百列的話，「故事看起來好玩」（funny）。

陰性句子說故事

誠如鄭樹森在《世紀文學》總序中所說，二十世紀是戰爭、科技、後殖民的世紀，尤其在女性表達文化上的成長最為可觀。我們只要打開吳爾夫的《自己的房間》（*A Room of One's Own*, 1929），看到世紀之初的女性不能走學院大道，無法隻身進入「牛橋」大學的圖書館，真的很難想見，二十一世紀轉捩之際，英國一位名不見經傳的女作家會以《哈利波特》（*Harry Potter*）享譽全球，收入遠超過王室，而且在吳爾夫發表女性主義的論點之後幾十年內，世界上一連出了許多偉大的女作家，獲得各種國際文學大獎。

吳爾夫不僅奉勸女性要爭取「自己的房間」及經濟獨立，她更提出「陰性句子」（**feminine sentence**）的見解，她說：「女性得創造自己的語句，將通行的句子加以轉變、調整，不致抹滅或扭曲思想，便能寫出其自然形式。」為了發明這種陰性的「心理句子」，女作家得透過自己的用法，「把句子打造為更富彈性，可極力伸展，懸宕脆弱事物，物色含混輪廓」。在鄭樹森主編的「三語種、四名家」，以一九一六年到一九九八年間的五種短、長篇小說集為百年女作家之代表，吳爾夫的「陰性句子」可說不僅具體實現，而且成果豐碩。

一九一七到一九二五年是吳爾夫最具創意的年代，她完成了二十五篇故事、三部小說、一本論文集及許多評論，《是星期一還是星期二》（*Monday or Tuesday*）（美國出版之訂正版，1921）是這個階段的登峰之作，小小說（shorter fiction）提供了她在敘事技藝上的實驗場，抒情詩意境的描寫與內部心理戲劇的鋪陳彼此輝映，迥異於傳統的線性邏輯敘事，也奠定了日後吳爾夫在《戴洛維夫人》（*Mrs. Dalloway*, 1929）及《燈塔行》（*To the Light House*, 1927）的特殊風格。在這部小小說集裡，讀者最耳熟能詳的大概是〈牆上的斑點〉（"A Mark on the Wall"），敘事者從抬頭看到牆上的斑點，從日期、火爐、煙霧、憶舊，乃至房子內外，人類思想的不準確到進入其他歷史或事物、女性淪為男性世界的「半幽魂」，到戰爭的可惡，以至最後發現斑點其實是蝸牛（並非釘子、玫瑰葉子或木頭裂縫），看似十分瑣屑無聊，幾乎沒任何情節可言；不過，就像〈新衣服〉（"The New Dress"）裡的每件小事物所包藏的「羞辱、痛苦、自棄、努力，以及起起落落的激情」一樣，牆上討人厭的蝸牛其實與世上的戰爭、騷擾、移動有微妙的關聯。吳爾夫在玻璃後面的光采發現生命，於鏡子的映影裡看出各種信件、桌子、草皮及女人本身的「空無一物」，以吉光片羽、火花閃爍而又不合邏輯的方式，吳爾夫讓人物的荒蕪與神祕世界一一湧現。

在吳爾夫的小說生涯及二十世紀的敘事體發展上，《是星期一還是星期二》均是獨領風騷之作，一九二五年到一九四一年三月二十八日——她在褲袋裡裝滿小石子自沉逝世——十六年間，她只寫了十七篇故事。吳爾夫因為無法忍受戰爭的噪音而變得神經衰弱，憂鬱以終，在許多心理環結上，與萊辛（Doris Lessing）在她的名作〈十九號房〉（"To Room

Nineteen")裡的蘇珊，可說均想追求女性在日常生活中所無法獲得的安靜、自由，也因此，百年女作家五本小說的第二與三集以萊辛的《一封未投郵的情書》(*An Unposted Love Letter*)、《我如何最終把心給丟了》(*How I Finally Lost My Heart*)，繼續演繹女性的覺醒、無奈、尋索心路歷程。

《一封未投郵的情書》中，〈吾友茱蒂絲〉("Our Friend Judith")不像〈十九號房〉那麼悲觀，主角對婚姻機制提出女性的質疑觀點（「一旦真正結婚，不論是男人還是畜生，我們都不再適合他們。」），而且最後是以離開男人、依賴女性本身的感受與思想為出路；〈愛的習慣〉("The Habit of Loving")則將夫妻之間的「正常化」關係及其心理投射的物化過程作深入的刻繪，讓男性在女性的凝視之下萎縮、自閉；而〈危城紀實〉("Report on the Threatened City")則是呈顯人類未來的反烏托邦，以二十一世紀的災難、教育、太空科技、醫療生育等課題去回顧此一作品，仍覺得相當貼切、逼真。

《我如何最終把心給丟了》是一九七八年萊辛出版的另一部短篇小說集，以漂亮女侍者引發兩位老紳士的舊情追憶及遐想開始，透過男人之間的愛面子文化的自我解構，描繪出慾望、虛榮與父權尊嚴的互為表裡及其不攻自破的色厲內荏；外遇、不忠、失心、逃避、厭倦、創傷、疾病痛苦等主題，在接下來的故事裡不斷展開令人感到沉重但又熟悉的面向，巧妙的是萊辛的結尾總是以寂靜、淡漠在疏離中，帶出深層的記憶或來自他處的迴響，指向另一個時空，儼然峰迴路轉餘韻無窮。

萊辛、黛萊達（Grazia Deledda）及赫爾曼（Judith Hermann）均是身分多重、跨國遊歷的女作家。黛萊達生於撒丁尼亞，一九二六年以義大利文學家的名義，獲得諾貝爾文學獎。對這位女作家，不僅國人所知不多，即使英文世界也相當陌生，因此，她的長篇《惡之路》（*La Via del Male,* 1916）以中文問世，可說是為農村現代、商業化的愛憎、沉浮作見證，以田園風光、古老風俗、四季變化去鋪陳。《夏之屋，再說吧》（*Sommerhaus, Spatter,* 1998）則是德國新銳女作家赫爾曼的初試啼聲，在男女、天候、家族、歷史小事件之中，道出平凡生活裡潛藏的魔幻力道，讓人對虛構與現實、別離與親近、過去與現在、冷感與甦醒等辯證性的感覺結構，不再能堅持其差異，反而是在不確定之際，「憶起某些事情」，觸及其他生命的跳動。

這一套書經鄭樹森精心而又長久的規劃，找了最敬業的譯者，同時又透過導讀畫龍點睛，實是鑑賞百年女作家及二十世紀文學必讀之作。

奴隸制度的幽靈

——《寵兒》

《寵兒》是一九九三年諾貝爾文學獎得主童妮・摩里森的代表作，這部小說最近始由何文敬先生譯出，從「譯序」、「人物表」、「本事」及「年譜」即可看出譯者的敬業篤實，譯文更在考究之中，力求掌握原著的詩意及敍事手法，充分顯示譯者能將豐富學養與文字創意交融混成。

《寵兒》的故事來源是摩里森於一九七〇年代初期，在協助編纂《黑人之書》（*The Black Book*, 1974）的過程中，所觸及的一則新聞報導：一八五一年，有一位黑奴母親，從肯塔基州的農莊，帶著四個小孩逃走，到辛辛那提的市郊小鎮，卻遭追捕，為了避免小孩重蹈覆轍，瑪格麗特・迦諾（Margaret Garner）這位黑奴媽媽便下定決心殺死自己的親生骨肉，結果有一位死於刀下，事後繫獄的迦諾卻堅信此一人道之舉完全沒錯。

奴隸在百般無奈之際，往往先殺親人，以免除其未來之厄運，這種傳說雖然悚人聽聞，卻不時發生。英國第一位職業女性作家卞恩（Aphra Behn, 1640-1689）在她於一六八八年左右出版的《奧魯挪克》（*Oroonoko*）即描述黑奴首領先殺害妻子再從容就義。奧魯挪克的動機雖出自愛心，卻仍是父權心理作祟。相較之下，迦諾的故事既屬事實，且是慈母在無計可施之下的悲憤、疼惜行為。

摩里森以迦諾的故事當框架，但另創柴特這位母親及其女兒丹佛，去展開敘事；在情節上，卻將事件往後推到一八七三年，也就是二歲時死於母親刀下的幽魂在母親柴特的屋子裡足足鬧了十八年。小說一開始是透過另一個黑奴保羅四的重新出現，去回憶以往在「甜蜜之家」的遭遇，以不疾不徐的方式，道出奴隸制度底下的悲傷、折磨與倖存之道。

摩里森並不直接切入種族迫害，立刻就殺嬰事件去發揮，她反而透過歷史長遠之景觀去鋪陳，把黑人寫得神氣活現，將他們日常的幻想、渴望、溫柔、欲求、想像、畏懼、焦慮、哭泣與友愛等內心變化納入種族主義的殖民戲劇之中，讓讀者隨著丹佛的身心顫抖，踏進了故事的暗房，觸摸到母親走過的松稜、草叢、穀倉、林間空地。摩里森特別著眼於大女兒兩歲遭母親割喉變成亡靈寵兒，十八年來不斷地糾纏胡鬧，讓兩位哥哥出走、全家不寧，然而柴特依舊對她護愛有加，且不斷回味小亡靈的「狂怒癱瘓」，在苦度歲月之中與冤魂繼續母女無法完成的生命連繫。

以魔幻寫實的方式，柴特、丹佛與寵兒這位亡靈不斷互動，兩歲嬰兒的回魂糾纏人間，提出道德上令母親無法釋懷的兩難問題：「就算我沒殺了她，她也是會死的」，但是她畢竟死在母親手裡。母親再怎麼侍候她，也無法挽回那奪命片刻。最後，亡靈雖被驅趕支開，拋下母親離去，讓柴特與保羅四再重新開始，亡靈儼然是一場噩夢般被遺忘；不過，在遺忘的深處，沉睡與夢醒之間，熟悉的腳印卻持續縈繞。

摩里森以這個寵兒的亡魂，看似虛幻而無以釋懷的空白故事，去召喚黑人在奴隸制度下被蹈踏而幾近遭到毀滅的歷史。據她的統計，有八千萬非洲人被販賣、拐騙、綁架至美洲，僅五分之一的人口存活，《寵兒》是對這段殘暴過往的重建，歷史的幽靈在冤怨與泣訴之間若隱若現，伊人如魅，於黑暗中閃爍，道出非裔族群的創傷與希望。

庫吉爾筆下的後殖民情境

多年前，我為《誠品好讀》撰寫文章，推介當代南非作家庫吉爾，文末便臆測庫吉爾於二〇〇二年到澳洲客居之後，獲得諾貝爾文學獎應是指日可待。果然二〇〇三年十月一日瑞典皇家學院文學獎評審決定將大獎頒給庫吉爾，消息傳來令人振奮，倒是這時在芝加哥大學客座的庫吉爾相當低調，得獎風格頗像他二〇〇三初秋所推出的小說《伊莉莎白．卡斯特洛》（*Elizabeth Costello*, 2003）。

瑞典之文學獎院士頒布庫吉爾的貢獻，主要是以多樣化的方式，描寫與外來者的互動，其文學技巧精湛，小說結構巧妙，以意味深長的對話及出色的分析見長，同時又是一位謹慎的懷疑者，對理性主義的殘酷及西方文明的假道學提出無情批判，具有知識分子的良知，時常反省西方式的文明，批評種族主義，並為動物權利代言。

委員會以庫吉爾在一九九九年的《屈辱》一書為其代表作；不過，庫氏的近作更能理解小說家對文學獎那種患得患失而又始終執著的複雜心情。這兩本小說其實是庫吉爾對南非的族群文化困境及其超脫之路，表達出深沉而又具反省力的視野。《伊莉莎白．卡斯特洛》以澳洲一位年邁女作家的生平為背景，透過一系列演講，對文學獎及情色、種族等議題作精采發揮，同時深入這位女作家的多重身分，如母親、情人等。此書一出版便大受肯定，二〇〇三年庫吉爾會獲得諾貝爾獎，應與此一作品大有關係。

庫吉爾出生於一九四〇年開普敦（Cape Town）的新教家庭，中學就讀於一所天主教學校，並在開普敦大學取得英文與數學的學、碩士學位。一九六〇年中期，庫吉爾赴英國謀職，從事電腦程式設計。一九六五年則拿到美國傅爾萊特基金會的獎學金，至德州大學奧斯汀校區進修，攻讀博士學位，並於一九六九年元月提出論文，分析貝克特（Samuel Beckett）的小說風格。學成之後，他在紐約州立大學任教兩年，於一九七一年回到母校開普敦大學任教，後又榮升為英文系世界文學講座教授（Arderne Professor），從此在南非展開著述生涯。二〇〇一年庫吉爾到澳洲客居，二〇〇三年則前往美國芝加哥大學客座半年。

這個資歷看來十分平常，而且很學院式；不過，一九七四年，庫吉爾推出第一本小說《昏暗之地》（*Dusklands*），開始以殖民權力體制當題材，他的文學創作生涯便逐漸嶄露頭角。一九七七年的《在國家心中》（*In the Heart of the Country*）得到南非文學首獎，此後幾部小說更是實至名歸。一九八〇年的《等待野蠻人》（*Waiting for the Barbarians*）勇奪三個大獎。《麥可・K的生命與時代》（*Life and Times of Michael K*, 1983）引起各方注意。一九八六年出版《仇敵》（*Foe*），於一九八七年獲得耶路撒冷獎。一九八八年耶魯大學出版他的論文集《白人書寫》（*White Writing*）。

庫吉爾的創造力一直不減，一九九〇年著有《鐵器時代》（*Age of Iron*）。一九九二年哈佛大學出版其論文集《強化觀點》（*Doubling the Point*）。一九九四年他推出以杜斯妥也夫斯基（**Fyodor Dostoevsky, 1821-1881**）生平及蘇俄檢調系統為背景的《聖彼得堡的文豪》（*The Master of Petersburg*）。一九九六年芝加哥大學出版其論文集《官檢》（*Giving Offense*）。一九九七年則以個人成長經驗寫出自傳式小說《雙面少年》（*Boyhood*）。一九九九年的《屈辱》一書，更是引發各方迴響，進而榮獲二〇〇〇年諾貝爾獎提名。

庫吉爾不僅是作家，也是一位見解精闢的讀者、批評家，他較早的《白人書寫》、《強化觀點》及晚近的《官檢》與二〇〇二年推出的《奇岸》（*Stranger Shores*），討論了許多當代的重要作家，可說是南非與世界文學的鳥瞰，不僅對殖民社會問題加以剖析、諷刺，而且透過清晰、犀利的閱讀方式，去檢討其他世界的文本與世界的關聯，例如南非白人如何以「田園」風格去描述土人的落後、不求上進，旅遊文學往往與帝國殖民文化環環相扣，即連是「古典」音樂也經由中產階級及民族主義的管道傳播、鞏固其地位。庫吉爾的小說和論文，大致是以南非社會、黑白膚色、殖民歷史、種族隔離、政治暴力等為主。表面上，似乎並未針對南非的現存問題，而是選擇殖民歷史這個主題加以重寫，實際上庫吉爾是以白人男性的帝國敍事體及其潛在的焦慮，將殖民者的終結定論及其封閉結構加以解構。

一般批評家對庫吉爾的小說，特別是《屈辱》一書，反應相當兩極。大部分的作家、學者均認為庫吉爾傾向於保守、非政治，只是以後現代小說的形式主義重編或改寫後殖民的故事，不敢觸及南非真正的政治、經濟等現實問題，並且避免階級衝突、種族隔離等社會議題。因此，既無法提出革命性的解決之道，同時也與南非的白人霸權沆瀣一氣。這種見解主要來自南非的新左派學者或同情南非處境的新馬克思批評家。

另一方面，一些後結構主義者，雖然政治立場迥異，但都以自己設定好的框架，分析庫吉爾作品中的後設小說成分、符號體系的轉換、推陳出新、充斥「力必多」（libido）的語言意淫、後結構概念的文學和智性戲耍等，認定庫吉爾關注的重點是形式、結構、體制等面向，而社會公範與政治不平等絕不在其眼中。

其實，理解庫吉爾的創作及其心路歷程，最有效的方式是觀看其作品的演變過程。七〇年代初期的小說《昏暗之地》，有兩個故事主軸，首先是一位軍方幕僚，力圖改善美國在越南的文宣和檔案處理效率，另外則是荷蘭探險家在海角西岸，接觸到當地土著所經歷的徒勞往返。這兩個情節交織出新、舊殖民勢力的自我蒙蔽和傲慢，在前衛的寫作風格之中，不難看出敘事者對強權的不滿和忿恨。

庫吉爾的第二部小說《在國家心中》，則較深入殖民戲劇的內心世界及主僕關係。書中的文字一段段標上號碼，透過瑪格達這個殖民餘孽，開展她在農場之中既失親又落魄的冷淒場景。庫吉爾充分運用現代主義新小說與前衛電影的手法，對後殖民社會的病態心理有很精闢的描述。

一九八〇年的《等待野蠻人》是殖民帝國的寓言敘事，故事與日後庫吉爾所關心的「檢調刑求」有密切關係。主人翁是位左派官僚，目睹帝國祕密警察用盡嚴苛手段，逼問「野蠻人」有關造反的計畫。此書對殖民體制的「完整壓制策略」及一九七七年南非黑人政治領袖畢可（Stephen Biko, 1946-1977）被整死的政治黑獄史有隱約而又尖銳的指涉。從這部作品推出之後，他的著述主題轉向對殖民機制及其權威的後設思考，不斷拿歷史當小說重寫的題材。

《麥可・K的生命與時代》談K（是卡夫卡或其他人？）如何逃避社會動亂及內戰，而較成功的後設小說則是《仇敵》，一方面把《魯賓遜漂流記》（*Robinson Crusoe*）、《羅珊娜》（*Roxana*）的故事加以改編，另一方面則開作家狄福（Daniel Defoe）的玩笑。書中假設女主角漂流到魯賓遜的島上，看到他孱弱無能的模樣，並且認識星期五。在魯賓遜死後，女主角成為他的代言人及福（Foe）先生的情婦，但她的故事卻被福偷天換日，以假船難的方式試圖將她與星期五淹沒。這部作品引起不少後殖民批評家的重視，小說的形式與內容從早期的敘事體、日記、寫實到後設小說，由歷史到魔幻，相當曲折、有趣。

九〇年代，庫吉爾大量直接援用南非的社會題材，不但撰寫評論，繼續討論他在《白人書寫》中已觸及的種族問題，而且將焦點轉到更加切身的「隔離政治」問題（apartheid）。有相當程度是受了葛蒂瑪的刺激，同時也可看到當代南非幾位被迫害的作家，如布雷滕巴哈（Breyten Breytenbach, 1939-）、布林克（Andre Brink, 1935-）的影響痕跡。一九九二年的《強化觀點》一書，即展示他多年來社會觀察、文化評論的心路歷程，對這些作家及其作品加以推崇及解析。

一九九〇年的《鐵器時代》及一九九九年的《屈辱》可說是庫吉爾在此一時期的力作。《鐵器時代》描述一位退休的白人女教授，一方面與她在美國留學的女兒通信，另一方面則因女僕的兒子參加學運和收留流浪漢而被牽連，見證政治迫害的種種殘暴景象。從唯美、與世無爭的古典文學教育家，到被驅趕、搶劫、殺害的政治犧牲品，這位白人女教授應與許多南非白人知識分子的處境——既同情南非黑人，但又怕社會變革導致動亂——這種徬徨、矛盾的心理息息相關。

這種徬徨、無助的情節在《屈辱》裡作了最深入的鋪陳，也因此令許多讀者忿忿不平。《屈辱》敍述一位白人的浪漫主義文學教授（David Lurie），因與學生發生性醜聞而遭校方查辦，為了避免公開懺悔的羞辱儀式，他黯然辭去教職，搬去與女兒（Lucy）住在遺世獨立的農場裡，力圖從自然及親情中獲取心靈慰藉。然而，政權變動卻讓黑人到處報復，他的女兒被強暴，而他也成了族群暴力的犧牲者，尤其最後女兒為了倖存、保存胎兒，竟嫁給強暴犯之一的黑人農夫，更加凸顯了南非族群政治的荒謬戲劇，又再強化糾纏不清的「黑白問題」，因此以錯亂收場。

庫吉爾得獎後的生涯也許會像卡斯特洛一樣，除了到處作系列演講，以精細的閱讀講解當今世界的膚色、階級、身分及性別衝突之外，如同小說裡的人物的多重角色，針對各地的族群問題加以鋪陳、反省，並提出整合方案。

敘述與認同

最近我參加一場法律與文學獎的評審會議，不同領域的評審因為自己的專業，在評論上和經驗、身分有種種微妙的連繫，乃是意料之事。不過，有趣的是，得獎名單公布後，我們發現許多作者的年齡、身世、學歷都和他們所創作的內容息息相關。大家不禁莞爾一笑，認為作品裡面所隱射的人物，大概和作者個人的經歷和從事的行業（大部分是律師或法學院的學生），有相當直接的對應關係。

敘述和作者的經歷以往都是透過再現或是凝視，也就是「擬真」（verisimilitude）的方式來進行。因此，在文學批評上常有所謂的「隱含的作者」（the implied author），把個人的一些看法巧妙地隱含在作品之中。此一寫實傳統逐漸發展到現代、後現代的作品裡，作者往往透過更加錯綜的情節鋪陳，隱藏自我意圖和經歷，作者在作品之中消失不見，成為寫實主義非常重要的特色。

不過，在此一傾向底下，第三世界的文學和電影卻一反第一世界寫實主義的新發展，反而強調「身分認同的演現」（identity performance），在作品中故意講述個人生平、成長挫折，乃至於政治事件。作者以直接指涉的方式，表現出認同和身分在第三世界歷史、社會的變遷中所經歷的種種變化，以此講述自己的故事，也就是「認同的敘述」。

其中最令人玩味的就是二〇〇一年的諾貝爾文學獎得主奈波爾。奈波爾在作品中，往往透過本身的旅行和成長經歷來書寫小說，特別是他到英國之後所看到的落差，透過小說人物和自己形成辯證的關係。其中最為有趣的表現就是他在二〇〇一年出版的《浮生》（*Half a Life*, 2001），這部小說和奈波爾的創作生涯、教育及情感歷史，形成某種半自傳的關係。

這部半自傳又半虛構的小說，把奈波爾早期幾部小說和遊記，透過主題辯證和重述的方式加以再現，以看似簡單的小學作文，呈顯出父權、殖民社會、移民社會所遺留的種種不平等、衝突和精神分裂的病態情況。故事敘述威利・詹德蘭的家族歷史，奈波爾在許多面向上刻意和自我生平區隔，但是讀者仍不難看出他的生平和這部小說頗多近似，可說是奈波爾對本身早期的成長經歷，以及成為作家的過程，一種半虛構式的傳記整理。

威利・詹德蘭的中間名字是薩默塞特，因為他的父親非常崇拜英國作家薩默塞特・毛姆（William Somerset Maugham, 1874-1965），希望兒子能夠受到大作家的啟發。威利的父親受不了出身祭司世家的高貴身分，以反叛的方式和平庸且出生低賤的女孩結婚。威利在出生之前，就可說是移民與殖民戲劇權力角力的象徵，父母兩人代表不同階級背景、地方記憶和政治觀點的交織，使得威利在家庭譜系上總已具備雜混（hybrid）的成分。

他的父親一方面透過焚燒哈代（Thomas Hardy）《卡斯特橋市長》（*The Mayer of Casterbridge*）的象徵之舉，表現出對英國殖民的拒抗，但是一方面卻羨慕英國的文化權威，在對妻子和同胞的態度上，表現出英國的優越感。他在自卑跟自我膨脹的殖民心態之間擺盪，呈現出內部衝突，進而演變為憂鬱。這種自我憎恨的情況在威利身上則更加複雜，他從小就對母親受到父親的輕視而忿忿不平，因此透過小學、中學的作文，以虛構的方式顯現出獨特的想像能力，向父親提出揶揄性、諷刺性的反叛心聲，再現家庭雜匯、衝突的歷史。

小說的第二部分，威利開始以書寫的方式再現家庭。二十歲那年，在一位英國政治家的協助下，他到倫敦的教育學院念書。這位倫敦上議院的政治家，以回報的方式，加惠威利的父親，他從世界遙遠的角落揮動權杖，伸一伸小指頭就讓第三世界的小人物十分感激，並且徹底地改變他們的生活。

一開始，威利認為白金漢宮和演講區不如想像中偉大，但是在認識一些朋友，見識倫敦的政治和文化之後，他才震懾於殖民文化的權威以及高尚的社會結構，逐漸把主流文化的威權和社會地位的攀升當成人生的目標，並且在BBC的節目中提供第一手資訊，報導印度、加勒比海等地之文化，甚至出版小說。他了解英國人「只是想在新來的人當中找到口味更特殊、更容易到手又更刺激的異國情調，找尋這些新鮮的貨色」，所以他的作品往往在這種共謀結構底下，專門鋪寫殖民和移民的景觀。

來自於葡萄牙和非洲的混血雜匯人物「安娜」，非常激賞威利的作品，認為在英國眾多的文學作品之中，他的「後殖民寫作」特別能給予她歸屬感和認同感。兩人一拍即合，於是展開十八年的婚姻生活。小說以交互指涉的方式，探討安娜家庭的殖民及移民史。十八年後，威利發覺非洲世界已在新政府的世代交替之中產生巨大的變化，他對於婚姻、愛情、創作和生活都感到厭倦，想要重新開始，而故事就在這樣的情況下結束。

《浮生》中的每一個人物幾乎都在殖民或移民的背景下出生，這一直是奈波爾的主要題材，也就是後殖民「口語的都會文化觀」（vernacular cosmopolitanism），透過重新學習主流文化，以英文的表達方式，與主流文化再度協商，並且呈顯自我。以德瑞克・沃克（Derek Walcott, 1930-）的話來說，即是「在文學的宮殿之中，我是一個小男僕」。威利驚訝於主流文化的偉大，透過不斷模擬學習的方式成長，最後才發現自己的聲音。

在許多面向上，《浮生》可說和奈波爾本人的成長息息相關，他也在十七歲左右離開千里達到倫敦牛津大學學習，後來也住在英國。這部小說以象徵的方式再現奈波爾的創作理念，以及他在印度庶民文化與英國都會文化之間的掙扎和矛盾。在《中間的旅程》（*Middle Passage*, 1962）一書中，奈波爾說：「作為一個西印度人，活在一個借來的文化之中，作家需要去表達他自己是什麼人，他是站在什麼地方，不能只是純粹從本土的文化出發，必須要跟外面的世界產生一種對話。」奈波爾對舶來的都會文化、主流文化的熱情，本身是相當具有政治意涵。

在小說中，儘管威利在倫敦看似愈來愈英國化，但是他和安娜結婚，以及他對非洲和另類生活的興趣，都表現出吸收主流文化乃是一種政治作為，背後有他拒抗、翻轉的企圖心或姿態，在此姿態背後，這些困境得以揭發。《浮生》可說是奈波爾得到諾貝爾文學獎的充分印證，是一部充滿隱喻的作品，在嘲弄和認同之間，展現出移民和殖民交織的文化。準此，《浮生》可說是目前全球化愈來愈錯綜的族群流動過程中，移民與殖民再也區分不出純粹血統的戲劇大觀園。

情人節讀卡夫卡
——書寫慾望

西洋情人節即將來臨，這事件其實從跨年倒數之前，就不斷收到各種相關廣告，而各種網頁，在元月份之後，更大力推出「另一半會喜歡的二十種禮物」，並主打「情人節套餐」、「雙宿雙飛」等以及旅遊及飯店特價招待，令人目不暇給，唯恐大家會漏掉一個重要的表現機會。

臺灣的情人節除了二月十四日，以及日本的白色情人節（三月十四日），還有七夕，節日的包裝方式爭奇鬥豔，從玫瑰、巧克力、情趣用品到各種電子卡。不過，現在大概不流行送情書，即使大作家寫的情書可能也會被冷落吧。因此，在這個熱情時節，再回去看我最喜歡的作家卡夫卡給情人的信，不禁有「另類」的感受。

一九一二年九月二十日，一封簡短而古怪的信，寄給「親愛的鮑爾小姐」，抬頭是布拉格的工人意外保險協會，署名：法蘭茲・卡夫卡。這是卡夫卡致菲莉絲的第一封信。

直到一九一七年十月十六日最後一封，卡夫卡一共給他生平中最重要的女性寫了四百九十八封信，這些信剛好伴隨卡夫卡的《美國》（*Amerika*, 1927）、《審判》（*Trial*, 1925）、《蛻變》（*Metamorphosis*, 1915）、《城堡》（*The Castle*, 1926）等創造高峰，同時見證了這個蒼白而敏感的文學靈魂如何冒昧自我介紹、安排上班作息、報導書寫進度、與家人環境互動、分享讀書心得，尤其細訴情意，在想像中緊握彼此之雙手，道出作家生活中的焦慮、負擔、困惱、欣慰（如收到菲莉絲的信或電報）及愧疚，乃至後來因肺結核所引發的「個人破產」與「整個戰役的結束點」，讓卡夫卡在「經歷了痛苦、憂傷與悲慘，但最後還是可以擁有你」的美夢挫敗。

卡夫卡於一九一二年八月十三日，在他好友馬克思・布洛德的父母家裡認識了當時在一家留聲機公司擔任執行祕書的菲莉絲・鮑爾，從此五年他不斷把心中的好奇、問題、想法、作品、文學理念和盤托出，不但與菲莉絲訂婚（一九一四年六月一日），並在六週後解除婚約（七月十二日），於短促四十一年的生命裡交織出絢燦而又淒涼的血淚史，而且也談到自己正進行中的小說及其對周遭的看法。這些感情告白、頓挫及一再協商，其實與卡夫卡創作中之人物、主題起伏有著交互發生、迴響的關係；例如卡夫卡對自己身體的不滿及自喻為狗，或者對婚約解除的困惑及法律強制，均納入他的重要長篇《審判》中。

《給菲莉絲的情書》（*Briefe an Felice*, 1967）可說是卡夫卡文學心靈的告白文件，一方面是親密的寄語：「我筆下所有的人物均是手挽著手向妳走去的，最後他們都只為你一人服務」，另一方面則道出作家的執著與憂鬱：「一旦我失去寫作，我勢必失去妳及所有一切」、

「我沒有文學的愛好，我就是文學構成的」。除此之外，在這些信件中（另有三十封是給菲莉絲好友格蕾特・布洛德），卡夫卡提到不少他所觸及的書籍、宗教、家務、內心處境、脆弱身體、藝術（繪畫）潮流、芭蕾演出、文學教育、猶太復國主義等，可說到處是寶，短句往往對後來的文學或文化評論家〔如卞雅明、桑塔格（Susan Sontag）、德希達等〕有相當多的啟發。

這本書的中譯本很好讀，難得的是譯者耿一偉在本書中不僅以選譯的方式，將最有意思的書信加以摘錄，而且以注評去詳細演繹信簡的背景及各種文本之間的連繫，充分顯示譯者對卡夫卡的鍾愛與熟識程度。在選擇書信之間，譯者多次列舉卡夫卡對中國情詩（如袁枚）、中國哲學（如莊子）的興趣，且討論卡夫卡在臺灣《現代文學》此一現代主義、文學雜誌中的地位。在本土色彩之外，譯者也讓卡夫卡的著作、閱讀、愛情、生命、交遊與世界文學交織，彙整出一幅既親密、細緻而又令人回味無窮的情感教育大觀園。

西洋情人節之後，若也能透過閱讀這本書，了解愛情不只是熱與光，吃與玩，而是有許多掙扎、告白與慾望，應是更豐富的經驗吧。

故事的拼圖

到過伊斯坦堡的遊客，都會被那宏偉的氣象所震懾：海天一色、紅河波光粼粼，來往船隻萬紫千紅，猶如一幅奇美無比的圖畫，而整個城市裡，寺院教堂的黃金圓頂掩映成趣，交織出迴腸盪氣的雄渾瑰麗景觀。不過，真正精采而值得一再玩味的卻是那蜿蜒曲折的巷弄及多重阻隔的牆面，從斷壁殘垣的歷史古跡到細膩精緻的牆面圖案，充分顯示了「柳暗花明又一村」、「橫看成嶺側成峰」的百般變化。

在當代最出名的土耳其小說家奧罕．帕慕克的筆下，「百萬個細密畫學徒眼睛的牆壁紋飾；懸掛於門和牆上的花紋小盤子；祕密寫入插畫邊框的對句；藏匿於牆底、角落、建築外牆紋飾中、腳跟底下、灌木叢裡和岩石縫隙間的卑微簽名」(128)，任何一個圖案、色彩、空隙、陰影、磚瓦都在牆面上留下歷史、人物、貓狗、飛禽、雲朵、花卉、草木的印記、銘刻及線索，「重複出現在千萬幅畫中」，一片片編織出帖木兒、塔哈瑪斯的往事。歷史故事以牆面一再被印刻繪畫的謄寫方式（**palimpsest**）呈現出真相與虛構、藝術與政治、美學與宗教之間的穿梭縮影與萬花筒。

享譽全球的土耳其作家，帕慕克是六本小說的作者，《我的名字叫紅》(*My Name Is Red*)

於一九九八年推出後，已被譯成至少二十種語文之多，可算是帕慕克最享盛名的代表作。整部小說以色彩、景物、圖畫為背景，道出十六世紀鄂圖曼帝國的祕辛。透過一位遭到謀殺的畫家（鍍金師高雅・埃芬迪），去鋪陳各種敘事聲音，由死者本身到凶手到周邊的各種人物及動植物：姨丈、小孩奧罕、守活寡的莎庫兒及追求她的布拉克，或以斯帖、奧斯曼、三位畫師（除了橄欖，還有蝴蝶、鸛鳥）、撒旦，乃至馬、狗、樹、金幣、死亡、紅色等。帕慕克不斷就謀殺事件的歷史與社會脈絡、個人與國家、藝術與宗教、公共與私人、個別境遇與共同命運，扣緊三本書的插畫（尤其針對蘇丹特別屬意的《慶典之書》及主角正在進行的「一本祕密編纂的書籍」），去「圖」顯政治、愛情、美學信仰的衝突及其暴力。這部作品與其說是以謀殺與偵探情節為主軸，不如說它是個故事拼圖、歷史縮影及權力重新被謄寫的版面，一再以新色彩、布局、主題、人物去再度建構、理解，讓個別敘事者的真相以再現方式化入更大的圖畫展軸的縫隙之中。一方面運用有如電影的「縫合」（suture）技巧，連結情節，擴充人物心理之發展面向，另一方面則又引爆更多的問題，把敘事體的完整、封閉性予以質疑和解除，以便讀者仔細玩味，看出景物在細部鋪寫（detail）、小節複製（miniature）、背景祕辛揭露、重新謄寫的過程裡，一再以新的面貌出土。每一位敘事者的故事真實性也因而成為水中明月，不斷引發漣漪作用，跟著其他繼起的敘事角度而起伏、波動、蛻變、破裂、瓦解。

以「紅」這個主色調為例，它充斥了全書的篇幅，由鮮血（王子弒父兄、畫師殺同事）

到紅地毯、紅蠟燭、紅墨水、紅衣裳、紅絲紗、遠方紅船，或紅色所象徵的熱情、真誠，可算得上是既能與各種歷史謀殺篡位、情色角逐、劇烈痛楚等聯想在一起，但也與個人的死亡、記憶、作畫活動，乃至喜悅、自由等情感彼此輻輳。如在一二九頁，「我的思想，我面前的事物，我的記憶，我的眼睛，全部，融合在一起，化為恐懼。我分辨不出任何單一顏色，接著，我才明白，所有色彩全變成了紅色。我以為是血的，其實是紅色的墨水；我以為他手上的是墨水，但那才是我飛濺的鮮血」。不過，到一三八頁，色彩則是「眼睛的觸摸，聾子的音樂，黑暗吐露的話語」，紅色是「炙熱、強壯」的象徵，與情慾、純正幾乎劃上等號，「紅」這位敘事者更透過兩位畫家的對話，問「紅」的感覺、意義及氣味，視紅為對阿拉的狂熱信仰，及對伊斯蘭藝術的堅定理念（本土藝術超過威尼斯的藝術）之表徵，「紅」的意義在於「它出現在我們面前……我們無法向一個看不見的人解釋紅色」，一如「受撒旦誘惑的人為了否定真主的存在，堅持說我們無法看見真主」（140）。反諷的是，這兩位熱烈討論紅色的畫家卻是盲者！在高雅這位鍍金師靈魂飄上天際之時，他肉身所染上的血污卻引導他迎向陽光、天使，他突然察覺到自由的真諦，「頓時，驚懼狂喜之中我明白了自己就在祂身旁。在此同時，我感覺到四周湧入一股無以匹敵的紅」。「短短的一瞬間，紅色染透了一切。這豔麗的色彩溢滿了我和全宇宙」，但是血污的深紅也令他在被帶到祂面前時「感到羞恥難堪」。

紅色是物質與精神兼具，世俗而又神聖的色彩，透過紅色，敘事者將一五九〇年左右的伊斯蘭世界日常生活的細節予以著色、勾勒、再現，每一種色彩就像小說中的人物及其觀點一樣，也瀰漫了紅，但大致是血污、熱情與孤獨，只有在純正的紅加以照亮之下，也就是與真主產生信仰接觸之時，才綻放出紅色火花。小說是在這兩種文本技巧（多元聲音彼此交織及紅顏料與純紅之對照）之下展開它的歷史魔幻情節，成為既富偵探色彩又具文學、政治、宗教、自傳、浪漫、流浪、成長，乃至後設小說（metafiction）各種文類的故事拼圖。

《我的名字叫紅》是文類混雜、多音交響、各種畫面不斷重疊的故事拼圖。「故事」的大畫面是以一個歷史重要轉折場景為其視域中心，也就是十六世紀的帝國與宗教、政治、藝術興亡史，而這幅畫的遠近交點（vanishing point）則放在東西文明的橋樑伊斯坦堡，因此可說極具關鍵地位。一五〇一年到一七三六年是薩非王朝統治時期，伊斯蘭什葉派為當時的國教，如火如荼地展開對其他教派及其教義的擠壓排斥作用。一五一四年鄂圖曼蘇丹在察地倫擊敗了薩非王朝的軍隊，大舉掠奪波斯大不里士的宮殿，將精美的細密畫、書籍帶回伊斯坦堡，於一五二〇年至一五六六年締建鄂圖曼文化的黃金時期，將帝國的版圖加以擴充，往東西方延伸。繼位之蘇丹穆拉德三世登基，《我的名字叫紅》便是在蘇丹三世的任內（1574-1595），以鄂圖曼蘇丹在伊斯坦堡下令編纂《技藝之書》、《慶典之書》、《勝利之書》的繪製工作此一歷史事件為背景，深入鋪陳「細密畫家」奧斯曼大師及他的徒弟（橄欖、蝴蝶、鸛鳥、高雅）的作畫工程。

故事一開始是高雅這位鍍金師被殺之後，他以屍體的位勢，作出自我表白及回溯。但是，小說並不是以偵察兇手為其主軸，反而是從不同的觀點一一拼出整個歷史的圖像。先是高雅的屍體說話，他請讀者注意追究他死亡背後所隱藏的「一個駭人陰謀」，因為它「極可能瓦解我們的宗教、傳統，以及世界觀」（11）。死者的記憶其實相當含糊，而且他每一段的敍事長短不一，反而是另一位敍事者，也就是出國十二年浪子回頭，剛從東方返回伊斯坦堡的布拉克，提供了較詳細且立足於個人成長經歷的集體記憶與心理認同戲劇。除此之外，有趣的是：狗、馬、樹、小孩也都來講述所見所聞，一幅一幅由遠而近，個人與群體、公共與私下彼此交織的史詩圖畫長軸於焉展開。值得注意的是：眾多敍事者中有個小孩，也就是原配丈夫一去不回的莎庫兒她的第二個兒子，名字也叫奧罕。據帕慕克在訪談中供稱，莎庫兒的孤獨及她與兒子的關係大致是他本身的親身經歷；兄弟之間的爭吵、打鬥，他們與母親的不斷妥協、和好，其實頗具自傳色彩，這在某一意義上加深了此一小說將歷史與個人傳記交織的面向。但是歷史與魔幻的面向並不出現於歷史、帝王、人物、畫師，乃至作者本人的童年往事彼此糾纏而已。年代紀（如布拉克是於一五九一年回到伊斯坦堡）往往與更重要或隱而不彰的事件連結而在無意識中產生其意義，尤其這些畫師正在奧斯曼的引領之下，紛紛由邊飾、畫馬、著色、鍍金去呈現《慶典之書》的各種面貌。他們是在伊斯蘭教派之間對政教偶像、宗教儀式、繪畫再現的詮釋衝突、族群暴力，乃至伊斯蘭面對基督教勢力，細密畫傳統與威尼斯藝術、東方時間與西方時鐘（伊莉莎白女王所贈）彼此角力的背景之下展現個人的創意及局限。同時四位畫師與師父、同事、宮廷、行政長官之間也充滿了矛盾，高雅被謀殺之後，他所遭謀殺的原因，不斷在各種敍事聲音中呈現出不同的緣由：貪人錢財、同行相嫉、愛情三角、宗教迫害等，似乎莫衷一是，很難下定論。這些歷史、文化上無法輕易釐清的衝突、變化、暴力、掠奪及協議，扣緊了公共與私人的大小事件，從內到外，由遠而近，或以大型敍事（如布拉克的歷史回憶）及其國家轉型敍事，或以細節（如奧罕、莎庫兒及死者本身的枝節敍事），彼此交會、紋飾、掩蓋，構成了各種交互肯定、指涉或質疑的存在。什麼是主？何者是客？而真相又如何彰顯？這些議題在中古或文藝復興早期的繪畫，尤其一些插圖本（**illuminated text**）中，其實並非日後的空氣遠近法，以觀賞者之主體位置為準所統合的視域及其世界觀所能比擬。在伊斯蘭的繪畫美學中，畫與隱藏的世界秩序，賞畫者的精神狀態及其宗教情操之間，存在著多重神祕的聯繫，誠如布拉克指出：

> 趁著每一段寂靜，我研究面前的圖畫，想像畫紙上的顏色分別出自熱情的橄欖、美麗的蝴蝶與亡故的鍍金師之手。我忍不住想學學恩尼須帖對著圖畫大喊：「撒旦！」或「死亡！」但恐懼阻止了我。不僅如此，這些插畫讓我心煩意亂，因爲儘管我的恩尼須帖再三堅持，我卻實在寫不出一則可以配合它們的適當故事。而且，慢慢地，我愈來愈肯定他的死亡與這些圖有關，感到焦躁不安。（162）

畫與死亡、謀殺、失序、焦躁，尤其與故事背後所隱含的線索有密切的關係。

模仿或複寫是《我的名字叫紅》非常重要的手法。其實不只是畫師做插圖，重新再現畫的意境，人物之間也不斷複製彼此，而畫師們個別講述的三個寓言故事，乃至皇室之中的家庭血腥史，都一再複述出人類的宿命。「凶手」在二十三章結束時的告白也許是個註腳，說明這部作品何以會透過繪書之細節複製畫師及其心路歷程，去鋪陳一個大時代的變化及其潛在的多元衝突、轉機：

> 我們兩人愛上了同一個女人。他走在我的前方，渾然不覺我的存在，我們穿越伊斯坦堡蜿蜒扭曲的街道，上坡又下坡，如兄弟般行經野狗群聚打架的荒涼巷弄，跨越邪靈徘徊的火災廢墟、天使斜倚圓頂熟睡的清眞寺後院。我們沿著對死者靈魂低語的扁柏樹，繞過幽魂聚集的積雪墓園，看不見的遠方盜匪正在勒殺他們的犧牲者。我們走過數不完的商店、馬廄、苦行僧修院、蠟燭工廠、皮革工廠和石牆。隨著我們持續前進，我感覺到自己不是在跟蹤他，相反地，我其實是在模仿他。（95）

踏著古人走過的足跡，穿越荒涼但又熟悉的街道，置身於廢墟與聖殿之間，主角們突然發現自己已進入虛實難分難解的敘事魔域。在這種詭異的情境中，歷史想像、現實世界、小說情節、藝術再現彼此複製，一再可被重新謄寫，此一驚悚體驗大概是這部作品最耐人尋味的面向吧。

【小說】

1982: *Jevdet Bey and His Sons*

1983: *The Quiet House*

1985: *The White Castle*

1990: *The Black Book*

1992: *The New Life*

1995: *My Name Is Red*

2004: *Snow*

【相關連結】

http://www.randomhouse.com/knopf/authors/pamuk/

http://pamuk.by.ru/english/main.html

http://www.tusiad.org/yayin/private/winter96/html/sec12.html

城堡的記憶，記憶的城堡

——帕慕克在清華

一、帕慕克在紐約

二〇〇一年紐約發生九一一事件時，我正好與家人到哥倫比亞大學客座，九月中旬過後，各種有關中東與賓拉登（Osama bin Laden）的書籍紛紛推到書店的最前頭，我並沒有買蓋達組織的評介，反而看中一本《我的名字叫紅》的小說。這是我第一次讀到帕慕克，這位當代最受歡迎且頗引爭議的土耳其作家，突然進入視野，是在氣氛詭異的「迷宮」書屋（Labyrinth）。而美國社會已成為驚弓之鳥，於此一環節上，一時心裡的感受不斷跟著故事裡的謀殺謎題起伏，不覺產生了既錯愕又熟悉的複雜情緒。

十月六日，柏林愛樂來紐約演奏，那是阿巴多（Claudio Abbado）抱病指揮，最後一次與柏林交響團員合作，同時是以公開方式哀悼九一一世貿大樓的受難者。本來我一直期待他演奏馬勒的第七號交響曲，但是阿巴多卻改以貝多芬的第五號——《命運》，向死者致意，令我在震撼中稍帶失望，也是在這種錯綜心情之下，我在到處貼滿「反恐」、「自由之戰」等右派標語的哥大巴特勒圖書館讀完《我的名字叫紅》，對其中的死亡、敘事、繪畫、衝突與暴力感受特別深刻。

二〇〇三年暑期末，麥田出版公司告知他們準備翻譯帕慕克的四部小說，並邀我為《我的名字叫紅》寫導讀，可說是因緣際會的意外驚喜，沒想到編輯會遠到伊斯坦堡在球場邂逅了小說家，一口氣簽下書約。

除了麥田的編輯，香港城市大學的張信剛校長也在二〇〇三年冬會晤了帕慕克，並當面邀他於十一月二十五日為城市大學二十週年的慶祝活動，擔任貴賓致辭。雖然是生化科學家，張校長深愛文學，因此促成了帕慕克的亞洲行程，先是到東京五天，香港三天，臺北四天，而清大的演講（十一月三十日）則是訪問活動的最後一場。

二、帕慕克在清華

在帕慕克離臺前夕，才與他於清大校園相會。我們握住對方的手，都不自己地說：「終於見到您了。」原來，他從張校長、麥田出版公司的編輯那兒已得知我為他的第一本中譯小說撰寫導讀，而且我們有幾年都曾出入在紐約，可能在咖啡館或哥大校園裡失之交臂，也都認識已過世的薩伊德教授。

清大一向以「文化沙漠」著稱，也是出名學者害怕其「群眾魅力」會經不起考驗的場所；不過，十一月三十日的會場卻擠進了過多的人潮，帕慕克對聽眾的安靜聆聽與各種有趣的提問，留下很深刻而美好的印象。事後，有同事、學生甚至提議說：「以後，我們每週二，十點的作文課就改請文學家來演講吧？」

一開始，我用《波士頓全球報》的文句，去介紹帕慕克：他是當前最受重視的作家，小說已被譯為三十五種語文以上，目前的問題是：他何時得諾貝爾文學獎，而不是會不會得。帕慕克是二〇〇三年都柏林文學獎得主，接下來之大獎在望，因此他並不特別表示驚奇。在一個半小時內，他以清晰流利的英語，先就他的創作生涯及三本中譯小說，做簡單演說，之後有四十分鐘給大家提問。

三、札記・藍圖・小說

帕慕克自謙四十年來只寫出七本小說，是個「動作緩慢」的作家。他出身工程師世家，因此按預期進入伊斯坦堡科技大學主修建築，之後他選擇念新聞研究所，以代替兵役，但是一九七四年開始，帕慕克卻毅然決定要以小說創作為其志業。一九七八年他的第一本小說獲首獎，從此陸續六本小說，備受好評。然而隨著讀者日增，小說動輒在土耳其賣上幾十萬本，保守衛道人士卻不斷予以撻伐，認為帕氏扭曲本真現實，違背傳統教義，甚至是以西方的民主、人權、世俗主義為準，忽視伊斯蘭社會的獨特性，以致於常有「謬誤」的再現或批判。一九八九年，何梅尼對《魔鬼詩篇》的作者魯西迪發出「格殺令」，帕慕克是世界文壇中（更不用說中東地區）率先挺身支持魯西迪，而呼籲小說家有其表達自由，也因此很多土耳其人及伊斯蘭信徒對他十分不諒解。他最近的小說《雪》（*Snow*，原著二〇〇二年出版，英譯二〇〇四年），主人翁從法蘭克福回到故國土耳其的鄉間，報導性別、宗教議題所導致之少女自殺率攀升問題，更引發政教爭議。不過，帕慕克並不退縮，他依舊抨擊土耳其政府及主流文化對庫德族（Kurds）的迫害，對當權派的腐化、不民主，尤其城鄉差距、貧困人口之失業情況痛加批判。

帕慕克的寫作過程大致以「慢工出細活」去形容最為恰當。他說他每天隨身帶一本筆記簿，一想到可描述的物件或有什麼觀念在腦海中浮現，立刻加以記錄，事後再加以整理，有些是正進行的小說用的，有的則留待日後的時機。也由於他的「步步為營」，一部小說可耗時六年，在七本小說中，僅他的近著《雪》是一九九九年四月起草，二〇〇二年十二月殺青，算是「快筆」了。

以最近在臺灣問世的《新人生》（*New Life*，原著一九九二年出版）為例，他說這本書的第一句話是：「我剛讀一本書，它改變了我的人生」，整本小說其實不是以情節為準，而是一些形上的思考串流不斷衍生。這個靈感是他有一次與兩位美國、捷克的作家參加澳洲的作家會議，利用閒暇去海濱，望著天空與海岸的奇景，突然發覺天地距離縮短，儼如形上的內化，從這個體悟，他設計出心靈虛擬情節。當時他已開始寫《我的名字叫紅》，在長達七、八年的光陰裡，他轉向《新人生》的創作，試圖追溯海濱的靈感。

從小，帕慕克便立志當畫家，這種興趣讓他對色彩、線條、人物特別注意，尤其拿西方現代繪畫所強調的「空氣遠近」及「透視觀點」去切入，便發現到伊斯蘭文化對所謂的「藝術家」與「神」的關係，或其「細密圖畫」（illumination）與西方繪畫有相當大的文化差異。在伊斯蘭的傳統中，神並不能被以人之形象去再現，畫與神一般的（godly）創作是二而一的，圖畫與神的故事之間並非像西方藝術史所使用的「擬仿」、「象徵」或「託喻」的方式去表彰，而是群體的領悟，透過許多藝術家之間的互動去具現化的過程。西方所強調藝術家的個人聲名、想像創意，與伊斯蘭的傳統相較之下，是不同的。土耳其早期的鄂圖曼帝國的細密圖畫師是長期合作之集體互動，由天文到地理、景物與人文詮釋傳統之中得到滋潤，透過心象（而非眼睛）去凸顯各種事物之共鳴關係（也因此，《我的名字叫紅》裡的大畫師是盲者）。這種傳統美學思想及其生活方式，在土耳其不斷西化、現代化的過程中已逐漸被遺忘，如何去追思十六世紀末期之圖畫師傳統，乃是帕慕克的《我的名字叫紅》這本小說之旨趣所在。

在「記憶」的寫作裡，或針對東西文化接觸所衍生的現代化及其傳統迷失問題，以帕慕克較早的作品《白色城堡》（*White Castle*，原著一九八五年）為例，一位西方學者（來自威尼斯）與蘇丹的大臣霍加兩個人彼此吸引，從事軍火、天文實驗，去鋪陳十七世紀東西文明的交會與折衝。伊斯坦堡之為東西文明橋梁，在帕慕克的小說裡有相當微妙的發展。帕慕克也提及一九八五年之後，他受到薩伊德《東方主義》一書的影響，但是「薩伊德並未觸及土耳其，他的關注點大致是埃及、巴勒斯坦，完全沒真正討論到這些東方主義者或遊客到伊斯坦堡過度的具體經驗，也未正視土耳其從不曾被任何西方國家所殖民此一事實。我與他見面時，便如此提出我的批評」。很明顯，不只是薩伊德對土耳其不大認識，即使帕慕克的同胞也往往刻意去複製「東、西」方之差異，藉此「忽視土耳其本身」的政治、族群、社會、經濟、文化問題。對這種「二元對立」的思考框架，帕慕克相當不同意，他的三本小說已譯成中文，讀者可透過它們去進一步了解。

接下來是問答時間。帕慕克本來便質疑我們何以把他送到政大、清大，與「學院中人」見面，他自我定位是「文化、社會人」，並不善於演講或傳道，因此，他比較喜歡讓大家提問，以對談的方式進行。這時段開放了將近一個小時，問題也很活潑，從小說中的「歷史」真相到中西繪畫到「愛情」，乃至《新人生》到底指讀哪一本才能改變人生，或土耳其的外國文學教育之內容，五花八門。

四、愛．藝術．歷史．希望

帕慕克對愛的看法是有點創意，他針對傅大為教授所提出「什麼是愛」的問題，先答以「愛已被太多人，以各種方式界定」，然後進一步說：「愛絕不是涉及兩個人而已，往往是第三者使得愛變得更具佔有、欲求的動力」。在《我的名字叫紅》裡，愛與嫉妒、回憶、離別、死亡有著複雜的牽扯，這種張力讓愛充滿了生機及絕望之掙扎場景，尤其藝術(細密畫)與對神之愛，何人可以出線獲得芳心、上意，常是鬥爭所在。

東西藝術與集體創作、表意體系的差異是曹逢甫教授的問題。帕慕克對中國藝術也頗感興趣，他從小想當畫家，因此對伊斯蘭的神聖文本插畫及其神啟意義，尤其藝術是由多位畫家一起完成，此一傳統不斷被西洋現代藝術史所磨滅，他表示惋惜。

在座的清大歷史所講座陳啟雲教授，第一個提出的問題自然是問歷史與小說的關係。帕慕克以《白色城堡》、《我的名字叫紅》去說明東西交會史及鄂圖曼帝國的興衰如何成為他的故事。

學生很想知道《新人生》是指哪一本書，但帕慕克說「從來沒在書中明講是哪一本。閱讀、玄想、體驗是無窮盡的」。

外語系主任郭賽華教授則希望多了解土耳其的外文教育情況，帕慕克則提供了一個令她吃驚的答案。帕慕克說：「土耳其大學的文學課程很糟，十分保守，只跟著老師死背。因此，我全是自己念書。」帕慕克個人的圖書收藏已超過六千冊，有相當大的書房。

聽眾之中，少不了一些外來的社會人，有的問「土耳其的男同性戀多嗎？」有的問「土耳其是否受全球化影響？」對同性戀問題，帕慕克很優雅而善解人意地答道：「我知道這種問題頗引人注意。其實早期的蘇丹、貴官中，甚至宗教人士裡，有不少同性戀的活動，但他們往往被土耳其神學或哲學家看成是柏拉圖式的友誼或以隱喻的方式去處理。我的小說則加以凸顯，並不掩飾。」至於「全球化」，帕慕克認為「土耳其很多鄉間仍未受到全球化，也因此十分貧窮、偏僻，除了少數幾具電話之外，完全沒有現代化設備可言」。以他的立場來說，土耳其沒條件談「全球化」的「文化帝國主義」或「新殖民商業剝削」，土耳其反而應「全球化」，讓人民有機會找到工作，生活條件改善，可透過媒體去訴說地方之暴政及其族群糾紛，讓社會更加民主化，人權問題備受世界注意。帕慕克不斷強調「土耳其沒被殖民過，以新殖民或全球化去攻擊西方，其實是將本地的問題加以遮蓋」，很明顯，他對所謂「左派」或「右派」均不認同。

聽眾又有人提到「紅」這個色彩的意義。「紅在中國是與共產、社會主義聯想在一起，我的小說中完全沒有政治涵意」，他很睿智，一眼就看出問話的人是來自中國大陸。

學生也開始提問，帕慕克很仔細回答。我提及他的「新聞學」背景及新小說《雪》中的主角之媒體工作是否有關，他則說從未認真考慮新聞工作。

在熱絡的氣氛中，帕慕克覺得該告一段落了，於是我以主席的身分，代表清大聽眾向他致謝，最後則以《雪》的英文版三七三頁做結：在混亂、痛苦、毀滅的邊緣，Ka此一主人翁「開啟高牆上的窗戶，望著黑夜，吐出煙圈，相當無助。靈機一閃，另一首詩又冒出，他幾乎不敢相信，屏息以待，他取出筆記抄錄，他希望上天送來這首詩是要安慰他，給他希望」。我說：「帕慕克先生指出：在記下詩句之片刻，正是希望之所在。」

演講完畢之後，帕慕克不斷要求以學生做背景拍照。他的平易近人及豁朗氣息讓我們大為折服。之後，我們去吃午餐，並由內人及出版社的朋友陪同去參觀新竹，他在國民戲院前的野臺戲場駐足良久，對臺灣傳統曲藝很感興趣。

五、帕慕克從伊斯坦堡到臺灣

用餐之間，我們又進行簡單的訪談。

廖：您的圖書收藏有不少善本的插圖吧？也許像卞雅明在〈打開我的藏書〉所說那麼親密、有趣？

帕：實際上沒有。花錢買珍藏本不是我這種小說家所負擔得起，我想我們目前很難有卞雅明的經驗了，尤其在網際網路到處可買書。如同你一樣，在紐約我也常去Strand這家舊書店，二十年前是買別人的書，現在他們把我的小說放在架上當暢銷書，感覺有點好笑。

廖：在《我的名字叫紅》裡，有個小孩也叫奧罕；而在《雪》裡，從小說一開始（我最喜歡你這本近作了），便可看出有不少自傳的色彩。

帕：的確。不只是奧罕，連母親、哥哥也都在《我的名字叫紅》裡出現，那個部分與我四十年前的成長經驗可以說以複製的方式呈現。而《雪》裡的**Ka**這位角色是我親身到土耳其鄉村的田野經歷，也藉此體驗了目前土耳其的宗教、政治、文化處境。

廖：《雪》只花了二年的功夫完成，算是快的了？從小孩的奧罕到成年而富於政治意識的**Ka**，這中間有個成長、進展（**progress**）之痕跡。

帕：（笑）有人說它是「退步」（**regress**）。

廖：你於九〇年代初，曾與朋友合作拍電影，腳本是你親自改寫。這種多媒體經驗與小說創作，很不同吧？你是否想過將《白色城堡》拍成電影？那應該是很入戲的佳作。

帕：其實，那部電影是從《黑書》（*Black Book*）裡擷取出來的。賣座奇差，之後我不再對電影腳本有任何興趣。當然，《白色城堡》的故事可拍成電影，但是我討厭服裝之造作或好萊塢式的大場面，還是寫小說為主。

廖：最有趣的面向是你的小說不斷變換題材，敍事觀點從《白色城堡》的第一人稱敍事，到《我的名字叫紅》之多重聲音，又回到第三人稱的《雪》，很難說是什麼支配了你的敍事風格。

帕：的確，我一直想變換敍事位置，不斷找新議題。

廖：《白色城堡》中，來自威尼斯的學者與蘇丹屬下霍加這兩位敍事者在故事裡後來成了雙胞或難分難解之雙重身分（double），這是你對東西文化糾纏的看法嗎？

帕：很多朋友也說到最後看不出誰是誰了，我確實想把身分認同的位勢加以流動化。

帕：廖教授，我只來臺灣四天，這幾天我深感臺灣社會與文藝的創造活力，你們將傳統及最全球化之生活形式完全結合在一起，這是我十分讚嘆的。但你們不怕中國打過來嗎？以陳總統不斷刺激中國的策略來說，戰火隨時會被挑起，難道社會之中沒有人告訴他要多些保留、心存智慧與沉著，讓人民安和樂利？

廖：謝謝你的關心及建議，我希望選舉修辭不會是我們執政者繼續偏執的政策。政治經濟之外，我希望文化交流能逐漸化解這個危機。

文不如人

美國前總統柯林頓的自傳《我的人生》（*My Life*），長達九百五十七頁，上市第一天就在邦恩士·諾伯連鎖書店賣了十萬冊，可說是空前的銷售佳績。然而從《紐約時報》到《華盛頓郵報》的書評欄裡，我們都可以讀到相當負面的報導。這些讀者紛紛表示，雖然是在想看八卦的好奇心驅策之下，買了這本書，而且一時興起看了大半，但是最後卻發覺書的內容索然無味，令人大失所望。

有一位書評家乾脆摘錄了一段柯林頓到大峽谷的遊記，遊記短短幾句只交代了「數百萬年的地質變化，造成峽谷，頗為奇特」。透過這段摘述，書評家直指柯氏的文字相當乏味，遠不如他的人生那麼精采，即使是對婚外緋聞的描寫也令人提不起勁，只簡略提到他對作出對不起世人的事情感到難過。在當代社會裡，政治領袖或公共知識分子「人如其文」、「文如其人」的傳統，何以會淪落到如此不堪的地步？同時，坊間的八卦小報也以各種諷刺漫畫，譏笑柯林頓的自傳《我的人生》為一堆謠言（my lies）。調侃柯氏在玩弄騙術與理財手法，為了賺取外快，不惜說謊造假，透過知名度和大眾對白宮內幕消息的好奇心來加以包裝，碰到一些真正重要的場景，反而無法真實鋪陳，令人覺得意猶未盡、大呼上當。「文如其人」的傳統，目前已是「文不如人」。

反觀國內政治人物的各種自傳和隨時演說的「突槌」行為，時而以「菜花」立委，時而以「老番癲」彼此謾罵。臺灣政治人物的政治修辭和社會教育，激情有餘，文明程度比起柯林頓的自傳，則明顯不足。本土的政治家所經歷過的生活經驗，應該與國外的政治領袖同樣精采，但是卻只留下一些令人鄙棄的表達，言行更是無法配得上其地位之高尚、宏偉，無法贏得大眾的尊敬，從他們「人如其文」的睿智言論中得到修辭乃至修養上的啟發。為什麼當代政治家的「名言」大多是一些令人錯愕、不通人情、不留餘地、白目、無聊、沒品的論述？我們怎麼將「搬開石頭」的說法與《希臘羅馬名人傳》裡亞歷山大（Alexander）、西尼卡（Seneca）等人令人耳目一新的哲思和言論相提並論？

柯林頓在這本自傳當中，以大曝白宮內幕的手法，報復他的政敵和當初希望他為色情糾紛下臺的法官史塔（Kenneth Starr），說這些人只是嫉妒他太過成功。他以這種方式來推銷自己，滿足大眾對知名人物的好奇心，可以說是讓政治人物的自傳文類又邁入了一個新的高潮。完全改以小道消息、八卦新聞或媒體操弄的方式來販賣自己的故事，不再對社會大眾產生勵志、道德責任或宗教情操的交代。我們早期時所看到的《希臘羅馬名人傳》，是以一種崇敬的方式，來作希臘羅馬各種偉人之間的比較、對照，分析其人格優缺點，學習其政治智慧。或如《資治通鑑》，透過種種資料和事跡，來讓後人得到啟發和教訓，乃至於《聖奧古斯丁懺悔錄》（*St. Augustine Confessions*）和《盧騷懺悔錄》（*The Confessions*），這些宗教和精神危機的自傳，都是透過個人生命片段裡的信心危機，來鋪陳對人類具有某種暗示作用的道德意涵和案例分析。透過這些故事來講述人類如何從彼此的過錯之中學到教訓，不再重蹈覆轍。

但是，在柯林頓的自傳裡，我們看到的是另一種商業的轉折（commercial turn），這種商業的轉折對目前不是非常順暢的出版業，可說是一個異軍突起的新賣點。在這樣的狀況底下，我們不但沒有在知名人士的信心危機中，尋找一些道德或精神性的誘因，反倒是拚命挖掘名人的八卦，來滿足大眾的好奇心。這些知名的政治人物，在離開政治舞臺之後，負了一屁股債，只好以大曝內幕的方式，從事另類的理財手法。他們先透過媒體爆料，激發大家的八卦情慾和渴望，進而接受各種訂單和邀約。因此，柯林頓的這本自傳在還未出版以前，就已經有一百五十萬冊的訂貨量，而且得到近乎天價的稿酬。他推銷這本自傳的全球之旅，更可以說是如火如荼的密集展開，讓大家以譏笑、分析內幕的方式，來分享所謂的真實故事。

這種販賣、推銷自己的手法，基本上還有一點娛樂大眾的效果，而且是以某種經濟利益為導向。但是，臺灣許多政治人物的言論，就沒有這種利人利己的作用，更不用說是娛樂效果，只是讓人覺得不可思議，不能理解這些政治人物為什麼會發展出這樣低俗的言論。在目前這種商業化或白目化的政治人物自傳文學氣氛之下，讓我們不禁又更加地回憶起早期的精神危機傳記，以及《希臘羅馬名人傳》裡，充滿了睿智的言行和語錄。

我讀、我愛、我受用

——吳爾夫的閱書隨筆

《時時刻刻》（*The Hours*, 2002）這部電影風行一時，讓許多觀眾對吳爾夫的生平與著作感到興趣，可惜小說家在電影中不斷被呈現為一位患得患失、歇斯底里的女性，這部電影所造成的負面效應可說遠超過積極進取的面向。事實上，我們從吳爾夫本身的諸多文學作品，尤其是她的閱讀隨筆《普通讀者》（*The Common Reader*）當中，均不難看到優游自得而又溫和謙沖的吳爾夫。

《普通讀者》是吳爾夫長年來針對古典文學、英法現代文學，尤其在她心目中足具分量的女性小說家及其著作，所提出的個人閱讀心得。開宗明義，她引用十八世紀英國文豪約翰生博士（Samuel Johnson, 1709-1784）在〈格雷評傳〉（"Life of Gray"）裡的一句話，說明普通讀者有其可貴的共鳴意見：「能與普通讀者的意見不謀而合，在我是高興的事；因為，在評定詩歌榮譽的權利時，在高雅的敏感和學術之後，最終說來應該根據那未受文學偏見污損的普通讀者的常識」。一位普通讀者「讀書是為了自己高興，而不是為了向別人傳授知識，也不是為了糾正別人的看法」，純粹是「受一種本能所指引」，在書本之中，獲致「引人喜愛、歡笑、爭議，因此也就能給他帶來片刻的滿足」。雖然普通讀者的觀點不一定相當準確或深入，但是讀者心中的意象架構，卻已圓滿成就，儘管看似微不足道，其實有娛情悅性的重要結果。

在書的最後一篇，吳爾夫更以一則寓言作結，說明閱讀並不是為了達到某種目標，讀書的樂趣本身就是閱讀的最終目的。她寫道，在最後審判的那天，當偉大的征服者、律師和政治家紛紛前來接受獎賞之際，萬能的上帝看到腋下夾著書的讀者走近時，也只能轉過身來，不無欣羨地對彼得說：「瞧，這些人不需要獎賞，我們這裡沒有什麼東西可以給他們，他們一生愛讀書。」也就是說，每一本書都為普通讀者提供一座嶄新的伊甸樂園，引他們入勝，其中的美妙即使是天堂也無法比擬。

在《普通讀者》一書中，吳爾夫主要從英國文學談起，以玫瑰戰爭、坎特伯里故事切入，由房子到人物的思想、興衰事跡和情景氣氛，乃至閒言碎語所拼湊出的鄉間愛情、歷史悲劇等，無不侃侃道出。吳爾夫以敏感的筆觸，透過幾則《坎特伯里故事集》（*The Canterbury Tales*）中的段落例證，凸顯出喬叟（Geoffery Chaucer, 1342-1400）具有傑出說書人的天賦。在閱讀的過程中，吳爾夫也提及身體、性別、知識和信仰等多樣問題，尤其特別關注凡人瑣事。她對希臘文學、文藝復興戲劇、蒙田散文，乃至女性作家作品的評論，可說是在簡述之中流露出精妙，進一步鋪陳出她的女性文學史觀點。尤其就奧斯汀、勃朗特姊妹、愛略特（George Eliot）等女性作家及其小說世界的人物內心奧祕、強大力量、激情義憤，去解釋其故事瑣碎細節，翻轉一般大眾對女性作家的疑慮。這些論點在吳爾夫其他的著作中，如《女性與小說》（*Women and Fiction*）和《自己的房間》，有更加系統的發揮。當然，吳爾夫有她個人的愛好、偏見及主觀評價，有不少翻案之文學史預期並未實現。但是，她通常以故事比較之方法去討論文本，縱橫古今書海，有讚有評，見地獨到，實令人激賞。

這本集子的中譯本將《普通讀者》一、二輯完整呈現，譯者雖達六位之多，但大致維持信實雅典之文字，在每篇文章之內，也附上精簡的摘要，便利讀者掌握內文重點。書之導讀由莊信正先生執筆撰寫，仔細勾勒出全書之定位及其貢獻。中譯本問世離原書（第一輯一九二五年，第二輯一九三二年）相隔近八十年，可說是對吳爾夫遲來的致敬。細品《普通讀者》其中的書評及文字，不禁使人遙想吳爾夫坐在爐火前，望著窗外，與古今作家神遊的景觀。這種圖像在目前求速成、逐名利、愛搞笑的知識經濟體制下，可真是令人緬懷的另類現代經驗。吳爾夫之閱讀心得大致是「我讀、我愛、我受用」，與當時流行的文化菁英印象式批評或文藝社會學式的閱讀大眾市場此兩大潮流對照起來，格外顯得親切深入，能夠引起更多的共鳴。

戰後德國知識倫理的里程

一九四三年六月底，一位年紀才二十出頭的德國退役士兵來到海德堡，找他多年不見的女友，卻發現她已嫁人了，還好父親常提到的名教授亞弗列德·韋伯（Alfred Weber, 1868-1958）（一代社會學家大師的弟弟）將他帶到門下，在這個大學城裡，他目睹了德國在戰後的所有人文思想掙扎、崛起、回饋世界的過程，他親炙哲學家雅斯培（Karl Jaspers, 1883-1969）、克羅齊（Benedetto Croce, 1886-1952）、佛洛依德及許多學者的啟發、示範，見證了各種歐洲公共知識分子的典型及其祕辛。

作者尼可拉斯·宋巴特（Nicolaus Sombart）是國際經濟學家維納（Werner Sombart）的兒子，他的母親也在歐洲公共文化裡佔一席之地，宋巴特在德國（乃至歐洲）的文化社會學地位可以說不僅來自家世，而且與他長年在柏林、巴黎、海德堡的經歷有關。

宋巴特體驗過戰爭的殘破，海德堡這個唯一「完好無損」的數百年老城（其實，德國朋友告訴我幾乎保存無缺的還有班堡（Bamberg））提供了風雨過後的寧靜與滋潤，讓他與整個德國、歐洲、世界重新開始，去開創無窮的希望。

在納粹蹂躪及聯軍佔領過之後，海德堡的溫馨景觀、飽學碩儒、宏偉傳統及在教室內外展現的文本經驗，讓宋巴特重新思考二十世紀世人在主體與集體糾纏的意識命運網絡上，行動與思想所涉及的對話、反省及困惑。

作為德國自由反對派的大本營（其他兩個大都會如柏林是權力中心，慕尼黑是文藝重鎮），海德堡所能提供的是「德國的精神象徵」，一種特殊、固有、神祕的優雅魅力，雅斯培與許多德國詩人都對海德堡融合自然與人文、谷地與河流、古堡與老城的建築及其多元層次之美，加以歌頌，在賀德林（Friedrich Holderlin, 1770-1843）這位大作家的筆下，海德堡就好比是人類內心深處的高貴，但卻又以母親式的平凡偉大形式出現，讓人根深柢固而又滿心地愛戴。

在充滿詩意的自然景觀及引發美學思索的哲學小徑之中，來自各界的學者、訪客不斷為這塊「小巧但神奇之伊甸園的倒影」、「文化的特許之地」，帶進知識與精神上的激勵與火花，生活其間，宋巴特不禁驚嘆每天儼然是憧憬於心靈殿堂之內，「為一個高雅與文明超越一般日常的存在方式提供理想的架構」，乃是在知識的世外桃源裡，找到「真正由人類精選出來的可能性中的一個幻想」，「在這兒，我是人類，我該待在這裡」。

當然，除了宋巴特，也有不少當時重要的哲學、文化、經濟、政治、精神分析、美學大師來到奇蹟式倖存的大學城，引領歐洲失落的一代，在虛無與百般荒廢之中，於「文明的最後一朵美麗的花卉」海德堡，發展出認真而又獨立的思考，逐步了解納粹及人類莫名的罪藪，不斷去認知、確認自己的權利與義務，不僅面對過去，也探索未來的途徑，扶持那些因過錯而難以翻身的同儕。整個德國都在覺醒、反省的焦躁中發現了靜穆的真理，如雅斯培的課堂擠爆了學生及來自各地的人士，或者在沙龍及別墅裡朗讀當代文學作品，激發年輕人的熱愛、挑釁心、爆發出思考辯論之開放空間，啟迪了純粹的自由主義，積極倡導民主改革，完成想像力的發明工作。

在眾多的人文智性旅程裡，宋巴特標舉了當時「海德堡精神」的五大面向：世界史觀的價值意識境界；開向未來的樂觀主義；沒有敵意或仇恨、階級所爭的文化批評；自由、包容、理解的激情；自由放蕩不羈的情色酵素，這五個特質是如此的親切、相應，所有知識分子彷彿在小小的大學城裡找到志同道合的社群，思緒一起飛翔、昂揚，無時無刻不是「漂浮在離地面五步的高度」，以遠景去刻繪未來世界的藍圖。

除了課堂及研究室，這些志同道合的新生也出入於酒館、沙龍、租屋，由討論到談情說愛、狂歡縱恣，享受另類的生活方式，成就戰後「關鍵性與革命性的轉捩」。當然，在這過渡時期，並非所有經驗都是愉快的，宋巴特也提起情感變化、幾遭退學及社會反猶太文化的問題，他對恩師韋伯的指導也充滿了複雜的回憶：「他可以一下熱情，一下抱怨連連、粗暴」，「講課簡直慘不忍睹、語無倫次，抓不到重點」，「但大家還是清楚知道他想說什麼」，因為「他迫使他的聽眾一起思索」。就是在這種自由雜亂、波希米亞的浪漫與開放氛圍中，新的人文學於焉問世。

《海德堡歲月》（*Rendezvous Mitdem Weltgeist*）是宋巴特之學思三部曲（其中兩部分別談

柏林與巴黎）之中介，不僅聯結了德法之政治與文化思潮，而且也見證了二十世紀最具影響力之知識分子如何在生活、學術之間隙裡發展出新的想法、新的典範，這本古城與名人紀事其實是當代思潮的親身經歷表白與動人文獻，堪稱是二十世紀中葉的人文遊學印記。

人獸鬼的大觀園

——歐克里的《飢餓之路》

提到奈及利亞，一般讀者大概會想到一九八六年諾貝爾文學獎得主索因卡（Wole Soyinka, 1934-），尤其他二○○三年來過臺灣，高䠷的身影，深沉而睿智的言詞令眾人折服。索因卡雖大量援用、翻譯非洲的民俗祭典、約魯巴（Yoruba）神話故事，他其實頗受到英國現代戲劇及詩歌潮流的影響，同時一再將本身所遭到的政治迫害寫進作品中，不斷強調犧牲、自殺的用處，以致於常透過揭發暴政及其腐敗，去彰顯社會公義、法律責任、反抗殖民的人文主義思想，因此他的文學世界是與「公共詩人」、「異議聲音」密不可分；另外，由於他的戲劇實驗風格與英美現代主義色彩，往往也被人批評他與奈及利亞傳統有所隔閡。也許是為了反駁他泛政治化或西化的看法，索因卡以自傳（如Ake與Isara）去演繹自己的身世及鄉土認同。

相形之下，較索因卡年輕二十五歲的當代奈及利亞小說家及詩人班·歐克里（Ben Okri 1959-），則充滿了琳瑯滿目而渾然天成的魔幻傳說、神話色彩、天地幽靈、部落旋律及古代非洲的文化想像。他的第三部小說（也是一九九一年布克獎得主，乃第一部獲布克獎的非洲小說）《飢餓之路》（*The Famished Road*, 1991）一定會讓許多讀者陶醉在各種搖擺起伏的鮮麗姿顏，於無法捉摸的人獸鬼蛻變故事中，感到百味匯集，神思奔湧。在這部小說裡，神話與精靈人物喬裝成各種動物、光彩、形態，以絕妙的舞步，把我們投進奇異的第三空間，發現政治現實及其殘酷暴虐化為觸手可及的幻覺，在光影交錯的彩色玻璃上呈現千變萬化的妖怪靈異，以回魂的方式，帶領大家穿越饑荒。幾近滅絕的沙漠，在短樹叢裡發現神靈、獅身人面像及被淹沒的族群音樂。整部小說道不盡小民的掙扎、苦楚，但是身體的扭動配上一幅幅雄渾無比的靈異幻象，眾生哀痛在母親與神鬼的懷抱之中，居然使人脫離現世，化為投胎重生的預言去瞻仰未來世界的幽微光芒。

《飢餓之路》（較確切的譯名可能是《飢荒道路》）的故事由小靈兒的轉世投胎開始，透過孩童的眼光及其他想像、感應，去敍述家庭周遭、天地之貧困、豐富及各種變化，在長達七百六十頁的篇幅裡，刻繪出非洲殖民社會的群像，將人物與精靈、鬼怪、動物加以關聯，往往在他們身上多畫上幾隻眼睛或頭，以各種歡會式的狂吼亂叫去凸顯暴政之下不理性情緒的陰魂不散。小說一開始是以傳統神話式的鬼魂投胎，敍事者小靈兒死而復生，因此用希臘文學典故，被取名為拉札羅（但母親叫他是阿札羅）。從河到天、到地、到貧苦的社區，以至於夜之黑暗及空氣迴盪著的人獸鬼哭喊聲，這部小說充分發揮了非洲神話及精神傳統中關於有機生命之信仰及傳說，每一個人物、事件都彷彿搖曳生姿，平添朦朧的文化、社會意識。小說扣緊窮人、乞丐、政客、打手、妓女、蜥蜴、老鼠、瞎老頭、寇朵大嬸、乞丐女孩，尤其父親、艾德及母親，去顯出人類的苦難之中，既有其陰森恐怖也有光與熱的節奏。《飢餓之路》的背景雖是軍人主政而社會充滿不平的奈及利亞，不過，這部小說其實解決了世界在貧富懸殊的現代化過程中，人類不斷喪失尊嚴及安身立命之所的共同命運。因此之故，小說結合了鬼怪傳奇與個人成長的手法，鋪寫出多重現實的如真似幻，將歷史文化、物質世界及魔幻想像加以連接，以小孩神奇的幻想、音感，去突破人間社會與鬼神宇宙之界限，讓鬼影幢幢及其多音交響的聲色彼此掩映，古今人物及宗教傳統產生時空互通的輻輳效應，在視覺的光彩及聽覺的音效上展開有趣的組合。

在天候的描寫上，黑夜、雨水往往將整個天空佔據，而場景從屋子到酒鋪內外，乃至寇朵大嬸的汽車、賓客的鮮豔禮帽、眾人的熱舞、滿身熱汗的氣味，無不栩栩如生。尤其對現代與殖民過程之中，宣傳機器與政治鬥爭所蘊藏的暴力及其令人著迷的熱鬧，作者更從父親、寇朵大嬸去切入那權力戲劇及種種召神弄鬼、欺上瞞下的勾當。在一個公開的政治盛宴，音樂會、燒烤小羊肉、成箱啤酒及人們的狂熱是在藍、黃、桔紅色的燈泡之下，耀眼的五彩燈管引來小蟲及飛蛾一起瘋狂起舞，動物、音樂與人類一起陷入如癡似醉的權力遊戲之中，這些情景大概在臺灣的選舉文化裡是相當熟悉的。

這部小說雖是散文寫成，且以第一人稱的方式敍述，但全篇像是荷馬史詩，充滿了流暢而又富民俗智慧之韻律，於雄渾瑰麗之聯想比喻與指涉中，將血腥、庸俗的腐敗、暴力（如房東之無情、攝影師遭禁刑求、父親與人打鬥等），一幅幅被壓扁的愁苦臉龐，轉換為幻象，在騷亂、哭號中也流露出其嬉戲哄笑之荒唐淚，如小孩對樹撒尿，咒樹死掉，「因為他們已經沒人愛了」。即使父親說「愛比死還難」，但這部小說卻以愛看、愛聯想的小靈兒，去把苦難化為塵世的驚奇，在無力扭轉其局勢之酷異現實中去訴說其夢想。

最後一提，《飢餓之路》完全沒有泛政治化或刻意抗爭的異議聲音，但是在色澤豐厚的精靈感應故事裡，其實政治意涵更令人覺得驚心動魄，那種瑰麗的歡會情景不斷觸及讀者的靈魂深處，讓自由想像一再突破暴政的藩籬，以愛與笑、夢與淚譜出世界的新希望。這本小說中譯問世，不啻為我們臺灣文壇充斥自戀症或族群政治病的氛圍，投下一面引人入勝而又驚世駭俗的照妖鏡。

官逼民反

亂世出英雄，尤其在殖民權貴一手遮天、任意宰制善良，弄得整個社會貧富懸殊、民不聊生之際，總有俠盜挺身自底層為老百姓打抱不平，甚至走險專搶富家豪門、銀行、商賈，從事重新分配資源的公義大業。英國的羅賓漢（Robin Hood）、美國的傑西詹姆士（J. C. James）、臺灣的廖添丁都是家喻戶曉的義民人物，而澳洲這個在十九世紀漫無人煙的蠻荒大陸自然少不了也有響叮噹的偷馬賊——奈德．凱利（Ned Kelly），他和同黨一起反抗地主剝削，同時讓壓迫大眾的警察們束手無策。直到他二十六歲被圍剿遭捕吊死成仁以前，他是頭號通緝犯，也是農民口中的傳奇土匪頭目。

當代澳洲作家中所謂的「新作家」先鋒——彼得．凱瑞（Peter Carey, 1934-）在他的《凱利幫》（*The History of the Kelly Gang*, 2000）把凱利兄弟們的法外強徒反抗行徑寫得神氣活現，這部小說讓凱瑞於二〇〇一年獲得英國文學最高榮譽的布克獎，隱含著平反了在強大惡勢力下長期的壓抑暗泣有所洩口，而大快人心。凱瑞是以「歷史重現」的形式，假想著在凱利死前寫給自己未曾謀面的女兒，告訴她事情的原本經過，因此以第一人稱的觀點，筆法粗劣直率，充滿三字經，但卻情義縱橫，一氣呵成，幾乎不大注意標點，以草莽人物性格道出「爸爸的真實故事」，「知道他是怎樣的人，知道他受了什麼苦」。

《凱利幫》先以墨爾本公共圖書館手寫稿開始，提示了凱利親手稿的下落及最後一次槍戰的慘烈。正文則是以一包包由各種稿紙寫成的手稿去揭露，第一包是用一八七八年十二月取自國家銀行羅亞分行的紙張，引導我們回顧凱利的童年背景，尤其對家人與自己如何受惡警察奧尼爾巡佐的百般侮辱，透過側描、近攝他的嘴臉及其惱羞成怒的瑣屑動作，去顯出殖民者、地主、警察類似魔鬼的恐怖：奧尼爾巡佐專說一些殘暴故事的細節，從他們燒死農夫小孩的惡行，連嬰兒、母親都不饒過的非人性事跡，當作引人入勝的情節一再述說，而且最可怖的是「好像很被自己講的故事打動」的得意張揚。再也沒像這種敍事場景更令人對殖民官僚的酷異感到不寒而慄了，特別是警察一方面專以鞭、靴、槍、火施虐整人，但又不時露出「與民同樂」的幸災樂禍的蠻橫樣，講佃農被驅逐、小孩被燒的故事，去殺雞儆猴，奠定酷吏本身的威望。

凱利從小便說：「我最恨的不是貧窮和永遠爬行；而是那長在上面的侮辱，連水蛭都無法吸清。」在這種環境之下，凱利偷殺了里家小母牛，害父親冤枉坐牢。十二歲那年，父親被整死，從此以後，凱利步上挑釁警力及地主的不歸路，受警察、民兵追捕，但也備受農民的保護，他連同弟弟與兩位農工之子，開始結夥襲警、搶劫銀行，最後於一八八〇年在墨爾本被處絞刑。

凱利這位高眺英俊的大盜在他蕪亂脱序、狂放不羈的文字裡，表現出他在缺乏正義的社會之中不得不自己創出崎嶇、狂野而又壯麗的蹊徑。十三包的手稿是他在各處顛沛流離但又風風光光的歲月裡，一包包理出他的年譜及心聲，從十二歲之前到他二十六歲的生涯，原原本本和盤托出。其中對監獄、屠殺，乃至公道人士為他們出庭當律師一文不取的義舉，都令人覺得「真相像火一樣在我血管裡亂竄」，也跟著要大吼起來，為壓迫者吶喊。

小說的最後兩節是圍剿及愛德華・凱利之死，但第十二包已提及女兒的誕生，悲歡離合、喜怒哀樂在騎馬狂奔，或最後化為半機械人似地殺得眼紅，整個流露出那迴腸盪氣的史詩力道，既鮮活生動又粗獷難受。最有趣的幾個鏡頭之一是弟兄們從墨爾本的報紙圖片上才發現自己原來那麼出名；另外，愛德華給地下起義農民們的通牒也有其萬丈豪情。

任何人看到這些不公義的社會悲劇都會同意：奈德・凱利確實有其存在必要。因此，即使「未曾謀面的女兒」其實純屬虛構，但是凱利幫及其信徒則隨著俠盜的事跡到處狂竄。

讀這部作品，彷彿面對著十九世紀維多利亞女王時代殖民者以征服者的姿態，鄙視著澳洲當地為罪犯的化外之土。除了作者不忌諱歷史背景過往的省視，他應是於取材民間英雄事跡以外，一個顧家、愛鄉土、既平實又純直的農民，守望著平凡的生活是人生最大的幸福，然而遇著「官逼」，主角也不得不以一條命去激起「民反」的正氣了。

德勒茲論傅柯

傅柯曾說過：「這個世紀有朝一日可能變成德勒茲式的」，而德勒茲（Gilles Deleuze, 1925-1995）也不斷推崇傅柯是一位「新的檔案學者」、「新的地圖繪製學者」，認為傅柯的思想將「可視」與「可述」的外在、散射形式加以耙梳，開啟第三種多樣性，針對力量關係的多樣機制及其實效，去進行微物理學、非疊層化的域外力量圖示。

一九八四年，在傅柯過世之後，學界常稱德勒茲是接下去的思想巨人。不過，德勒茲其實比傅柯早一年出生，而且在他於一九九五年自殺之前，便建構了本身理論的「千重臺」，屢次與傅柯對話、撞擊、搏鬥，改變了傅柯本人及讀者對其學說的看法。《德勒茲論傅柯》（*Foucault*, 1986）這本書即是德勒茲七〇年代時期就傅柯的新書所提出的評論集，六篇文章分別觸及《知識考古學》（*The Archaeology of Knowledge*）、《監視與懲罰》（*Discipline and Punishment*）、《瘋狂史》（*The History of Madness*）、《知識的意志》（*The Will to Knowledge*）及其他著述，以德勒茲個人獨到的解讀方式，去重新組合、「皺摺」、反思。

誠如楊凱麟在「譯序」所說，這是一本「德勒茲的書」，也就是透過德勒茲的觀點及其「域外之爪」，去把每個時代的知識之所以能在看與說之間形成獨特的關係，其中所涉及場域之外的力量網絡，加以建構、虛擬、鏈結起來。因此之故，我們在這本書中不時碰到康德（Immanuel Kant, 1724-1804）、斯賓諾莎（Benedict de Spinoza, 1632-1677）、尼采（Friedrich Wilhelm Nietzsche, 1844-1900）的身影。這些思想家是德勒茲自傅柯的言說中發現到的線索，他將傅柯的從檔案到圖示的思想譜系重新排列，洞察傅柯游移於水平、垂直檔案思考之外的橫貫、動態對角線，勾勒出規訓技術、權力之下的新模式串連、延展，打破點狀定位的時空概念，指出監獄、性特質、監視等機制的外在隔離、控制功能，探究作品之中多重的「皺摺」及其襯裡，分析其中的散射及拒抗動力。

就「意欲」、「拒抗」、「非疊層」的力量流變而言，恐怕德勒茲是用較「激進」的方式，去修訂了傅柯的見解。準此，《德勒茲論傅柯》其實是德勒茲與傅柯兩人的書，乃兩位思想家的匯合及皺摺之處。這本重要著作能以中譯問世，可算是傅柯、德勒茲研究的里程碑。譯者楊凱麟十分細心比對各種有關傅柯著作的中譯本，並納入索引系統，更難得的是以譯序、譯注、年表、自己的論文去增進讀者之了解，讓這本中譯本更加完整、可信賴。如此認真、專業的作法，令人感佩。

當然，若干名詞的翻譯仍待商榷，英譯本及其譯者對傅柯、德勒茲的差異所作的簡單疏通，可以當中文讀者的參考。不過，中譯本裡，Panoptisme譯作「全景敞視理論」，似乎未能將塔樓監視的樣態表達出來，只照顧到了可視的透明性，而忽略了其中的權力控制面向。

對抗西方霸權

——關於文化與帝國主義

薩伊德是當今最重要的一位馬克思主義與文化評論者，在他於一九七八年推出《東方主義》（或譯作《東方學》）後，全球各地的學者無不視之為反西方霸權論述的代言人，影響所及，不僅在文學與文化研究界起了典範變化，即使歷史、人類學、藝術與科學史的領域，也興起所謂的「後東方」及比較社會、文化的研究，因此一九八〇年代中葉以來的思潮，幾乎被後殖民理論所全盤主導，不斷激勵第三世界的知識分子，針對支配性的新、舊殖民勢力及其符碼，發展其批判立場及本土位置。

事實上，《東方主義》的範圍只限法、英、美國在中東地區的想像、學問與掌握方式，並未廣泛討論帝國、地理與文化霸權的敍事結構及其普遍意涵。這些面向得在薩伊德的《文化與帝國主義》（*Culture and Imperialism*, 1993）才真正拓展開來，尤其有關抗拒、對峙、獨立與反支配的挑戰、反思、距離、遷徙、流動等可能位勢，逐漸進入批評視野，不再像以往那麼將知識與權力看作是西方都會文化的專利。

《文化與帝國主義》主要是拿十九、二十世紀的小說敘事，當作分析對象；不過，薩伊德也論及音樂（如《阿伊達》）、藝術與美學表達（如現代主義）。薩伊德先從艾略特、康拉德（Joseph Conrad, 1857-1924）開始，那與他的博士論文似乎有些因緣；然而，重點則是要將「帝國主義」的威權及其餘緒加以鋪陳，顯出帝國主義作為普遍的文化領域，充斥著特殊的政治、意識型態、經濟、社會力道。準此，不僅我們要質問隱沒於浪漫小說、詩篇的閒暇情趣之下的奴役及殖民體制，同時也得就「比較文學」、「英國文學」的研究方法及其歷史脈絡加以細究。

薩伊德提出「比較帝國主義文學」的觀點，透過都會與殖民地的空間對位思考，去重新釐清彼此交錯、重疊的多重歷史。由於這種「對位」思考，薩伊德時常以「雙重視野」、「兩面」的觀點，去分析殖民者與其掌控的殖民地、文化與帝國之間的關係，最後並以脫離殖民、獨立解放、挑戰權威的政治運動、人口移動等形式作結，探究反支配的自由活動。薩伊德也對美國主流多元文化論及學院的新保守作風，乃至媒體、環球文化經濟、主流消費文化等所造成的「規範國際化」現象，痛加撻伐。他更看出了第三世界之中新興統治著不斷扭曲的新權力結構。

薩伊德本身的流亡身分及其所進行的「入世批評」（secular criticism），不斷是以遷徙、移民、流放、邊緣、外在、格格不入的方式，去建立其新社會實踐與論述位勢，因此，他在國家、帝國之外，別立公共空間中永不停留的流亡者此一可能性，認為那是解放搏鬥的力量來源，同時也是許多當代小說的主題。在這一點上，我們可看出他由個人心路歷程到公共文化變遷的複雜關係。

「帝國主義以全球的規模將各種文化及身分加以混合；但它最惡質而又最弔詭的贈禮卻是讓世人相信他們只是白或黑、西方或東方人」。《文化與帝國主義》透過小說文本去分析排斥他者、獨尊「吾人」的區分及其高下階層化的策略，鼓勵我們從歷史事物的連結點裡找到「其他回音」，以具體、同情、對位的思考，關照他人，而不只是光想到本身的權益。除了以馬克思（Carl Marx, 1818-1883）、葛蘭西（Antonio Gramsci, 1891-1937）等人有關對立及拒抗霸權的思想為主之外，這本書往往提醒我們有關帝國所形成的歷史「共業」，將都會（中心）與邊緣，白與非白的分野加以解構、交錯起來，可說是突破了《東方主義》之中霸權籠罩的格局。

在《文化與帝國主義》中，薩伊德不斷以空間的延展、交錯、互動，來談帝國及其他地方的關聯，例如在奧斯汀的小說《曼斯菲爾莊園》裡，公園需要來自海外的人力去維持，殖民者的莊園更是倚賴蔗園奴役勞工，而且這些空間也是不同帝國之間競爭、角力的場所。以這種空間、歷史、認同的交錯與移動為準，薩伊德其實已提出許多後殖民批評家所發展的觀念，如「雜匯」（hybridity）、「交織」（in-between）、「雙重中心」等；不過，薩伊德卻始終沒有遺忘具體人們、地方、歷史所遭到的壓迫、排擠與扭曲，不像後殖民理論家那麼蹈空。

除了《文化與帝國主義》之外，薩伊德同一時期所撰述的著作如《音樂演繹》（*Musical*

Elaborations, 1991），《知識分子論》（*On Intellectuals*）均可與本書合看，前者對音樂創作演奏及其美學理論的「鴨霸」氣息有很精闢的分析，而後者則是《文化與帝國主義》末章的進一步發揮，很值得對照參考。當然，他的傳記雖只談到早期的求學經驗及其心路歷程，卻頗能勾勒出他在《文化與帝國主義》中最後一章所提及有關流亡、邊緣及格格不入的多重身分與歷史交錯。

在音樂中道別

——追悼薩伊德教授

二〇〇四年九月二十五日晚上，正在研究室聆聽普萊亞（Murray Perahia）演奏巴哈的《郭德堡變奏曲》（*Bach: Goldberg Variations*），在寧靜之中傳達出某種力道，突然間接到哥倫比亞大學一些朋友轉寄過來的信件，得知敬愛的愛德華．薩伊德教授於九月二十四日下午四點鐘送醫急診，九月二十五日早上六點三十分過世。上個禮拜，醫生認為他康復的情況良好，因此請他回家休養，沒想到在幾天之內，他突然血癌發作，送到醫院不到幾個小時就過世了。

得知這項噩耗，當時我正聽著普萊亞的音樂，不禁想到薩伊德在《音樂演繹》書中，曾提及他喜歡聽顧爾德（Glenn Gould, 1932-1982）演奏的《郭德堡變奏曲》。但是，他覺得顧爾德的音樂和阿多諾一樣，在特別的演奏之中，其實十分霸道，幾乎讓人聽得喘不過氣來。但是，這也正是顧爾德的魅力所在，他的音樂擁有一種令人痴迷的霸道力量。薩伊德也說，西方的文化其實充滿了這種霸道的力量，讓人痴迷，而又在被支配的過程中，將自我遺忘，這種極致的發展可從威爾第（Giuseppe Verdi, 1813-1901）、華格納（Richard Wagner, 1813-1883）的歌劇看出。

隨著他過世的消息傳來，大家紛紛透過他與巴勒斯坦的關係，描述他追逐獨立的理念，以及作為中東的代言人，在充滿猶太人的哥倫比亞大學校園中的獨特位置。特別是拿他向以色列牆丟擲石頭的畫面，描述在他死後，以色列報紙對他的雙重評價。就阿拉法特（Yasser Arafat）而言，雖然薩伊德早已和他決裂，但是在薩伊德死後，他卻對薩伊德讚不絕口。他說，薩伊德的過世代表人類失去了一位偉大的天才，這位天才在文化、知識和創作領域這幾個面向上，均有所貢獻。這是阿拉法特的悼詞。巴勒斯坦的媒體也說薩伊德是人權的代言人，象徵自由思想與啟蒙。

眾多媒體都對他的政治和文學評論作了各種緬懷，不過在我和他接觸的經驗之中，我覺得音樂是他最重要的嗜好。他透過音樂來想像如何與主流產生對位的逆讀策略。音樂對他而言，其實是與血癌奮鬥的十二年來，最重要的精神食糧。薩伊德的音樂素養眾所周知，他時常在家裡播放CD，當作配樂，而自己彈奏協奏曲的鋼琴部分，利用這個方式宣洩他的音樂才華。針對歌劇、音樂文化和政治，薩伊德亦有相當深入的剖析，許多見解都已收在《文化與帝國主義》書中，另有一些文章在《國家》雜誌（*The Nation*）上不斷發表。

二〇〇四年四月十六日，我參加哥倫比亞大學舉辦的東方主義二十五週年紀念研討大會，發表〈東方學之音樂科學轉折〉一文，論及普契尼（Giacomo Puccini, 1858-1924）和朱迪斯・韋爾（Judith Weir）對於東方調式、民間音樂和各種樂器的科學聲律（acoustics）等學問，作了鉅細靡遺的研究。這些研究的過程顯示，東方主義由文本、詞彙，到物質文明的象徵支配，乃至於政經機構、學術獎助等等帝國主義的發展，在物質歷史的實踐背後，其實有更為無意識、無法防備的音樂。科學聲音的再重新整理，讓人無法產生抗拒的可能。

在我宣讀完論文之後，愛德華很高興，他以一則故事作為回應，這則故事已收在他與巴倫波因（Daniel Barenboim, 1942-）（芝加哥交響樂團指揮）合撰的《對仗與弔詭》（*Parallels and Paradoxes*, 2002）一書：一九九九年，猶太與中東裔的青少年音樂家在德國威瑪會集一起，與薩伊德、巴倫波因、馬友友等人切磋。有一天，猶太裔的少年想學阿拉伯音樂，卻被奚落。薩伊德和馬友友都看不過去，馬友友因此請中東少年音樂家們教他一曲最具阿拉伯特色，而據說外人（也就是猶太人）所學不來的深奧音樂。結果，不到十分鐘，馬友友便和這些猶太、阿拉伯裔的音樂家合奏無間。

薩伊德以這則故事，說明音樂是打破種族與文化藩籬的最動人方式。會議完，我們到東區晚宴，結束之前，主人史坦（Jean Stein）女士特別來向我致謝，她說：「愛德華說你今天發表了很棒的論文，討論音樂，讓他十分窩心、振奮。」在我與李耀宗兄（薩伊德在哥大的第一位華人學生）向他道別時，愛德華與我們擁抱，握住我的雙手，神采飛揚，莫逆於心，卻沒想到那是我們最後一次見面。

我認為音樂是薩伊德靈魂深處的重要內涵，也是他作為鋼琴家、音樂評論者，以及文化批評家非常重要的根源。因此，在悼念他之時，我不禁想重新聆聽顧爾德的《郭德堡變奏曲》。巴哈在世的日子裡，並不是一個飛黃騰達的音樂家，更說不上是古典音樂大師。他能夠成為經典之士，變成西洋古典音樂的重鎮，與貝多芬、布拉姆斯以三B的姿態出現，主要歸之於猶太後裔孟德爾頌（Felix Mendelssohn-Bartholdy, 1809-1847），不斷地搜尋、重新詮釋和演奏巴哈的音樂作品。以此一方式，構建出西洋的正典（canon），甚至於以巴哈作為德意志精神的代表，形成理性而又令人痴迷的音樂文化。這也正是顧爾德在十分專注、渾然忘我的演奏方式裡所呈顯出的，幾乎是數學、哲學，甚至神學的演現方式。

從薩伊德博士論文的康拉德研究，注意到一些信件和這位小說家自我組構的過程，到他早期受到法國後結構主義的洗禮，將傅柯和德希達的論述介紹到美國，提出兩種不同的文本效應，成為美國真正的傅柯代言人之過程，我們可以想見薩伊德對於西方的了解。他分析現代理性的形成過程中，如何壓抑、自我組構和建構。透過傅柯的譜系學，他重新檢討東方學如何在西方變成自我確證，而把東方遺忘。種族主義的繼續發展，使得東方學在西方變成一種客觀科學，以帝國主義作為後盾，在文化和學術上，行使專斷、霸道的支配。因此，《東方主義》可視為薩伊德在其主力《文化與帝國主義》之前最重要的作品。雖然他是以馬克思與後殖民理論聞名於世，但是他溫和、理性的作為，尤其他對政治理念的堅持（例如：他棄絕跟阿拉法特的關係，從來不利用他在美國代表中東的發言地位及其權勢、利益），再加上他非常細膩而又有歷史深度的文本分析，這些可以說都是在一些號稱「左派」人士的著作與論述實踐裡面所找不到的。

薩伊德可以說是上個世紀下半葉，除了傅柯之外，最廣被引用的文學批評家。他在許多的論述裡，論及經典如何形成一種霸道的力量，以讓人幾乎無法抗拒的方式呈現。他特別喜歡貝多芬的《第五號鋼琴協奏曲》，往往自己單挑鋼琴演奏的部分，表現出他個人獨特的對位風格，我想是有相當獨到的地方。唯有進入西方正典的形成脈絡之中，尋找和權力彼此衝突的塑造過程，剔除中間的霸道成分，並且用對位逆讀的方式，找出被壓抑的他人。

從知識分子遠離中心，或中東在被猶太所包圍，被美國利益所壟斷的論述底下，和恐怖主義劃上等號，或透過流亡的思考方式，討論放逐、遠離家鄉、不以家為家、流離失所，以及格格不入的心理狀態，薩伊德呈現出某種自我批判、反省的抗拒和創意。因此，他的自傳以這種方式，描寫自己從小到成為紐約哥倫比亞大學教授，在家庭、戀愛、校園裡的隔閡和掙扎過程，以此印證他所說的霸道的主調如何去支配個人。而音樂就在這樣一個方式裡面，透過主弱旋律之間的對位，形成對霸權的質疑，以及重新出發的空間。

因此，在悼念薩伊德的過程裡，我們應該要了解音樂在他的理念和實踐之中，有相當核心的地位。透過聆聽普萊亞和顧爾德對於《郭德堡變奏曲》的不同演奏方式——顧爾德完全投入的演奏，不讓人有任何呼吸的空間；普萊亞大病初癒，以個人靈敏的感受，彈奏出充滿反省空間而又非常透明的巴哈——我們可以說，薩伊德可能比較欣賞普萊亞吧！

自一九九一年患了血癌之後，薩伊德仍到處演講，接受各種文化、學術和政治活動的號召，以十足的毅力堅持下去，激發世人，讓大家感受到他慷慨、自由和獨特的心靈風貌，我想這和他對於許多音樂的詮釋息息相關。對於他的追悼會，薩伊德可能不會太欣賞威爾第的《安魂曲》（*Messa da Requiem Abbado*），甚至於布拉姆斯的《德意志安魂曲》（*Ein Deutsches Requiem Op.45*），我想巴哈的《馬太受難曲》（*Matthaus Passion*），孟德爾頌的《以利亞》（*Elias*），或是白遼士（Louis Hector Berlioz, 1803-1863）的《安魂曲》〔*Grande Messe des morts*（*Requiem*）,1837〕，可能比較接近薩伊德的精神吧！

人文學科的定位

全球化吹起國際競爭力的風氣，各種短期見效、以影視聲音為主的輔助設備、電腦網際網路和數位化的平臺，逐漸入侵傳統的閱讀習慣，人文學強調潛移默化、細心品嘗、情景交融和融入作者世界的傳統，似已不合時宜。在功利主義和國際化的號召下，人文學科面臨各種危機。

如何去定位人文學科？在二〇〇四年出版的兩本書裡，可以看出極端對照的觀點。第一本是杭亭頓的近作《我們是什麼人？對於美國國族認同的種種挑戰》（*Who Are We? The Challenges to America's National Identity*, 2004），另一本《人文主義與民主批評》（*Humanism and Democratic Criticism*, 2004）則是薩伊德生前於哥倫比亞大學發表的演講稿，在他過世一年後，終於問世。在長達四百二十八頁的厚書中，杭亭頓對於近年來美國核心文化和自由民主精神所面臨的四大挑戰，提出許多建議，他認為外來移民，加上內部信仰瓦解，愈來愈多菁英泯除國家觀念，失去美國核心價值，讓美國文化逐漸鬆散，競爭能力堪憂，內部產生分歧的國族認同。多元文化和跨國交流讓美國本身成為多樣化的議題，無法凝聚力量。

因此，在杭亭頓心中，移民、雙語教育、多元文化的議題，甚至後殖民主義的見解，都讓美國的國族認同備受威脅。尤其本世紀後，仇美情緒日漲，美國面對來自中東和其他世界的文明衝突，導致種種莫名其妙的抗議、爭論、威脅和恐怖報復，勢必要在內部形成共識。但是在社會歷史的發展過程，美國似乎已被移民和多元文化的論述綁手綁腳，無法有統一的精神道德力量，來維護當初所相信的清教徒教義。杭亭頓認為美國應該重新作封閉性的清理，針對人文學科所發展出來的多元文化和流動認同，也就是反基本主張的後結構主義，對移民和開放社會的觀念痛加撻伐。

薩伊德則認為人文教育最重要的功能，是要讓我們領會他人的世界，欣賞作者的心聲，透過語言去掌握另一個文本世界，藉此和他人交流。閱讀習慣是開放自我朝向他人的經驗，從中對他人的世界產生共鳴，透過與作者、文本對話互動的方式，開展出反省和另類的空間，進而對作者及其世界的封閉性意識型態加以批判。在薩伊德的論點裡，人文科學歸功於維科（Giambattista Vico, 1668-1744）《新科學》（*New Science*）所標出的議題：人文學科面對的是人所創造的意義，透過對這個對象的理解，來重新創造意義的過程。因此，人文學科不能以國家或個人利益的方式，形成封閉性、自我鞏固的權力，也就是杭亭頓所謂的針對文明衝突的國族認同凝聚。

薩伊德認為好的閱讀習慣是要讓我們走出封閉的空間，了解未知的世界和沒有經歷過的經驗，開展出拒抗和民主的批評去改變現狀，了解過去如何塑造現在，而未來如何透過我們重新的理解去開拓更完整、民主、開放而又世俗的觀點。因此，薩伊德認為人文學科最重要的觀念是他一再強調的「入世」（worldliness）性格。他透過維科、語言詮釋學，探討閱讀的過程，進而以阿爾巴哈（Erich Auerbach, 1892-1957）的《擬仿》（*Mimesis*）作為例證，討論文本和閱讀的關係，以及全球化後，知識分子如何利用反省和拒抗的觀點來對峙善變、只求時效、短視近利、以影視聲音為主的閱讀習慣。

薩伊德指出，「局外人」（outsider）是讀書傳統的重要部分。每個人對於自己在文本裡正在重新塑造的認同，是以一種局外人的身分來重新領受，並在這過程中，反省已有的權力、地位和利益。社會和國家因而形成某種文明共存共榮的想像。文本對於知識社群也往往產生倫理責任，藉由了解詮釋傳統來和古人產生對話，進而擴充和闡發。在延續的過程裡，新的文化現實不斷產生形構和發展的經驗。薩伊德認為領受和拒抗的方式非常重要，透過對文本的片段了解，對作家生平及其社會的全部掌握，加以對照而超越極限。因此，《擬仿》是二十世紀後半葉最重要的代表作品。

阿爾巴哈離開故鄉德國，身經第二次大戰屠殺、流離的經歷，到達土耳其的伊斯坦堡，他以記憶的方式，把個人對經典文本的理解，作歷史性的整理。他把對世界的重新理解，區分出三個階段，也就是希臘和《聖經》所展現出的寫實主義二大源頭，由新約到但丁，乃至於十九世紀的寫實主義，特別是法國的傳統。阿爾巴哈雖然是以德國的猶太人身分寫作，但是他通常是透過反省和對照，不堅持褊狹的本土主義和民族主義的方式，來重新檢驗西方文明。即使是宗教信仰不同的但丁，或是和他的國家彼此不容的法國文學、義大利文學，阿爾巴哈都以同情契入的方式加以鋪陳；反而是對德國文學、歌德的世界文學觀點，無法在納粹時期由德國人所發揚，表示遺憾。

以這個仔細的閱讀習慣為例，薩伊德認為人文學科的前途，在於拒抗以影音、功利、短期提升競爭力、管理主義為主的學院風氣，強調更仔細而費時的閱讀習慣，來對民族認同或功利主張，作出批判和更加開放的疏通。因此，他以這本書來答覆杭亭頓粗魯而又自我中心的美國主義。這可說是人文學科研究的重要見證。

東方怨懟

一九七八年，薩伊德推出《東方主義》，深入剖析西方如何「發明」東方，從此知識和權力、學術和帝國主義之間的共謀關係昭然若揭。在《東方主義》推出二十五年之後，九一一事件所帶來的震撼，再度引發東西方差異的討論，文明衝突論甚至再度響起。二〇〇四年，《東方怨懟》（*Occidentalism*）問世，這本書與薩伊德的《東方主義》相映成趣。布魯瑪（Ian Buruma, 1951-）和瑪加利特（Avishai Margalit, 1939-）兩位作者在書中探討，為何到了二十一世紀，東方社會對西方充滿仇恨、怨懟和不解，對資本主義、帝國主義等文明有不除不快的情緒反應。由書名可知本書是關於東方人如何想像西方人的作品，以及這些奇幻的想像如何激發出苦痛和不平的情緒。兩位作者分居美國和耶路撒冷兩地，一位是神學教授，一位是哲學教授，都對東西方的倫理、精神傳統，以及晚近發展的罪惡和新科技思維有深入理解。

兩位作者一開始討論九一一恐怖攻擊事件，為何以紐約世貿中心作為目標。都市作為恐怖分子攻擊的主要目標，是因為都市代表沒有靈魂的剝削，經濟和帝國最重要的連結點？如果這個理由成立，在十三世紀時，中國北京也曾讓遠來朝聖的馬可波羅和傳教士大為嘆服，認為當時的歐洲城市比起來簡直就是鄉下；而且中東的早期文明也是圍繞著絢燦的都會，如巴比倫、埃及、伊斯坦堡。東方都市發展其實比西方更早，更加繁華，都市應該不是最重要的問題。如此一來，充滿邪惡、冷酷、算計、貧富懸殊、色慾、腐敗的城市，與帝國主義和資本主義的連結，是在何時發展出來？東西方是否絕對不同，甚至東方就比較落後，西方就佔足好處？兩位作者提出問題後，緊接著從巴別塔、日本、埃及、伊朗、中國各地城市的發展著手，透過歷史鳥瞰，呈顯東方人如何對西方城市產生刻版印象。在作者的分析下，東方的怨懟其實源自西方城市及其文明導致東方自我信心的危機。在既想要又不願意完全接受，甚至遭受排斥的狀態下，產生既接受又排斥的認同危機。九一一事件的主謀，駕機、自焚的恐怖主義者，都在漢堡大學受過高等科技訓練，深受都會文化影響。連賓拉登也受過高等教育，對美國的文明、科技和軍火相當熟悉。如果認為他們置身於西方都會文明之外，不願意和西方產生交流，並藉此來鞏固自我傳統，這種看法可能太過簡單。

印度、中國、伊斯蘭教國家，特別是日本在明治維新的關鍵時期，對於西方所代表的貿易、經濟侵略和唯利是圖的舉動，產生諸多不滿。這些不滿是否就導致東方人認為西方人的心靈完全邪惡？日本人一方面吸收西方學問，同時加強自我防衛。在珍珠港事件時，透過武士傳統的自殺儀式，以戰鬥機直衝對方的航空母艦，犧牲生命打擊西方。這種「行儀」和九一一事件的伊斯蘭信徒，犧牲自我打擊西方帝國主義的方式，可說如出一轍。但是，在英雄面對商人，東方面對西方，精神面對物質，或是有神和無神的兩極中，就真能呈顯東西方的絕對差別嗎？實際上，西方便有許多自我批評和自我矛盾的發展。東方也有許多知識分子吸取西方經驗，發展出比西方更加文明和現代化的傳統，把宗教世俗化，透過貿易和經濟，發展解脫集體和極權的政治制度。如果東、西二方在歷史和文化的發展，並沒有巨大的差異，而且不是同質化的發展，那我們如何說東方目前對西方的怨懟是合情理而又合法？

在經過新教宗教倫理改革後，西方人有獨立詮釋《聖經》的權利，性別和宗教儀式上產生重大轉折，可說是西方宗教經驗和伊斯蘭教的分水嶺。但是，如果因此認為伊斯蘭教徒裡就沒有世俗化的傾向，或是新教改革後，基督教就沒有基本教義派的話，那就是大錯特錯的簡化。實際上，美國布希總統的信仰，明顯的就是一種基督教的基本教義派，敵我分明，以〈馬太福音〉的文句去發動聖戰。伊斯蘭世界和美國引導的西方世界，在基本信仰上並不是天差地別，對道德的敏感度和文明的態度，也並非完全不同。因此，女人在公共領域的自由地位，往往成為重要的指標，用來表示人權和民主在東方不受重視。但是在西方，自由、民族和平庸也往往劃上等號，邱吉爾和許多民主捍衛者都曾說過，民主只是把權利交給一些平庸的人，讓大多數人的愚笨壓過少數人的天才。如果壓抑這些共通性和歷史線索，直接以幻想、奇想的方式，如中國在鴉片戰爭前後對洋鬼子的仇恨，或者是目前伊拉克、阿富汗人民對美軍和西方世界的深惡痛絕，這種絕對化所產生的結果可能是毀滅性的局面。雙方都以十字軍東征的固定模式發動聖戰，彼此對立，在政治、宗教、軍事、經濟和智識上的決裂，將是全世界的危機和挑戰。

在此一狀況下，逐漸去除傳統信仰、世俗化和自我反省的西方知識分子，以及東方內部長期累積的自我現代化經歷，乃至受到西方刺激所發展的對應模式，這些對話經驗可能要毀於一旦。最後，雙方力爭的內容已不再明確，彼此採用的策略和訴求，基本上沒有太大的差別。只有在你死我活的激戰目標下，東、西方的差異才成為強烈口號，透過激烈的修辭，來偽裝長期以來無法把對方自日常生活中移除的矛盾，利用激烈的手段將內在的他者予以磨滅，透過勢不兩立的方式來消滅自我。《東方怨懟》這本書，放在臺灣選後群族對立的激化狀態下，實在發人深省，特別是臺灣在族群問題和國際情勢上，仍有許多盲點尚待釐清。

文藝六月天

六月的臺灣，會有陣陣的理論熱潮，從人類學到後殖民研究到視覺文化的大師，一個個都要現身，讓六月天變得非常理論，也很後殖民。

首先，是塔席格於六月一日抵臺，他的妻子慕爾（Rachel Moore）也將一起來，針對「城市中的愛與死」，進行五場演講與座談。

塔席格是個怪胎，他的正式訓練是醫學，在母校雪梨大學，當過一年駐院醫生；之後，他卻對社會學感興趣，進倫敦經濟學院，修得碩士，並繼續從事精神醫師的工作。不過，很快就轉向拉丁美洲的農業商品化研究，開始注意哥倫比亞的奴隸制度及其餘緒，寫出幾本重要的人類學田野著作，成為巫醫與魔鬼、神經系統、商品拜物、民俗醫療、國家暴力、隱私與破相等課題的專家。

對塔席格的同事來說，塔席格不是人類學家，當初他被聘到紐約大學任教，真正修課的學生不少是來自藝術、文化研究領域，後來他到哥倫比亞大學人類學系，更引發了舊勢力的圍剿，連《紐約時報》的記者都插一腳，對他的學生作了專訪，結果發現：學生最喜歡塔席格的人類學，正經八百的人類學老師反而沒銷路。

塔席格自稱是「文學作品的愛讀者」，晚近特別喜歡有關自然的寫作，尤其人在面對自然所設想出的位勢，例如一位南美的藝術家將花梗畫為人骨，藉花卉去形容世間、政府的暴力。他說：「文學、藝術中有關自然、人類的描述，比起人類學經典，要豐富太多了」，「為什麼我們不能將馬克思當文學家來讀?」別人注意到資本或階級剝削，乃至背後的物象魅影，而塔席格則專從商品拜物、海盜、魔鬼等問題切入。

六月中旬，後殖民的兩大代表，史碧瓦克與巴巴，不約而同，均要來臺演講。巴巴曾獲選為年度「壞書寫」的第二名〔第一名是巴特勒（Judith Butler）〕。事實上，比較之下，史碧瓦克的論文更難解。最近，《紐約時報》便以大幅照片及專文，報導史氏的「艱澀深奧」，讓文學評論家吃不消。不過，史氏卻認為那是大家不夠認真讀她的論著，而且也有不少學者稱讚她是「極富創意」的思想家，很值得大費周章去弄懂。

一九八九年，史碧瓦克首度來臺，詹明信介紹她是德希達的譯者；事實上，史氏當時已是舉世聞名的第三世界女性主義者，以犀利的眼光，看到歐美白人女性主義者專注意《簡愛》中的白人女管家，如何體現性別平等的觀念，而忽略了閣樓中的瘋女人——那位混血而備受歧視、區隔的第三世界女子，同時也是本來的女主人。

史碧瓦克常說她像棒球明星，演講天價，一般人誤傳她是守財奴，早年在印度貧苦慣了，因此學會帝國主義者的貪婪。其實，認識她的人都知道，她在故鄉加爾各答，創了十幾所婦幼收容所，養了上千名無依的孤兒、棄婦，輔導她們再就業，她的演講費有相當部分是花在這些同胞身上。她迄今仍堅持印度護照，稱本身是「居住美國的外人」，不斷以批判的角度，看新殖民的問題，透過解構與馬克思的框架去加深思索，拒抗文化素樸論、本質主義。

巴巴目前是哈佛大學的講座教授，兼歷史、文學中心主任，著作雖不像史碧瓦克或塔席格多，但幾乎從一九八五年以來，便一直是後殖民理論的同義詞，他所提出的「交織」、「焦慮」、「國家與敍事」、「含混」、「殖民番易」（或譯「學舌」）等，不斷被學界引用，已激起許多政治、歷史學者的不滿，紛紛撰文撻伐。不過，巴巴確實呈現了目前全球化，人口移動之後所造成的「文化交混」新局面（他所說的「第三空間」），面對這種變化，許多主流文化的信奉者，感到不安，而弱勢團體在拒抗文化消融的同時，卻發現本身已不再純粹，無法發揮同心協力的一致性，因而有各種焦慮、錯亂的表現。

這些學者來臺，相信對本地的文學史、族群關係，可提供不同的借鏡。

臺灣研究在日本

最近，到名古屋參加日本的臺灣研究學會年會，雖然只能猜到論文的一小部分內容，但是觀察全程的發展，實在由衷地感動，而且也為臺灣本地的文學、歷史研究有點憂心。

這是日本方面的第四屆臺灣研究學會會議，也是第一次走出東京，明年將遠至關西大學召開，不斷把臺灣研究的風潮推廣。我在學會成員的名單中，看到不少知名的學者，如若林正丈、藤井省三、黃英哲、下村作次郎等，而國內臺灣文史學者如吳密察、周婉瑤、陳萬益等，也赫然在列，足見其陣容的跨科際及跨國色彩。

第一天晚上，是國際政治專家橫山宏章教授的專題演講，談一九七一年所帶來的「三國演義」，「中華民國」在聯合國裡被解除會籍，中國成了常務理事國，而日本也跟隨新國際局勢起舞。三十年來，日本相當低姿態，一直壓抑民間及學界對臺灣的同情友誼，但美、日兩國卻都很明白，臺灣有其歷史、地理、戰略上的特殊位置，在和平漸進與問題惡化之間，美、日、中、臺都較傾向前者，也就是再讓現狀繼續下去。不過，這兩年來，日本年輕政治家愈來愈沒國際儀禮的耐性，中國也因軍事、經濟發展，成了美、日的假想敵，任何人也無法斷定接下去會有什麼新走向。

除了政治、歷史、文學、人類學、社會學之外，大會也邀請了中研院臺史所籌備處主任劉翠溶教授，在第二天下午發表「臺灣的環境史研究梗概」，同時，在其他場次，也安排葉石濤先生與日本文學界的專家對話，就日治時代前後的浪漫與寫實文學作多方面的切磋。

劉主任一開始便說臺灣史方面的研究在文學門中逐漸增加，比例已幾近三分之一以上，相當可觀，而就臺灣之環境受到人文、自然地理及其他因素的變化所影響，新興的歷史研究則努力向科學界取經，希望「通天人之際」。葉老對一般人認為日本「來臺在地人」作家來臺勢必懷鄉、浪漫的說法，提出不少例證，加以批駁。這兩場演講均是高朋滿座，氣氛令人感動，簡直超過在國內的規模。

比較值得借鏡的是：日本的臺灣研究綜合各種學門，而不是以文學、歷史為限，這是臺灣早期在「經濟奇蹟」、「政治民主」等現象之後，另闢「文化主體」、「殖民歷史」的風潮，應進一步留心視野擴充的面向，尤其在大會的書展中，日文、英文、中文各方面的資料一一陳列，從報刊、類書到通俗文化均能含納其中，在在顯出學識研究的深、廣度。

難能可貴的是這些日本學者彼此相當融洽，尊重專業，對臺灣來的學者十分虛心領教，這也許是局外人的片面觀察，但是比起國內陳映真與游勝冠讓陳芳明兩面受敵的情況，日本學者似乎更富於同情理解，較不至急於從意識型態的濾光鏡透出批判、敵視的眼光。

同去的臺灣作家中，除了葉石濤及其夫人外，還有鍾鐵民、及學者彭瑞金、黃武忠、蕭阿勤等人，他們帶了不少自己的文集及有關臺灣的年鑑、文藝表演、音樂CD，充分發揮

「以文會友」的精神，但說來遺憾的是，除了少數人之外，我們大多無法解讀日文的資料，反而是日本學者在閱讀中文上沒困難。在莫名所以的外國語文環境中，人的自我認知會突然起了微妙的變化，特別是其他社會居然比我們本身更能掌握到臺灣文化、社會的資料、脈絡。

臺灣研究要進一步發展，向國際延伸，也許我們更應加強類似像日本的臺灣研究學會這樣的學術活動，跨出自己的領域、國族想像，做更多元的融合。

哈佛大學燕京圖書館七十五周年慶研討會紀要

二○○三年十月中旬是哈佛大學燕京學社七十五周年的重要日子。這場重要慶典的準備工作相當盛大，從整理善本書的目錄，舉辦展覽會和研討會，都已經作到國際化的地步。十月十六日下午，第一場活動在霍夫頓圖書館（Houghton Library）展開，舉行酒會和展覽會的開幕典禮。燕京圖書館許多重要的善本書、手稿和畫本都在展覽會的會場展出，有許多珍本、善本的材料，以及重要文人的來往信件。

展覽品中最特別的是一本以中文介紹美國的著作。來自美國新罕布夏州（New Hampshire）的傳教士裨治文（Elijah Bridgeman, 1801-1861），在一八三八年出版《美理哥合省國志略》，介紹美國的歷史和文物。這本書很可能是全世界第一本以中文介紹美國的圖書。在燕京圖書館的收藏裡，有六十七種珍本，四千多種善本，目前都已編成目錄，供全世界的人查尋。以這樣一場展覽盛會揭開慶祝的序幕，可以說格外具有意義。

十月十七日上午，展開了為期二天的七十五周年慶研討會。這場會議的內涵，由青銅器的銘文、竹帛等早期出土文獻，一直到明清的印刷術、文人所形成的書院文化傳統，乃至於印刷術在中國、臺灣、韓國、日本等地的現代化過程，最後則以東亞圖書的數位化及其網頁資訊搜尋作結，可以說從古到今、包羅萬象，內容十分豐富。

研討會第一天是以古代到近代作為議題。論文發表的學者共四位，主要的議題分別為文字在中文世界成為公共的書寫財，讓官方和民間的聲音可以透過物質的形式呈現；討論早期竹簡文字的發展，如何建立整個天地觀念；《論語》如何從中國經過韓國到達日本，而日本人又再加以改寫的過程及發現敦煌珍藏古卷的過程；大英圖書館重新整理古卷的方式，以及如何從法國漢學家的研究取得資源和前車之鑑。在重整的過程裡，逐漸將這些殘卷、古文等重要文件加以彙編、收藏，並且逐漸利用網路，提供上網搜尋。

下午則把眼光放到近代的東亞社會，討論圖書的收藏和出版。東亞社會的傳統印刷文化成長得相當早，在唐宋年間，許多的東亞地區就已有活版印刷。近代的印刷術逐漸在東亞流通的狀況底下，因而產生許多的「仕人社會」。第一篇論文討論明朝主要出版社所發行的書目、《大明律》、《洪武政令》、《貞觀政要》，甚至於樂譜、作家別集等種種圖書。第二篇論文以韓國中朝為例，說明韓國人的閱讀禮節和愛書文化，在中朝時就已經逐漸蓬勃發展。接下來的論文討論清朝對於中亞的計畫，包含許多蒙古、西藏的佛教文獻，將滿洲文變成書寫的文字，而方言則有開始走向大眾化和漢化的傾向。第四篇論文講述十八世紀的日本，如何開始建立專業作者的觀念。十六世紀至十八世紀之間，日本的印刷文化裡有一項十分特殊的變化，也就是在書的封面上，往往只出現不容易辨認作者的假名。這個時期的作者常常喜歡使用假名，比如「山手馬路人」、「風來山人」、「剪枝畸人」、「田舍老人多田爺」等較為謙卑而又不容易找到真正指涉的名稱，以這個方式作某種掩飾。

第二天，十月十八日上午，四篇發表論文有關東亞印刷文化的現代化過程。第一篇論文討論越南印刷文化在殖民統治底下的發展。第二篇論文是由日本愛知大學的黃英哲和我聯合發表。臺灣報紙自一八九六年起，逐漸以日文的方式出現，一九二〇年則完全以中文的方式在臺發表，成為「日報」。以此一變遷，追溯臺灣早期的印刷文化和地方文學雜誌的蓬勃發展。日本進口的紙張，在日本人的編輯底下，通過在臺日本總督的官檢，這些報紙其實對臺灣當地知識分子，產生了許多的啟發作用。第三篇論文討論日本早期的印刷術，如何受到荷蘭、德國的啟發，開始運用大量專業的印刷術，推動現代化的出版。第四篇論文以畫報和攝影作品出發，討論民國時代新興的新聞文化，以及大眾文化如何透過畫報、攝影的念舊和紀錄形式，呈顯出某種新興的報導和懷舊文化。

下午是一系列針對圖書的插畫和數位化，進一步討論中國圖書的觀念以及日本圖書冊裡，如何建構和形成意象。壓軸戲則是討論到東亞的收藏品如何面臨數位化的問題。由來自北京大學圖書館、日本國家情報中心、韓國科技資訊中心主任，分別針對北京、東京、漢城等地，討論在國家重要圖書、資料上網的過程當中，所面臨到的困難，以及透過多語系統所採用的搜尋方法。在如何克服困難和問題上，作了許多實質經驗的交換。最後則由來自香港、哈佛大學總圖書館，以及為哈佛大學圖書館設計數位化的工程師，回應數位化的問題，說明這些典藏的圖書如何使研究更為有效。為期兩天的會議相當成功，從古代到最現代，甚至於後現代的文獻處理方式、圖書面貌等方面，都引發許多有趣的討論，可說是以最完滿的方式收場。七十五周年只是一個起點，哈佛燕京圖書館還有許許多多的七十五周年。

魔魅的歷史

不知不覺之中，二〇〇三年已在指縫間悄悄溜過，新的一年才開始，就陸續收到許多朋友從各地慌慌張張寄來的新年賀卡和聖誕卡，信中紛紛表示，二〇〇三年受到戰爭、恐怖攻擊，尤其是SARS的影響，許多作息都變得短促而無以安置，因此面臨送舊迎新的片刻，幾乎是措手未及。回顧二〇〇三年下半年，幾乎每一個禮拜都在參加國內或國際的研討會。在眾多的會議之中，我認為十一月十三日至十五日在埔里暨南大學所召開的「現代文學的歷史迷魅：第一屆國際青年學者漢學會議」意義較為重大。大會經教育部的顧問室和哥倫比亞大學的東亞系合作，交由暨南大學的中文系和歷史系合辦。

臺灣早期可說是中國傳統文化道統的繼承人，在六〇、七〇年代時，世界各地來臺的留學生達到最高峰，在漢學研究的領域中，稱得上是中華文化的櫥窗。但是，八〇年代中期，隨著中國大陸的開放政策逐漸明朗，愈來愈多的留學生跑到北京、上海，而不再來到臺灣。特別是在九〇年代末期，臺灣教育部的某些錯誤評估，氣走了臺大的史丹佛中心，在臺的留學生比例逐漸下降，臺灣的漢學地位日漸式微。同一時期，臺灣出國留學的人口雖然沒有減少，但是大部分是以遊學的方式，而不願意再留在海外吃苦。尤其是人文學科裡，留學生成為鳳毛麟角，博士生更是寥寥可數。由於國內大學紛紛成立博士班，各種就學、就業條件往往比國外優厚，臺灣在國際學術的影響力於是逐漸萎縮，在漢學研究的地位也日益沒落。

在此關鍵時期，由哥倫比亞大學王德威教授，以及國內學者合作的第一屆國際青年學者漢學會議，意義深遠。尤其與會的國際學者大多是博士候選人，博士論文已寫到最後階段，正希望能有交流和研討的機會，此次來到依山傍水的南投埔里，住在景色優美的日月潭，並且在風光明媚的暨南大學研討，讓他們眼界大開。研討會中發表了二十九篇論文，有二十篇是由國外的年輕學者宣讀，國內反而只佔了九篇，可見國際學者來臺意願相當高昂。為期三天的會議裡，國內外學者的交流經驗十分愉快，這二十位學者和其他來自國外的觀察員都明白，在未來二、三十年的學術生涯裡，臺灣對於他們個人學業、志業和友誼的發展，具有相當的分量。

此次研討會發表的論文，討論到現代文學裡關於過去的歷史傳統，在不同的階段裡，如何作民國時候的中國人；知識分子在愛國和傳統的眷戀之中，如何堅持現代小說的特異性；如何由田壯壯電影中的歷史慾望，看待幽靈再現的問題；如何由九〇年代中國電影裡，討論文學論述所表現出來的現代性問題；乃至於臺灣電影裡的鄉土題材，以及本土化所牽涉到的身分認同和國族想像等議題，交織並置形成一幅非常完整的圖像。論文的研究對象，從個別作家、導演，如老舍、田壯壯等人，到詩社和文藝團體，如「風車詩社」，乃至一些較大的議題，如香港女性歷史文本等。

或是以王安憶作為切入點，討論新的都市文學所發展出的民間社會想像，以及文學史裡的都會消費和懷舊記憶。或是透過豐子愷的漫畫和綜合藝術，研究視覺文化和都市大眾文化的形成。或是以現代文學中所呈顯出的新知識分子，在面臨西洋文明與愛國情操之際，身分認同和國族想像所引起的種族主義和自我重新定位等問題，探討郭松棻從海外談論、想像臺灣的身分。或是用原住民書寫的多元混雜意義，討論弱裔族群是否有可能與主流文化共築文字共和國。或是透過浪漫想像、倫理逆轉的方式，研討中國現代性裡有關寓言的問題、文革敍述裡的暴力情愛和歷史認知、五四女性文學作品裡有關新男性的意象等。乃至於五四時期，引用西方文化典範，透過諷刺畫的方式重新檢視魯迅。或是透過武俠小說的革命隱喻，來探討政治和文藝的關係。或是經由報紙媒體，看待公共輿論和地方認同，比如《順天時報》對北京公共論壇的影響。

論文發表人藉由這些以往不大被注意到的作家、通俗大眾小說和報紙，發展出嶄新的觀念，將都市文學、新現實小說、市場、媒體及其背後的認同、政治等議題，均劃入文學作品的範疇。而在整體論述的背後，基本上是以王德威教授所提出的「歷史的迷魅」為出發點。從早期魯迅、胡適所發起的「抓鬼」、「打鬼」運動，將傳統化為迷信、落後的妖魔鬼怪，然而又在去除鬼魅的過程裡，突然發現歷史和文化中無法揮之即去的陰影，不斷地在現、當代的小說作品中出現。魔魅的歷史在文本和重新詮釋的腦力激盪底下，在國內外學者的意見交換之中，呈顯出相當有意思的圖像。這場熱烈的研討會構築了臺灣邁向國際舞臺的重要管道，不論在本地或國際，都有其特殊的意義和地位，讓學術交流擁有深厚的基礎、長期的擴充，以及進一步發展的空間。由此看來，「現代文學的歷史迷魅」研討會，可說是相當精采，深具啟發性與指標性。

夏日炎炎

六月天，蟬聲四唱，暖日薰風，炎熱的氣候幾乎讓所有的人都想慵懶地躲在冷氣房裡。中華民國比較文學協會就在這樣的天氣裡，舉辦了第九屆國際比較文學會議，題目正是「熱情如火」（Some Like It Hot），討論天氣、地理、人種，乃至於氣候所發展出來的身體、知識、性別、殖民、現代、後現代等種種位勢。在炎炎的夏日討論天氣的炎熱，可說是火上加油，但是研討會中發表的論文，大多運用後殖民論述，探討亞裔、拉丁美洲、歐洲或美國等地的當代文學、電影、藝術作品中，有關氣候或種族的描述，只有少數論文才真正討論到臺灣的天氣。

這場國際研討會在氣候炎熱的臺北舉辦，大家居然只討論國外的作品，而沒有直接面對生活中的炎炎夏日，可說是印證了美國哥倫比亞大學教授塔席格的名言：「談天氣是一種日常生活裡的託寓，藉此避免討論真正的問題。」語言學、人類學等各種現代的人文學科，大都是在炎熱的赤道、南亞等地展開，但在科學的領域上，大家卻避談真正的環境，或是在大太陽底下汗流浹背、身體黏膩等物質條件，反而投入抽象的環境，遺忘了周邊的氣候。比較文學、人類學、文化理論和生命科學，其實有許多場景是在炎熱的氣候下展開，科學家、作家和人類學者透過辛苦的田野來發展學問，但是他們的身體所意識到的炎熱環境以及苦不堪言的氣候，為什麼沒有真正落實到理論當中，表現出應有的分量和地位？

一九一八年夏天，當代人類學之父馬林諾夫斯基（Bronislaw Malinowski, 1884-1942），在由澳洲的布里斯本搭船前往新幾內亞從事田野調查之前，在日記上埋怨新幾內亞的天氣炎熱，讓他很受不了，所以他出發前就先在自己的手臂上打了麻醉劑，以免會無法忍受當地酷熱的天氣。然而，他在日記中所提及的面向，卻完全沒有在田野調查裡顯現出來。在有關亞太群島的性生活調查裡，馬林諾夫斯基認為亞太地區的小島居民，基本上是相當地性活躍，許多制度也和歐洲一夫一妻、節制性的生活不同。他對亞太地區的重要發現，剛好與他對天氣的埋怨相映成趣，他認為人一定要透過各種藥物、衣服、帽子來防衛自己，不要和當地的氣候、環境產生直接的接觸。

在人類學的領域裡，處處可見這種自我保護的機制，只有在私密的告白和日記裡，才顯現出人類學家如何與當地的天氣和土著互動。人類學這種所謂科學性、客觀的論述，其實是假科學。經後人指證，馬林諾夫斯基對當地人種、性行為和族群的了解，很多都是憑空想像。這種藉由自我保護，不和當地天氣、環境產生直接接觸的討論，實際上都不大經得起考驗。在許多歐洲文學、人類學和自然科學的田野民族誌裡，往往因為亞洲人生活在赤道附近的炎熱氣候下，就把他們看作是比較慵懶、怠惰而又不願意活動的人種。

另有一種說法認為天氣的悶熱會讓人產生幻想，使人喜歡尋求解脫，所以宗教的發源地幾乎都在中東，尤其是印度附近，如佛教、印度教、基督教和伊斯蘭教。所以，東方人對於世俗的物質世界產生排拒，在遠古時代雖有高度的文明，但卻安於閒暇，不願作真正的文明改革，在十七世紀後，便明顯地落於西方之後。氣候和現代化的問題可說息息相關，特別是公共衛生和水電設備的發展，從衛浴、電扇到冷氣，讓人足以抵擋各種不良的天氣，以及悶熱和濕熱天候所引起的蚊蟲、蒼蠅、瘴氣、瘧疾和香港腳等傳染病。炎熱的天候和科技、生命科學的發展，其實有密切的關係，但是在科學論述底下，往往遭受排擠。

回頭觀看李昂的《迷園》及其所描述的臺北，一開始就以天氣去談，可見臺灣種種政治、經濟、情慾和商業行為的表現。臺北盆地的內部含納了所有的濕熱、憂鬱和悶氣，到了夜晚都還沒辦法清涼。這種悶熱產生出一種動力和發洩的管道，這其實正是臺灣文化特別有勁的面向。在世界文學和文化中，也可看見許多對於炎熱的探討和描述，人類的處境其實有相當的共通性，可以產生一種連結的作用。特別是卞雅明在一九三二年的文章〈在太陽下〉（"In the Sun"收入英譯選集第二冊）提及，悶熱讓他無法思考，在百無聊賴的狀況下，炎熱的氣候卻讓他想到各地不同的人種，其實都在用類似的方式，對人類的痛苦作出某種思考和抒解。我們要如何解釋，各個炎熱的地帶都能發展出一些精神和理性的活動？這是由於悶熱幾乎讓人饑渴，對知識的欲求和對肉體的渴求，形成一種對應的作用。

炎熱是許多社會都必須面對的問題，特別是熱浪和地球暖化的現象日益嚴重，去年的歐洲或最近的西班牙，氣溫都比中國的三大火爐還高，全世界的人們很難不去碰到一些超過四十度高溫的局面。在暑氣逼人的夏天裡，我們再來探討文學作品和研究中，為什麼很少真正去接觸、談論到這個我們生活其中的火熱地球，應該是躲在冷氣房裡，避開溽暑，可以花些時間好好想一想的問題。

臺灣的英美文學研究

目前，臺灣的英美文學研究與教學有幾個警訊：研究人力過度集中於二十世紀的美國、英國小說，資源流於重疊交錯通俗，影視文化及理論（大致是由美國經手的西方理論）往往囫圇吞，而去脈絡與歷史化的半吊子新批評文本實踐更導致文化思想縱深的匱缺等。

在臺灣這種邊緣地區，從事邊陲的英美文學研究這個加工業，所牽涉到的選擇及其意義賦與之種種限制或可能性，我們的研究生大半（百分之五十點三）選擇二十世紀的作品（尤其電影小說）為主，而且在華美文學研究，乃至非裔美國文學研究上，臺灣英美文學研究者佔特殊的地位。另外，在理論的吸收上，也有偏食或鍾愛某些風潮的傾向，如從A亞伯拉姆（M. H. Abrams）到Z齊澤克（Slavoj Zizek），光就B說吧，巴特（Roland Barthes）、巴赫汀（Mikhail Bakhtin）、卜倫（Harold Bloom）很快便被巴巴（Homi Bhabha）、巴特勒（Judith Butler）所取代，造成同性戀、性別、新殖民研究、新興英文文學的時髦，速度快而變化也相當急遽，在這種速度政治（speed politics）中，是否有國內外文學理論的「市場」（股市?）及身體、知識之親密領域的媒介（如文化研究者蓄平頭、穿黑灰衣裳、耍酷）?或者在另一個範疇中，學者對殖民時期文獻研究的興趣，遠不及對後殖民的挪用，何以一味套「階級、性別、種族、霸權」等空洞架構？而同性戀或都會運動論述作為，倡導多元自由主義的性取向或人民民主，均顯出某種理論社群的特殊文化政治。不過，較普遍的學術社群問題其實是在研究與教學、親私與共事之間的落差，也就是國內文學研究社群日愈精密化，儘管教學是就經典作品及主流文學史作通盤式演練，但是大部分的研究都放在二十世紀的英、美小說或另類的新興文化表達（電影、影視或多媒體藝術）。因此，論文指導、研究計畫的專業社群往往與教學的共識（事）社群有知識、力量之不均及差異現象，這種落差有時會在新聘人才的考量上激發詮釋與行政社群的紛爭，影響所及，學術社群變得愈來愈隔閡，有其內部張力、衝突、矛盾，但在另一方面則造成學術社群及其盟友以鞏固自我知識權力取向的整合發展，因而有整合型計畫、國外會議的專題討論、學會組織及網路上的聚談平臺，從專業研究室、研究群、學生下游工程、書刊訂購配合特殊需要，聘人或升等上的角力等，在求全或發展特色之間、專業與共識之間，即使透過課程改革、權力分配、資源重整，仍缺乏一致的作為，有時緣於偏頗或人才重複，無法做到識域之擴展，歷史縱深之加強。

不少學者對文學研究的實用前景及臺灣英美文學研究的突破可能性及其主體位置感到憂心，這些問題當然不容忽視，然而，我認為只要有計畫地發展特色，深植學術基礎，從中學到大學，加強人文學術傳統的教育（由多媒體到文本分析），針對我們較具創發潛能的題材（如華美作家、亞洲地區對英美文學的不同領受、後殖民理論在亞洲新興英文文學或本土文獻中的不適切性，或不大引起主流學術注意的作品等）去開拓學術社群，應可像日本學者所從事的哈代研究，在環球文學研究社群中獨佔鰲頭。最後，我想以幾個指揮家為例，提出個人簡單的看法。斯托可夫斯基（Leopold Stokowski）擔任費城交響樂團指揮時（1912-36），老喜歡趁機介紹現代音樂，令聽眾十分難受，因此不肯鼓掌，但他的作法是：假設聽眾沒聽懂現代音樂的奧祕，因此立刻又演奏一次。為了怕他再演奏第三次，聽眾只得勉強鼓掌，但久了卻也逐漸欣賞現代音樂。這幾年來，巴爾托克（Bela Bartok）比巴哈、貝多芬還紅，可說是某部分歸功於斯托可夫斯基、費里克賽（Ferenc Fricsay）、萊納、索爾第（Sir George Solti）這一班人，不怕艱澀、沒掌聲。

另外，韓德爾（George Frideric Handel）、海頓（Joseph Haydn）、莫札特（Wolfgang Amadeus Mozart）、舒伯特（Franz Schubert）會有今天的評價，也不能不提畢勤（Thomas Beecham）。他自己用父親腸胃藥的收入，籌組交響樂團（前後三個之多），專門推薦一些被經典人士所排斥的三B之外，貌似「輕柔」、「膚淺」的作品，賦予它們新生命，讓一些不受注意的音樂重現在節目單上。當我們問：如何贏得世界學者注意或具本土主體性的同時，也許更應該問：我們外國文學研究領域中的斯托可夫斯基、畢勤在哪裡❶？

【注】

❶斯托可夫斯基不僅推介不吸引人、艱深的現代音樂，而且也改編巴哈及許多音樂家的作品成為較富音彩的管弦樂，對青少年音樂教育更是不遺餘力，籌組了「美國青年交響樂團」，

並在迪士尼的卡通音樂片《幻想曲》（*Fantasia*）中擔任指揮、配樂，讓兒童有機會由多媒體接觸到古典音樂。

在大學能念到什麼書？

最近，在網際網路上流通的一則訊息是暨南大學李家同教授對目前臺灣大學生的人文素養提出很嚴重的質疑，他以三十個在人文學科裡相當重要的文學、音樂、歷史和哲學術語，如「紐倫堡審判」（Nuremburg trails）、「但丁」、「田園交響曲」（Beethoven Symphonies 4 & 6）這些大一程度學生至少應該有所了解的詞彙，在幾所大學的教授課堂上作問卷調查，所得到的答案，據李家同教授的說法，是個「災難」。問卷調查的對象大部分都是一些國立大學的學生，但是其中只有三分之一的人知道一些模模糊糊的答案，將近三分之二的學生對於這些最起碼的人文術語，完全不知所云。甚至於有臺大的學生在網際網路上說，知道這些詞彙幹什麼，現在的大學生更重要的應該是知道怎麼去尋找答案，只要知道Google這樣的一個搜尋網站就夠了。二十一世紀才一開始，但丁已經淪落到比不上Google這個字，更能引起大學生的注意和興趣。

另外，我們也看到各報章媒體大幅報導臺灣的新興書店，正邁向人文藝術中心的階段，成為二十四小時開放、影音多媒體的人文環境。特別是新加坡書店Page One，進駐臺北一〇一大樓，佔地七百二十坪，空間挑高而又具設計創意，擁有中、英文書籍高達三十五萬冊以上，以此打造臺灣的人文氣息，提升民眾的讀書風氣。把這則報章媒體上的新聞和網路上大學生不愛念書的訊息放在一起，我們真感到錯亂。

同一時間，我去參加一個會議，聽到文教高層主管告訴我們一個相當令人訝異的調查報告。臺灣目前有一百五十八所大專院校，其中藏書超過三十萬冊的學校，只有二十六所，而超過二百萬冊的只有臺灣大學。在數量不是挺可觀的圖書館裡，更有將近一半是一些舊教科書、舊雜誌，和沒有更新的舊版本。特別是在參考書的系列底下，雖然有新的版本一再推出，但是因為在圖書建檔的過程裡，書名已經重覆，所以以《新葛洛夫音樂百科全書》（*The New Grove Dictionary of Music and Musicians*）為例，各大學通常擁有的是最早的版本，連一九八〇或二〇〇〇年的版本都沒有作更新的動作。

再加上各大學自籌經費以後，圖書經費往往是被犧牲掉的一個重要項目，如我任教的清華大學，就不再續訂一些已經訂了十幾年的國際重要期刊。根據圖書委員會的決定，書是一本一本的零星消費，而期刊則是長痛，雖然看起來不是那麼多錢，但是每年都要為這筆款項籌錢，實際上並不划算，因此委員會建議停訂這些不太有人看的期刊。然而，任何一位作學術研究的人都知道，期刊不再續訂之後，就等於自廢武功，沒辦法具有索引和研究的參考價值，陸陸續續有一本沒一本的資訊比起完全沒有，可能也好不到哪裡去。

這樣的情況底下，我們的大學生能在大學裡念什麼書？主要的大學圖書館藏書都不到三十萬冊，在這三十萬冊裡，又有相當多是未更新的版本、幾乎錯誤的翻譯，或是沒有經過修訂的書籍。在這樣的情況底下，我們的學術怎麼能夠談亞洲第一或是進入世界百大？日本、歐洲、美國的大學，甚至連美國中西部不是非常出名的人文學科學院，藏書都高達四、五百萬，更不用說一些相當知名的大學，如普林斯頓大學、哈佛大學、巴黎大學和牛津大學等。臺灣各大學的圖書館藏書如此貧瘠，而在種種的條件底下，大學生又不肯念書，上了大學以後，我們的學生能夠念到什麼，這才令人擔心。

有一天我的一位小學同學慌慌張張地打電話找我，說他的兒子已經要被留校察看，因為很多科的成績都沒辦法及格。這位父親帶著他不知所措的孩子來找我時，這個小孩居然告訴我說，大學生上圖書館念書，是一件會被室友恥笑的事情，因為只有不上道的人才會去圖書館念書。在這樣的讀書氣氛底下，父母親會替孩子的將來感到憂心，大學教授會覺得大學生的人文素養普遍低落，實在是意料中的事情。也許我們大學的圖書館館長，應該改請**Page One**的店長來擔任，還有興趣念書的人，在需要閱讀書籍和參考著作的時候，全都到這些書店去吧！

大學教育在學生普遍不念書的情況底下，大致上只剩下通識教育、電影放映、多媒體欣賞、語文學習，或是大眾取向的武俠小說、生死學、星象學、情色、性別和戀愛經驗的交流。在這樣的情況底下，大學教育能不能達到李家同教授或是赫舒（E. D. Hirsch, 1928-）心目中的標準？赫舒在他所主編的《文化識字字典》（*Dictionary of Cultural Literacy*）裡，將美國一般人不知道的國家歷史、美學、音樂、哲學、文學和社會學等種種理念，乃至於國外的地理、歷史和人物掌故，以字典的形式編輯成冊。許多文化界人士認為這樣的書籍具有一種修補性的作用，而在內容選擇上則有特別的意識型態。但是，同樣的作品能否在臺灣引起同樣的重視？我們是否也該有臺灣版的通識教育著作，以引發大眾的興趣，充實大學生的知識領域，讓大家更有氣質和知識？我想這仍是有待努力的面向。

撻伐美帝

二〇〇一年，九一一之後，全球各地的學者對美國的脆弱處境一方面表達同情，另一方面則不斷加以反省，尤其對美國以帝國姿態出現，導致中東世界的激烈回應，紛紛提出歷史與文化政治上的考察，美國的新保守主義也在這段時間昂揚直上，讓公共知識分子備受壓力，不但已故的薩伊德被列入國會調查對象，認為他發表危險而又不愛國之言論，杭士基、桑塔格及不少左派學者均在報刊上被點名批鬥，即使美國流行樂團隨便唱幾句對布希政府的諷刺歌詞，也立刻引發他們的國內聽眾起而抵制。

不過，二〇〇三年末到二〇〇四年初，書刊上反美的言論卻在美國備受重視，同時也在歐洲起了相當大的作用，一些早期以人文主義或多元文化主義著稱的學者，如托鐸勒夫（Tzvetan Todorov, 1939-）、克莉絲蒂娃，均提出「重新武裝歐洲」或「歐洲危機」的看法。進入二〇〇四年，從美國到歐洲最有號召力的學者專著，特別是在非小說的領域裡，名列前茅的是講述美國帝國的著作。其中又以巴黎學者塔德（Emmanuel Todd, 1951-）的《帝國之後》（*After the Empire*；英譯，二〇〇四年二月推出），和目前在美國洛杉磯大學任教的曼恩（Michael Mann, 1943-）的《不一貫的帝國》（*Incoherent Empire* 二〇〇三年十月問世）最受眾人矚目。美國進駐伊拉克和阿富汗的軍隊，每天幾乎都有上打的士兵喪命，布希卻始終阻止伊拉克改選自己的政府，而且在毀滅性武器和許多資訊上，發生判斷錯誤的情況底下，美國這個世界警察的地位可說頗為牽強。這兩本書在此一敏感時刻出版，談論美帝的色彩。可能正是因為這種尷尬處境，這兩本書從今年年初推出以後，就在知識分子和公共領域裡，產生莫大的共鳴。

二〇〇〇年，杜克大學的英文系教授哈德和義大利的異議分子納格利所合著的《帝國》一書，把美國作為一個主要的討論對象，說明商業機制已經讓現在的國際社會變為一體。以前的帝國往往是透過政治和武力的方式來達到目的，然而新的帝國基本上則是利用經濟和科技，無遠弗屆地將全球各地所需要的安全和經濟發展納入掌控的範圍。因此，整個地球變成是在一個帝國的控制底下。這是哈德和納格利兩人在《帝國》這本書一開始時所提出的框架，雖未明講，讀者都很清楚，作者是在談美帝。

在這本書裡，作者提出許多帝國形成的因素及其背後的矛盾。在結論時，他們提出，外國移民來到帝國裡面，往往就形成爆破帝國的可能性，因為他們在受到十分不平等的待遇之後，會利用帝國內部的教育、健保等種種資源，達到鞏固自我和反抗帝國壓迫。《帝國》在二〇〇〇年推出以後，隨著九一一恐怖攻擊，這本書的作者，尤其是杜克大學的哈德，變成了恐怖主義的大師，很多人往往把九一一事件和他的著作聯想在一起。在九一一發生之後，甚至有不少人寫電子郵件給杜克大學的校長，希望他立刻將哈德解聘，因為他在這本書裡不但不愛國，甚至提倡推翻美國的言論和具體的作法，可以說是不容於美國國人。在《帝國》這本書的餘波盪漾逐漸平息之際，二〇〇四年，終於可以看到有關美帝的嚴重抗議及來自美國內部更具有歷史與文化政治反思深度的著作。

法國學者塔德的關懷所在，其實與杭士基（尤其後者的《霸權或倖存》（*Hegemony and Survival*, 2003））一樣，均對美國的全球軍事支配的大感不滿，但他從人口學的角度，提供許多對照的數據，說明美國帝國的逐步崩盤，特別就美國的產業外移、貧富差距拉大，尤其大規模的「軍事作為」，專挑第三世界下手，讓歐洲一些力主外交途徑的國家無法苟同。塔德以經濟、武力、全球政治生態等看法切入，推斷美帝式微之日已為時不遠。這本書在歐洲大快人心，但在美國卻引起頗多質疑。因此，曼恩的《不一貫的帝國》則雖然也談「新美國帝國主義」，它卻格外凸顯美國內部的觀感，對美國一味強化單面、武力征服，而無法對這些國家的文化、政治、宗教產生任何理解，不斷以民主、自由、人權之名，行軍事之征戰，儼然是自我的精神分裂，終究造成其他世界對美國的「新自由主義」不再支持，甚至予以撻伐，起而對美國所象徵的「物質充裕」此一圖像及其意識型態產生極端反感，導致目前全球的各種亂象。曼恩以歷史角度出發，敘述以往的帝國發展，並通過比較的方式，去考察美國所欠缺的資源平均及穩定溝通等條件。

臺灣身處於各種帝國勢力的夾縫中，我們若能對這些有關帝國的比較研究及其數據分析有更進步的理解，可能更有心理準備，去發展倖存之道。

文學啟示錄

001	人生歌王	王禎和著	$260
002	刺繡的歌謠	鄭愁予著	$100
003	開放的耳語	瘂弦主編	$110
004	沈從文自傳	沈從文著	$180
005	夏志清文學評論集	夏志清著	$130
006	如何測量水溝的寬度	瘂弦主編	$130
010	烟花印象	袁則難著	$110
011	呼蘭河傳	蕭 紅著	$180
012	曼娜舞蹈教室	黃 凡著	$110
015	因風飛過薔薇	潘雨桐著	$130
017	春秋茶室	吳錦發著	$180
018	文學・政治・知識分子	邵玉銘著	$100
019	並不很久以前	張 讓著	$140
020	書和影	王文興著	$130
021	憐蛾不點燈	許台英著	$160
022	傅雷家書	傅 雷著	$220
023	茱萸集	汪曾祺著	$260
024	今生緣	袁瓊瓊著	$300
025	陰陽大裂變	蘇曉康著	$140
028	追尋	高大鵬著	$130
029	高行健短篇小說集	高行健著	$260
031	獵	張寧靜著	$120
032	指點天涯	施叔青著	$120
033	昨夜星辰	潘雨桐著	$130
034	脫軌	李若男著	$120
035	她們在多年以後的夜裡相遇	管 設著	$120
036	掌上小札	蘇偉貞等著	$100
037	工作外的觸覺	孫運璿等著	$140
041	變心的故事	陳曉林等著	$110
043	影子與高跟鞋	黃秋芳著	$120
044	不夜城市手記	蔡詩萍著	$180
045	紅色印象	林 翎著	$120
046	世人只有一隻眼	凌 拂著	$120
049	我要去當國王	履 彊著	$120
050	黑夜裡不斷抽長的犬齒	梁寒衣著	$120
051	鬼的狂歡	邱妙津著	$150
052	如花初綻的容顏	張啟疆著	$100
053	鼠咀集——世紀末在美國	喬志高著	$250
054	心情兩紀年	阿 盛著	$220
056	三十男人手記	蔡詩萍著	$180
057	京都會館內褲失竊事件	朱 衣著	$120
058	我愛張愛玲	林裕翼著	$120
059	袋鼠男人	李 黎著	$140
060	紅顏	楊 照著	$120
062	教授的底牌	鄭明娳著	$130
069	我們在這裡分手	吳 鳴著	$130
070	家鄉的女人	梅 新著	$110
074	大車拚	王禎和著	$150
075	原稿紙	小 魚著	$200
076	迷宮零件	林燿德著	$130
077	紅塵裡的黑尊	陳 衡著	$140
078	高陽小說研究	張寶琴主編	$120
079	森林	蓬 草著	$140
081	小說、小說家和他的太太	張啟疆著	$140
083	兒女們	履 彊著	$140
084	典範的追求	陳芳明著	$250
085	浮世書簡	李 黎著	$200
086	暗巷迷夜	楊 照著	$180
087	往事追憶錄	楊 照著	$180
088	星星的末裔	楊 照著	$150
089	無可原諒的告白	裴在美著	$140
090	唐吉訶德與老和尚	粟 耘著	$140
091	佛佑茶腹鳾	粟 耘著	$160
092	春風有情	履 彊著	$130
093	沒人寫信給上校	張大春著	$250
094	舊金山下雨了	王文華著	$220
096	地上歲月	陳 列著	$180
097	地藏菩薩本願寺	東 年著	$120
098	四十年來中國文學	邵玉銘等編	$500
099	群山淡景	石黑一雄著	$140
100	性別越界	張小虹著	$180
101	行道天涯	平 路著	$180
102	花叢腹語	蔡珠兒著	$180
103	簡單的地址	黃寶蓮著	$160
105	文化採光	黃光男著	$160
106	文學的原像	楊 照著	$180
107	日本電影風貌	舒 明著	$300
109	夢書	蘇偉貞著	$160
110	大東區	林燿德著	$180
111	男人背叛	苦 苓著	$160
112	呂赫若小說全集	呂赫若著	$500
113	去年冬天	東 年著	$150
114	寂寞的群眾	邱妙津著	$150
115	傲慢與偏見	蕭 蔓著	$170
116	頑皮家族	張貴興著	$160
117	安卓珍尼	董啟章著	$180
118	我是這樣說的	東 年著	$150
120	蒙馬特遺書	邱妙津著	$180
121	飲食男	盧非易著	$180

174	掌中地圖	陳芳明著	$ 200
175	傳奇莫言	莫　言著	$ 200
176	巫婆の七味湯	平　路著	$ 200
177	我乾杯，你隨意	蕭　蔓著	$ 180
178	縱橫天下	舒國治等著	$ 150
179	長空萬里	黃光男著	$ 180
180	找不到家的街角	徐世怡著	$ 200
181	單人旅行	蘇偉貞著	$ 200
182	普希金秘密日記	普希金著	$ 250
183	喇嘛殺人	林照真著	$ 300
184	紅嬰仔	簡　媜著	$ 250
185	寂寞的遊戲	袁哲生著	$ 180
186	歡喜讚歎	蔣　勳著	$ 240
187	新傳說	蔣　勳著	$ 200
188	惡魔的女兒	陳　雪著	$ 200
189	與荒野相遇	凌　拂著	$ 220
190	爽	李爽‧阿城合著	$ 260
191	大規模的沉默	唐　捐著	$ 200
192	尋人啟事	張大春著	$ 240
193	海事	陳淑瑤著	$ 180
194	一言難盡	喬志高編著	$ 260
195	女流之輩	成英姝著	$ 200
196	第三個舞者	駱以軍著	$ 280
197	放生	黃春明著	$ 220
198	布巴奇計謀	翟若適著	$ 280
199	曼那欽的種	翟若適著	$ 280
200	NO	翟若適著	$ 280
201	少年軍人紀事	履　彊著	$ 200
202	新中年物語	履　彊著	$ 200
203	非常的日常	林燿德著	$ 200
204	鏡城地形圖	戴錦華著	$ 240
205	愛的饗宴	東　年著	$ 160
206	祝福	蔣　勳著	$ 180
207	眼前即是如畫的江山	蔣　勳著	$ 180
208	情不自禁	蔣　勳著	$ 220
209	寫給Ly's M-1999	蔣　勳著	$ 180
210	兵俑之戀	朱　夜著	$ 180
211	手記描寫一種情色	林文義著	$ 180
212	逆旅	郝譽翔著	$ 180
213	大水之夜	章　緣著	$ 200
214	知識分子	龔鵬程著	$ 240
215	雨中的法西斯刑場	鍾　喬著	$ 200
216	浮生逆旅	吳　鳴著	$ 200
217	夾縫中的族群建構	孫大川著	$ 200
218	山海世界	孫大川著	$ 240
122	迷路的詩	楊　照著	$ 200
123	小五的時代	張國立著	$ 180
124	夜間飛行	劉叔慧著	$ 170
125	危樓夜讀	陳芳明著	$ 250
127	晴天筆記	李　黎著	$ 180
128	自戀女人	張小虹著	$ 180
129	慾望新地圖	張小虹著	$ 280
131	旅行的雲	林文義著	$ 180
132	康特的難題	翟若適著	$ 250
133	散步到他方	賴香吟著	$ 150
134	舊時相識	黃光男著	$ 150
135	島嶼獨白	蔣　勳著	$ 180
137	導盲者	張啟疆著	$ 160
138	老天使俱樂部	顏忠賢著	$ 190
139	冷海情深	夏曼‧藍波安著	$ 180
141	夜夜要喝長島冰茶的女人	朱國珍著	$ 180
142	地圖集	董啟章著	$ 180
143	更衣室的女人	章　緣著	$ 200
145	燦爛的星空	馬　森著	$ 300
146	呂赫若作品研究	陳映真等著	$ 300
147	Café Monday	楊　照著	$ 180
148	我的靈魂感到巨大的餓	陳玉慧著	$ 180
149	誰是老大？	龐　德著	$ 199
150	履歷表	梅　新著	$ 150
151	在山上演奏的星子們	林裕翼著	$ 180
152	失蹤的太平洋三號	東　年著	$ 240
153	百齡箋	平　路著	$ 180
154	紅塵五注	平　路著	$ 180
155	女人權力	平　路著	$ 180
156	愛情女人	平　路著	$ 180
158	台灣查甫人	王浩威著	$ 180
159	黃凡小說精選集	黃　凡著	$ 280
161	古典與現代的女性闡釋	孫康宜著	$ 220
162	夢與灰燼	楊　照著	$ 200
163	洗	郝譽翔著	$ 200
164	朱鴒漫遊仙境	李永平著	$ 380
165	兩地相思	王禎和著	$ 180
166	再會福爾摩莎	東　年著	$ 160
167	男回歸線	蔡詩萍著	$ 180
168	文學評論百問	彭瑞金著	$ 240
169	本事	張大春著	$ 200
170	初雪	李　黎著	$ 200
171	風中蘆葦	陳芳明著	$ 200
172	夢的終點	陳芳明著	$ 200
173	時間長巷	陳芳明著	$ 200

CONTENTS

274 紀弦回憶錄	紀　弦著	$750
275 北風之南	林文義著	$200
276 天涯海角	簡　媜著	$280
277 華太平家傳	朱西甯著	$800
278 夢中書房	羅智成著	$220
279 馬克斯之死	翟若適著	$299
280 盲目地注視	黃國峻著	$200
281 麥克風試音	黃國峻著	$190
282 阿難	虹　影著	$280
283 仰天45°角	黃寶蓮著	$200
284 我和我豢養的宇宙	鍾怡雯著	$180
285 我凝視	平　路著	$240
286 海浪的記憶	夏曼·藍波安著	$220
287 哭泣哭泣城	阮慶岳著	$180
288 藥罐子	李欣倫著	$230
289 南方絳雪	蔡珠兒著	$220
290 百年追問	蕭關鴻著	$280
291 在百貨公司遇見狼	張小虹著	$260
292 因為孤獨的緣故	蔣　勳著	$160
293 俳句一百首	馬悅然著	$230
294 我年輕的戀人	陳義芝著	$200
295 一首詩一個故事	吳　晟著	$220
296 筆記濁水溪	吳　晟著	$260
297 楊牧	張惠菁著	$250
298 另一種鄉愁	馬悅然著	$220
299 孔雀的叫喊	虹　影著	$230
300 疫	章　緣著	$260
301 勸學	福澤諭吉著	$240
302 日蝕	平野啟一郎著	$200
303 魔幻之眼	南方朔著	$250
304 暗示	韓少功著	$380
305 看天族	黃武忠著	$299
306 星移幾度	賈福相著	$250
307 鴛鴦蝴蝶	趙　川著	$180
308 歌聲戀情	路寒袖著	$200
309 憂鬱三千公尺	路寒袖著	$170
310 安住亂世	向　陽著	$200
311 印象國度	黃光男著	$200
312 第九味	徐國能著	$200
313 太平盛世	聞人悅閱著	$200
314 魯賓遜漂流記	林正盛著	$200
315 如何打敗可口可樂	翟若適著	$220
316 躁鬱的國家	黃　凡著	$220
317 上裸男孩	席德進著	$280
318 孤飛之鷹	席德進著	$280

219 北歸南回	段彩華著	$280
221 凝脂溫泉	平　路著	$200
222 女性觀照下的男性	李仕芬著	$280
224 秀才的手錶	袁哲生著	$200
225 尋找紅氣球	李　黎著	$200
226 玫瑰蕾的名字	李　黎著	$200
227 度外	黃國峻著	$220
228 金絲猿的故事	李　渝著	$180
229 一九五〇仲夏的馬場町	徐宗懋編撰	$199
230 島	賴香吟著	$200
231 月球姓氏	駱以軍著	$350
232 獵雷	陳玉慧著	$230
233 知識與愛情	龔鵬程著	$240
234 經典與現代生活	龔鵬程著	$240
235 漫遊者	朱天心著	$200
236 小王子	聖德士修百里著	$160
245 猴杯	張貴興著	$280
246 日與月相推	向　陽著	$180
247 跨世紀傾斜	向　陽著	$160
248 深山夜讀	陳芳明著	$250
249 山地門之女	江文瑜著	$280
250 美麗蒼茫	王定國著	$320
251 革命家的夜間生活	林文義著	$260
252 台灣好女人	藍博洲著	$240
253 消失在歷史迷霧中的作家身影	藍博洲著	$360
254 當代大陸文學史教程	陳思和主編	$380
255 台灣現代詩經緯	林明德著	$400
256 文學場域的變遷	張誦聖著	$260
257 一枝煎匙	宋澤萊著	$320
258 徐志摩短詩選	徐志摩著	$120
259 那些人那些故事	楊　照著	$200
260 跨越	佛瑞斯特·威爾遜著	$220
261 母親	高行健著	$160
262 你是否愛過？	陳玉慧著	$260
263 漂木	洛　夫著	$280
264 男人的育嬰史	賴瑞和著	$200
265 未來，一直來一直來	林正盛著	$350
266 一隻蝴蝶飛過	柯淑卿著	$200
267 月蝕的七個半夜	楊　煉著	$200
268 河潮	友　友著	$200
269 樹猶如此	白先勇著	$360
270 文字的故事	唐　諾著	$249
271 衣魚簡史	董啟章著	$230
272 愛的考驗	尤果·韓米爾頓著	$230
273 外省書	張　煒著	$260

365	日本文學導遊	林水福著	$280
366	冰箱	柯裕棻著	$200
367	驅魔	施叔青著	$220
368	公主徹夜未眠	成英姝著	$230
369	擦肩而過	章　緣著	$230
370	黃小艾	聞人悅閱著	$260
371	人類不宜飛行	成英姝著	$250
372	膚淺	張小虹著	$260
373	在這個美的世界	廖仁義著	$200
374	食家列傳	朱振藩著	$280
375	私人放映室	成英姝著	$230
376	秋天的婚禮	師瓊瑜著	$200
377	紅燜廚娘	蔡珠兒著	$230
378	黃凡後現代小說選	黃　凡著	$280
379	芳香詩學	奚　密著	$260
380	好女孩不做	成英姝著	$230
381	沒卵頭家	王湘琦著	$250
382	紅字團	駱以軍著	$200
383	沙子自己知道	粟　耘著	$300
384	青春正盛	林正盛著	$250
385	Mr.office歐菲斯先生	蔡詩萍著	$250
386	愛，在天堂與地獄之間	蔡詩萍著	$250
387	饕餮書	蔡珠兒著	$200
388	海與毒藥	遠藤周作著	$380
389	貓與庄造與兩個女人	谷崎潤一郎著	$230
390	鋼鐵蝴蝶	林燿德著	$260
391	我的二十世紀	蔡秀女著	$350
392	寵物	黃　凡著	$250
393	桃香	黃武忠著	$200
394	鍵	谷崎潤一郎著	$230
395	「剩」賢奇蹟	石帝文著	$350
396	丈夫的祕密基地	呂政達著	$200
398	海東青	李永平著	$820
399	維多利亞俱樂部	施叔青著	$200
400	徐志摩短詩選	徐志摩著	$150
401	一九四七高砂百合	林燿德著	$260
319	是或一點也不	黃國峻著	$220
320	水門的洞口	黃國峻著	$160
321	飛翔的麒麟（上）	辻原登著	$280
322	飛翔的麒麟（下）	辻原登著	$280
323	黑蝴蝶	孫　禹著	$240
324	人在北京	陳平原著	$300
325	銀色仙人掌	龍應台著	$230
326	雲吞城市	蔡珠兒著	$200
327	鶴止步	虹　影著	$220
328	看得見的鬼	李　昂著	$230
329	與自己和好	王浩威著	$200
330	朋友	高行健著	$230
331	心在何處	施叔青著	$260
332	霧散的時候	彭瑞金著	$200
333	人物速寫	林文月著	$200
334	有病	李欣倫著	$230
335	地老	陳淑瑤著	$160
336	沙戲	王定國著	$200
337	靈犀之眼	南方朔著	$260
338	春琴抄	谷崎潤一郎著	$160
339	讀心之書	平　路著	$250
340	大學之賊	黃　凡著	$300
341	給福爾摩莎寫信	東　年著	$230
342	聯合文學20年短篇小說選（1984～2004）	張寶琴主編	$450
343	紐西蘭的文學旅程	石帝文著	$260
344	英瑪，逃亡者	周丹穎著	$160
345	性，藝術與永生	翟若適著	$320
346	我們其實不需要住所	向　陽著	$200
347	青春三部曲	吳錦發著	$260
348	溫柔些，再溫柔些	李敏勇著	$200
349	奇怪的溫度	陳明才著	$350
350	感覺結構	張小虹著	$250
351	經史子集	李奭學著	$450
352	Indigo藍	黃寶蓮著	$200
354	流動的郵局	李儀婷著	$180
355	台灣島巡禮	廖鴻基著	$350
356	那年夏天，最寧靜的海	郝譽翔著	$280
357	加油，人生！	王壽來著	$220
358	食在凡間	朱振藩著	$250
359	姐妹書	蔡素芬著	$200
360	妻的容顏	吳錦發著	$200
361	少女之夜	許正平著	$250
362	貓之猜想	黃　凡著	$240
363	漩渦	柯品文著	$180
364	寂靜之聲	師瓊瑜著	$260

聯合文學

含平郵郵資，如欲掛號，每本另加20元
劃撥帳號：17623526 聯合文學出版社有限公司
社　　址：台北市基隆路一段180號10樓
服務專線：（02）2766-6759　2763-4300轉5107
傳　　真：（02）2749-1208編輯部　2756-7914業務部

017

當代觀典

臺灣與世界文學的匯流

At the Crossroad of Taiwan and World Literature

作　　者／廖炳惠
發 行 人／張寶琴

總 編 輯／許悔之
叢書副總編輯／杜晴惠
執 行 編 輯／郭慧玲　蔡佩錦
視 覺 總 監／周玉卿
美 術 編 輯／林文勇
校　　對／劉　黎　蔡文村　廖炳惠

業務部總經理／朱玉昌
業務部副總經理／李文吉
印 務 主 任／王傳奇

法 律 顧 問／理律法律事務所
陳長文律師、蔣大中律師

出 版 者／聯合文學出版社有限公司
地　　址／台北市基隆路一段180號10樓
電　　話／(02)27666759・27634300轉5107
傳　　真／(02)27491208（編輯部）、27567914（業務部）
郵 撥 帳 號／17623526 聯合文學出版社有限公司
登 記 證／行政院新聞局局版臺業字第6109號
網　　址／http://unitas.udngroup.com.tw
E-mail:unitas@udngroup.com

印 刷 廠／世和印製企業有限公司
總 經 銷／聯經出版事業公司
地　　址／台北縣汐止市大同路一段367號三樓
電　　話／(02)26422629

出 版 日 期／2006年5月 初版
定　　價／380元

ISBN 957-522-610-0（平裝）　《本書如有缺頁、破損、裝幀錯誤、請寄回調換》

國家圖書館出版品預行編目資料

臺灣與世界文學的匯流／廖炳惠著.
初版. -- 臺北市 ：聯合文學. 2006〔民95〕
456面 ；14.8×21公分. --（當代觀典；017）

ISBN 957-522-610-0（平裝）
1. 文學—評論

812　　　　95005757

當代觀典叢書

尋訪詩的田野
——評析吳晟的四十首詩作
林廣◎著
NT $ 270

山濤集
王建生◎著
NT $ 220

洪醒夫評傳
黃武忠◎著
NT $ 300

封面設計＊林文勇　責任編輯＊蔡佩錦

《聯合文學》
當代觀典

作者學貫中西，以豐富的文化涵養，寓樂於解讀、評論之中。本書集結作者在國、內外的學術研討會上發表的論文，以及引介中西文學作品所撰寫的導讀、書評，從殖民研究的觀點切入，探討臺灣在接受不同階段的殖民經驗之後，與現代性多元的交錯，產生四種現代性（「另類現代性」、「單一現代性」、「多元現代性」，及「壓抑性的現代性」）的過程。這四種現代性彼此交織，形成一種難分難解的族群和殖民文化的問題，作者藉此對許多文本，乃至於通俗文化，作提綱挈領的分析。

第一部分「臺灣的殖民現代」即是針對四種現代性及殖民現代的遺緒作廣博而深入的闡述，配合第二、三部分的「世界文藝之旅」、「當代文學鳥瞰」對照閱讀，可開展出不同的研究視野，免於落入「主體性」或「環球與本土」辯證的陷阱之中。

At the Crossroad of
Taiwan and World Literature

ISBN 957-522-610-0
00380